BRIGITTE PONS

Der blauen Sehnsucht Tod

Frank Liebknecht ermittelt

BRIGITTE PONS

DER BLAUEN SEHNSUCHT TOD

Roman

LYX
EGMONT

Originalausgabe März 2015 bei LYX
verlegt durch EGMONT Verlagsgesellschaften mbH,
Gertrudenstr. 30–36, 50667 Köln
Dieses Werk wurde vermittelt durch die Agentur
EDITIO DIALOG, Dr. Michael Wenzel

1. Auflage
Redaktion: Marion Heister
Satz: Greiner & Reichel, Köln
Printed in Germany (670421)
ISBN 978-3-8025-9396-3
www.egmont-lyx.de

MIX
Papier
FSC® C083411

Prolog

Seine Schwester heulte. Sie heulte immer, wenn die Flugzeuge kamen. Dabei waren sie noch weit weg. Er warf die Decke beiseite und sprang aus dem Bett. Hose überziehen und in die Schuhe schlüpfen schaffte er in weniger als einer halben Minute. Er hatte es geübt. Wieder und wieder, in völliger Finsternis, damit er draußen sein konnte, in Nächten wie dieser, bevor sie wieder weg waren. Er riss die Jacke vom Haken, stürmte ins Freie und gab sich keine Mühe, leise zu sein. Er würde Ärger bekommen, aber das interessierte ihn nicht. Er war der Mann im Haus, er musste sich nichts sagen lassen.

Weit über ihm erfüllten die Motoren den Himmel mit dumpfem Dröhnen, kamen näher, jenseits der Wolken. Er erkannte jeden Typ am Geräusch. Jäger, Bomber, Freund oder Feind. Die Bordkanonen hämmerten. Flakfeuer in der Ferne. Ein Treffer schickte einen Lichtblitz zu ihm herunter, ein flammendes, unwirkliches Leuchten, dem ein Pfeifen folgte. Ein Pfeifen, das alle Feiglinge in die Keller jagte, aber ihn nicht, weil er keine Angst mehr spürte. Und weil er wusste, dass da keine Bombe kam, sondern der Flieger selbst. Einer von den Eigenen, von den Guten.

Er rannte. Dem Feuerschweif hinterher. Raus aus dem Dorf, weiter über das Feld und auf den Hügel. Der Lärm flutete seinen Kopf, seine Lunge, sein Blut, zog ihn mit sich, wie eine Marionette, die ihren unsichtbaren Fäden folgte, dorthin, wo sich die Nase der kreischenden Messerschmitt in den Boden gebohrt hatte. Der Brand entzündete die restliche Munition im

Innern, eine Explosion zerriss den Rumpf, schleuderte Metallteile empor; und nun duckte er sich doch, für einen kleinen Moment, bis er den Mann sah, dessen Silhouette sich schwarz vor dem lodernden Wrack abzeichnete. Er überlegte nicht lange, sprintete dem hinkenden Mann entgegen, fing ihn auf, als er zusammensackte. Schmutz und Blut überall. Aber keine Angst. Nicht der kleinste Funken Furcht in seinem Herzen. Das war der Moment, auf den er lange gewartet hatte, und dies seine Aufgabe, die er erfüllen musste. Endlich. Er war dreizehn! Alt genug, um Verantwortung zu übernehmen, zu entscheiden, zu handeln.

Die Lider des Soldaten flatterten, seine Augäpfel rollten hin und her, weiß leuchtend wie Suchscheinwerfer, kamen erst zur Ruhe, als er den Kopf des Mannes an seine Brust presste. Mit seiner Jacke stillte er die Blutung über der linken Schläfe.

»Danke«, flüsterte der Pilot matt, sein verletztes Bein zuckte noch einige Male, dann gewann er zusehends neue Kraft. Die Blitze und der Donner des Gefechts über ihnen verstummten. Dies war nicht der Ort und die Zeit zu sterben. Der Sieg lag greifbar vor ihnen. So klar wie die Luft nach einem reinigenden Gewitter. Daran gab es keinen Zweifel.

Und während milchig grau der Morgen über den Hügeln dämmerte, erzählte der Flieger ihm eine Geschichte. Eine geheime Geschichte, von Soldat zu Soldat. Von einem Auftrag des Reichsmarschalls persönlich, den er ausgeführt hatte. Voller Gefahr und unter Einsatz seines Lebens. Von Kunst, die gar keine Kunst war, aber Geld einbrachte, wenn man jemanden fand, der dumm genug war, dafür zu zahlen. Und dass der Reichsmarschall so viel klüger war als alle anderen und den Gewinn ganz leicht zu verdoppeln wusste.

Der Flieger lachte, schnell wieder ganz obenauf, als hätte es nie eine Verletzung gegeben und keinen Absturz.

Ins Ausland habe er sie gebracht, diese grässlichen Bilder, wo Leute bereit waren, Tausende für solchen Schund auszugeben.

Und der Held der Lüfte zog eine Schachtel aus seiner blutgetränkten Uniform, teilte seine letzte Zigarette mit ihm, den er ebenfalls einen Helden nannte, weil er ihn gerettet hatte.

»Blaue Pferde«, sagte der Flieger zwischen zwei Zügen und blies wabernde Rauchringe in den Sonnenaufgang. »Stell dir das vor – blaue Pferde!«

Samstag, 01. September, Vielbrunn, 17:55 Uhr
– Frank Liebknecht –

Über den Kirchplatz schallte Gelächter, ein Durcheinander von Stimmen und Gläserklirren. Der Drummer wischte mit dem Besen über die Snare, das Saxofon säuselte ein paar Töne hoch und runter, der Sänger pustete noch mal probehalber ins Mikro.

Frank Liebknecht schaute auf den Kabelsalat zu seinen Füßen, verfolgte die Schnüre zu den Steckdosen, zu den Boxen, zum Schaltkasten. Alles war, wie es sein sollte, der Soundcheck abgeschlossen, die Scheinwerfer fertig ausgerichtet. Ein fröhlicher Haufen Menschen drängte sich vor der kleinen Bühne zu Füßen der Laurentiuskirche. Nur er war noch nicht so weit. Sein Unterkiefer verkrampfte, und auch der Rest fühlte sich alles andere als locker an. Er schloss die Augen, spürte den Bass vor seinem Bauch. Es roch nach Bratwurst. Dann folgte die Ansage durch den Ortsvorsteher, ein wohlwollender Applaus und das Anzählen, das er wie durch Watte wahrnahm. Unter seinen Fingern entstand der erste Akkord, der zweite. Er begann wieder zu atmen und wagte einen Blick unter halb geschlossenen Lidern heraus ins Publikum. Eine Menge vertrauter Gesichter; Männer, Frauen, Kinder aus Vielbrunn, die er nun seit etwas mehr als einem Jahr kannte, und ein paar Urlauber aus der angrenzenden Ferienhaussiedlung. Im Takt wippende Köpfe und Füße. Trotzdem fiel es schwer zu sagen, ob echte Jazzfans darunter waren oder ob sie sich nur die Zeit vertrieben bis zum Hauptakt des Abends, einem historischen Theaterstück zur Tausendjahrfeier des Dorfes.

Ganz vorn an einem der Tische fing Frank ein Lächeln ein. Ein Lächeln, das ihn meinte, das nicht vorüberglitt oder der Musik galt, der Stimmung. Egal wie oft er wegsah und wieder hin: Das Lächeln blieb.

Seine Hände spielten routiniert, Song für Song, beherrschten das Repertoire auch ohne seine volle Aufmerksamkeit. Wieso sah die Frau ihn an und nicht Nico, den Frontmann, der alle mit seiner tiefen Stimme beeindruckte?

Frank mochte es nicht, unter Beobachtung zu stehen, und war zufrieden mit seiner Rolle im Hintergrund. Gerade heute, hier. Er hatte lange mit sich gerungen, ob er sich überhaupt als Bassist präsentieren sollte, gezweifelt, ob das seinem mühsam erkämpften Ansehen als Autoritätsperson schadete. Die geliebten Hawaii-Bermudas hatte er schon im letzten Sommer eingemottet und sogar kurzfristig über einen neuen Haarschnitt nachgedacht, um den Erwartungen zu entsprechen. Dabei sollte seine Arbeit doch mehr zählen als sein Äußeres.

Die Unbekannte hatte ihren Sitzplatz verlassen, stand neben einigen anderen, tanzte mit verhaltenen, aber eleganten Bewegungen und lächelte ihn weiter an. Sie passte nicht zu den mit Papiertischdecken bespannten Bierzelttischen, fiel aus dem Rahmen, auch wenn er spontan nicht hätte sagen können, weshalb.

Frank merkte erst, dass etwas nicht stimmte, als sich die anderen Bandmitglieder zu ihm umdrehten. Nur noch der Bass war zu hören. Sein Bass. Während ihm der Schweiß ausbrach, versuchte er, mit einigen schnellen Tonfolgen den Anschein eines planmäßigen Solos zu erwecken. Vor der Bühne hopste ein Pulk Teenager auf und ab.

»Yeah, Frankieee!«, kreischte eine von ihnen hysterisch, und die anderen kicherten und krümmten sich vor peinlicher Begeisterung. Er kannte die Mädchen aus dem Freibad, wo sie sich manchmal in seiner Nähe platzierten und ihn anguckten, wie ein exotisches Zootier. Vierzehnjährige eben. Da reichten der nackte Oberkörper eines Polizisten und eine Narbe, um die Fantasie zu beflügeln.

Frank brachte die unfreiwillige Extratour zu Ende, einigermaßen anständig, wie er hoffte, und machte einen Schritt rückwärts, statt nach vorn, als man ihm dafür auch noch Beifall klatschte.

Die schöne Unbekannte hob dabei beide Arme über den Kopf. *Yeah, Frankie* formten ihre Lippen. Tonlos, aber eindeutig.

»Ja, Leute, da staunt ihr, was? So habt ihr unseren Sheriff noch nicht erlebt! Frank Liebknecht – der Mann am Bass, mit dem magischen Blick und den flinken Fingern.«

Nico nutzte die Gelegenheit, die Bandmitglieder vorzustellen, und Frank zog sich schnell wieder zurück. Sheriff war nicht gerade die korrekte Bezeichnung seines Dienstgrades, aber damit konnte er inzwischen leben. Im letzten Frühjahr hatte er den Posten des Beamten im besonderen Bezirksdienst angetreten – belächelt von den Kollegen seiner früheren Dienststelle und argwöhnisch beobachtet von seinen neuen Schutzbefohlenen. Ein Polizeiposten im Einmannbetrieb mitten im Odenwald und er machte den Job freiwillig, obwohl er noch nicht mal dreißig war und weder Frau noch Kinder hatte, denen er ein idyllisches Landleben bieten musste. Seitdem hielten ihn ausnahmslos alle für verschroben. Vermutlich auch die Einheimischen.

Die Schöne musterte ihn weiter, runzelte plötzlich die Stirn und begann, in ihrer Umhängetasche zu wühlen. Frank bemühte sich, sie nicht anzustarren und musikalisch nicht noch mal den Anschluss zu verpassen. Trotzdem bemerkte er, dass sie irritiert war und zögerte, als sie ihr Mobiltelefon betrachtete. Mit der Rechten fuhr sie sich über den Kopf und schüttelte die langen Haare zurecht. Sie schenkte Frank ein weiteres Lächeln, pustete ihm einen Luftkuss zu und nahm das Gespräch entgegen. Dann schlängelte sie sich an den Tänzern vorbei, weg von den Tischreihen. Sein Blick folgte ihren wiegenden Schritten, bis sie nicht mehr zu sehen war.

Samstag, 01. September, Vielbrunn, 18:35 Uhr
– Linda Ehlers –

Ein Handyklingelton mischte sich aufdringlich unter den gemäßigten Jazz, der Linda den öden Nachmittag versüßte. Doch auch wenn die Band Schlager gespielt hätte, wäre sie vermutlich geblieben. Der Sheriff mit dem Bass und dem entrückten Gesichtsausdruck gefiel ihr.

Die nervige Melodie wurde lauter, drängte sich in den Vordergrund. Wagners Walkürenritt? Sie spürte ein Vibrieren an ihrer Seite. Widerwillig löste sie den Blick von den struppigen braunen Locken, hinter die sich ihr *Frankie* mit gesenktem Kopf zurückgezogen hatte. Ihre Finger tasteten sich durch die Tasche bis zur Quelle des Lärms. Das kleine Telefon bebte in ihrer Hand. Wo zum Teufel kam dieses Ding her? Ordnend fuhr sie sich durch die Haare, bemüht, nicht sichtbar die Ruhe zu verlieren, und sammelte sich. Sogar ein Küsschen Richtung Bühne gönnte sie sich noch, dann drückte sie auf den Knopf, sagte aber nichts.

»Hallo meine Schöne.«

In der Männerstimme lag ein Hauch von Spott, und sie reagierte nicht. »Habe ich dich etwa überrascht, Linda?«

»Wo steckst du?«

»Ganz in deiner Nähe.«

Unauffällig sah sie sich um. »Das ist nicht sehr witzig. Also: Wo?«

»Reckst du gerade dein Hälschen auf der Suche nach mir?«

Sie unterdrückte den Wunsch, ihn anzuschreien, lächelte freundlich in fremde Gesichter und schob sich auf Zehenspitzen durch eine Lücke zwischen zwei Pavillons. Mit kurzen, eiligen Schritten lief sie den Kirchhügel hinab zur Straße, ließ das Fest hinter sich. Im Stillen verfluchte sie die hohen Absätze ihrer Sandalen.

»Du fühlst dich doch nicht etwa verfolgt? Dreh dich noch mal um. Komm schon: Nur für mich!«

Ihr war klar, wie sehr er den Gedanken genoss, dass sie auf offener Straße um sich selbst rotierte, seiner Aufforderung Folge leistete. Konnte er sie wirklich sehen? Stur stöckelte sie vorwärts.

»Zu meinem Bedauern bin ich dir nicht mehr so nah, wie ich es noch vor Kurzem gewesen bin«, gab er nun zu.

»Hör auf mit dem Mist. Was soll das mit dem Telefon?«, zischte sie. Er sollte sich nicht einbilden, dass er sie einschüchtern konnte.

»Ich wollte mit dir reden, und das will ich noch.«

»Na toll. Wann hast du mir das Ding zugesteckt? Du hättest stattdessen …«

Sein Lachen ließ sie innehalten.

»Was hätte ich? Willst du behaupten, dass du diesmal mit mir gesprochen hättest, in der Öffentlichkeit? Von Angesicht zu Angesicht?«

Die Frage zu beantworten war unnötig.

»Ich lasse mich nicht einfach abhängen und ausbooten, Linda. Eine Beziehung wie die unsere beendet man nicht einfach, indem man sich umdreht und geht.«

Sie lief immer schneller, ihr Puls beschleunigte sich. »Was willst du?«

»Dich.« Für einen Moment klang er nicht mehr überheblich. »Immer nur dich.«

»Mich. Und was noch?« Etwas außer Atem blieb Linda stehen. Es konnte nicht sein, dass er das ernst meinte.

»Nichts weiter. Wieso bist du so misstrauisch?«

Im Halbschatten neben der Straße entdeckte sie einen Brunnen in einer kleinen Grünanlage. Aus fünf Löwenmäulern flossen dünne Wasserstrahlen. Sie setzte sich auf die Sandsteinbank direkt ans Becken.

»Ich bin nur nicht mehr naiv genug, um dir zu glauben.«

»Naiv. Ich bitte dich. Naiv bist du nie gewesen. Doch ich erkläre es dir gern im Detail. Ich will dich ganz und gar: deinen Körper, deinen spritzigen Geist, deine Partnerschaft, dein Wissen, deine uneingeschränkte Loyalität, deine Treue …« Seine Sanftheit schlug um in beißenden Sarkasmus. »Autsch – wie dumm von mir, ich vergaß: Die letzten beiden Punkte sind mit deinem Charakter nicht vereinbar. Dann muss es wohl auch in Zukunft ohne gehen. Den Rest jedoch, Linda, den will ich wiederhaben. Hast du verstanden?«

Mit zitternden Fingern warf sie kleine Kieselsteine ins Wasser, beobachtete die Kreise, die die Oberfläche kräuselten, lauschte dem sachten Plätschern und gab sich unbeeindruckt. »Du bist es, der nicht versteht. Ich will dich nicht mehr, und ich brauche dich auch nicht mehr.«

»Was du willst, interessiert mich nicht, Linda. Aber du brauchst mich so sehr wie ich dich. Du brauchst mich, damit dein schönes Leben nicht sehr bald eine unschöne Wende nimmt. Verstehe mich nicht falsch. Ich biete dir nur ein Geschäft an.«

»Ich bin nicht interessiert.«

»Und ich weiß, dass das nicht stimmt. Du bist wieder an etwas dran, an etwas Großem, denn für Kleinkram nimmst du kein Risiko in Kauf. Also noch mal – und unterbrich mich nicht wieder.«

Sie öffnete den Mund, rein aus Prinzip und Lust am Widerspruch, überlegte es sich dann aber anders. Er hasste es, wenn sie das machte, und sein Zorn konnte furchterregend sein.

»Ich biete dir ein Geschäft an, bei dem du nur gewinnen kannst. Und alles, was ich in die Waagschale werfe an unangenehmen Nebenwirkungen, wenn du dich nicht an unsere Abmachungen hältst, ist die Wahrheit.«

»Die Wahrheit?«

»Die Wahrheit. Mehr hast du von mir nicht zu befürchten.«

Sie konnte sich gut vorstellen, was er damit andeuten wollte, doch sie hatte nicht vor, sich erpressen zu lassen.

Über die Folgen eines sofortigen Neins dachte sie lieber nicht nach. Sie brauchte einen Plan. Und sie brauchte ihn schnell.

Montag, 03. September, Vielbrunn, 11:15 Uhr
– Frank Liebknecht –

In rasanter Schussfahrt nahm er die Kurve, lehnte sich zur Seite wie ein Rennfahrer. Frank liebte die Geschwindigkeit und das pfeifende Geräusch des Windes in seinen Ohren. Er konnte selten der Versuchung widerstehen, mit blockierenden Reifen auf der kiesbestreuten Einfahrt zum Golfplatz zu bremsen und die letzten Meter zu schlittern, mit einer spritzenden Steinchenfontäne. So wie er es als kleiner Junge mit dem BMX-Rad gemacht hatte, oder später mit dem Mountainbike. Daran änderte auch seine Rolle als Polizist nichts, auf Streife mit dem Dienstfahrrad.

Heute ließ er die Golfer links liegen. Er wollte zur Pferdekoppel eines Aussiedlerhofs. In den umliegenden Dörfern trieb sich seit einigen Monaten ein Schlitzer herum, der wahllos Tiere mit einem Messer attackierte. Wenn Frank nur daran dachte, stieg ihm die Galle hoch. Feige und sinnlos. Wie krank musste man sein, um sich am Leid vertrauensseliger Kreaturen zu vergnügen? In den letzten Wochen hatte Frank die Zahl seiner Kontrollbesuche auf den abgelegenen Weiden mehr als verdoppelt – zur Freude seiner Wadenmuskulatur – und variierte Uhrzeit und Reihenfolge, um für den Tierquäler nicht berechenbar zu sein. Die Besitzer machten es ebenso und sorgten dafür, dass kein Tier nachts draußen blieb. Dieses Vorgehen war natürlich mühsam und arbeitsintensiv, und er rechnete jederzeit damit, dass einer aufgab und ausscherte. So wie er den Täter einschätzte, hatte der die Lage gut im Blick und wartete geduldig auf die nächste Gelegenheit. Ein bisschen hoffte Frank nach dem Sankt-Florian-Prinzip: Lass ihn nicht in meinem Bezirk zuschlagen, wenn es wieder so weit ist.

Schon von Weitem sah er die Frau, leicht nach vorne gebeugt, auf dem Weidezaun sitzen. Die langen Haare flossen in schimmernden Wellen über ihre Schultern, rutschten herab und verdeckten zur Hälfte ihr Gesicht. Wie auf dem Fest trug sie auch heute einen schmal geschnittenen Rock und eine Bluse, die besser in ein Büro gepasst hätten. Die Sandalen mit dem Korkplateau baumelten neben ihr an einem Holzpfosten, um den sie auch ihre Tasche gehängt hatte; ihre nackten Zehen zupften Gras. Ausnahmsweise verzichtete Frank auf eine spektakuläre Bremsung. Er wollte die Schöne weder erschrecken noch wie ein aufgeblasener Depp daherkommen.

Sie richtete sich auf, als er vom Rad stieg.

»Hallo.« Er schaute sie nicht direkt an, zählte die Tiere auf der Wiese durch. Alle da, alle wohlauf. Keines der stämmigen Pferde reagierte auf seine Anwesenheit, nur die Ohren zuckten kaum merklich, drehten ihm die weiche, dicht behaarte Öffnung zu.

»Yeah, Frankie!«, grüßte die Unbekannte, die Finger zum Victoryzeichen erhoben, und schlug sich dann lachend die Hand vor den Mund. »Verzeihung, ist mir so rausgerutscht. Ich habe Sie gar nicht gleich erkannt. Sie sehen heute so ganz anders aus.« Ungeniert betrachtete sie ihn, von oben nach unten: den Fahrradhelm, der seine Locken versteckte, das blaue Shirt mit den Reflektorstreifen und dem Polizeiaufdruck, die kurze Hose.

»Bin im Dienst«, erklärte er knapp und versuchte zu ignorieren, wo genau ihr Blick hängen blieb. Zum Glück war die Hose weit geschnitten.

»Oh, wie schade. Dann müssen Sie sicher gleich weiter. Oder

haben Sie ein paar Minuten, um sich zu mir zu setzen?« Auffordernd klopfte sie neben sich aufs Holz.

Klar konnte er bleiben. Wenn er wollte. Schließlich bestimmte er seinen Zeitplan selbst. Er schob das Rad drei Zentimeter nach links, dann nach rechts, drückte den Sattel gegen den Bauch, trommelte mit den Daumen darauf.

»Machen Sie Urlaub in Vielbrunn?«, fragte er ohne erkennbaren Zusammenhang.

»Sieht so aus, als hätte der Sheriff keine Zeit für die einsame Squaw«, seufzte sie und verzog schmollend die Lippen. »Wenn er nicht mal das Rad abstellt.«

»Hat er nicht«, bestätigte Frank und fragte sich insgeheim, wieso eigentlich. Sie streckte die Beine aus und balancierte sich schaukelnd auf dem schmalen, grob gehauenen Brett aus. Dabei wackelte sie mit den Zehen, um die feuchten Grashalme loszuwerden, die dazwischensteckten. Auf den Fußnägeln glänzte tiefroter Lack in der Sonne. Wie Blutstropfen. Frank zwang sich zur Konzentration. Die Frau brachte ihn durcheinander, das gefiel ihm nicht. Er versuchte, sie mit dienstlichen Augen zu sehen, distanziert. Ihr kindlicher Trotz passte nicht zu ihrem Äußeren und war eindeutig nicht echt. Was bezweckte sie damit? Für Lolitaspielchen waren sie beide nicht im richtigen Alter. Sie mochte sogar ein oder zwei Jahre älter sein als er. Er sollte ihr einfach noch einen schönen Tag wünschen und gehen.

Beim Versuch, endlich den letzten hartnäckigen Stängel vom Fuß abzuschütteln, verlor sie das Gleichgewicht. Frank stieß das Fahrrad von sich, als er sah, dass sie gleich nach hinten kippen würde, machte einen Satz darüber und war gerade rechtzeitig bei ihr, um sie aufzufangen. Mit einem spitzen Aufschrei landete sie an seiner Brust und packte dann mit beiden Händen seinen Oberarm. Auf den Schrei folgte hemmungsloses Gelächter, bei dem sie ihr volles Gewicht auf Frank ablegte.

»Danke!« Es dauerte ein wenig, bis sie sich beruhigt hatte, dann tupfte sie sich mit den Spitzen der Zeigefinger die Lachtränen aus den Wimpern. Vorsichtig blinzend, um die Schminke nicht zu verwischen.

»Pferde«, sagte sie schließlich, hielt sich wieder an ihm fest und deutete mit dem Kinn zur Wiese. »Ich bin wegen der Pferde hier. Unglaublich schöne Tiere, nicht wahr?«

Frank erwiderte nichts.

»Diese strammen Muskeln, die Kraft und Dynamik.«

Er konnte nicht fassen, wie sie ihn bei diesen Worten ansah, immer noch an ihn gelehnt, und dabei den Druck auf seinen Arm verstärkte.

»Reiten Sie gern, Herr Liebknecht? Für mich gibt es nichts Aufregenderes, als die Energie zu spüren, die von einem Hengst ausgeht!«

Hastig löste Frank ihre Hände und schob sie an den Schultern zurück, bis sie wieder selbstständig Halt auf dem Zaun fand.

»Was ist denn? Habe ich was Falsches gesagt, Frankie?«

Frank stellte das Fahrrad auf und schwang sich auf den Sattel. »Sie sollten auf Ihre Füße aufpassen, damit Sie sich am Holz keine Splitter einreißen.« Mit hartem Antritt stieg er in die Pedale.

»War schön, Sie wiederzusehen, Sheriff«, rief sie ihm hinterher. »Ich heiße übrigens Linda!«

Montag, 03. September, Vielbrunn, 15:10 Uhr
– Linda Ehlers –

Das Zusammentreffen mit Frank Liebknecht beflügelte Linda Ehlers' Fantasie. Ritterlich, schüchtern und sexy, eine nicht alltägliche Mischung, die sie reizte.

Vor dem Garderobenspiegel in ihrem Ferienhaus hatte sie ihre Frisur unter dem breiten Haarband in Form gezupft und kritisch ihr Erscheinungsbild geprüft. Nicht zu kokett, aber auch nicht zu bieder, ein Hauch von Boheme vielleicht? Dann hatte sie die Umhängetasche gegen eine lederne Mappe getauscht, die nun unter ihrem Arm klemmte. Seriös und professionell. Das gefiel ihr.

Wenn der Sheriff um seine Wirkung auf Frauen wusste, konnte er jedenfalls garantiert nichts mit diesem Wissen anfangen. Im Gegensatz zu ihr. Sie schmunzelte. Eine kleine Schonfrist sollte er noch haben. Aber nur eine kleine.

Im Augenblick hatte sie anderes zu tun, als dem Mann auf die Sprünge zu helfen. Die schmale Uhr an ihrem Handgelenk verriet ihr, dass sie lange genug gewartet hatte. Zehn Minuten über der verabredeten Zeit. Perfekt. Ihr Gastgeber sollte nun fertig vorbereitet und ausreichend neugierig sein. Aber noch nicht ungeduldig oder gar verärgert.

Mit großer Geste bat Wilfried Arras seine Besucherin, in sein Refugium einzutreten. Der leidenschaftliche Heimatforscher hatte sich für Linda in Schale geworfen. So was erkannte sie auf den ersten Blick. Ein weißes Hemd zur Bundfaltenhose, die ein wenig zu hoch saß für ihren Geschmack und mit dem Gürtel oberhalb des Nabels festgehalten wurde. Sogar in schwarze Schnürschuhe hatte er sich gezwängt, obwohl sie jede Wette geschlossen hätte, dass er normalerweise zu Hause barfuß in Sandalen herumschlappte. Oder in filzigen Pantoffeln.

»Welch Glanz in meiner Hütte! Frau Ehlers, ich bin hocherfreut! Bitte, nehmen Sie Platz.«

Die einander gegenüberstehenden tiefen Sessel seufzten im Gleichklang, als sie sich setzten. Nicht antik, aber definitiv sehr alt. Auf dem Tischchen davor türmten sich Kekse und Pralinen in einer Bleikristall-Etagere, Kaffee und Tee standen bereit, buhlten um ihre Gunst, lockten, mit Zucker und Sahne oder Zitrone gemischt zu werden. Platz für Tassen gab es gerade eben noch auf der polierten Glasplatte, doch schon auf einen Unterteller musste verzichtet werden. Die überquellende Gastfreundlichkeit fand ihre Fortsetzung in der förmlich-überschwänglichen Sprechweise des Hausherrn, und das Gedränge auf dem Tisch entsprach der Atmosphäre des gesamten Raumes. Papier, so weit das Auge reichte. Bücher, Zeitungen, Kladden, Bilderalben und monströse ledergebundene Wälzer – in Regalen, auf dem Schreibtisch und auf einem erhöhten Lesepult mit fest installierter beleuchteter Lupe an einem schwenkbaren Metallarm.

Linda ließ sich hofieren, rekelte sich genüsslich, mit der Tasse auf den übereinandergeschlagenen Beinen.

»Ein wundervoller Ort«, seufzte sie und inhalierte den Geruch von vielen Tausend Seiten bewahrter Erinnerung, gelebter und geschriebener Geschichte. »So einen Raum wünsche ich mir auch, Herr Arras. So einen Raum und jede Menge Zeit, um zu lesen, zu lesen und zu lesen!«

Wilfried Arras faltete die Hände über dem prallen Bauch und nickte zustimmend zu ihren Worten. »Sie Glückliche haben ja noch alle Zeit der Welt vor sich, verehrte Frau Ehlers!

Diese – meine – kleine Sammlung«, seine wegwerfende Handbewegung schloss das komplette Zimmer ein, »hütet nur einen winzigen Bruchteil der Vergangenheit. Eine bescheidene Auswahl.«

Linda schüttelte mit gespielter Missbilligung den Kopf, und er wehrte ihren Einspruch ab, mit sichtlichem Behagen. Der alte Charmeur platzte fast vor Stolz.

»Natürlich gebe ich mir Mühe, und ein paar rare Schätzchen nenne ich durchaus mein Eigen«, lenkte Wilfried Arras nun ein. »Doch Sie, meine Liebe, sollten sich nicht in einem solchen Kabuff vergraben! Heben Sie sich das auf für später, wenn Sie dereinst in Rente gehen und die Kinder aus dem Haus sind. Bis dahin überlassen Sie getrost mir das Blättern in staubigen Archiven. Sie sagen mir jetzt einfach, was genau Sie vorhaben und was Sie wissen möchten. Und mein Wissen soll das Ihre sein!«

So viel Emphase musste in Ruhe genossen und verdaut werden. Linda fischte sich eine Praline aus dem Sortiment, die sie sehr sorgfältig auswählte. Dabei gewährte sie ihrem Gastgeber einen kleinen, charmanten und nicht zu aufdringlichen Einblick in ihr Dekolleté. Sie behielt die Position noch einen Moment bei, lutschte die äußere Schicht von der Praline und schob sie dann mit der Zunge in die Backe.

»Alles will ich wissen«, nuschelte sie hinter vorgehaltener Hand und zwinkerte Herrn Arras zu. »So sind wir Frauen!« Sie wartete das Ende seines Gelächters ab und zerdrückte andächtig den letzten Rest Schokolade am Gaumen. »Ich arbeite an einer Studie über die vergessenen Seiten des Zweiten Weltkriegs. Über die einfachen Menschen auf dem Land. Ihre Sorgen und Nöte, ihre Erlebnisse und – wenn man so will – ihre kleinen Heldentaten, die niemand bemerkt hat. Gegen das Vergessen, wie es gern so oft gesagt wird. Aber ich meine es auch. Und wenn Sie mich jetzt fragen, wie ich ausgerechnet auf den Odenwald gekommen bin, dann muss ich gestehen, dass ich darauf keine schlüssige Antwort weiß. Vielleicht war es der Zufall, vielleicht das Schicksal, das mich hierher geführt hat? Fest steht, dass schon meine ersten Recherchen im Internet bestätigt haben, dass diese Region einiges zu bieten hat. Tragische Geschichten von Fliegern und Abschüssen, von Flugzeugabstürzen sowohl deutscher als auch alliierter Soldaten und vom Umgang der Bevölkerung damit. Wenn ich genug Material zusammenbekomme – und daran zweifle ich nicht –, wird am Ende meiner Arbeit ein Dokumentarfilm entstanden sein. Die Finanzierung ist gesichert, ein Produzent im Boot. Darum, lieber Herr Arras, erzählen Sie mir einfach alles über die Kriegsjahre in Vielbrunn. Speziell die Fliegerei interessiert mich, weil sie die große Welt draußen mit der kleinen Welt des Odenwaldes verbindet.«

Dienstag, 04. September, Vielbrunn, 15:25 Uhr
– Frank Liebknecht –

Der Junge heulte erbärmlich. Das Halsband baumelte noch an der Hundeleine, die er fest umklammert hielt, und schleifte hinter ihm über den Boden. Frank legte ihm den Arm um die Schultern und suchte nach einem Taschentuch, um ihm die Nase zu putzen. Dann drückte er ihn auf einen der Stühle und ging vor ihm in die Hocke.

»Mach dir keine Sorgen, Jannis. Der Berti kommt bestimmt wieder, er ist doch schon öfter ausgebüxt. Habe ich recht?«

Der Kleine nickte. Die strohblonden Haare fielen ihm in die Augen. »Aber die Mama wird schimpfen. Ich darf den Berti doch nicht frei laufen lassen.«

»Weil er so gern Karnickel jagt, ich weiß. Aber das hast du ja auch nicht gemacht, oder?«

»Nein. Er ist einfach rausgeschlüpft mit dem Kopf. Ich habe doch nur«, er schluchzte, »hab doch nur das Band nicht so fest gemacht, damit es ihm nicht wehtut am Hals!« Die Tränen kullerten schon wieder über die sommersprossigen Wangen.

Jannis wohnte mit seiner Mutter nur wenige Schritte von der Limeshalle entfernt, die neben der Polizeidienststelle auch die Gemeindeverwaltung und den örtlichen Festsaal beherbergte. Vor vier Wochen war er eingeschult worden, und seitdem durfte er endlich alleine den Hund ausführen. Darauf war er furchtbar stolz. Auf dem Nachhauseweg kickte Frank ab und zu noch ein paar Minuten mit Jannis, auf dem Parkplatz vor der freiwilligen Feuerwehr gegenüber. Jannis wollte Fußballprofi werden oder vielleicht auch Polizist. Frank streichelte ihm über den Kopf, als der Junge ihm beide Arme um den Hals schlang.

»Du und ich«, sagte Frank leise, »wir gehen jetzt rüber zu deiner Mama. Und ich verspreche dir, dass ich aufpasse, damit sie nicht so doll schimpft. Und wenn Berti bis morgen nicht wieder da ist, dann suchen wir gemeinsam.«

Jannis schniefte noch mal neben Franks Ohr, dann ließ er ihn los und rutschte vom Stuhl. Im Vorbeigehen griff Frank seine Dienstmütze und stülpte sie Jannis über. Der Junge strahlte.

Manche Probleme lösten sich von selbst, da war sich Frank sicher. Der Hund würde den Weg nach Hause schon finden. Das hatte er bisher immer getan.

Der restliche Tag zog sich endlos hin, zähfließend und zermürbend. Dabei hatte Frank ausreichend zu tun: ein Gespräch mit dem Pfarrer, eines mit der Feuerwehr, eines mit allen gemeinsam. Kaum lag ein Festakt hinter ihnen, stand der nächste an, musste im Detail koordiniert und auf mögliche Sicherheitsrisiken abgeklopft werden. Das Jubiläumsjahr wurde von der ersten bis zur letzten Minute ausgekostet und gefeiert. Die Pläne gab es seit Monaten, jetzt folgte der letzte Feinschliff.

Frank zeigte sich geduldig und kompromissbereit wie selten und wollte einfach nur möglichst schnell wieder allein sein mit seinen Gedanken an Linda. Die Frau ging ihm nicht aus dem Kopf. Erst ihre Blicke auf dem Fest, dann die Anmache auf der Pferdekoppel und am Morgen vor Dienstantritt ein irrwitziges Gespräch vor der Tür der Bäckerei. Er auf dem Weg nach drinnen, sie nach draußen.

»Hey, Frankie.« Der Schalk leuchtete in ihrem Gesicht. »Schon wieder bei der Arbeit?« Sie stand ihm mit Absicht im Weg, ebenso offensichtlich, wie ihre Frage unsinnig war, denn seine Uniform gab darüber eindeutig Auskunft. Er versuchte locker zu bleiben und übernahm ihren Tonfall.

»Hey, Linda. Schon wieder auf dem Weg zu den Pferden?« Er schaffte es gerade noch, das Wort *Hengst* zu vermeiden.

»Später. Jetzt tu ich erst mal mir was Gutes.« Sie schwenkte eine Tüte vor seiner Nase. »Kaffee ist gleich fertig. Eigentlich müsste man ihn bis hierher riechen können.« Mit geschlossenen Augen hielt sie schnuppernd das Gesicht in die Sonne. »Ich habe mich dort drüben in der Straße eingemietet, in dem schnuckeligen Fachwerkhäuschen neben der Schule.«

»Ganz allein?«

Verflucht. Wieso stellte er so eine bescheuerte Frage? Sie öffnete den Mund wie zu einem überraschten Ausruf und hob den Zeigefinger, mit einem Gesichtsausdruck, als habe er etwas Schlüpfriges gesagt.

»Ähm, Entschuldigung, ich wollte nicht … nicht neugierig, oder unhöflich … Ich habe mich nur gewundert, wegen dem vielen Platz für eine Person …«

»Besuchen Sie mich doch heute Abend. Dann sind wir schon zu zweit.«

Ihr Zeigefinger drückte sich auf seine Brust. Hastig redete er weiter und ignorierte ihre Bemerkung. »Wenn man ein Hotelzimmer nimmt, muss man sich um nichts kümmern, meine ich. Aufräumen und Frühstück und so …« Er hasste sein planloses Gestotter.

Linda ging mit einem Lächeln darüber hinweg. »Das stimmt. Aber wieso sollte ich ein Hotelzimmer nehmen, wenn ich doch ein ganzes Ferienhaus haben kann? Ich bin gerne ungestört, brauche viel Freiheit. Außerdem geht es niemanden etwas an, wann ich morgens aufstehe – und mit wem.« Sie zupfte ihn kurz am Revers seiner Uniform. »Also dann so gegen acht? Ich freu mich!«

Und weg war sie gewesen. Hatte ihn zurückgelassen mit dem merkwürdigen Gefühl, keine Wahl zu haben und ihrer Einladung folgen zu müssen. Ein Teil von ihm wehrte sich dagegen, während ein anderer Teil ihre Aufmerksamkeit mehr als nur genoss.

Dienstag, 04. September, Vielbrunn, 20:05 Uhr
– Frank Liebknecht –

Linda Ehlers schloss hinter Frank die Tür. »Schade, dass du deine Uniform nicht anhast.«

Er wusste nicht, wo er hinsehen sollte. Es war zu eindeutig, was hier gleich geschehen würde. Auch wenn sie nicht wirklich darüber gesprochen hatten. Natürlich nicht. Wie hätten sie auch darüber reden sollen? Oder hatten sie nicht eigentlich doch …?

Linda nahm ihm die Sektflasche ab und stellte sie auf den Garderobenschrank. Ein lauwarmes Verlegenheitsmitbringsel, von dem er noch schnell die Schleife mit der Grußkarte zu seinem Geburtstag abgeschnitten hatte. Er hängte die Lederjacke an die Wand, stand unschlüssig herum. Betont gemächlich bewegte Linda sich rückwärts, hüftkreisend, und zog ihn an beiden Händen mitten in den Raum.

»Frank Liebknecht mit dem magischen Blick. Ich weiß jetzt, was dieser Nico Irgendwer auf dem Fest damit gemeint hat.«

Frank verzog das Gesicht. »Dass ich schiele. Ist ja auch auf Dauer schwer zu übersehen.«

»Oh, wie gemein, das so zu sagen! Nein, ich finde wirklich, dass deine Augen eine ganz eigene Magie besitzen. Man merkt es nicht sofort, aber je länger man dich ansieht, umso mehr fasziniert es.«

Dass man das Schielen nicht gleich bemerkte, stimmte. Etwas faszinierendes konnte Frank daran allerdings nicht finden. Sein linkes Auge drehte sich einen Tick nach innen, was ihn oft leicht abwesend aussehen ließ. Bei Anspannung verstärkte sich das Problem. Und gerade jetzt fühlte er sich ziemlich verspannt. Er blinzelte mehrfach.

Linda blinzelte ebenfalls und führte seine Hände hinter ihrem Rücken zusammen. »Oh, ja, verzaubere mich, geheimnisvoller Dschinn!« Sie legte den Kopf in den Nacken und sah ihn aufmerksam an.

Frank wagte kaum zu atmen. Wann war er einer Frau zuletzt so nah gewesen, wann hatte ihn eine Frau je so angesehen? Ein schlechter Zeitpunkt, um darüber nachzudenken. Viel wichtiger war, herauszufinden, was sie jetzt von ihm erwartete.

Linda schloss die schmale Lücke zwischen ihren Körpern. Ihr Becken drückte sich gegen ihn, und immerhin wusste er, dass sie dort genau das spürte, was sie spüren wollte. Was ihn schon den ganzen Tag begleitete.

Oh, verdammt, es war lange her! Viel zu lange.

Es gelang ihm nicht, an etwas anderes zu denken als an das Offensichtliche. Er wollte. Sie wollte. Jedes weitere Zögern war eine Farce. Unnötig. Verlogen. Für eine Sekunde durchzuckte ihn die Erkenntnis, dass er blind in ihr Netz rannte. Es war ihr Plan, der hier ablief. Aber das war ihm egal. Und er bezweifelte, dass er mit seinem Blick eine hypnotisierende Wirkung auf sie ausüben konnte. Wahrscheinlich funktionierte das eher umgekehrt. Aber auch das war ihm jetzt egal. Auf das Ergebnis kam es an.

Mit einem ergebenen Seufzen gab Frank das Denken auf und küsste Linda sacht. Ihre Lippen öffneten sich bereitwillig. Dieses erste Ergebnis schmeckte vielversprechend. Mit den Fingernägeln fuhr Linda entlang seiner Wirbelsäule auf und ab und rieb dabei ihre Brüste an ihm.

Zu viel Stoff zwischen ihnen, der ihre Haut von seiner trennte! Frank versuchte sich loszumachen, um ihre Bluse zu öffnen. Seine Eile entlockte ihr ein helles Lachen.

»Geduld«, flüsterte sie.

»Habe ich nicht«, stöhnte er und ertrug doch stoisch ihre feuchte Zungenspitze in seinem Ohr. Er war bereit, alles Mögliche zu ertragen, solange sie weitermachte und ihm mehr gab. Nur schnell musste es mehr sein, sonst verlor er den Verstand.

Abrupt stieß Linda ihn weg, und er taumelte einige Schritte, bis er sein Gleichgewicht wiederfand. Was sollte das denn jetzt?

Aufreizend leckte Linda über ihre Lippen, wiegte sich hin und her, wie zu einer Musik, die nur sie hörte, und zog den Saum ihrer Bluse ein wenig nach oben, zeigte einige Zentimeter ihres Bauches, den Nabel, in dem ein kleiner Stein funkelte. Kurz blitzte der Ansatz ihres BHs auf. Sie drehte sich, wiederholte den Vorgang, offenbarte aber nicht mehr. Dann strich sie die Wäsche glatt und verschränkte die Arme.

»Jetzt du!«

»Ich?«

»Ja, zeig mir, was mich erwartet. Ganz langsam.«

Er sollte für sie eine Art Strip hinlegen? Frank schluckte. Sie meinte das offenbar ernst, setzte wieder ihr Lolitaschmollen ein, als er zögerte. Nein, keine Chance. Das war nichts für ihn. Entschlossen zerrte er das T-Shirt über den Kopf, stand da mit nacktem Oberkörper und rasendem Puls.

»Langsam ist nicht.«

Linda nickte und betrachtete ihn mit sichtlichem Wohlgefallen. »Okay«, sagte sie gedehnt. »Wie du willst.« Mit beiden Händen griff sie an ihren Ausschnitt und zerriss mit einer einzigen, energischen Bewegung den Stoff, Knöpfe sprangen ab, rollten durchs Zimmer und unter die Möbel. Die Träger des Büstenhalters schnippte sie über die Schultern und drückte auf den kleinen Knopf, der ihn vorne zusammenhielt, ließ ihn mit dem Rest der Bluse einfach zu Boden gleiten.

»Ich habe mich wohl in dir getäuscht.« Sie umkreiste ihn,

ohne ihn zu berühren, aber so dicht, dass er ihre Wärme spürte. »Wenn langsam nichts für dich ist, dann machen wir es eben auf die wilde Tour.« Wieder setzte sie die Fingernägel ein, kratzte damit über seine Brust, nicht gerade sanft, bis er ihre Handgelenke packte und sie daran hinderte. Sie drängte sich noch enger an ihn.

»Ja«, hauchte sie. »Genau so, Sheriff. Ganz genau so.«

Das Nächste, was Frank mit vollem Bewusstsein wahrnahm, war die Dunkelheit und die Kühle der Nachtluft, die von draußen hereinströmte. Die Entspannung machte ihn schläfrig. Linda lehnte nackt am Fensterkreuz des Schlafzimmers und pustete den Rauch ihrer Zigarette ins Freie. Die Glut tanzte wie ein Glühwürmchen auf und ab.

»Willst du auch?«

Gegen seine Gewohnheit nahm er an, inhalierte einen Zug, einen zweiten, reichte die Kippe zurück. »Was machst du hier in Vielbrunn, Linda?«

Sie zerquetschte den Stummel der Zigarette am Rahmen und warf ihn achtlos in den Garten. »Hab ich dir doch gesagt: Ich bin wegen der Pferde hier. Und ich kann dir sagen, ich habe einen wahnsinnig starken Hengst gefunden …« Vom Fußende her kroch sie zu ihm ins Bett und streichelte dabei über seine Beine aufwärts.

»Ernsthaft, Linda. Dein Ablenkungsmanöver kannst du dir sparen, ich kann sowieso nicht mehr. Warum bist du wirklich hier? Du bist nicht der Typ, der im Odenwald Urlaub macht.«

Mit einem leicht enttäuschten Schnauben ließ sie sich zur Seite kippen und knuffte sich ein Kissen zurecht. Er konnte von Glück sagen, dass sie nicht ihn so bearbeitete. Unwillkürlich tastete er über seine Brust. Ihre Bisse würde er noch einige Tage lang spüren.

»Du bist wohl doch mehr Bulle, als ich dachte, Sheriff. Gut, es stimmt, dass ich nicht direkt Urlaub mache – aber das mit den Pferden stimmt auch! In gewisser Weise.«

»Dann lass mal hören.«

Linda nagte an einem ihrer künstlichen Fingernägel. Diese scharfen Teile jagten ihm jetzt noch heißkalte Schauer über den Körper. Die mangelnde Beleuchtung machte es unmöglich, Lindas Gesichtsausdruck zu deuten. Was gab es da so lange zu überlegen?

»Na schön, von mir aus. Warum nicht? Das ist eine komplizierte Geschichte, aber ich versuche, es kurz zu machen. Und bitte, lach mich nicht aus deswegen.«

»Klar. Werde ich nicht, versprochen.«

»Ich hatte eine Großmutter, eine wundervolle Frau. Als sie noch sehr jung war, eigentlich noch fast ein Kind, hat sie in Bayern gelebt. Dort ist sie in einen Künstlerhaushalt geraten, das heißt, sie war dort gelegentlich zu Besuch. Und sie hat sich verliebt.«

Frank zog sie gähnend ein Stück näher.

»Langweile ich dich?«

»Nein. Ich höre dir zu. Sie hat sich verliebt.« Er bemühte sich darum, aufmerksam zu bleiben, was Lindas angekuschelter Köper ihm nicht gerade erleichterte, und er merkte, dass ihm einzelne Sätze entgingen.

»Verliebt, genau. Allerdings nicht in einen der Maler, sondern in ihre Gemälde. Eines davon hat sie nie wieder aus dem Kopf bekommen. Ein Bild mit vier blauen Pferden. Als ich klein war, hat sie mir die Geschichten immer wieder erzählt. Von ihrer Freundin dort, den Pferden und dem Russenhaus …«

Wortfetzen tanzten vor Franks geschlossenen Lidern. Sein eigener Schnarchlaut ließ ihn zusammenzucken, und er fing sich einen entrüsteten Schlag auf den Arm ein.

»Ich habe nicht geschlafen! Bin wach. Das war nur … Russen, du hast von Russen gesprochen und vom Krieg und den Nazis. Ich bin ganz Ohr. Aber ich versteh immer noch nicht, was das mit Vielbrunn zu tun hat.«

»Die Nazis haben ihr Lieblingsbild im Krieg verschleppt, und seitdem ist es verschollen. Einer der Hinweise führte mich hierher – und der nächste – tja, wer weiß wohin. Verstehst du, meine Großmutter hat sich ihr ganzes Leben lang danach gesehnt, dieses Bild noch einmal zu sehen. Und ich habe mir vorgenommen, es zu finden. Auch wenn sie inzwischen tot ist, habe ich das Gefühl, dass ich das für sie tun muss.«

»Hm.« Ziemlich abenteuerlich, die Erklärung. Linda auf romantischer Spurensuche. Glaubhaft hörte sich das für ihn nicht an. Nach diesem Abend kam ihm als Begründung für ihre Anwesenheit die Suche nach dem nächsten wilden Hengst doch einleuchtender vor. Frank unterdrückte ein Lachen. Sie musste es dennoch bemerkt haben, denn sie verpasste ihm den nächsten Hieb.

»Vergiss einfach, dass ich davon erzählt habe. War eine blöde Idee.«

»Nein. Im Gegenteil.« Frank drehte sich zu ihr und strich sanft durch ihre Haare. Sie sollte sich auf keinen Fall veralbert fühlen. Auch wenn er ihr kein Wort glaubte. Der Gedanke, diese verrückte Nacht zu wiederholen, war zu verlockend, als dass er eine Missstimmung riskiert hätte. Obwohl Linda ihn an seine Grenzen gebracht hatte. Vielleicht war Sentimentalität nur eine Seite an ihr, die er noch nicht kannte. »Ich finde das spannend. Erzähl mir mehr. Vielleicht kann ich dir helfen?«

»Nein.« Linda richtete sich jäh auf und saß sehr gerade. »Nein, das ist meine Sache.«

»Bist du sauer?«

»Pschscht!«

Von unten hörte er den anschwellenden Klingelton eines Handys. Irgendetwas Klassisches.

»Da muss ich rangehen.« Sie schlug die Decke zurück und stand auf. Der Wecker auf dem Nachttisch zeigte Viertel vor drei.

»Um diese Zeit?«

»Das ist wichtig, okay? Und privat!«

Die Tür knallte hinter Linda zu. Nackt wie sie war, rannte sie die Stufen hinunter. Privat. Offenbar nichts, was ihn etwas anging. Genau wie die merkwürdige Suche nach dem noch viel merkwürdigeren Bild. Nazis und blaue Pferde. Fragte sich nur, was sie mit der Geschichte bezweckte. Ob sie sich für ihn interessant machen wollte? Das musste sie nicht. Sie *war* interessant.

»Soll ich besser nach Hause gehen?«, fragte Frank in die Stille, die hinter ihr zurückgeblieben war. Er machte Licht, wartete.

Ein Falter verirrte sich ins Zimmer, stieß gegen den Lampenschirm, flog erneut an. Frank sah ihm zu. Ein potenzieller Selbstmörder oder nur ein Idiot? Laut atmete er durch. Ein Idiot vermutlich. Genau wie er. Frank drückte auf den Schalter, um dem Nachtfalter das Leben zu retten. Er fühlte sich ihm plötzlich sehr verbunden. Im Dunkeln suchte er seine Sachen, fand Unterhose, Jeans und Socken. Das T-Shirt musste irgendwo im Wohnzimmer geblieben sein, genau wie die Schuhe. Halb angezogen setzte er sich aufs Bett, wartete wieder, starrte ergeben vor sich hin. Beim Telefonieren wollte er Linda nicht stören. Denn vielleicht gab es für den menschlichen Idioten ja auch noch was zu retten.

Mittwoch, 05. September, Vielbrunn, 10:10 Uhr
– Linda Ehlers –

Linda Ehlers erwachte mit einem Lächeln. Die Nacht mit Frank Liebknecht wertete sie als vollen Erfolg, gerade weil er nicht geblieben war. Es gab nichts Unangenehmeres, als nach dem ersten Sex gemeinsam aufzuwachen. Zu schnell bildete sich einer ein, es ginge um mehr. Wobei mehr nicht ausgeschlossen sein musste, sofern keiner dabei an tiefere Gefühle dachte. Der süße Bulle mit dem Silberblick hatte jedenfalls gute Chancen, eine Weile im Rennen zu bleiben, wenn sich ihr Aufenthalt in Vielbrunn noch länger hinzog. Schließlich sprach nichts dagegen, das Angenehme mit dem Nützlichen zu verbinden. Das hatte sie auch in der Nacht am Telefon klargestellt.

Am Montag war sie von Herrn Arras nicht nur mit Pralinen, sondern auch mit interessanten Hinweisen versorgt worden, denen sie heute weiter nachgehen musste. Lästige Kleinarbeit, die mehr Zeit in Anspruch nahm, als ihr recht war, und der sie bereits den gestrigen Tag komplett geopfert hatte. Wenn man mal von den amourösen Freizeitaktivitäten absah.

Sie strampelte die Beine aus der Umklammerung der Decke und krabbelte aus dem Bett. Ein Nest für Romantiker, unter der niedrigen Dachschräge. Nicht ihr Stil. Sie bevorzugte hohe, helle Räume, mit viel Glas und Licht. Moderne statt Muff. Sie rümpfte die Nase; der abgestandene Geruch schweißtreibender Leidenschaft klebte an ihr, hing im Laken und staute sich im Zimmer. Aus dem Koffer wühlte sie frische Unterwäsche und öffnete das Fenster so weit wie möglich. Eine grau geflügelte Motte torkelte aus der dunklen Ecke hinter dem Vorhang.

Linda erlegte sie mit ihrem Schuh, schnippte den Rest mit spitzen Fingern nach draußen und rieb angewidert die Sohle am Fensterrahmen sauber. Jetzt brauchte sie erst recht eine Dusche – Wasser, Seife, Parfum!

Dass sie Frank gegenüber das Bild mit den Pferden erwähnt hatte, musste kein Fehler sein. Der spontane nächtliche Zweifel verflog. Dennoch hielt sie es für ratsam, das Tempo ihrer Nachforschungen weiter zu forcieren.

Mittwoch, 05. September, Vielbrunn, 11:05 Uhr
– Frank Liebknecht –

Berti war nicht zurückgekommen. Jannis' Mutter stand etwas verlegen vor Franks Schreibtisch und knetete ihre Hände. Sie wusste nicht, was sie ihrem Sohn sagen sollte, wenn der aus der Schule nach Hause kam. Frank musste nicht lange überlegen. Er hatte ein Versprechen gegeben, daran gab es nichts zu rütteln. Mit Jannis am Nachmittag durchs Dorf zu laufen und den Ausreißer zu suchen war für ihn eine Selbstverständlichkeit. Frank hatte einen starken Verdacht, wo der Dackel sich möglicherweise rumtrieb. Und wenn sie ihn wider Erwarten nicht aufspüren konnten, war immer noch Zeit, Zettel mit Bertis Steckbrief an Bäume zu pinnen. Zuerst galt es, alle örtlichen Haushalte mit Hundedamen abzuklappern. Bertis Qualitäten als Schwerenöter waren allgemein bekannt. Frank hoffte nur, dass er Jannis den Zusammenhang nicht erklären musste.

Donnerstag, 06. September, Vielbrunn, 15:25 Uhr
– Frank Liebknecht –

Hansjörg Rockel stapfte mit Riesenschritten vorweg. Der ganze Mann vibrierte vor Aufregung, redete zu schnell und zu laut. Schon als er mit dem Streifenwagen von der Landstraße auf den Zufahrtsweg zum Segelflugplatz eingebogen war, hatte Frank ihn gesehen. Rockel war ihm ein Stück entgegengekommen, dann wieder abgedreht und hatte vor dem Werbeschild des Fliegertreffs haltgemacht. Dort stand er, bis Frank ausstieg.

»Haben Sie vielleicht eine Zigarette?«, war das Erste, was Rockel zu ihm sagte. »Ich habe seit fünf Jahren nicht geraucht, aber jetzt …«

Frank verneinte bedauernd. Er konnte verdammt gut verstehen, was in dem Mann vorging. Die erste Leiche ist die schlimmste, hatte einer seiner Ausbilder auf der Polizeischule gesagt. Und in gewisser Weise stimmte das auch. Aber nicht so, wie Frank zuerst geglaubt hatte. Es wurde niemals zur Routine. Man gewöhnte sich nicht daran. Nicht, wenn der Mensch einen unnatürlichen Tod gestorben war. Der Anblick ließ sich nicht verdauen, nur verdrängen. Wenn man Glück hatte, war die Leiche wenigstens frisch und in gutem Zustand. Dass Rockel sich nicht übergeben hatte, sprach dafür.

Die Rückseite der Fluganlage wirkte nicht gerade einladend. Vom geschotterten Parkplatz aus schaute man auf weiß getünchtes Mauerwerk und geschlossene Schranken, Hinweisschilder, die den Zutritt zum Fluggelände einschränkten. Einzig der Tower setzte einen freundlichen Farbakzent mit seinen weithin sichtbaren roten Quadraten. In Verlängerung der Zufahrt verlief am Werbeschild vorbei ein Fußweg geradeaus weiter, zwischen dem Waldrand auf der rechten und dem Flugfeld auf der linken Seite.

»Ich habe die Markierungen auf der Bahn kontrolliert, und den Zaun. Ich meine, der ist ja mehr symbolisch, man kann mit einem Schritt drübersteigen, aber trotzdem soll er intakt sein.«

Kaum fünfzig Meter hinter der offenen Schranke über den Feldweg blieb Hansjörg Rockel stehen und deutete noch ein kleines Stück nach vorn zu einem Gebüsch. »Ich muss da nicht näher rann oder?«

Frank nickte ihm zu. »Schon okay. Dort drüben?«

»Ja, genau. Sie sehen es gleich, wenn Sie weitergehen. Das Bein, meine ich. Der Rest, na ja, den habe ich mir nicht angeschaut.«

»Bleiben Sie einfach hier, ich komme gleich wieder, und dann reden wir weiter.« Frank versuchte, Ruhe auszustrahlen. Das hier war sein Job, er war der Profi. Wer weiß, was der Mann tatsächlich gesehen hatte, vom Flugplatz aus, über den kleinen Graben hinweg. War Rockel überhaupt näher rangegangen, ehe er ihn angerufen hatte? Vielleicht lag da nur eine verlorene Jacke, illegal entsorgter Müll, ein seltsam geformter Ast.

Er machte drei Schritte vorwärts. Positiv denken. An etwas Schönes. An Linda zum Beispiel.

Zuerst sah Frank den Schuh.

Linda auf der Dienststelle. Ihr Lachen an seinem Ohr. »So heiß, deine Uniform. So verdammt heiß.«

In dem Schuh steckte ein Fuß, ein Bein in einem Seidenstrumpf. Fliegen brummten in der Nachmittagssonne. Große Waldameisen zogen ungerührt ihre Bahn, ließen sich durch das menschliche Hindernis nicht aufhalten. Roter Lack, wie Blutstropfen. Korkplateau.

Lindas Knie auf dem Tisch, erst das eine, dann das andere. Ihre Hand, die die Bluse öffnete, langsam diesmal, Knopf für Knopf.

Der zweite Schuh lag auf der anderen Seite des Weges. Schleifspuren im Gras, über das der Körper gezogen worden war. Frank hob die unteren Blätter an, speicherte die Fakten automatisch. Komplett angezogen, Wäsche intakt. Künstliche Fingernägel, lange Haare, schwarze Flecken am Hals. Kein Blut.

Halbherzig versuchte er, Linda aufzuhalten. Papier rauschte zu Boden wie ein Wasserfall, wie ihr Haar über der Tischkante. Sie rollte sich auf den Rücken, schob den Rock nach oben, streckte die Schenkel links und rechts zur Seite. Weiß die Haut oberhalb der halterlosen Strümpfe.

Frank schaute in das starre Gesicht, nahm währenddessen das Mobiltelefon aus der Tasche und wählte. Nach dem zweiten Klingeln wurde das Gespräch angenommen.

»Kripo Erbach, Kriminaloberkommissar Neidhard.«

»Ich habe hier eine Frauenleiche. Gewaltsamer Tod durch Fremdeinwirkung.«

»Geile Begrüßung, muss schon sagen. Bist du das, Liebknecht?«

»Wäre nicht schlecht, wenn ihr gleich kommen könntet, Marcel. Segelflugplatz Vielbrunn, ich warte auf euch.«

»Kein Scherz, ja?«

Die halb geschlossenen Augen blinzelten nicht. Keine Wimper zuckte.

»Kein Scherz.«

»Scheiße. Ich sag Brenner Bescheid. Wir sind schon fast da. Hast du noch mehr Infos?«

Er konnte kaum atmen, saß wie angenagelt auf dem Stuhl. Dann sprang er auf, drehte den Schlüssel, schloss die Jalousie. Er wusste, dass es nur eine Frage der Zeit war, bis Linda wieder aus seinem Leben verschwinden würde. Aber jetzt war sie hier. Nah und real und unfassbar heiß.

Frank ließ den Ast sinken, der nun wieder gnädig den Anblick verdeckte, und drehte dem Gebüsch den Rücken zu. Komisch, dass er kein Verlangen nach einer Zigarette verspürte, so wie Rockel, oder nach einem Schnaps. Die meisten verlangten nach einem Schnaps, wenn sie ein Mordopfer zu Gesicht bekamen. Ihm war nicht mal übel.

»Frank?«

Die Umhängetasche lag weiter hinten, tiefer zwischen den Bäumen. Da drin hätte er bestimmt noch ein paar Kippen für den bleichgesichtigen Rockel gefunden. Aber die konnte er ihm schlecht geben.

Er hörte ungeduldiges Atmen an seinem Ohr. Marcel Neidhard wartete noch auf eine Antwort.

»Der Name der Toten ist Linda Ehlers.«

Grußlos beendete Frank das Gespräch und steckte das Telefon wieder weg.

»Das da ist Linda Ehlers?«

Frank drehte sich um. Ihm war nicht bewusst gewesen, wie laut er gesprochen hatte. Er fasste Hansjörg Rockel an der Schulter und ging mit ihm einige Meter weg. Bevor er sich um Rockel kümmern konnte, musste er einen Arzt informieren. Vorschriften einhalten, auch wenn er die Reihenfolge jetzt schon umgekehrt und die Diagnose selbst gestellt hatte. Aber es gab keinen Zweifel. Er wählt erneut, fasste sich so kurz wie möglich und wandte sich Rockel wieder zu.

»Sie haben Linda Ehlers gekannt?«

»Gekannt nicht direkt. Nur mal mit ihr gesprochen.«

Frank behielt das Gebüsch und den Weg im Auge. Er wollte Rockel nicht allein lassen, um den Fundort abzusperren, musste aber verhindern, dass noch jemand dort hinkam, bevor die Kollegen vom Morddezernat auftauchten.

»Erinnern Sie sich noch an Einzelheiten? Wann und wo, worüber haben Sie geredet?«

»Das muss ungefähr eine Woche her sein oder anderthalb. Hier oben auf dem Gelände der Flugschule. Sie hat mich angesprochen und wollte was zur Geschichte des Platzes wissen, aber ich hatte wenig Zeit, weil ein Haufen Flieger da waren. Ich hätte ihr sowieso nicht viel sagen können. So lange bin ich noch nicht dabei als Fluglehrer.«

»Und dann?«

»Was dann? Ich habe mich um meine Schüler gekümmert. Das war es.«

»Was hat Linda …« Frank unterbrach sich, seine Notizen verschwammen auf dem Zettel in seiner Hand. Wann hatte er angefangen mitzuschreiben? »Was hat Frau Ehlers gemacht? Ist sie direkt gegangen?«

»Keine Ahnung. Nein, warten Sie, sie ist rüber zum Hangar marschiert und hat sich den Steffen Landau vorgeknöpft. Der betreut unsere Internetseite, macht Werbung und so. Kann sein, dass er dann länger mit ihr gesprochen hat. Wie gesagt, ich hatte zu tun.«

Wind frischte auf, und besorgt beobachtete Frank die dichten Wolken, die sich unbemerkt über ihnen zusammengezogen hatten. Auch das noch. Es durfte nicht anfangen zu regnen, bevor die Spuren aufgenommen waren.

Zum ersten Mal freute sich Frank direkt darauf, Matuschewskis mürrisches Gesicht zu sehen und seine geblafften Beschimpfungen über sich ergehen zu lassen, wenn der notorisch schlecht gelaunte Spurensicherer glaubte, er habe wieder irgendwas falsch gemacht.

»Kann ich jetzt gehen?«

Der nächste Windstoß brachte erste Tropfen mit sich, und Frank stieß einen unflätigen Fluch aus. Wo blieben die Kollegen? Wo dieser verdammte Arzt? Wie konnten fünfzehn Minuten so lange dauern?

»Nein. Sie müssen mir helfen!«, forderte er knapp und zerrte Rockel hinter sich her. »Wir müssen die Leiche abdecken und auch so viel wie möglich vom Weg drumherum. Haben Sie irgendwelche Plastikfolie in Ihrer Halle?«

»Ja, ich denke schon.«

»Dann los! Das muss jetzt schnell gehen.«

Als die Ermittler aus Erbach endlich eintrafen, goss es bereits in Strömen. Über der Leiche und dem Gebüsch hing eine dunkelgraue Plane, die vorübergehend den Hauptanteil der Wassermassen abfing. Den einzelnen Schuh und die Schleifspuren zierten Plastikhüllen aus aufgerissenen Mülltüten. Improvisiert, aber zweckmäßig. Über der Tasche lag Franks Jacke, die Ärmel weit ausgebreitet. In Sekundenschnelle hatte sich der Feldweg in eine Miniaturflusslandschaft verwandelt. Die Temperatur sackte um mehrere Grad ab.

Kriminalhauptkommissar Peter Brenner sprang über die Pfützen, begrüßte Frank mit Handschlag und informierte sich knapp über die Sachlage. Der Mediziner hastete vorbei, folgte Franks Fingerzeig und verschwand unter der Folie. Einen schwarzen Schirm über sich, erteilte Brenner mit ruhiger Stimme Anweisungen, machte sich sein eigenes Bild der Auffindesituation. Frank wich nicht von seiner Seite. Er spürte den Regen nicht mehr, der nun weniger stark, aber stetig und nahezu senkrecht vom Himmel fiel. Den Versuch, sich davor zu schützen, hatte er längst aufgegeben. Das wimmelnde Ausschwärmen der Einsatzkräfte glich einem gut einstudierten Ballett, in dem jeder seinen Part kannte. Nur Matuschewski fehlte.

Am Rande hatte Frank die lange, schlaksige Gestalt Marcel Neidhards wahrgenommen, der sich direkt nach dem Aussteigen aus dem Auto ins Innere der Halle begeben hatte. Dort im Trockenen wiederholte Hansjörg Rockel nun vermutlich seine Aussage.

Neidhards Allwetterjacke tropfte an einem Haken vor sich hin, als Frank in Brenners Begleitung endlich zu ihnen stieß. Das Hemd klebte eiskalt auf Franks Brust. Beim Klang ihrer Schritte drehte sich Neidhard um, der in der Tür zur kleinen Küche lehnte. Er grinste breit, angelte ein Geschirrtuch vom Tisch und warf es Frank zu.

»Mann, Liebknecht, du wirst wohl nie erwachsen, was? Keinen Schirm dabei, nicht mal eine Jacke, bei dem Sauwetter?«

Frank antwortete nicht, rieb sich das Gesicht trocken, rubbelte halbherzig über die Haare, aus denen der Regen weiter in breiten Bahnen lief, und knallte Neidhard das nasse Tuch dann wortlos vor die Brust.

»Pass doch auf!« Neidhard machte einen Ausfallschritt, wich dem Kaffee aus, der dabei über den Rand seiner Tasse schwappte. »Was ist denn los mit dir?« Er senkte die Stimme. »Bist du okay?«

»Sicher. Mir geht es blendend.« Solange er etwas zu tun hatte, irgendetwas, und keine Zeit zum Nachdenken. Franks Zähne schlugen aufeinander, krampfhaft unterdrückte er das Zittern. Er konnte die Tasse kaum halten, die Rockel ihm nun ebenfalls in die Hand drückte.

»Scheißregen«, murmelte er und hob den heißen Kaffee dicht vor sein Gesicht. »Dieser verdammte Scheißregen.«

»Ich fürchte, wir brauchen dich noch, Frank«, sagte Brenner hinter ihm. »Du weißt, wo die Tote gewohnt hat. Es wäre gut, wenn du mit Marcel hinfahren könntest. Natürlich erst, wenn du dir etwas Trockenes angezogen hast. Seht euch dort um. Ich komme später nach.«

Frank nickte. Alles war besser, als allein zu sein und sich zu erinnern.

»Ich wusste nicht, dass du sie gekannt hast.« Neidhard klang leicht zerknirscht. Frank schaltete den Scheibenwischer eine Stufe höher.

»Wie man sich eben so kennt, wenn man zwei, drei Mal miteinander … geredet hat.« Er schluckte. So ähnlich hatte Rockel sich auch ausgedrückt. Aber es entsprach der Wahrheit. Wenigstens war es ein Teil davon. Er hatte sie kaum gekannt und auch nicht viel mit ihr geredet. Auch jetzt war ihm nicht nach Reden. Aber Neidhard fragte weiter.

»Wieso hat sie ein ganzes Ferienhaus gemietet, wenn sie doch alleine hier war? Und wieso überhaupt? Ich meine, ist doch echt öde hier. Da könnte ich mir Besseres vorstellen in dieser Jahreszeit. Mal ehrlich, die Frau sieht sogar auf dem Ausweisfoto nicht nach Odenwald aus, sondern nach Malle, nach Ibiza und Party *all night long*.« Neidhard drehte ihren eingetüteten Personalausweis in der Hand hin und her.

Frank schwieg. Er parkte direkt vor dem Fachwerkhaus. Alles in ihm sträubte sich dagegen, das Gebäude zu betreten.

»Na dann wollen wir mal.« Neidhard klappte den Kragen seiner Jacke hoch und klimperte mit dem Schlüssel.

Mechanisch machte Frank weiter. Motor aus, Tür auf, einen

Fuß vor den anderen. Mit wenig Elan trottete er hinter seinem Kollegen her.

»Sieht nicht aus, als wäre hier jemand widerrechtlich eingedrungen. Keine Kampfspuren, nichts auffällig durchwühlt.« Neidhard drehte sich im Wohnraum um die eigene Achse, steckte den Kopf in die Küche. »Warst du schon mal hier? Fällt dir was auf?«

»Ja. Nein.« Nur mühsam löste sich Franks Zunge vom Gaumen. »Ja, ich war schon hier, nein, mir fällt nichts auf«, präzisierte er auf Neidhards fragenden Blick hin.

»Das Schlafzimmer ist dann wohl oben.«

Frank blieb am Fuß der Treppe stehen, legte die Stirn gegen das Geländer. Aus dem Augenwinkel sah er die Sektflasche, die er Linda mitgebracht hatte, neben der Eingangstür in einem Korb. Leer, aber voll mit seinen Fingerabdrücken. Wann hatte sie die getrunken? Sein Pulsschlag füllte seinen Kopf. Drei Sekunden, länger dauerte es nicht, sie zu nehmen und aus der Tür ins Blumenbeet zu werfen. Drei Sekunden, und später konnte er wiederkommen und sie wegräumen. Indizien beseitigen.

Er riss den Kopf hoch und setzte Neidhard nach. Erst im Spitzgiebel, in dem er sich kaum aufrichten konnte, blieb er stehen. Lindas zerwühltes Bett brachte ihn zum Schwanken. Der Geruch ihres Parfums hing in der Luft, ihre Wäsche lag im und um den geöffneten Koffer verstreut.

»Eine Menge Dessous. Heiße Teile.« Neidhard pfiff durch die Zähne. »Wozu braucht man so eine Ausrüstung in der finsteren Provinz?«

»Dazu kann ich nichts sagen«, presste Frank heraus und setzte sich auf den Boden.

Erstaunt lachte Neidhard auf. »Das habe ich auch nicht erwartet.«

Frank biss sich auf die Lippen. Na klar, das traute er ihm nicht zu. Neidhard traute ihm gar nichts zu, schon auf der Polizeischule war das so gewesen. Marcel der Macho und Frank der Freak, der es einfach nicht auf die Reihe kriegte. Siedend heiß fiel ihm die Bluse ein. Zerrissen, mit abgeplatzten Knöpfen. Lag die hier auch noch rum oder hatte Linda die weggeworfen? Wohin waren die Knöpfe gerollt, hatte er die vorher angefasst? Wie genau würde die Spurensicherung überhaupt suchen, wenn nichts darauf hindeutete, dass der Mörder hier gewesen war? Er hatte nichts getan. Er hatte nichts zu befürchten. Er hatte nichts zu verbergen.

»Soweit ich weiß, hat sie hier keinen Urlaub gemacht, sondern etwas nachgeforscht«, hörte Frank sich sagen. »Hatte was mit ihrer Großmutter zu tun. Irgendeine alte Kriegsgeschichte, der sie nachgehen wollte. Ich habe es nicht mehr ganz in Erinnerung, da war was mit Russen und einem Gemälde …«

Neidhard hob ein tief ausgeschnittenes Top in die Höhe, ließ es vor seiner Nase tanzen. »Warst du etwa abgelenkt, als sie dir ihre Geheimnisse anvertraut hat?«

Am liebsten hätte er Neidhard einen linken Haken verpasst, mitten rein in sein dämliches Grinsen. »Arschloch«, knurrte er stattdessen und kletterte die steile Treppe wieder runter.

»Hey, warte, Liebknecht! Letztes Mal warst du cooler drauf.« Marcel Neidhard blieb dicht hinter ihm. »Mann, jetzt hab dich doch nicht so! War nur ein Witz. Wenn sie recherchiert hat, müsste ja irgendwas darüber in dieser Hütte zu finden sein, oder? Aber ich sehe hier weder ein Notizbuch, noch einen Laptop, ein Tablet oder ein anderes Hightechspielzeug dieser Art.«

»Vielleicht hatte sie es bei sich, als sie …« Wie Schnappschüsse zuckten Bilder durch Franks Gehirn. Der leblose Körper, der offen stehende Mund, die geschwollene Zunge. »Sie hatte auf jeden Fall ein iPhone und noch ein anderes Mobiltelefon.« Auf dem mitten in der Nacht ein wichtiger Anruf eingegangen war. Wichtig und privat.

»Nicht in der Tasche, die wir gefunden haben.« Neidhard schnaufte. »Dann war es vielleicht wirklich nur ein spontaner Raubüberfall, der eskaliert ist, und jemand hatte es genau auf die Teile abgesehen? Ich meine, der Hausschlüssel war noch da, die Brieftasche mit den Papieren. Ich dachte erst, der Medizinmann macht Witze, als er behauptet hat, dass es nicht zwingend ein Sexualverbrechen gewesen sein muss. Das ist doch das, was man erwartet, wenn eine Frauenleiche in einem Gebüsch gefunden wird. Aber die ersten Anzeichen sehen anders aus.«

»Vollständig bekleidet«, bestätigte Frank automatisch.

»Du hast geguckt?«

»N-nicht absichtlich. Aber ich habe es gesehen. Ja.«

Ihr Rock, ihre Strümpfe, das Höschen, alles intakt. Ihm wurde immer noch nicht schlecht, nur flau im Magen, wie beim Sturz mit der Achterbahn. Neidhard merkte zum Glück nichts, redete weiter.

»Wird uns wohl nichts anderes übrig bleiben, als wegen der fehlenden Hardware den Ehemann zu fragen. Der wird es uns sicher genau sagen können.«

Ein merkwürdiges Keuchen schlüpfte über Franks Lippen. Hastig wandte er sich ab, hustete, murmelte etwas von einer Erkältung und stürzte nach draußen. Vor der Haustür saugte er die feuchte Luft in sich hinein, ohne dass der Sauerstoff seinen Blutkreislauf erreichte.

Neidhard folgte ihm langsam und klopfte ihm auf den Rücken. »Bist du krank?«

Sarkasmus oder Mitgefühl? Frank spuckte angewidert ins Blumenbeet. Der Husten schmeckte nach Galle. Immerhin befreite Neidhards Neugier ihn aus der geistigen Dauerschleife, in der das Wort *Ehemann* kreiste.

»Geht schon wieder.« Er spuckte noch mal und wischte sich mit dem Ärmel über den Mund. »Lass mich mal den Ausweis ansehen.«

Im Wohnraum schaltete er die Lampe ein, die einen kreisförmigen hellen Fleck auf den Tisch malte.

Linda lächelte nicht. Niemand durfte lächeln auf den gerasterten biometrischen Aufnahmen. Trotzdem sah sie gut aus, genau wie Neidhard gesagt hatte. Nach Leben.

Neidhards Finger tippte auf die Schrift. »Linda Bruchhagen, Geburtsname Ehlers. Warum hat sie wohl ihren Mädchennamen benutzt?«

»Keine Ahnung.«

»Hat sie einen Ehering getragen?«

Frank erinnerte sich an Schmuck. Ohrringe, groß und auffällig, eine passende Halskette, die Armbanduhr. Mehrere Ringe, mit Stein und ohne. Aber ein Ehering? Er wischte sich über die Augen.

»Weiß ich nicht.«

»Mensch, Liebknecht, du bist ja echt eine große Hilfe. Kein Ring spricht für Trennung, der Ausweis für: noch nicht geschieden. Wenn sie aber doch einen Ehering anhatte, könnte …«

»Könnte alles ganz anders sein«, ergänzte Peter Brenner, der unbemerkt eingetreten war.

»Yepp, hätte ich nicht schöner sagen können. Gut, dass du da bist, Peter. Löckchen hier brütet eine Erkältung aus und glänzt durch geistige Windstille.«

Frank schaffte es nicht, schnell genug auszuweichen, und Neidhard wuschelte ihm über den Kopf. Brenner rollte missbilligend die Augen, und Neidhard schaltete sofort einen Gang zurück.

»Update? Wir haben nicht viel, die Hütte hier sieht erst mal unauffällig aus. Also am besten, du zuerst.«

Brenner behielt die Jacke an und legte die Unterarme auf einer Stuhllehne ab. »Sylvie hat den Ehemann bereits aufgespürt, Uwe Bruchhagen. Und ihr Gespräch mit den Kollegen, die ihm die unschöne Neuigkeit vom Tod seiner Frau überbringen dürfen, hat auch gleich eine mögliche Erklärung geliefert, warum die Dame unter anderem Namen unterwegs war. Bruchhagen ist ein paar Millionen schwer. In Baden-Baden kennt ihn jedes Kind und jeder Hund, darum hat die Familie ständig die Presse an der Backe.«

Frank stutzte bei Brenners Wortwahl, und Neidhard klärte ihn ungefragt auf. »Das war gerade eindeutig Originalton Sylvie. Die kennst du noch nicht. Sie ist seit drei Wochen unsere Verstärkung im Innendienst.«

»Sylvie sagt weiter, dass Bruchhagen die *WKB* gehören, die Württembergischen-Karton-Betriebe. Marktführer in der Branche. Die stellen alles her, was sich aus Pappe falten lässt.«

»Das heißt, wenn die Frau mal ihre Ruhe wollte, musste sie sich inkognito in den Odenwald davonschleichen, um die Paparazzi von der Friseurzeitschrifteninnung abzuhängen?«

»Danach sieht es aus.«

Neidhard schnappte sich wieder den Ausweis vom Tisch und schaute Lindas Bild an. »Und die Sache mit dem Ring? Hatte sie den nun an oder nicht? Ich meine, auch wenn ihr Gatte ein Geldsack ist, kann sie sich ja trotzdem von ihm getrennt haben, oder? Das wäre ja auch eine Mörderstory für die Schreiberlinge. Äh, blöd ausgedrückt.« Er grinste schief und nicht wirklich betroffen. »Ihr wisst, was ich meine.«

»Wissen wir«, bestätigte Brenner. »Und wir wissen jetzt hoffentlich auch alle, dass die Angelegenheit mit höchster Vorsicht zu behandeln ist. Keine Plaudereien zum Thema mit irgendwem. Die Presse muss solange es geht außen vor bleiben. Wäre gut, wenn unsere Tote noch ein Weilchen Linda Ehlers bleiben könnte und der Name Bruchhagen nicht sofort an die Öffentlichkeit gelangt. Frank, du musst uns dabei helfen, die Spekulationen im Dorf im Griff zu behalten, wenn wir die Leute befragen.«

Frank nickte lahm.

»Die reden doch sowieso nicht mit Fremden, es sei denn, sie sind zahlende Gäste!«, murrte Neidhard. »Hab ich noch bestens in Erinnerung vom letzten Mal, als ich die Ehre hatte.«

»Dann kannst du dich ja schon auf die Wiederholung freuen. Ich werde offiziell deine Unterstützung beantragen, Frank. Auch wenn unser lieber Marcel wie immer übertreibt: Nach dem erwähnten letzten Mal vertrauen sie sich dir sicher eher an, wenn ihnen etwas aufgefallen ist.«

Ein bohrender Kopfschmerz lähmte Franks Verstand. Vielleicht wurde er wirklich krank. Er tastete seinen Hals ab. Dass Brenner ihn die ganze Zeit beobachtete, machte es nicht besser. Er fühlte sich grässlich.

»Weil wir gerade bei dem Thema sind: Wie geht es denn dem Mädchen? Ich wollte schon lange mal wieder fragen. Besuchst du sie noch regelmäßig?«

»Besser.« Frank drückte beide Hände gegen seine Schläfen. Das Brennen, das sich in seinem Körper ausbreitete, musste Fieber sein. »Ja, gut geht es ihr. Sagt mal, wo steckt eigentlich Matuschewski?«

»Liegt mit verstauchtem Knöchel auf der Couch. Kommt erst am Montag wieder.« Neidhard feixte. »Warum, hast du etwa Sehnsucht nach ihm?«

Frank ignorierte Brenners Stirnrunzeln und schloss fröstelnd den Reißverschluss seiner Sweatjacke bis zum Hals. »Nein, nach dem bestimmt nicht.«

Freitag, 07. September, Erbach, 09:15 Uhr
– Frank Liebknecht –

Noch vor Sonnenaufgang war Frank aufgestanden. Sein Entschluss stand fest, auch wenn er mit der Umsetzung noch haderte. Er kannte Brenner gut genug, um zu wissen, dass der besonnen vorging. Keine Hektik, selbst unter Zeitdruck. Wahrscheinlich hatte er Neidhard zur Obduktion geschickt und regelte in der Zwischenzeit alles Weitere von seinem Schreibtisch aus, um dann mit den Ergebnissen im Hinterkopf richtig loszulegen. Etwa drei Stunden dauerte die Sektion einer Leiche, dann die Fahrtzeit von der Frankfurter Gerichtsmedizin zurück nach Erbach – vor elf Uhr konnten die beiden unmöglich bei ihm in Vielbrunn aufkreuzen.

Die nüchternen Überlegungen beruhigten Frank ein wenig. Er hatte nicht vor, darauf zu warten, dass sie herkamen. Was er tun musste, erledigte er lieber in Erbach und zwar wenn möglich unter vier Augen. Allein mit Brenner.

Bedächtig zog Frank die Uniform an und legte die Krawatte um. Das Würgen in seiner Kehle beachtete er nicht. Sein Magen gab sowieso nichts mehr her. Nachdem er am Vorabend zu Hause angekommen war, hatte sein Körper entschieden, den Autopiloten abzuschalten und jegliche Abwehrfunktion einzustellen. Kein Fieber, keine Erkältung. Das Elend kam aus anderer Richtung und hatte nichts mit Krankheit zu tun. Auf Händen und Knien war er um die Kloschüssel gekrochen, hatte sich die Seele aus dem Leib gekotzt und dabei geheult. Immerzu stand ihm Lindas Gesicht vor Augen, mal lebendig, mal tot. Gegen vier Uhr musste er wohl eingeschlafen sein, auf den Fliesen vor der Dusche. Als er erwachte, glaubte er, den Schmerz besiegt zu haben. Geblieben war Wut: auf sein Selbstmitleid, die eigene Dummheit und auf den Mörder. An Lindas Tod konnte er nichts ändern, aber er konnte etwas dafür tun, dass das Verbrechen aufgeklärt wurde. Zuerst musste er die Stimmung im Dorf checken, die passenden Sätze am passenden Ort sagen, um den Druck aus dem Topf zu nehmen. Leichtes Köcheln konnte helfen, aber Überkochen musste verhindert werden. Diese Worte klangen nach Brunhilde Schreiner, seiner Amtsvorgängerin, die das Hantieren am Herd der Gerüchteküche perfekt beherrschte. Er hätte eine Menge darum gegeben, ihr den Job überlassen zu können. Aber er wollte gerade jetzt auf keinen Fall mit ihr reden.

Frank klemmte sich die Haare hinter die Ohren und setzte die Mütze auf. Ein Polizist, ein Cop, ein Bulle, das war er: der Sheriff. Und um das zu bleiben, musste er später vor Brenner die Hosen runterlassen. Die Narbe kurz unterhalb der Rippen an seiner linken Seite klopfte, wie jedes Mal, wenn er Angst hatte. Er holte tief Luft – und holte sich die Wut zurück.

Es gestaltete sich schwierig, den richtigen Augenblick für sein Geständnis zu erwischen. Nicht nur, dass sich Brenner irritiert von seinem Erscheinen in der Kriminalinspektion Erbach zeigte, Frank traf ihn auch nicht alleine an. Zuerst war diese Sylvie um ihn herumgetänzelt, dann kam Marcel Neidhard von der Obduktion zurück, früher als erwartet. Wahrscheinlich hätte er sich doch besser krankmelden sollen, kneifen und sich verpissen, solange er die Gelegenheit gehabt hatte.

Frank zog die Jacke aus und auch den Schlips. Neidhard hob nur einen Zeigefinger zur Begrüßung, dann legte er los, während er sich Frank gegenüber auf die andere Seite des Schreibtischs setzte.

»Der Doc ist etwas ratlos, Brenner. Also, nicht, was die Todesursache betrifft, die ist eindeutig. Linda Ehlers wurde erwürgt. Der Fundort ist auch der Tatort, beziehungsweise fast, natürlich hat man sie nicht unter dem Busch erwürgt, aber unmittelbar nebendran. Die Tatzeit lässt sich auch ganz gut eingrenzen, und der Doc hat Hautpartikel unter den Fingernägeln der Toten gefunden, die von einem Kampf mit dem Mörder herrühren könnten. Außerdem eine Menge blauer Flecken, allerdings nicht alle frisch, und sie hatte Sex, kurz vor ihrem Tod.« Marcel lehnte sich zurück. »Und damit kommen wir zum Knackpunkt, der den Doc ärgert: Es lässt sich nicht eindeutig sagen, ob einvernehmlich oder unter Zwang. Es gibt reichlich genetisches Material auszuwerten, aber keine Verletzungen an den Genitalien oder im Mund und Rachenraum. Andererseits hat sie aber Zahn- und Kratzspuren auf dem Körper, was wieder ein Indiz für eine Vergewaltigung sein kann.« Neidhard hob zur Verdeutlichung die Schultern bis an die Ohren und ließ sie dann wieder fallen. »Kann, aber nicht muss.«

Frank guckte angestrengt auf seine Schuhe. Seine Stimmbänder blockierten, er bekam die Worte kaum heraus. »Sie mochte es beim Sex eben etwas heftiger.«

Brenner hob es vor Verärgerung aus dem Stuhl. »Das ist nicht witzig, Frank! Kein bisschen. Von dir hätte ich mehr Sensibilität erwartet!«

Frank schüttelte den Kopf, ohne aufzusehen. »Ich bin nicht unsensibel. Schon gar nicht, wenn es um Vergewaltigung geht. Aber das war keine. Und das alles hat nichts mit ihrem Tod zu tun. Das war ich«, sagte er leise.

»Du warst – *was?*«

»Na, das alles, bis auf den Mord. Die Flecken und so.« Er hielt den Atem an und schaute von Brenner zu Neidhard. »Ihr braucht meine DNA zum Abgleich, deshalb bin ich hier.«

Neidhard ließ sich mit dem Oberkörper flach auf die Tischplatte sinken und glotzte ihn mit offenem Mund an. »Du hast sie gefickt? Das glaub ich jetzt nicht!«

»Ach nein?« Frank sprang so heftig auf, dass der Tisch samt Stuhl ein Stück nach hinten rutschte und Neidhard gegen die Wand drückte. Ganz nah trat Frank an ihn heran, kickte noch mal hart gegen seinen Stuhl. »Nein?«

»Frank, was zum Geier ist in dich gefahren?« Brenner schlug mit der Faust auf einen Ordner, aber Frank ließ sich nicht bremsen.

»Glaubst du nicht, Neidhard?« Frank zerrte sein Hemd aus der Hose, vor Rage unfähig, die Knöpfe zu öffnen, zog es über den Kopf, hob die Arme und drehte sich vor ihm. Lindas Nägel hatten zwei breite Furchen auf seiner Brust hinterlassen, kreuzförmig und beabsichtigt. Sie hatte gelacht dabei, seinen Schmerz genossen. Bläuliche Streifen verliefen von seinem Nacken abwärts über den Rücken, ihr Zahnmuster zierte seine Hüfte. »Sie mochte es härter«, zischte er. »Für beide Seiten.«

Neidhard starrte ihn sprachlos an, sein Kehlkopf bewegte sich hektisch auf und ab.

Brenner ließ sich mit einem Fluch zurück auf seinen Stuhl fallen. »Verdammt!«

Frank fuhr herum, brüllte jetzt Brenner an. »Wir hatten Sex, okay! Was ist dabei? Ich hatte doch keine Ahnung, dass irgendjemand sie hinterher umbringen wird!«

»Und du hattest auch keine Ahnung, dass sie verheiratet ist.« Neidhard war kalkweiß. »Oder vielleicht doch? Mensch, Frank, ist dir klar, dass das ein Motiv ist?«

Frank knüllte das Hemd vor seinem Bauch zusammen, das noch an seinen Handgelenken festhing, und hockte sich mit angezogenen Knien auf den Fußboden statt auf den Stuhl. Er brauchte die Erdung, im wahrsten Sinne. Der Zorn verflog so schnell, wie er gekommen war.

»Ja, Mann. Habe ich doch gesagt, dass ich deshalb hier bin.«

»Warum hast du uns das gestern nicht sofort erzählt?« Brenner hielt sich nur mühsam im Zaum. Frank konnte es ihm nicht übel nehmen. Er hatte sich benommen wie ein Vollpfosten.

»Ich dachte, es ist nicht wichtig«, murmelte er.

»Bist du bescheuert?«

»Ich war fertig, als ich sie da liegen sah, Neidhard. Völlig fix und fertig. Da denkt man nicht klar. Hast du ihr Gesicht gesehen? Die Würgemale … sie war komplett angezogen, ich habe gehofft, dass es nicht auffällt, dass wir vorher noch … Ich meine, wegen dem Kondom … es war doch keine Vergewaltigung. Sie kam zu mir. Ich dachte …«

Brenner stöhnte auf. »Denken kann man das ja wohl nicht nennen.«

Neidhard fand als Erster zur professionellen Haltung zurück. »Details, Frank. Raus damit, die ganze Wahrheit. Alles andere nutzt uns nichts. Wie lange ging das schon, wann und wo habt ihr euch getroffen?«

»Einmal bei ihr im Haus, Dienstagabend – nacht. Und dann gestern, früh morgens. Da hat sie das hier gemacht.« Die kreuzförmige Markierung auf seiner Brust nässte leicht, er spürte die Feuchtigkeit an seinen Fingern, als er die Wunde berührte. »Das war bei mir auf der Dienststelle.«

Neidhard schob den Schreibtisch an seinen ursprünglichen Platz, griff zum Stift und gleichzeitig zum Telefon. »Ich lasse uns Wattestäbchen bringen fürs DNA-Labor, dann können die deine DNA gleich checken, und anschließend nehme ich deine Aussage zu Protokoll. Sorry, aber ich schätze, ich brauche wirklich den kompletten Film aus deinem Kopf. Nicht blumig, aber so genau, wie du kannst, damit der Doc die … ähm, Muster auf ihrer Haut eurem … Spiel zuordnen kann und sieht, was übrig bleibt und vielleicht nicht daher rührt.«

Brenner ging in Gedanken versunken zur Tür, blieb mit der Klinke in der Hand kurz stehen. Er drehte sich nicht um.

»Lass das mit dem Anruf, ich hole das Zeug für den Schleimhautabstrich selbst. Dir ist klar, Frank, dass du ab sofort komplett raus bist aus den Ermittlungen, bis du zweifelsfrei entlastet bist? Du sitzt bis zum Hals in der Scheiße.«

Die Tür klappte hinter Brenner zu, und Frank starrte stumm Löcher in die Luft. Neidhard legte den Hörer weg, umrundete den Tisch und ging vor Frank in die Hocke.

»Tut mir echt leid. Ich schwöre, ich werde nichts von dem, was du sagst, ausplaudern, gegen dich verwenden oder mich deshalb über dich lustig machen. Du hast mein Wort.«

»Ich wusste wirklich nicht, dass sie verheiratet ist.« Frank zog die Nase hoch. Wenn Neidhard ihm auf die nette Tour kam, war die Situation definitiv mehr als verfahren für ihn. Das kannte er schon. Wenn es drauf ankam, konnte man sich auf Neidhard hundertprozentig verlassen. Freunde waren sie bisher trotzdem nicht geworden. Er konnte nicht sagen, wieso.

Frank wollte in die angebotene Hand einschlagen, doch seine eigenen Hände steckten noch in den Ärmeln fest. Sein Lachen fühlte sich erbärmlich an. Er hatte die Knöpfe an den Manschetten nicht berücksichtigt, aus denen Neidhard ihn jetzt befreite wie ein hilfloses Kleinkind.

»Zieh das Hemd über, und dann bringen wir es hinter uns.«

Freitag, 07. September, Erbach, 12:45 Uhr
– Marcel Neidhard –

Mit dem Handballen schlug Marcel auf den Locher, zog das Blatt heraus und las die Angaben noch mal durch. Eine verzwickte Geschichte, in die Frank da geraten war, und beim besten Willen keine Lappalie. Wie konnte man überhaupt so blöd sein und sich von einer Frau derart um den Finger wickeln lassen? Mit Blick zur Uhr beschloss er, sich eine kurze Mittagspause zu gönnen, allerdings ohne seinen Schreibtisch zu verlassen.

Gerade als er die Bestellkarte des Pizzaservice hervorgekramt hatte, fegte Sylvie durch die Tür. Mit einer großen Armbewegung erfasste sie das ganze Zimmer und verteilte dabei Brösel ihres Kaffeestückchens, während sie sich gleichzeitig die Finger der anderen Hand ablutschte. Noch jemand, der zwischen Akten und Telefon pausierte. Sie biss noch mal ab, ehe sie ein undeutliches »Wo issen Brenner?« in seine Richtung nuschelte.

»Weg«, erwiderte Marcel knapp und quittierte die Krümelspur, die sie hinterlassen hatte, mit kritischer Miene. »Willst du auch 'ne Pizza?«

»Nö, bin schon beim Nachtisch.« Der letzte Plunderrest verschwand in ihrem Mund. »Na, macht nichts, wenn Brenner weg ist. Dann musst du eben ran. Draußen steht Herr *U. B.* aus *B.-B.* und fordert Einlass und Antworten.«

»Der Ehemann der Toten?«

»So isses. Bist du bereit?«

Marcel heftete Franks Aussage ab, klappte den Aktendeckel zu und beförderte ihn mit Schwung in die Schreibtischschublade. Der frischgebackene Witwer sollte gar nicht erst auf die Idee kommen, in seinen Unterlagen herumzuschnüffeln oder ihn aushorchen zu können.

»Bereit, wenn Sie es sind«, schnarrte er mit aufgesetzter Fröhlichkeit. Sylvie musste nicht merken, wie es ihn vor der Begegnung mit Angehörigen von Mordopfern grauste.

Sie salutierte grinsend und machte auf dem Absatz kehrt. Er starrte ihr hinterher und rieb sich mit Daumen und Zeigefinger das Ohrläppchen. Eine nahezu perfekte Kollegin. Fix in der Auffassung, zufrieden, wenn man sie sich am Schreibtisch und Computer austoben ließ, ohne Ambitionen, ihre Karriere mit Außeneinsätzen aufzupolieren. Obendrein schlagfertig und resistent gegenüber Machosprüchen. Nur leider permanent zum Kotzen gut gelaunt.

Und jetzt also auch noch statt einer Pizza ein reicher, alter Sack, der sich eine junge Dekobraut eingekauft hatte. Da konnte man sich ja nur ein Loch in den Bauch freuen vor dem Gespräch. Seufzend ließ er das Ohrläppchen los und bemühte sich um einen neutralen Gesichtsausdruck.

Freitag, 07. September, Vielbrunn, 14:30 Uhr
– Frank Liebknecht –

Zurück in Vielbrunn nahm Frank am Nachmittag seinen Dienst wie gewohnt wieder auf. Es nutzte nichts, sich in seiner Wohnung zu verkriechen. Dort konnte ihm nur die Decke auf den Kopf fallen. Seine Aussage stand, seine Speichelprobe lag im Labor. Frank wertete es durchaus als Zugeständnis, dass Brenner ihn zunächst als Zeugen einstufte. Dabei fehlte ihm ein Alibi.

Nach dem unplanmäßigen Liebesakt war er zum Duschen nach Hause gegangen und dann, ebenfalls unplanmäßig, mit dem Rad unterwegs gewesen. Weil er draußen im Gelände am besten denken konnte. Und denken hatte er dringend müssen. Linda machte ihn fertig, nicht nur körperlich. Er stand weder auf Schmerz noch auf Psychospielchen, und doch machte er, was sie wollte. Auch wenn es gerade erst begonnen hatte, musste es aufhören, sofort und endgültig. Genau das hatte er gedacht.

Und zur gleichen Zeit hatte ein anderer dafür gesorgt, dass sein Wunsch in Erfüllung ging.

»Hallo Frank.« Brunhilde Schreiner klopfte pro forma gegen die geöffnete Tür. Er sah ihr kommentarlos zu, wie sie Wasser aufsetzte, ihre Lieblingstasse aus dem Schrank holte und ein Glas mit Instantkaffeepulver, das sie bei ihrem Abschied ins Rentnerdasein wohlweislich dagelassen hatte.

Noch eine Beichte. Na großartig.

Frank wartete, bis Brunhilde sich auf den Besucherstuhl gesetzt hatte. Sie machte das jedes Mal ganz demonstrativ. Dies war sein Revier und nicht mehr ihres. Das änderte nichts an der Autorität, die sie ausstrahlte. Auch ohne Worte, nur durch das Anheben ihrer Augenbrauen.

»Ein Mord, Frank.« Ihr Löffel klapperte laut beim Umrühren. »Und du kommst nicht zu mir. Sagst kein Wort, obwohl du – seit wie vielen Monaten – im Anbau über meiner Scheune wohnst?«

Sein Einzug in den ausgebauten Heuboden hatte eigentlich nur eine vorübergehende Station sein sollen. Inzwischen war er schon seit fast einem Jahr dort gestrandet. Er rieb sich die Stirn. »Offenbar weißt du es ja trotzdem.«

Wie sollte er ihr sagen, dass er gestern ihren Röntgenblick nicht ertragen hätte, nicht vor ihr hatte zusammenbrechen wollen, sondern lieber allein?

»Herrgott noch mal, das ganze Dorf weiß es! Und du bist heute Morgen herumspaziert und hast in allen Ecken gezielt Informationen gestreut. Eine gute Taktik. Ja, die alte Tante Bruni kennt sich aus und hat das länger gemacht, als du aus den Windeln raus bist. Nur *meine* Tür hast du wieder nicht gefunden. Und ich will wissen, wieso.«

Frank wippte mit der Rückenlehne und streckte die Beine von sich. »Es geht einfach nix über einen Anschiss von dir.«

Verrückterweise meinte er das völlig ernst. Die unangenehme Aussprache ließ sich nicht umgehen, dennoch merkte er, dass ihre Anwesenheit ihn entspannte. Die sechs Monate Einarbeitungszeit bei Brunhilde gehörten zur besten Dienstzeit, an die er sich erinnern konnte. Wenn sie Rüffel austeilte, dann mit gutem Grund. Damit kam er zurecht. Er schätzte ihren klaren Blick auf Zusammenhänge, ihre unprätentiöse Art, ihre Sachlichkeit. Wobei sie gerade doch ein wenig beleidigt wirkte.

Zum Zeichen der Aufgabe hob er die Hände, auch wenn er es hasste, schon wieder über Linda reden zu müssen. Wenigstens brauchte Brunhilde sicher nicht alle intimen Einzelheiten.

»Wo soll ich anfangen?«

Brunhilde stellte mit einem schmalen Lächeln die Kaffeetasse ab. »Dein flegelhafter Kollege aus Erbach hat mich angerufen. Fang einfach mit dem an, worüber er geschwiegen hat.«

Freitag, 07. September, Vielbrunn, 16:00 Uhr
– Marcel Neidhard –

Das Glockenspiel verkündete scheppernd, dass jemand den Laden betreten hatte. Marcel schaute über die Schulter hinauf zu den silbrigen Klangröhrchen über der Tür.

»Bin gleisch do!«, plärrte eine Männerstimme.

Zu sehen war niemand. Außer dem leiser werdenden Gebimmel hörte man nur das Surren der Kühlaggregate. Hinter der Theke baumelten harte Würste, Blasen mit Presskopf und geräuchertes Bauchfleisch von der Decke. Der verlockende Geruch erinnerte Marcel an das ausgefallene Mittagessen, das er nach dem Gespräch mit Uwe Bruchhagen nicht nachgeholt, sondern lediglich durch eine Handvoll Gummibären ersetzt hatte. Die appetitlich angerichteten Waren in der Auslage ließen ihm das Wasser im Mund zusammenlaufen. Sein Magen gurgelte vernehmlich. Ein dumpfes Zuschnappen, gefolgt von einem lauten Einrasten, sprach dafür, dass der Metzger gerade den Kühlraum verlassen hatte. Seine massige Gestalt schob sich in den Verkaufsraum, auf der Schulter trug er ein halbes Schwein. Zumindest sah es für Marcel so aus. Mit einem Rums landete der Fleischbrocken auf der Arbeitsfläche. Der Metzger löste den Haken, legte ihn beiseite und griff zum Beil.

»Was gibt's?«

»Neidhard, von der Kriminalinspektion Erbach. Guten Tag, Herr Kuhnert. Ich möchte Ihnen ein paar Fragen zu Linda Ehlers stellen. Sie haben ihr doch …«

»Wo issen doin Kollesch?« Kuhnert guckte demonstrativ an

Marcel vorbei und richtete die Frage ausschließlich an Brunhilde Schreiner. »Schafft der heit nedd?«

»Der ist nicht zuständig«, erklärte Brunhilde knapp.

»Awwer du bist zuständig, Bruni?«

»Nein, ich auch nicht.« Sie deutete auf Marcel. »Dafür gibt es die Kripo.«

»Aha, unn die Kribbo konn des nedd alla, oder was? Oder hot des Bubsche do Ongst vor mir?« Kuhnert hob das Beil grinsend etwas höher. Marcel öffnete den Mund, aber Brunhilde kam ihm zuvor.

»Lass den Quatsch, Kuhnert. Der Herr Neidhard hat nur ein paar Fragen, wegen dem Ferienhaus. Und ich helfe als Ortskundige ein bisschen aus – und als Dolmetscher, wenn es nötig ist. Soll ich den letzten Satz übersetzen?«

Kuhnert schüttelte den Kopf und ließ das Beil ins Fleisch krachen. »Marggrreeet!«, brüllte er nach hinten, ohne sich umzudrehen. Dabei arbeitete er weiter und wiederholte den Schrei nach jedem Hieb.

»Margret ist seine Frau«, erklärte Brunhilde leise. »Ich schätze, er wird mit dir reden, sobald sie da ist und den Laden übernimmt.«

»Die Rippchen sind vorbestellt«, brummte Kuhnert, als seine Margret endlich erschien. Eine kleine, dünne Person, die freundlich grüßte, das Beil entgegennahm und, ohne mit der Wimper zu zucken, mit dem Zerlegen der Schweinerippen fortfuhr. Kuhnert schlurfte davon. Er machte sich nicht die Mühe, Brunhilde und Marcel dazu aufzufordern, ihm zu folgen.

»So ein …« Marcel unterdrückte gerade noch einen wenig freundlichen Ausdruck, als er Brunhildes Stirnrunzeln bemerkte, dann ging er dem Metzger hinterher. Vorbei an mehreren Türen gelangten sie in eine Art Wohnküche.

Kuhnert zog die Einmalhandschuhe aus und nahm das Haarnetz vom Kopf. Marcel setzte sich neben Brunhilde an die Tischgruppe, Eiche rustikal, mit Eckbank und abwaschbarem Tischtuch. Auf dem Herd stand eine Pfanne mit frisch gebratenen Frikadellen. Sein Magen knurrte schon wieder.

Der breite Rücken des Metzgers beugte sich über das Waschbecken, und Marcel biss sich auf die Lippen. War ja nett, dass der es mit der Hygiene so genau nahm, aber konnte man diesen Mann nicht trotzdem irgendwie beschleunigen? Die Warterei ging ihm auf den Nerv.

»Ihnen gehört das Ferienhaus im Eulbacher Weg Nummer zwölf, richtig?«, fragte er den Rücken.

»Sonst wären Sie ja wohl nicht hier«, brummte Kuhnert und drehte sich um.

»Und dieses Ferienhaus hatten Sie an Linda Ehlers vermietet?«

Kuhnert guckte Brunhilde an und hob fragend die Hände. »Wieso fragt der lauter Zeug, das er schon weiß?«

»Setz dich. Das muss sein. Ist schon richtig so.« Brunhilde klopfte auffordernd auf die Bank.

»Wann haben Sie Linda Ehlers denn zum letzten Mal gesehen, Herr Kuhnert?«

»Verdächtigt der mich etwa? Brunhilde, das ist aber …«

»Schluss jetzt, Herr Kuhnert, es reicht!« Marcel zwang sich, den Metzger nicht anzuschreien, aber sein Ärger war seiner erhobenen Stimme deutlich anzuhören. »Hätten Sie bitte die Güte, *mich* anzusehen und *mir* zu antworten, wenn ich Ihnen eine Frage stelle? Also noch mal: Wann haben Sie mit Ihrem Gast zuletzt gesprochen? Ist Ihnen etwas aufgefallen? Hat sie Ihnen etwas erzählt, über …«

Er ließ den Satz unvollendet und deutete an, dass Kuhnert nun übernehmen sollte. Doch der stieg nicht darauf ein. Er fummelte ein Taschentuch aus der Hose und schnaubte sich die rot geäderte Nase. Dann richtete er den Blick auf Brunhilde.

»Ich versteh nicht, wieso das nicht unser Frank machen kann. Als die Geschichte damals im Borntal passiert ist, hat er auch alles rausgekriegt … ganz allein.«

Marcel packte mit beiden Händen die Tischplatte, um Kuhnert nicht an die Gurgel zu gehen und ihn ordentlich durchzuschütteln. Zu gern hätte er darauf geantwortet. Euer Frank hat das Mordopfer gepoppt. Euer Frank ist verdächtig. Euren Frank hättet ihr *damals* am liebsten aus dem Dorf gejagt. Aber Marcel sagte es nicht.

»Der Kollege Liebknecht ist nicht da, und er ist nicht zuständig«, fauchte er stattdessen. »Eine Mordermittlung ist Sache der Kripo – und die Kripo bin in dem Fall ich. Das ist so, und das bleibt so, Herr Kuhnert. Ob Ihnen das passt oder nicht. Haben wir das jetzt endlich geklärt?«

Brunhilde legte die Arme auf den Tisch. »Mach es doch nicht so kompliziert und gib Kommissar Neidhard einfach eine Antwort. Umso schneller sind wir wieder weg.«

»E schee jung Fraa isse gewese.« Kuhnert stopfte das Taschentuch zurück und schaute jetzt endlich Marcel an. »Eine schöne junge Frau ist sie gewesen«, sagte er betont deutlich. »Mit ihr geschwätzt habe ich nur, als ich ihr den Schlüssel gegeben und das Häuschen gezeigt habe. Sie hat gleich bar im Voraus bezahlt, für zwei Wochen. Obwohl sie gesagt hat, sie weiß nicht genau, wie lange sie wirklich bleibt. Und sie war ohne Auto da, hat sich von einem Taxi bringen lassen. Sonst weiß ich nichts. Ach halt, doch, sie hat nach dem Segelflugplatz gefragt, wie sie da hinkommt.«

»Und danach haben Sie Frau Ehlers nicht mehr gesehen?«

»Doch. Am Samstag auf dem Fest, aber da habe ich nicht mit ihr geredet.«

»War sie allein dort?«

Kuhnert lachte. »Na ja, wie man's nimmt. Da ist ja das ganze Dorf gewesen, erst bei der Musik und nachher beim Theater.«

Marcel stieß die Luft aus, und Brunhilde trat ihm auf den Fuß. Sie machte das vermutlich vorsorglich, damit er Kuhnert nicht wieder anblaffte und der gar nichts Vernünftiges mehr sagte. Unrecht hatte sie damit natürlich nicht, trotzdem empfand er die Behandlung als unwürdig.

»Du weißt doch, was er meint.« Brunhildes Augenbrauen hoben sich gefährlich, und Kuhnert zog das Genick ein.

»Also ich habe nicht gesehen, dass sie mit jemand zusammen gekommen oder gegangen ist, wenn es darum geht. Und zwischendurch …« Er schnitt eine Grimasse. »Gelacht hat sie. Viel gelacht.«

Mehr an Informationen war von Kuhnert offenbar nicht zu erwarten, und Marcel beendete die Befragung, um ein weiteres fruchtloses Kräftemessen zu vermeiden.

Auf dem Weg durch den Laden stieß Brunhilde ihm den Ellbogen in die Rippen. »Die Margret macht tolle Brötchen.«

Sein Bauch reagierte sofort lautstark auf den Hinweis, und er beschloss, ihm nachzugeben.

Vor der Tür wartete Brunhilde und beobachtete ihn dabei, wie er gierig das Brötchen verschlang.

»Wie geht es jetzt weiter, Herr Kommissar?«

Marcel schob einen Bissen Leberkäse in die Backe. »Heute gar nicht mehr, in Anbetracht der Uhrzeit. Als Nächster ist dann Steffen Landau vom Segelflugplatz dran, denke ich. Das ist der, der die Homepage der Flieger betreibt. Mit dem hat Linda Ehlers laut diesem Fluglehrer, Herrn Rockel, der sie gefunden hat, Kontakt gehabt.« Er kaute zu Ende und schluckte hastig. »Und sonst … Ich weiß nicht recht, irgendwie muss es möglich sein, die Liste derer einzugrenzen, die befragt werden müssen.«

Brunhilde nahm ihm die Serviette ab und wischte einen Spritzer Senf von seiner Jacke. »Ich mache dir einen Vorschlag: Ich höre mich am Wochenende um und organisiere so viele Bilder vom Fest, wie ich kriegen kann. Dann sehen wir vielleicht, mit wem die hübsche Linda so viel gelacht hat.« Sie drückte ihm die verschmierte Serviette in die Hand. »Und noch was: Ich mache das für Frank und vielleicht ein bisschen für Brenner. Dich mag ich immer noch nicht besonders, Neidhard. Und sollte ich das Gefühl haben, dass du versuchst, meinem Kollegen Frank was anzuhängen oder ihn bei den Leuten hier anzuschwärzen, dann mache ich dir das Leben zur Hölle. Klar?«

Marcel spürte den Senf zwischen seinen Fingern, als sie seine Hand mit der Serviette wie in einem Schraubstock zusammendrückte. Ihr lächelndes Gesicht war ganz dicht vor seines gerückt. Er sah den leichten Flaum über ihrer Oberlippe und die etwas brüchige Farbe ihres Lippenstifts. Automatisch nickte er, obwohl sie mit ihrem Verdacht völlig falschlag. Aber unter diesem Blick schwanden alle Argumente. Außerdem hatte er hart an seinem Ruf als unsensibles Arschloch gearbeitet. Und den wollte er garantiert nicht riskieren.

»Alles klar, Sir – äh – Ma'am. Voller Einsatz für den Lieben-Knecht.«

Freitag, 07. September, Vielbrunn, 18:05 Uhr
– Frank Liebknecht –

Das Hoftor stand weit offen, wie meistens. Ordentliche Blumenbeete säumten die frisch gepflasterte Einfahrt. Rosen in herbstlichem Orangerot, daneben weiße und blaue Blüten, die Frank nicht mit Namen benennen konnte. Brunhilde hatte ihre ganze überschüssige Energie aus dem Ruhestand ins Umgraben und Gestalten gesteckt. Im Garten hinter dem Haus rankten Bohnen an langen gedrehten Stangen, Tomaten überschwemmten den Haushalt schon den ganzen Sommer über, und auch ansonsten kam sie mit der Ernte nicht in dem Maß nach, das notwendig gewesen wäre – was ihre Begeisterung für das Projekt bereits merklich dämpfte.

Kein Wunder also, dass sie die Gelegenheit, sich in die Ermittlungen einzuschalten, packte wie den sprichwörtlichen Stier bei den Hörnern. Frank war nicht entgangen, dass sich ihr Bedauern über seinen Totalausfall in der Geschichte in Grenzen hielt. Die Genugtuung überwog, dass sich ausgerechnet Marcel Neidhard dazu herabgelassen hatte, sie um Hilfe zu bitten. Zu bitten!

Brunhilde begegnete ihm fast auf Augenhöhe, was dem langen Neidhard bei einer Frau nicht oft passierte, und dazu brachte sie deutlich mehr Masse und silbergraue Lebenserfahrung mit. Konnte durchaus sein, dass er sich sogar ein wenig vor ihr fürchtete. Sicher hatte Neidhard mal wieder bei Brenner etwas auszubügeln, dass er sich für den Fall so ins Zeug legte und eine freiwillige Kooperation mit ihr einging.

Frank nahm die Mütze ab und schubberte sich die Kopfhaut

unter den Locken. Die Abendsonne gab sich noch mal richtig Mühe, machte Lust, draußen zu sitzen. Biergartenwetter, unter normalen Umständen. Nur mit wem?

Die alten Kumpels machten inzwischen ihr eigenes Ding. Ohne ihn. Klar, er war weggezogen, hatte die Band verlassen und sich dann eine neue gesucht. Jazz statt Rock, Land anstelle von Stadt. Doch mit den Jazzern vor Ort verband ihn nichts außer der Musik. Und sonst? Schlecht gelaunt stapfte er auf die ehemalige Scheune zu.

Sonst gab es nichts und niemanden. Letztlich spielte das heute auch keine Rolle, da machte er sich nichts vor, ein gemütlicher Abend stand sowieso nicht zur Debatte. Denn die Umstände waren nicht normal. Nach den Gesetzen der Logik gehörte der Name Frank Liebknecht ganz oben auf die Liste der Tatverdächtigen. Auch wenn Brenner das nicht offiziell gemacht hatte, stand er doch auch für ihn unter Verdacht. Ein beschissenes Gefühl, das nur noch von der Tatsache übertroffen wurde, dass jemand Linda ermordet hatte. Und das konnte er nicht wegreden und auch nicht wegtrinken.

Seine Finger ahmten die Bassgriffe eines Songs nach.

Oh – tonight, you killed me with your smile …

Melancholie pur. Er liebte dieses Lied. Aber es war denkbar ungeeignet, um zu vergessen und das Grübeln abzuschalten. Er musste etwas anderes spielen, wenn er das Instrument gleich wirklich in die Hand nahm. Musik wirkte wie Medizin. Sie drang unter seine Haut, bis in den letzten Winkel des Seins. Doch der falsche Song zur falschen Zeit konnte in die tiefste Hölle der Depression führen. Frank wechselte den imaginären Griff. *Born to be wild* erschien ihm für seinen Seelenzustand zuträglicher. Die Mütze vor seinem Bauch diente als Bassersatz, die rechte Hand schrappte über die nicht vorhandenen Saiten. Vor der steilen Außentreppe zu seiner Wohnung beendete er das Solo, mit einem Fuß schon auf der unteren Stufe.

»Herr Liebknecht?«

Frank hielt in der Bewegung inne und stöhnte auf. Na super. Vor wem hatte er sich jetzt schon wieder zum Affen gemacht?

Der Mann, zu dem er sich umdrehte, wartete auf dem Gehweg und hielt die Arme hinter dem Rücken verschränkt.

»Ja, das bin ich.« Frank setzte die Dienstmütze wieder auf und verabschiedete sich von seinem Feierabend. Was auch immer den Fremden zu ihm führte, etwas Gutes konnte nicht dahinterstecken. Dazu sah er zu verstört aus.

Gut möglich, dass der Schlitzer zugeschlagen hatte. Seine Kontrollrunde durchs Gelände war heute ausgefallen. Und über ein Tier mit klaffenden Wunden zu stolpern konnte auch harte Männer aus den Socken hauen. »Was kann ich für Sie tun?«

Der Mann schwitzte in seinem karierten Flanellhemd, da halfen auch die aufgekrempelten Ärmel nicht. Sein Gesicht wirkte dennoch fahl, die Züge angespannt, übernächtigt.

»Ich komme ungelegen. Es ist Freitagabend. Und Sie … es tut mir leid. Entschuldigen Sie die Störung.« Der melodische Singsang seines Dialekts passte nicht zu seinem deprimierten Erscheinungsbild. Er senkte den Kopf und schickte sich an wieder zu gehen.

»Sie stören nicht.« Es konnte nicht schaden, dem Mann zuzuhören, wenn er sich so weit gesammelt hatte, dass er anfing zu reden. Der brauchte ihn wenigstens.

Auffordernd nickte Frank ihm zu und versuchte dabei, ihn einzuschätzen: Mitte fünfzig, grundsätzlich gepflegt, leichte Alkoholfahne, Markenuhr, Lederschuhe – handgenäht –, wenn ihn nicht alles täuschte.

»Ich würde gerne mit Ihnen über meine Frau reden.«

Breiter Ehering in Weißgold, registrierte Frank nun.

»Weil sie doch hier …« Der Mann schnappte hörbar nach Luft, ein wässriger Schleier überzog seine Augen, die sich zunehmend röteten. »Weil sie doch … Die von der Kripo in Erbach haben gesagt, dass Linda die letzten Tage hier gewesen ist.«

Verdammt. *Das* war Uwe Bruchhagen? Obwohl Frank selbst das Gefühl hatte, sich irgendwo abstützen zu müssen, fasste er automatisch Bruchhagens Arm, um ihm Halt zu geben. Wieso kam Lindas Mann ausgerechnet zu ihm? Hatte Neidhard sich das ausgedacht oder war es Brenners Strafe für sein unprofessionelles Verhalten?

»Vielleicht sollten wir uns erst mal setzen, Herr Bruchhagen, und uns dann in Ruhe unterhalten.« Der Schmerz grub markante Längsfalten in Bruchhagens Gesicht. »Wenn Sie wollen, gehen wir in meine Dienststelle oder in den nächsten Gasthof.« In seine Wohnung wollte Frank ihn nicht mitnehmen. Auch wenn Linda nie bei ihm gewesen war, kam es ihm falsch vor. Schon hier draußen machte Frank die Gegenwart ihres Ehemannes zu schaffen und schnürte ihm die Luft ab.

Bruchhagen schüttelte den Kopf. »Nein, nein. Machen Sie sich keine Umstände meinetwegen. Und im Gasthof bin ich schon gewesen.« Das erklärte den Geruch nach Hochprozentigem, der sich in der Nähe noch verstärkte. »Ich habe mir ein Zimmer genommen, weil ich …« Er hob die Schultern. »Nun, ich denke, ich sollte heute nicht mehr Auto fahren. Da auf der Treppe, lassen Sie mich dort … nur einen Moment … das passt schon.«

Nebeneinander setzten sie sich auf die Holzstufen, beide leicht nach vorn geneigt, und starrten schweigend vor sich hin. Eine braune Nacktschnecke kroch über den Hof, von einem Beet zum anderen. Suchte sich einen geschützten Ruheplatz für die Nacht, unter einer Pflanze, deren übergroße Blätter Frank an Rhabarber erinnerten.

»Sagen Sie mir, mit wem sie was gehabt hat, hier im Dorf.«

Franks Kopf schnellte herum. »Wa-was?«

Bruchhagen hob resigniert die Schultern. »Sie hat immer einen gehabt. Egal wo sie hin ist. Jedes Mal einen anderen. Nichts Ernstes. Nur so für zwischendurch. Zum Spaß.« Seine Finger zitterten, als er sie ineinander verschränkte. »Ach, Uwe, hat sie gesagt, ist doch nur Sex, nur für den Moment. Aber dich liebe ich für immer.« Seine Stimme brach.

Sie hatte immer einen. Nur zum Spaß.

Mit einem Schlag wurde Frank klar, dass er eigentlich überhaupt nicht mit Bruchhagen reden sollte. Gar nicht mit ihm reden durfte.

Du bist ab sofort komplett raus aus den Ermittlungen, bis du zweifelsfrei entlastet bist.

Brenner hatte gut daran getan, ihn kaltzustellen. Und wenn Frank ehrlich war, wollte er weder an Linda denken noch irgendetwas über sie hören.

Aber jetzt saß dieser Mann auf der Treppe zu seiner Wohnung, und er konnte ihn nicht loswerden, ohne ihn vor den Kopf zu stoßen oder ihm seinen eigenen Anteil an der Geschichte zu gestehen.

Ich war es. Diesmal.

Frank knöpfte die Uniformjacke auf und nahm wieder die Mütze von den schweißnassen Haaren.

»Linda hat es nie verheimlicht«, fuhr Bruchhagen fort. »Vor mir jedenfalls nicht. Wir hatten uns Ehrlichkeit versprochen. Ich … ich habe es immer gewusst, und ich habe es akzeptiert. Sie brauchte einfach mehr, als ich ihr geben konnte. Und das war auch kein Problem. Sie hatte ja recht. Solange sie mich liebte, war alles andere egal. Es gab keinen Grund zur Eifersucht.«

Keine Eifersucht? Frank versuchte vergeblich, sich in Bruchhagens Situation zu versetzen und dessen Haltung nachzuvollziehen. Schon allein die Vorstellung, dass auch der graugesichtige Mann neben ihm mit Linda geschlafen hatte, nagte an ihm. Obwohl es eigentlich umgekehrt hätte sein müssen.

»Wozu wollen Sie wissen, mit wem Ihre Frau zusammen war?«

Bruchhagen schaute Frank von der Seite an. »Sie werden es mir also nicht sagen? Verstehe.« Seufzend nickte er. »Sie fürchten wohl auch, ich könnte das Gesetz in meine Hand nehmen und Selbstjustiz üben, so wie es dieser schlaksige Schnösel von der Kripo angedeutet hat. Wofür halten Sie mich? Sehe ich aus, als könnte ich kaltblütig einen Menschen töten?«

Frank schüttelte den Kopf. Nicht kaltblütig, das sicher nicht. »Halten die Kollegen«, er unterbrach sich kurz und runzelte die Stirn, während er die Worte sortierte. »Halten die Kollegen denn den, ähm, Liebhaber Ihrer Frau für den Mörder?«

»Das haben sie nicht gesagt. Sie haben mir eigentlich fast gar nichts gesagt. Und sie haben mir auch nichts geglaubt. Vor allem dieser Herr …« Bruchhagens Hand flog suchend durch die Luft.

»Kommissar Neidhard?«, ergänzte Frank.

»Ja, richtig. Der hat alles angezweifelt.«

Das sah ihm absolut ähnlich. »Was genau hat er bezweifelt?«

»Dass mir nicht bekannt war, wo meine Frau steckte oder was sie hier gemacht hat, und vor allem, dass ich ihre … Eskapaden … tolerierte.«

»Hmhm.« Frank brummte zustimmend, wobei er eher Neidhards Zweifeln als Bruchhagens Unverständnis beipflichtete. Den Grund, weshalb er Lindas letzte Eroberung ausfindig machen wollte, hatte er weiter für sich behalten.

»Sie haben mir eine Liste gezeigt, Bilder von Dingen, die sie dabeihatte. Die sollte ich identifizieren und sagen, ob es ihr gehörte oder ob etwas fehlt. Wie soll man das können? Woher soll ich wissen, was fehlt, wenn ich nicht weiß, was sie eingepackt hat?«

»Na ja, ich denke, es ging vor allem um Wertgegenstände, Schmuck, Sachen, die sie immer bei sich trug, wie ein Mobiltelefon oder Notizbuch. Etwas, das den Kollegen einen Hinweis darauf geben könnte, was genau Ihre Frau nach Vielbrunn geführt hat.«

Bruchhagen machte nicht den Eindruck, als ob viel von Franks Worten bei ihm ankam. Die Erinnerung hielt ihn fest im Griff. »Sie war eine wundervolle Frau, Herr Liebknecht. Eine unabhängige Frau, die ihren eigenen Weg ging, ganz egal, was andere davon hielten.« Das Lachen, das ihm entschlüpfte, klang wie ein Schluckauf. »Das sehen Sie schon daran, dass sie mich geheiratet hat.« Er rieb sich über das nasse Gesicht. »Mich. Trotz des Altersunterschieds. Auch wenn es vielleicht anders aussah: Sie hat mich nicht wegen meines Geldes geheiratet. Linda war erfolgreich, witzig und alles andere als oberflächlich; sie hatte immer ein Ziel vor Augen. So habe ich sie kennengelernt, und darum habe ich sie geliebt. Bei Gott, sie hätte andere Männer heiraten können, die ihr weit mehr zu bieten hatten als ich!«

An ihrer Zielstrebigkeit zweifelte Frank keine Sekunde, und auch nicht an den alternativen Angeboten heiratswilliger Männer. Ein Thema, das ihm nicht behagte.

»Sie hat ein Bild erwähnt, nach dem sie suchte. Mit blauen Pferden«, versuchte er einen Schwenk in eine andere Richtung. »Blaue Pferde – wissen Sie etwas darüber?«

Uwe Bruchhagen reagierte nicht, kämpfte wieder mit den Tränen und rang die Hände.

»Es tut mir wirklich leid, was passiert ist«, sagte Frank leise und verstummte. Ein blöder Satz. Nichtssagend. *Es tut mir leid, dass sie tot ist*, wäre besser gewesen. Und doch nur ein verlogener Teil der Wahrheit. Es tut mir leid, dass ich mit Ihrer Frau geschlafen habe. Es tut mir leid, dass Ihre Frau mit mir geschlafen hat. War das das Gleiche? Tat ihm das wirklich leid? Frank wusste keine Antwort, nicht einmal für sich selbst.

Er saß einfach nur neben dem heulenden Mann, lauschte, bis das verkrampfte unrhythmische Schniefen und Nach-Luft-Schnappen allmählich verebbte. »Kann ich noch irgendetwas für Sie tun?«

Bruchhagen erhob sich schwerfällig. »Nein, ich komme schon zurecht. Danke fürs Zuhören, Herr Liebknecht.«

Er reichte ihm die Hand, und Frank bemühte sich, Bruchhagen direkt in die Augen zu sehen. Er entdeckte keinen Argwohn in seinem Blick. Bruchhagen hatte keinen Schimmer, wen er vor sich hatte.

Samstag, 08. September, Beerfelden, 03:05 Uhr
– Ingeborg Werle –

Die Stimme des alten Mannes klang weinerlich. »Ingeborg, wo bist du?« Seine Schritte schlurften unsicher über den Fliesenboden. »Ingeborg, hörst du nicht, sie kommen. Sie kommen!«

Verschlafen rieb sie sich die Augen, als sie das Rufen hörte, und machte Licht. Kurz nach drei Uhr, der Wecker auf ihrem Nachttisch tickte leise.

»Ingeborg!«

Sie warf sich den Morgenmantel über und schlüpfte in die Pantoffeln. Den festen Schlaf der Polin hätte sie auch gern gehabt. Wofür bezahlte sie die eigentlich? Die sollte sich doch um ihn kümmern, auch in der Nacht.

Ingeborg riss die Tür auf und hastete ins Erdgeschoss. Immerhin blieb er inzwischen unten und versuchte nicht mehr, die Treppe hochzusteigen, oder bis aufs Dach.

»Hier bin ich, Vater. Hier«, sagte sie leise und legte ihm den Arm um die Schultern. Barfuß stand er in der Küche am Fenster und presste die Nase an die Scheibe.

»Sie kommen gleich, sie kommen gleich«, wisperte er und patschte mit seiner runzligen Hand auf ihre. »Jetzt ist alles gut, wenn du da bist. Dann kannst du sie endlich sehen. Diesmal kommen sie bestimmt.«

Seine freudige Erwartung trieb ihr die Tränen in die Augen. »Es ist nur ein Gewitter, Vater. Sie kommen nicht.«

Es regnete nicht einmal mehr. Der Donner rollte kaum noch wahrnehmbar, viele Kilometer entfernt, das Gewitter war längst weitergezogen.

»Aber sie müssen kommen, sie müssen. Ich konnte sie doch hören. Pa-ta-pam, Pa-ta-pam, Pa-ta-pam.«

Sie zog ihn vom Fenster weg, eine gebeugte, klapprige Gestalt, um die der gestreifte Schlafanzug schlackerte. Nichts war geblieben von dem stattlichen Mann, der er einmal gewesen war und zu dem sie aufgesehen hatte.

»Pa-ta-pam, Pa-ta-pam«, flüsterte er und versuchte, sich ihr zu entwinden. Sie führte ihn über den Flur in sein Zimmer, drückte ihn auf sein Bett und breitete die Decke über ihm aus. Dann löschte sie das Licht.

»Pa-ta-pam.«

Samstag, 08. September, Vielbrunn, 11:00 Uhr
– Frank Liebknecht –

Es klopfte an der Tür, und Frank wurde wieder einmal bewusst, dass es Zeit wurde, sich nach einer vernünftigen Wohnung umzusehen. Hier gab es weder ein verschlossenes Hoftor noch eine Klingel und somit keine Vorwarnung im Falle eines Besuchs. Jeder konnte einfach die Treppe heraufkommen, und wer nicht ganz taub war, konnte meistens auch hören, ob Frank zu Hause war. Er drehte das Radio leiser und öffnete.

»Sie haben gestern das Bild erwähnt.« Auf der oberen zum Podest verbreiterten Stufe stand Uwe Bruchhagen, offensichtlich ausgenüchtert und frisch geduscht. Mit beiden Armen hielt er einen großen Pappkarton, den er Frank jetzt entgegenstreckte. »Hier, nehmen Sie das. Ich will es nicht mehr in meinem Haus haben.«

»Was ist das?« Der Karton kippte gegen Franks Brust, und er musste zupacken, ob er wollte oder nicht.

»Unterlagen. Von Linda.« Bruchhagen verschränkte die Hände hinter dem Rücken, sein Blick huschte an Frank vorbei in die Wohnung. Aber Frank hatte nicht vor, ihn hereinzubitten.

»Soll ich das an die Kollegen in Erbach weiterleiten?«

»Nein. Die interessiert das nicht. Aber das ist alles, was Linda über dieses Bild zusammengetragen hat. Und dieses Bild hat sie umgebracht.«

»Sie sehen da einen Zusammenhang?«

Bruchhagen schnaubte. »Wenn es stimmt, dass sie deswegen hier war, dann ist das auch der Grund, weshalb sie tot ist.

Wäre sie nicht irgendeiner absurden Spur nach Vielbrunn gefolgt, dann wäre sie noch am Leben. Ich ertrage es nicht, diese Sachen noch länger unter meinem Dach zu haben.«

Frank stellte den Karton auf der Schwelle ab und klappte den Deckel auf, Computerausdrucke, handschriftliche Notizen, Zeitungsartikel.

»Das müssen Sie mir schon etwas genauer erklären. Wieso meinen Sie, dass das die Kripo nicht interessiert? Und wieso haben Sie das alles dabei, wenn Sie nicht wussten, was Linda … Ihre Frau in Vielbrunn gemacht hat? Und vor allem, was soll *ich* Ihrer Meinung nach damit tun?«

Bruchhagen trat noch einen Schritt näher auf Frank zu. In der Nacht hatte es geregnet, und nun tropfte es vom Dachfirst. Stur blieb Frank vor der Türöffnung stehen. Die Fußmatte war nass, und kalte Feuchtigkeit durchdrang seine Socken. Er ignorierte es. Bruchhagen war ein sympathischer Kerl, aber das war sein Wochenende und seine Privatwohnung – und es war nicht sein Fall. Er durfte nicht weich werden.

»Fragen Sie diesen Kommissar Neidhard, der kann es Ihnen am besten erklären, der weiß ja sowieso alles. Ich habe wirklich keine Ahnung, was meine Frau in Vielbrunn vorhatte. Aber Linda hat seit Monaten von der Erinnerung an ihre Großmutter gesprochen, die sie aufspüren wollte. Nichts Konkretes, alles sehr geheimnisvoll. Und als man mir dann sagte, dass sie tot ist, war für mich logisch, dass es bei ihrem Ausflug darum ging. Ich habe einfach den Karton genommen und ins Auto geworfen. Am liebsten würde ich das Zeug einfach verbrennen, aber …« Er schüttelte den Kopf. »Es war Linda wichtig. Darum bitte, sehen Sie sich das an, Herr Liebknecht, und dann machen Sie damit, was Sie für richtig halten.« Seine Stimme geriet ins Kippen, wurde ganz leise. »Sie sind ein netter Mensch. Linda hätte Sie sicher gemocht.«

Unten im Hof schlenderte eine Katze über das Pflaster, mit geschmeidiger Eleganz. Franks Gesichtsmuskeln verkrampften sich unter Bruchhagens Blick, er zwang sich dazu, ihn zu erwidern und ihm nicht auszuweichen. Sagen konnte er nichts.

Bruchhagens Gesicht wurde noch eine Spur grauer, als er begriff. »Ach so.« Er lachte heiser auf und tippte sich an die Stirn. »Ach so.« Dann drehte er sich um und eilte die Treppe hinab.

Frank blieb reglos stehen, bis er Bruchhagen nicht mehr sehen konnte. Stolz war er nicht auf sich, aber irgendwie erleichtert. Dieser Mann hatte die Wahrheit verdient, auch wenn sie hässlich war. Allerdings wäre Frank ein anderer Abgang lieber gewesen. Ein Angriff mit wüsten Beschimpfungen, ein ordentlicher Boxhieb, damit hätte er besser umgehen können als mit dieser resignierenden Akzeptanz. Er verpasste dem Karton einen Tritt und schob ihn dann mit dem Fuß in seine Wohnung. Was da drin auch schlummern mochte, er würde das nicht anfassen.

Frank schaltete das Radio aus, warf sich aufs Sofa und griff nach der Fernbedienung. Auf dem winzigen Bildschirm des tragbaren Fernsehgeräts hopste die Maus auf und ab, gefolgt vom kleinen blauen Elefanten.

Was sollte an diesem Bild, das Lindas Großmutter geliebt hatte, schon Besonderes dran sein? Blauer Elefant. Blaue Pferde. Frank kehrte dem Karton den Rücken zu und setzte sich im Schneidersitz hin.

Machen Sie damit, was Sie für richtig halten.

Er sprang auf und holte eine Rolle mit Paketklebeband und eine Schere. Mit zwei breiten Streifen verschloss er den Karton. Entweder war das Beweismaterial oder vollkommen irrelevant. Und in beiden Fällen war es das Beste für ihn, nichts damit zu machen, rein gar nichts. Das hielt er für richtig! Nicht anfassen und auch nicht darüber nachdenken. Kein Alleingang im Fall Linda Ehlers.

Frank ließ sich zurück aufs Sofa fallen. Die Maus guckte ihn an und klimperte mit beiden Augenlidern. Er warf ihr ein Kissen gegen den Kopf. Wenigstens die hätte ihm doch glauben können.

Sonntag, 09. September, Vielbrunn, 14:30 Uhr
– Brunhilde Schreiner –

Mit einer großen Tasse Instantkaffee machte Brunhilde es sich an ihrem Küchentisch bequem. Sie schätzte die Möglichkeiten der modernen Technik und trauerte den alten Zeiten nicht hinterher. Wenn sie nur daran dachte, wie lange man früher darauf hatte warten müssen, seine Urlaubsfotos endlich entwickelt auf Papier vor sich zu haben – und erst nach Wochen zu wissen, ob der ultimative Schnappschuss geglückt oder völlig verwackelt war. Digitalfotografie war ein echter Segen! Das Fest vom vergangenen Wochenende konnte sie nun auf ihrem Laptop aus jeder erdenklichen Perspektive noch einmal betrachten.

Am Samstag hatte sie ein paar Anrufe getätigt und an einige Türen geklopft, dann waren die Bilddateien fast wie von selbst zu ihr gekommen, per Mailanhang und auf Speicherkarten. Zu gern hätte sie Frank um Hilfe bei der Sichtung des Materials gebeten. Denn einen Nachteil gab es doch in der praktischen digitalen Welt: Es wurde geknipst auf Teufel komm raus, wahllos und unsortiert. Von der schieren Masse der Aufnahmen fühlte Brunhilde sich nun ziemlich erschlagen. Dennoch schlürfte sie ihren Kaffee mit Genuss, während sie auf den Bildschirm schaute.

Sie hätte es sich leicht machen und die Datei einfach an die Erbacher Kollegen übergeben können, denen standen dienstlich garantiert andere Hilfsmittel zur Verfügung als ihr zu Hause. Es gab Computerprogramme, die mit Gesichtserkennung arbeiteten und in Sekundenschnelle alle Bilder von Linda Ehlers herausfiltern konnten. Aber das kam nicht infrage. Sie wollte selbst sehen, was es zu sehen gab. Der Besuch bei Metzger Kuhnert hatte ihr einiges klargemacht. *Unser Frank*, hatte der gesagt. Unser Frank. Und er war noch viel mehr *ihr* Frank. Sie hatte ihn in Vielbrunn eingeführt und auf seinen Job vorbereitet, der ihr Job gewesen war. Und als er kurzfristig eine Unterkunft gebraucht hatte, hatte sie keine Sekunde gezögert, ihn bei sich wohnen zu lassen. Drei Söhne hatte sie in diesem Haus aufgezogen, trotz Vollzeitjob, und das die meiste Zeit allein, nachdem ihr Mann viel zu früh gestorben war. Die Söhne kamen nur noch zu Feiertagen zu Besuch, lebten ihr eigenes Leben, und das Rentnerdasein kotzte sie nach einem Jahr schlicht nur noch an.

Wenn es irgendetwas gab, was sie für Frank tun konnte, dann würde sie das tun, und wenn sie Tag und Nacht diese Bilder durchgehen musste, um auf eine Spur zu stoßen, die ihn entlastete, und sei die Spur auch noch so klein. Auf keinen Fall würde sie die Sache diesem Neidhard überlassen. In seinem Blick lag etwas … nein, nichts Verschlagenes, aber etwas *Verborgenes*. Als ob er eine Lüge mit sich herumschleppte. Solche Leute waren ihr suspekt. Und sie weckten einen gewissen Ehrgeiz in ihr.

Sie mochte Neidhard nicht, und sie traute ihm nicht, aber vielleicht konnte sie ihn aus der Reserve locken und hinter sein Geheimnis kommen. Und wenn nicht, dann konnte sie ihn vielleicht wenigstens ein bisschen ärgern. Sie stellte die Tasse ab, holte das Telefon und wählte seine Privatnummer.

Montag, 10. September, Erbach, 8:45 Uhr
– Frank Liebknecht –

Niemand hielt ihn auf oder stellte Fragen. Sein gezückter Dienstausweis und ein gemurmelter Satz über Neuigkeiten zum Mordfall Ehlers reichten aus, um Frank ohne Anmeldung bis in die Räume der Mordkommission in der Kriminaldirektion Odenwald vordringen zu lassen. Schon von Weitem hörte er Brenners Stimme deutlich aus den anderen heraus, was nicht gerade dafür sprach, dass er einen günstigen Moment erwischt hatte. Frank stützte den Karton am Rahmen der offenen Tür ab und klopfte gegen das Holz.

»Guten Morgen. Ich habe da was für euch.«

Brenner musterte ihn mit gerunzelter Stirn. Sylvie winkte ihm grinsend zu; sie saß auf einem der Tische im Besprechungszimmer, kaute einen Apfel und schaukelte mit den Beinen. Neidhard spreizte den Daumen und den kleinen Finger der linken Hand ab und hob sie mit fragendem Gesicht wie einen Hörer zum Ohr. Ja klar, er hätte anrufen können. Entschlossen ignorierte er die Andeutung. Er musste sich für sein Hiersein nicht entschuldigen.

»Uwe Bruchhagen war am Samstag bei mir und hat diese Kiste dagelassen.« Frank stellte den Karton neben Sylvie auf den Tisch. Dass sie anwesend war, gefiel ihm nicht. Er konnte sie noch nicht einschätzen. Frauen konnte er nie richtig einschätzen, das hatte er ja gerade erst bei Linda wieder unter Beweis gestellt. Er knurrte missmutig in sich hinein.

Sylvie verrenkte sich den Hals und entzifferte den Aufdruck in der unteren Ecke. »*WKB* – ah, ein hauseigener württembergischer Betriebskarton.« Sie grinste und trommelte mit den Fingernägeln auf die Pappe. »Was ist'n da drin?«

»Irgendwelche Infos zu dem Bild, nach dem Linda Ehlers gesucht hat«, erklärte Frank.

Neidhard unterdrückte ein Lachen.

»Was ist daran komisch?«

»Das ominöse Bild der Großmutter? Das wollte mir Bruchhagen auch schon als Schuldigen verkaufen. Ist doch Schwachsinn. Zumindest so, wie er es formuliert hat. Alles nur, um von seinem Motiv abzulenken. Wäre sie mal schön zu Hause geblieben, dann wäre ihr auch nichts passiert. Ganz ehrlich: Wenn du mit so einem Typen zusammen bist, kommt irgendwann der Tag, an dem du dich freust, wenn dich im Vorgarten ein Bus überrollt.«

Mit einer knappen Handbewegung unterbrach Brenner Neidhards Ausführungen. Dass der Bruchhagen auf dem Kieker hatte, war deutlich zum Ausdruck gekommen. »Was hältst du davon, Frank? Ist in der Kiste etwas von Belang?«

»Keine Ahnung. Ich habe nicht reingeguckt. Ich bin raus aus dem Fall und verdächtig, soweit ich mich erinnere.«

»Sehr richtig, Lockenköpfchen. Und nach der ersten DNA-Analyse sieht es nicht unbedingt besser für dich aus.«

»Marcel!«

»W-wie meinst du das? Was hat der Test ergeben?«

Sylvie grinste. »Dass du nicht ihr letzter Lover gewesen bist.«

»Sylvie!« Brenner donnerte die Faust auf den Tisch. »Bin ich hier nur von Bekloppten umgeben? Gibt man solche Infos an einen Verdächtigen weiter?«

Frank machte drei Schritte rückwärts und lehnte sich mit dem Rücken gegen die Wand. Jetzt hatte Brenner es ausgesprochen. *Verdächtiger*. Dabei hatte er bei seinem Einwurf im Stillen auf Brenners Widerspruch gehofft.

Sylvie rollte nur kurz mit den Augen. Schuldbewusst sah sie dabei nicht aus. »Ach Chef, du glaubst doch selbst nicht, dass Frank die Frau umgebracht hat.«

»Hier geht es nicht um das, was wir glauben. Sondern um Fakten. Frank war nicht der Letzte, und Bruchhagen war es auch nicht, was für beide das Eifersuchtsmotiv erhärtet.«

Erbost presste Brenner die Lippen aufeinander.

Sylvie sah Frank neugierig an. »Du hast immer noch kein Alibi, oder?« Wie betäubt schüttelte er den Kopf. »Okay.« Sie biss in ihren Apfel. »Na mal sehen, ob der Witwer noch eins aus dem Hut zaubern kann. Der hat bisher nämlich auch keins.«

Brenner setzte sich auf einen Stuhl neben das Whiteboard, auf dem gut sichtbar all ihre Gedanken zum Fall standen. »Wunderbar, Sylvie. Möchte einer von euch noch weitere Informationen ausplaudern, wenn wir schon mal dabei sind?«

Sylvie schob Apfel nach, und Neidhard guckte angestrengt in eine andere Richtung.

Es war besser, das Thema zu wechseln. Das Bewusstsein, nachweislich nur ein Zeitvertreib von vielen gewesen zu sein, schmerzte. Und der Gedanke, dass es alle Anwesenden wussten, demütigte Frank. Auch wenn er gar nicht mehr hatte sein wollen.

»Bruchhagen hat mir erzählt, dass seine Frau seit Monaten nach diesem Bild gesucht hat«, sagte er. »Sie hatte eine Spur, der sie nach Vielbrunn gefolgt ist. Das hat sie mir selbst gesagt.«

Neidhard schlenderte nach vorn und nahm einen Stift von der Ablage unter der weißen Wand. »Also gut. Vielleicht hat das Bild wirklich etwas mit ihrem Tod zu tun. Könnte ich nachvollziehen, wenn sie dem Ding so lange hinterhergerannt ist. Möglicherweise ging es Bruchhagen einfach gegen den Strich, wie sie sein Geld verprasst hat. Nicht nur für Dessous und Liebhaber – sorry, Liebknecht –, sondern dann auch noch für die

Suche nach irgendeinem alten Schinken. Röhrender Hirsch im Walde. Nur weil's ihrer Oma anno dunnemals gefallen hat. Insofern sehe ich da schon ein weiteres Motiv.« *Finanzen*, schrieb er an die Wand und kringelte das Wort ein. »Bruchhagen wollte ihr den Geldhahn zudrehen, der Streit eskaliert, und er drehte ihr stattdessen …« Neidhards Blick streifte kurz Franks Gesicht. »Na ja, das Ende ist bekannt.«

»Welcher Spur ist sie gefolgt, Frank? Geben die Unterlagen darüber Auskunft?«

»Weiß ich nicht. Habe ich doch gesagt.«

»Du hast echt das ganze Wochenende neben der Kiste gesessen und sie nicht aufgemacht?« Neidhard pfiff durch die Zähne. »Nicht gerade glaubwürdig, aber wenn es stimmt: Respekt.« Er legte den Stift wieder weg und schnappte sich eine Schere. »Darf ich?«

Auf Brenners Nicken hin riss er das Klebeband herunter und klappte den Deckel auf. »Na wunderbar. Willkommen im Paradies des Sisyphos.« Neidhard kippte den Karton in Brenners Richtung und fuhr mit der Hand über die losen Zettel. »Siehst du das, Peter? Da geh ich nicht ran.«

Brenner rieb sich das Kinn. »Warum hat Bruchhagen dir die Sachen gegeben, Frank, und nicht uns?«

»Er hat gesagt, dass es euch sowieso nicht interessiert. Und dass ich damit machen soll, was ich für richtig halte.«

»Wir haben nicht genug Leute für solche kleinteiligen Fummelarbeiten. Es gibt noch eine Menge anderer Dinge zu tun, die naheliegender sind.« Brenner seufzte und hielt einen Zeigefinger hoch. Ein Zeichen, dass er angestrengt nachdachte. Niemand sagte etwas, nur Sylvies Apfel knackte laut bei jedem Biss. Der Reihe nach schaute Brenner die Anwesenden an und verharrte bei Frank. »Das Zeug ist uns nicht offiziell vom Eigentümer ausgehändigt worden, es steht auf keiner Beweismittelliste.« Seine Stimme blieb ausdruckslos. »Es könnte aber nicht schaden, zu wissen, was da drin ist.«

Dann stand er auf, verließ den Raum und schloss hinter sich die Tür.

Sylvie starrte ihm mit offenem Mund hinterher. »Hat der gerade gemacht, was ich mir einbilde, das er gemacht hat?«

»Hat er«, bestätigte Neidhard. »Kaum zu fassen, was? Alle lieben sie das Lockenköpfchen.« Er kniff die Augen zusammen, verzog die Lippen zu einem Kussmund und schmatzte in Franks Richtung. »Und keiner traut ihm etwas Böses zu.« Kopfschüttelnd nahm er die Kiste und drückte sie Frank vor den Bauch. »Viel Spaß damit.«

»Hey, warte. Ich kann das nicht wieder mitnehmen.« Frank hielt Neidhard am Arm fest.

»Und wieso nicht?«

»Auch wenn es nicht erwiesen ist, dass da was Relevantes drinsteckt, könnte der Inhalt doch wichtig sein. Und er ist hier viel sicherer als bei mir zu Hause. Hier hat garantiert kein Unbefugter Zugriff.« Neidhards Grinsen machte ihn wütend, aber er würde sich nicht aus der Fassung bringen lassen. »Ich werde mir nur ein paar Sachen rausnehmen und kopieren …«

»Findest du nicht selbst, dass das ein bisschen nach Verfolgungswahn klingt?«

»Gegenfrage: Hat man bei dir schon mal eingebrochen, deine Wohnung nach Beweisen durchsucht und anschließend abgefackelt, Neidhard?«

»Witzig, dass du das jetzt gerade erwähnst. Nein, mir ist das noch nicht passiert. Ich erinnere mich aber an so einen Fall … Hilf mir doch mal auf die Sprünge, wer hat da am Ende wen um Beistand bitten müssen?«

»Stopp, Jungs.« Sylvie signalisierte den Wunsch nach einem Time-out. »Wenn ihr so weitermacht, brauche ich eine Tüte

Popcorn für die Show. Ihr vergesst: Ich bin die Neue, und ihr habt offenbar eine gemeinsame Vergangenheit. Könntet ihr mich mal einweihen?«

»Nein!«, antworteten Frank und Neidhard gleichzeitig.

»Nein? Ach, da seid ihr euch plötzlich einig. Was läuft da zwischen euch?«

Das hätte Frank selbst gerne gewusst. Er kapierte einfach nicht, was in Neidhard vor sich ging. Sicher war er allerdings, dass ihm diese Sylvie zu forsch war. Doch wie so oft fiel ihm keine passende Erwiderung ein.

Aber Neidhard hatte natürlich etwas zu sagen. »Zwischen uns läuft nichts, was du verstehen könntest, Häschen. Das ist so ein Männerding.« Er tippte Frank auf die Schulter. »Komm mit. Du kannst den Kram unter meinen Schreibtisch stellen.« Seine Mundwinkel zuckten vom unterdrückten Grinsen. »Das kann ich bequem wegignorieren und im Zweifel behaupten, ich hätte von nichts gewusst. Denn was sich auf dem Boden abspielt, ist unter meiner Würde, das weiß jeder.« Er zwinkerte Sylvie zu, dann schob er Frank eine Haarsträhne hinters Ohr und ließ die Hand in seinem Nacken liegen. Mit dem Karton im Arm konnte Frank nichts dagegen tun. »Und du darfst mir hin und wieder zu Füßen liegen, wenn du nach Unterlagen suchst. Du kannst dir gar nicht vorstellen, wie sehr ich mich darauf freue.«

Montag, 10. September, Erbach, 10:00 Uhr
– Marcel Neidhard –

»Wir haben Aufnahmen aus so ziemlich jedem Blickwinkel. Was besonders ins Auge fällt, ist, dass Linda Ehlers auf dem Fest mit vielen Leuten gesprochen hat, obwohl sie ja eigentlich niemanden kannte. Aber jetzt kommt es: Gesprochen hat sie fast ausschließlich mit Männern.«

Marcel rief die Fotodatei auf, die er mit Brunhilde Schreiner zusammengestellt hatte, in aller Ausführlichkeit. Sehr zu seinem Missfallen am Sonntagnachmittag, sodass er den Anfang der Sportschau verpasst hatte. Natürlich war es seine eigene Entscheidung gewesen, sofort zu ihr zu fahren. Niemand hatte ihn gezwungen. Das Ergebnis konnte sich sehen lassen und er damit nun glänzen. Er rückte ein Stück zur Seite, um Brenner Platz zu machen, der ihm über die Schulter sah.

»In Anbetracht des Laborergebnisses ist das ein guter Ansatz.«

Auffordernd nickte Brenner ihm zu, und Marcel holte eine Textdatei auf den Schirm. »Ich habe eine Liste mit einer ganzen Menge Namen, die wir überprüfen sollten.« Brunhilde kannte fast jeden auf den Bildern, hatte ihm neben den Namen auch die Adressen nennen können und Auskünfte zu den Familienverhältnissen geliefert. Schon beim Einsammeln der Fotos war gelegentlich ein Hinweis auf mögliche amouröse Verwicklungen der guten Linda gefallen, die die Männerwelt so enorm freundlich und reichlich mit ihrem Lächeln beschenkt hatte. Auch diese Zusatzinformationen standen als Ergänzung in Marcels Liste, um ihm gegebenenfalls als Stichpunkt für die

Befragung zu dienen. »Wenn wir einigermaßen zügig durchkommen wollen, könnte ich dabei Hilfe gebrauchen. Am besten bitten wir die fraglichen Herren ganz diskret gleich um eine freiwillige Speichelprobe.«

Sylvie lehnte sich an Marcels Rücken und legte ihr Kinn auf seinen Kopf. »Einfach so, jeden, der mit ihr gesprochen hat?«

»Klar, warum nicht? Wer nichts zu verbergen hat, kann die doch ganz gelassen abgeben. Und wer nicht will, Bingo, rückt ein paar Plätze nach oben im Verdächtigenranking.«

Marcel tauchte unter Sylvie weg und ignorierte den Schokoriegel, den sie ihm anbot. Ihre Distanzlosigkeit war ihm unangenehm.

»An der Unterstützung bin ich schon dran, Marcel«, erklärte Brenner. »Wir brauchen sowieso dauerhaft mehr Leute für den Fall. Zwei können wir kurzfristig sofort kriegen. In einer halben Stunde ist ein Briefing angesetzt, die Staatsanwaltschaft ist auch dabei. Da hätte ich gern, dass du alle relevanten Fakten deiner Liste im Kurzformat präsentierst. Sylvie, was hast du zu den Handydaten?«

»Erschreckend wenig.« Sie schluckte den ersten Bissen Schokolade und beeilte sich weiterzureden. »Was aber nicht an mir liegt. Die Frau war echt seltsam. Ich habe ihre Anrufliste gecheckt, da gab es in den letzten zwei Monaten nur Gespräche mit ihrem Mann, respektive mit irgendwelchen Firmenanschlüssen, das kann dann auch mal die Sekretärin gewesen sein oder die Buchhaltung. Was weiß ich. Ein Arzt, der Friseur, der Anwalt – und das war es. Keine Freundinnen, keine Hotels für ihre Dates, nichts, was auf ein Privatleben außerhalb des Dunstkreises ihres Mannes hindeutet. Bevor du fragst, Chef, beim Festnetz sieht es genauso aus. Spricht meiner Meinung nach dafür, dass sie eine zweite und geheime Nummer hatte, über die es keine Unterlagen im Hause Bruchhagen gibt.

Sie kann problemlos das gleiche Telefon benutzt haben – nur die andere Karte reinstecken, und gut ist es. Diese Nummer schnell zu finden ist allerdings utopisch. Es gibt so viele Anbieter, da suche ich mir 'nen Wolf. Die Lady hatte definitiv was zu verbergen, und sie hat sich Mühe dabei gegeben. Auch die Kreditkartenabrechnung deutet in die gleiche Richtung. Kein Nachweis für irgendwelche Fehltritte möglich. Allerdings war Linda Ehlers-Bruchhagen laut ihren Bankunterlagen immer gut mit Bargeld ausgerüstet, was uns wiederum sagt, dass sie ihre Rechnungen gerne ohne Beleg beglichen hat. Ergo: Da war Geheimniskrämerei hoch zwei im Gange.«

Brenner nickte und klopfte anerkennend auf den Tisch. »Gute Arbeit, weiter so.«

Als Brenner gegangen war, klopfte Sylvie ebenfalls. »Weiter so«, brummte sie und grinste. »Aber bevor wir weitermachen: Hast du auch Fotos von Frank auf der Bühne? Würde mich mal interessieren, wie er sich da so macht.«

Marcel brauchte nicht danach zu suchen. Es gab nur eines, auf dem Frank deutlich und mit geöffneten Augen zu sehen war. Und mit Linda vor ihm, die ihn anschmachtete. Auf allen anderen war er weitgehend im Bühnenhintergrund verschwunden.

Sylvie quiekte. »*Uh, nice, very nice!* Siehst du das? Diese Linda zieht ihn in Gedanken schon aus, so wie die guckt. Hätte ich aber auch nicht gedacht, dass der kleine Sheriff richtig cool aussehen kann. Sag mal, ist der eigentlich vergeben? Ich meine, dass er mit Linda rumgemacht hat, heißt ja gar nichts.«

»Finger weg.«

»Heißt das jetzt ja oder nein?«

Marcel warf ihr einen warnenden Blick zu.

»Wieso bist du denn so komisch? Man wird doch mal fragen dürfen.«

»Lass ihn einfach in Frieden. Und jetzt an die Arbeit, wir haben mehr als genug zu tun.«

»Spaßbremse.« Mit anzüglicher Geste steckte Sylvie den Rest Schokolade in den Mund und trollte sich.

Marcel rieb sich das Ohr und zoomte das Bild näher ran.

Montag, 10. September, Vielbrunn, 16:30 Uhr
– Frank Liebknecht –

Demonstrativ hatte Frank sich am Morgen mit Lindas Karton auf Neidhards Schreibtischstuhl niedergelassen und in aller Ruhe einige Schriftstücke ausgewählt, die er näher betrachten wollte. Sogar Einmalhandschuhe hatte er übergezogen, ehe er die Seiten kopierte und diese dann einpackte. Die Originale blieben bei Neidhard, der ihm die ganze Zeit schweigend zugesehen hatte. Dann war Frank gegangen, ohne den Karton wegzuräumen. Sollte Neidhard doch selbst unter den Tisch rutschen. Vor dem ging er ganz bestimmt nicht auf die Knie.

Letztlich hatte Frank nicht wirklich darauf geachtet, was er da kopierte. Nur ein kleines Showprogramm für Neidhard inszeniert. Man hatte ihn kaltgestellt, was den Mordfall betraf. Das sah er ja auch ein. Aber dass er den Karton unter die Lupe nehmen sollte, war vermutlich nur ein Ablenkungsmanöver Brenners, damit er ihn nicht weiter nervte. Beschäftigungstherapie. Der Verdacht, mit Absicht aufs Abstellgleis geschickt zu werden, machte ihn wütend. Brenner sollte ihn eigentlich besser kennen. Sollte ihm mehr zutrauen, an ihn glauben. Frank biss die Zähne zusammen. Das wohlbekannte Gefühl der Ohnmacht kroch durch seinen Körper. Egal wie sehr er sich anstrengte, er musste sich immer wieder vor allen beweisen.

Er atmete ein und aus, spürte, wie sich sein Brustkorb dehnte, ließ die Luft in den Bauch strömen. Die Narbe, die ihm von einer Messerattacke geblieben war, pochte noch einen Augenblick zornig nach. Sie half ihm, sich zu konzentrieren, und zeigte wie ein Stimmungsbarometer frühzeitig an, wenn er Gefahr lief, die Kontrolle zu verlieren, aus welchem Grund auch immer.

Eine Notiz in Lindas Unterlagen war ihm tatsächlich sofort ins Auge gesprungen. *Heinrich, Vielbrunn, blaue Pferde, Luftkampf* – die wenigen Worte hatte sie mit reichlich Ausrufezeichen versehen und eingekringelt. *Luftkampf.* In der Nacht hatte sie von Russen gesprochen und von Nazis, nachdem sie beide miteinander … Er wischte die Erinnerung beiseite. Das musste die Spur sein, der sie zuletzt gefolgt war. Wenn sie überhaupt wirklich einer Spur gefolgt war. Es schadete nichts, wenigstens das herauszufinden.

Nur ein paar Stufen trennten den Ort, den man den Toten und Vermissten beider Weltkriege gewidmet hatte, von der Dorfstraße. Eine Sandsteinstele mit einem Kreuz, dahinter Gedenktafeln an der Wand. Die Listen waren länger, als Frank erwartet hatte. Halblaut las er die Namen; Heinrich kam mehrfach vor. Wie oft war er hier schon vorbeigekommen, ohne das Mahnmal wahrzunehmen? Ein unangenehmes Kribbeln sträubte die Haare in seinem Nacken. All diesen Schicksalen hatte er nie Aufmerksamkeit geschenkt und tat es auch jetzt nicht. Sein Interesse galt allein jenem Heinrich, von dem er nicht einmal wusste, ob er einer von ihnen war.

Eilig sprang er die Treppe hinab und aufs Fahrrad und fuhr die letzten Meter zum Pfarrhaus. Pfarrer Käppler kam ihm schon entgegen und machte ein besorgtes Gesicht.

»Stimmt was nicht, Herr Liebknecht? Ich dachte, wir hätten alles geklärt für den Kirchentag am Wochenende. Haben wir etwas übersehen?«

»Nein, alles in Ordnung. Entschuldigen Sie, wenn ich mich am Telefon nicht klar ausgedrückt habe. Es ist mehr eine historische Frage zum Zweiten Weltkrieg, die mich beschäftigt.«

Käpplers Spannung sackte augenblicklich in sich zusammen. »Ich dachte, es ist dringend.«

»Ist es auch. Wobei ich Ihnen keine genauen Einzelheiten nennen darf.«

»Laufende Ermittlungen also? Dann hat es etwas mit dem schrecklichen Mord an der jungen Frau zu tun?«

Frank ließ Käpplers Mutmaßung unkommentiert. Jede Erklärung war eine Erklärung zu viel. »Ich kann Ihnen nur Stichpunkte geben, denn mehr habe ich selbst nicht. Es geht um einen Mann namens Heinrich, um Vielbrunn und um einen Luftangriff.«

»Heinrich, ist das der Vor- oder der Nachname?«

»Das weiß ich ehrlich gesagt nicht. Ich hatte gehofft, dass Ihnen dazu etwas einfällt. Gibt es vielleicht Aufzeichnungen in Ihren Kirchenbüchern?«

»Gut möglich. Kommen Sie, lassen Sie uns im Archiv nachsehen.«

Käppler nahm Frank mit ins Gemeindebüro im Kellergeschoss des Kindergartens. Dieser grenzte, genau wie das Pfarrhaus, direkt an den Kirchplatz an. »Meine Vorgänger waren sehr fleißig und haben akribisch die wichtigen Ereignisse im Gemeindeleben festgehalten. Wann genau soll denn dieser Angriff stattgefunden haben?«

Frank zuckte die Schultern, während Käppler sich an einem Stahlschrank zu schaffen machte. »Kann ich nicht sagen. Aber so viele Luftkämpfe wird es hier ja wohl nicht gegeben haben.«

»Wenn Sie sich da mal nicht täuschen, Herr Liebknecht. Gegen Ende des Zweiten Weltkrieges wurde die Bahnstrecke zwischen Aschaffenburg und Höchst von den Alliierten unter Beschuss genommen, weil man darüber Rüstungsgüter transportiert hat, unter anderem auch reparierte Flugzeuge. Da war manchmal ganz schön was los am Himmel über dem Odenwald. Allerdings haben Sie recht, wir können dadurch die Suche zeitlich etwas eingrenzen. Ich denke, es kommt nur das letzte Kriegsjahr infrage.«

Käppler entnahm den passenden Band der Kirchenchronik und trug ihn in einen Nebenraum, der kaum größer war als eine Besenkammer, aber über einen Tisch und ein paar Stühle verfügte. »Unser Lesesaal«, sagte er schmunzelnd und setzte sich. »Das Lutherzimmer. Wie Sie sicher wissen, hielt der gute Mann nichts von Prunk und Firlefanz. Ich behaupte mal, diesen Gedanken haben wir hier ganz gut umgesetzt.« Er schlug das Buch auf und blätterte vorsichtig, wobei er mit dem Zeigefinger den Text entlangfuhr. Seite für Seite, von oben nach unten. Ab und zu stockte er, brummte, dann glitt der Finger weiter. »Am 29. März sind die alliierten Truppen in Vielbrunn einmarschiert«, sagte Käppler lauter. »Das war der Gründonnerstag. Sie kamen ziemlich genau um 22:45 Uhr, mit Infanterie und Panzern.« Er hob den Kopf. Frank wusste, dass er sonst nichts gefunden hatte, noch ehe Käppler es aussprach. »Von einem direkten Angriff ist in den Monaten zuvor aber nirgends die Rede. Zwar werden Luftkämpfe erwähnt, aber es gab anscheinend keine Schäden in Vielbrunn. Tut mir leid, wenn ich Ihnen da nicht weiterhelfen kann.«

»Und Heinrich?«

»Fehlanzeige. Ich finde Eintragungen über zwei Grenadiere und einen U-Boot-Gefreiten, aber keiner der toten Heinrichs ist in Vielbrunn ums Leben gekommen oder war bei der Luftwaffe, sodass er anderswo in einen Luftkampf verwickelt gewesen sein könnte.«

Nachdenklich rieb Frank sich den Nacken. Hatte er der Notiz zu viel Bedeutung beigemessen oder nur einfach eine falsche? Jener Heinrich konnte vor dem Krieg in Vielbrunn gewohnt haben oder erst danach zugezogen sein, und das Gefecht konnte im ganzen verfluchten Großdeutschen Reich stattgefunden haben.

»Wenden Sie sich am besten an Herrn Arras, der die Dorfchronik neu geschrieben hat. Was er nicht weiß, ist hier nicht passiert.« Der Pfarrer lachte leise. »So munkelt man jedenfalls. Und wenn Frau Ehlers etwas über die Vergangenheit hat wissen wollen, dann ist sie garantiert auch bei ihm gewesen.«

Da war was dran. Herrn Arras kannte Frank nur von einigen offiziellen Anlässen, doch bei denen hatte dieser mit wahrer Leidenschaft in der Historie Vielbrunns geschwelgt. Ein detailbesessener Fachmann, aber das bedingte sich wohl gegenseitig.

Frank verabschiedete sich von Pfarrer Käppler und entschied mit Blick zur Uhr, dass er durchaus noch einen unangekündigten Besuch machen konnte. Bis zur Hauptstraße ließ er das Rad rollen, dann wollte er möglichst rasch in die nächste kleine Gasse abbiegen. Er hatte keine Lust, über Neidhard zu stolpern, der heute unter Garantie länger arbeitete. Natürlich machte er das nicht allein, Kollegen aus Erbach unterstützten ihn. Schließlich musste das halbe Dorf zum Fall Linda Ehlers befragt werden. Die Hauptarbeit blieb allerdings dennoch an Neidhard hängen. Kurz musste Frank grinsen. Er gönnte ihm die Überstunden von Herzen. Und nach seinem blöden Geschwätz vom Vormittag wünschte Frank ihm lange, zähe und unproduktive Gespräche. Die Wahrscheinlichkeit war hoch, dass seine Nachbarn ihm diesen Wunsch erfüllten. Obwohl es Frank natürlich lieber gewesen wäre, er hätte die Befragungen selbst durchführen dürfen und stünde nicht unter Verdacht. Jederzeit musste er damit rechnen, darauf angesprochen zu werden, warum er nicht zu den Ermittlungen herangezogen wurde. Jederzeit konnte er gezwungen sein, diesbezüglich zu lügen. Und Neidhard auch. Was ihn nicht gerade beruhigte.

»Herr Liebknecht? Herr Liebknecht, warten Sie!«

Frank hielt an und drehte sich um, was er sofort bereute. Eine Frau mit Mikrofon und Aufnahmegerät rannte hinter ihm her, begleitet von einem Fotografen. In kurzem Abstand folgten weitere Personen mit gezückten Notebooks, Kladden und Kugelschreibern, die alle eines gemeinsam hatten: unbändige Neugier im Gesicht und einen Hauch Verzweiflung. An Flucht brauchte Frank nicht zu denken, also stieg er ab und versuchte sich innerlich zu wappnen. Dass der Moment zu lügen und zu leugnen so schnell kommen würde, hatte er nicht erwartet.

Keuchend blieb die Frau vor ihm stehen. »Sarah Winkler, von der Frauenzeitschrift *Roswitha*«, stellte sie sich hastig vor. »Herr Liebknecht, Sie sind doch der zuständige Beamte des … äh … des besonderen …«

»Bezirksdienstes.« Ein Reporter im sportlichen Blazer half ihr weiter und musterte sie abschätzig.

»Richtig. Herr Liebknecht, Sie sind also der Beamte des besonderen Bezirksdienstes in Vielbrunn. Was können Sie uns zu dem grässlichen Mordfall sagen, der sich hier am vergangenen Donnerstag ereignet hat?« Sie schob ihm das Mikrofon so dicht vors Gesicht, dass er unwillkürlich einen Schritt rückwärts machte. Prompt trat er einer anderen Frau auf den Fuß, die sich von hinten genähert hatte.

»Nichts«, sagte er und drückte das Mikro ein Stück weg.

»Können Sie bestätigen, dass es sich bei dem Opfer um Linda Bruchhagen, die Gattin von Uwe Bruchhagen, dem Millionär aus Baden-Baden handelt?«

»Kein Kommentar.«

»Hat die Polizei schon einen Verdächtigen?« Die Frage kam von der Getretenen, die weiter unmittelbar hinter ihm stand und ihm nun ein kleines Diktiergerät vor die Nase hielt.

Am Rande hatte Frank am Morgen noch aufgeschnappt, dass

die Mordkommission bisher über keinerlei Anhaltspunkte zur Herkunft der DNA-Spur verfügte. Es gab weder einen Namen noch einen Anfangsverdacht, mit wem Linda Sex gehabt hatte, nachdem sie aus seiner Dienststelle verschwunden war.

»Kein Kommentar«, wiederholte er mechanisch.

»Was genau war die Todesursache? Stimmt es, dass man sie am Segelflugplatz gefunden hat?«

»Verraten Sie uns das Motiv?«

»Wurde Linda Bruchhagen entführt? Ging es um eine Lösegelderpressung?«

Die Fragen umspülten Frank wie eine kalte Dusche. Was er wusste, durfte er nicht sagen. Und wenn er genau darüber nachdachte, wäre es ohnehin extrem wenig gewesen. Weder Lindas iPhone noch das Handy mit dem merkwürdigen Klingelton war wieder aufgetaucht, und somit konnte nicht auf die dort gespeicherten Kontaktdaten zugegriffen werden. Der Verbindungsnachweis ihrer iPhone-Telefonate lag zwar vor, hatte sich aber als denkbar unergiebig erwiesen. Auch dieses Wissen verdankte er einer Randbemerkung der redseligen Sylvie. Aber was Linda wirklich hier gemacht hatte und mit wem, darüber konnten sie alle nur spekulieren.

»Wie geht es Uwe Bruchhagen?«

»Wieso erteilt die Polizei keine Auskünfte zu dem Fall? Was soll denn hier vertuscht werden?«

»Weiß man schon etwas über die Hintergründe der Tat?«

»Kein Kommentar.«

»Kannten Sie das Opfer persönlich?« Die Frage kam von dem sportlichen Mann, der sich bislang zurückgehalten hatte.

Frank packte den Fahrradlenker fester und drängte sich energisch durch den Journalistenpulk. »Ich möchte Sie bitten, Ihre Fragen an die zuständigen Kollegen der Kriminalpolizei Erbach zu richten. Ansonsten habe ich für Sie nur eine Information zu dem Fall.« In der augenblicklichen Stille schwang er sich auf den Sattel. »Kein Kommentar.«

Das Arbeitszimmer roch nach altem Papier und kaltem Schwarztee. Eine Tasse mit schmutzig braunen Ablagerungen stand auf dem kleinen Tisch zwischen Bergen von Büchern. Der Hinweis auf einen Luftangriff in Lindas Notizen, ihre Fragen nach der Fliegerei in Vielbrunn und ihre Besuche in der Segelflugschule passten ganz gut zusammen. Die Geschichte vom geplanten Dokumentarfilmprojekt, die Wilfried Arras ihm gerade erzählt hatte, überraschte Frank jedoch völlig. Das hatten weder Linda noch Uwe Bruchhagen ihm gegenüber erwähnt.

»Genau da hat sie gesessen.« Arras deutete auf Franks Sessel und schüttelte betrübt den Kopf. »So eine nette Person.«

»Haben Sie mit Frau Ehlers auch über Heinrich gesprochen?«, fragte Frank aufs Geratewohl.

»Ja!« Arras setzte sich erstaunt auf. »Woher wissen Sie das?«

Frank bemühte sich, seine Aufregung zu verbergen. Endlich mal ein Treffer! Dass er nur geraten hatte, ging den Ortschronisten nichts an. »Wer ist dieser Heinrich?«

Arras stutzte. »Aber ich dachte …«

»Nein«, unterbrach ihn Frank, um die Sache abzukürzen. »Ich habe keinen Schimmer, wer er ist. Aber ich muss wissen, was Sie Frau Ehlers über Herrn Heinrich erzählt haben.«

»Also zum einen ging es nicht um einen Herrn Heinrich, sondern um Heinrich Ritter. Zum anderen war es auch mehr eine Anekdote am Rande unseres Gesprächs. Wollen Sie es trotzdem hören?«

»Alles, egal wie unwichtig es Ihnen vorkommt.«

»Nun, ich selbst habe keine Erinnerung mehr an jene Tage, die Heinrich Ritter hier in Vielbrunn verbracht hat, glücklicherweise, wie ich finde. Die Gnade der späten Geburt, wie man so schön sagt. Ich weiß nur, dass meine Mutter, als ich noch ein kleiner Junge war und mir gerne Geschichten ausdachte – die ich dann mit meinen Freunden nachspielte –, manchmal sagte: *Wenn du so weitermachst, sperren sie dich weg, wie den Heinrich.* Für mich hatte das keine große Bedeutung, das war nur ihre Art, mir zu sagen, dass meine Fantasie mit mir durchging. Die Floskel nutzte sie auch, wenn sie der Meinung war, sie hätte mich bei einer Lüge erwischt. Dann folgte der Zusatz: *Ja, ja, und an allem sind die Pferde schuld.* Erst sehr viel später habe ich etwas über den Ursprung der Redewendung erfahren. Bei einem Luftgefecht zwischen deutschen und amerikanischen Flugzeugen kam es zu einem Abschuss, und der Flieger ist hier in der Nähe runtergegangen. Heinrich muss noch recht jung gewesen sein, sonst hätte er ja an die Front gemusst. Jedenfalls ist er ganz nah dran gewesen, als die Maschine explodierte. Es ließ sich hinterher nicht mehr klären, wie er überhaupt zur Absturzstelle gekommen war. Man fand ihn auf der Lichtung, in der Nähe des Wracks, völlig verwirrt. Danach hat er von Heldentum und Heldentod gefaselt und – das war das Besondere – von blauen Himmelspferden, die über ihn hinweggedonnert sind oder so ähnlich. Vorsorglich hat man ihn einige Tage im Haus eingesperrt, damit keiner der Braunhemden davon was mitbekam, dass der Junge blaue Pferde sah, wo nicht mal normale Pferde waren.«

»Und das ist alles?«

»Das ist alles.« Arras nickte. »Jedenfalls alles, was ich der Frau Ehlers erzählen konnte.«

»Aber Sie haben noch etwas herausgefunden?«

»Ganz recht. Nur hatte ich keine Gelegenheit mehr, ihr das mitzuteilen.« Er wuchtete sich aus dem Sessel und schlappte zu seinem Schreibtisch. Aus den Papierbergen fischte er gezielt eine Kopie heraus. »Mir ist wieder eingefallen, dass es an diesem Tag ja zwei Abstürze gegeben hat. Ich hatte das vor längerer Zeit gelesen, während meiner Arbeit an der Ortschronik. Einen Absturz gab es über Vielbrunn und einen etwas weiter nördlich in der Gegend um Breuberg – das war der Ami, bei uns kam der Deutsche runter. Ich dachte noch, das könnte eine interessante Geschichte für Frau Ehlers' Dokumentation sein, und habe das genaue Datum rausgesucht.« Er hielt Frank den Zettel hin. »Da steht es: 23. März 1945.«

Eilig überflog Frank die Zeilen. »Der Pilot hat überlebt?«

»Jawoll, sogar alle beide. Sie konnten sich mit dem Fallschirm retten. Und außerdem gab es später einen Kontakt zwischen ihnen, von Flieger zu Flieger. Davon gibt es auch ein Foto, auf dem sie sich die Hände schütteln.«

Das klang ja schwer nach Happy End, genau richtig für eine Heldendoku, mit Versöhnung der ehemaligen Feinde. »Und was wurde aus Heinrich?«

»Der kam wohl in eine psychiatrische Einrichtung nach dem Krieg. Merkwürdig, das hat mich Frau Ehlers auch gefragt.«

»Hat sie noch mehr Fragen zu Heinrich gestellt?«

»Na ja, ob er dem Piloten begegnet ist bei dem Absturz und ob er aus der Anstalt wieder herausgekommen ist …«

»Und?«

»Das konnte ich ihr nicht sagen, und ich weiß es auch jetzt nicht.« Arras seufzte, was eher verärgert klang als bekümmert. Eine historische Begebenheit nicht zu kennen kränkte sichtlich seine Ehre. »Solche Sachen stehen leider nur zu selten in Geschichtsbüchern.«

»Dann ist er nie wieder zurückgekommen? Was ist mit seiner Familie?«

»Oh, Heinrich war nicht von hier. Er war nur eine Weile bei Verwandten einquartiert. Aber von denen lebt heute keiner mehr.«

Frank unterdrückte einen Fluch. Na, wenn das nicht der perfekte Abschluss für einen blöden Tag war. Eine heiße Spur, die kurz nach dem Krieg in einer unbekannten Irrenanstalt endete. Kein Happy End für Heinrich und keines für Frank. Nur blaue Himmelspferde, die er für Sekunden durch einen Riss im Zeitgefüge hatte erahnen können.

»Danke für Ihre Hilfe, Herr Arras.« Er stand auf.

»Habe ich Ihnen denn geholfen?«

Zumindest kannte Frank nun den vollständigen Namen Heinrichs und hatte einen zeitlichen Anhaltspunkt. Schon in der Tür drehte er sich noch mal um.

»Das wird sich zeigen.«

Dienstag, 11. September, Vielbrunn, 14:30 Uhr
– Frank Liebknecht –

Die Reporter belagerten weiter das Dorf. Meistens lungerten sie paarweise herum und sprachen arglose Passanten an, standen vor der Tür der Polizeistation oder lauerten dem Ortsbeirat auf. In Erbach tummelten sie sich vor Brenners Büro. Die Stimmung war mehr als gereizt.

Franks Aussage zum Thema blieb stur die gleiche wie am Vortag. *Kein Kommentar*. Doch konnte es nicht mehr lange dauern, bis die Situation eskalierte, wenn nicht mehr unterm Deckel zu halten war, dass mehrere Männer zur Abgabe von Speichelproben aufgefordert worden waren. Die Information würde die Presse zum Jubeln bringen und gleichzeitig das Dorf in Brand setzen. Wer hatte ein Verhältnis mit Linda Ehlers gehabt? Wer kam als Täter infrage? Wen verdächtigte die Polizei wirklich? Und er steckte mittendrin in dem Schlamassel.

Franks Hände spielten ein paar schnelle Riffs. Wieso schaffte er es nicht, sein Leben in einen normalen Rhythmus zu bringen? Sodass es rundlief und harmonisch wie ein gut komponierter Song. Das Einzige, worauf er sich verlassen konnte, war, dass sein Leben aus dem Takt geriet. Nur ließ sich nie voraussagen, wann es so weit war oder wann es aufhörte. Und auch wenn Brenner es guthieß, ihn ja indirekt dazu aufgefordert hatte, bewegte er sich mit seinen Recherchen über Linda doch in einer rechtlichen Grauzone. Wieder einmal. Und mit den Nachforschungen zu Heinrich Ritter erst recht. Vielversprechend sah das alles auch nicht gerade aus. Trotzdem machte er weiter. Was sollte er auch sonst tun? Gar nichts zu machen, war keine Option. Da wäre er durchgedreht.

Den Gedanken, Heinrich Ritter über das Einwohnermeldeamt zu finden, hatte er verworfen. Es war ihm lieber, keine Spuren bei einer offiziellen Stelle zu hinterlassen. Dieses Vorgehen fühlte sich seltsam an, und doch erschien es ihm klüger. Die Auskunft führte keinen Anschluss zu dem Namen im Odenwald, und sämtliche anderen Ritter im weiten Umkreis waren weder verwandt noch verschwägert oder in anderer Hinsicht hilfreich. Mehr als fünfundzwanzig Telefonnummern hatte er bereits durchtelefoniert, darunter Altenheime, Seniorenresidenzen und mobile Pflegedienste. Zehn Nummern waren übrig, als er endlich einen Treffer landete.

Frank raffte alle dienstlichen Unterlagen zusammen und warf sie in die Schreibtischschublade, dann aktivierte er die Rufumleitung auf sein Handy. Einmal noch Spießrutenlaufen an den Presseleuten vorbei und dann … Nein, das musste auch anders gehen. Frank schlüpfte nach draußen, schloss unauffällig die Eingangstür ab und ging um das Gebäude herum. Wenn er hinter der Halle runter zum Schwimmbad lief, konnte er von dort aus über die Wiese zur nächsten Straße gelangen. Nur das Fahrrad musste er zurücklassen. Er klemmte die Mütze unter den Arm und rannte querfeldein.

Auf der Fahrt nach Beerfelden kam Frank einigermaßen zur Ruhe. Niemand hatte seinen uneleganten Abgang beobachtet. Er grinste. Ja: unelegant – aber effektiv. Manchmal adelte der Erfolg die Maßnahme.

Das Haus, vor dem er anhielt, wirkte grau wie ein regnerischer Herbsttag, obwohl die Sonne schien. Ein neuer Anstrich war seit Jahren überfällig, vom Hoftor blätterte die Farbe ab. Blasen wölbten den Putz an der Fassade. Frank bekämpfte den

Wunsch, dagegenzudrücken, um zuzusehen, wie sie brachen. Schon als Kind hatte er das gemacht und dann beobachtet, wie es bröselte und darunter der Stein zum Vorschein kam. Am Briefkasten stand tatsächlich der Name Ritter, daneben Werle. Die Vornamen gab es nur als Initialen, einmal H wie Heinrich, einmal I wie Ingeborg. Darüber waren zwei Löcher in der Wand, wo früher ein Firmenschild angeschraubt gewesen war. Einen Malerfachbetrieb habe er geführt: Verputz, Farbe, Fliesen, hatte die Dame vom Pflegedienst gesagt, und dass es Ritters Tochter sei, bei der er wohne. Obwohl der Mann in einem Pflegeheim besser aufgehoben wäre oder zumindest von einer professionellen Kraft betreut werden sollte. Frau Werle kümmere sich neuerdings lieber selbst, trotz Berufstätigkeit, aus Kostengründen. Der Zustand des Hauses bestätigte Frank diese These. Der Ärger der Altenpflegerin war deutlich herauszuhören gewesen. Die giftige Bemerkung über die illegale Polin, die Ritters Tochter als Haushaltshilfe beschäftige, ignorierte Frank geflissentlich. Unglaublich, was manche Leute am Telefon über ihre Mitmenschen ausplauderten, dabei hatte er sich nicht einmal als Polizist zu erkennen gegeben. Er hatte vor, das auch jetzt nicht zu tun. Die Polin – egal ob legal oder illegal – sollte sich seinetwegen nicht erschrecken. Es interessierte ihn nicht, ob ihre Arbeitspapiere in Ordnung waren. Und Ingeborg Werle würde aller Voraussicht nach um diese Zeit nicht zu Hause sein.

Frank betätigte den einzigen Klingelknopf. Ein Kanarienvogel trillerte schrill. Die Frau, die Frank einließ, sprach ein fast akzentfreies Deutsch und erzählte, dass sie aus der Nähe von Kielce stamme. Thea versorgte neben dem Haushalt auch Heinrich und wohnte im Zimmer neben ihm. Auf Franks Frage nach Ingeborg Werle war ihr anzusehen, dass sie die nicht besonders mochte und ganz froh darüber war, die meiste Zeit des

Tages mit ihrem Schützling Heinrich allein zu sein. Auch wenn der nicht immer einfach war, je nach Tagesform.

Frank saß Heinrich Ritter auf einem Stuhl gegenüber und wartete. Thea war in der Küche verschwunden, um Tee zu kochen. Sie hatte Frank vorgestellt und dem alten Mann die Decke auf den Knien gerichtet. Sehnsüchtig wanderte Franks Blick zum Fenster, das er gerne geöffnet hätte. Es roch nach Rheumasalbe und alten Socken, und es war viel zu warm im Zimmer.

»Ich soll Ihnen Grüße ausrichten. Aus Vielbrunn.«

Er reichte Ritter ein Exemplar der bebilderten Ortschronik in der Jubiläumsausgabe. Gleich zwei davon hatten bei ihm zu Hause gelegen, jungfräulich und unangetastet. Geistesgegenwärtig hatte er eine mitgenommen, in der Hoffnung, das Jubiläum irgendwie zum Vorwand seines Besuches machen zu können, sollte er einen brauchen. Die Zeit, einen ausgefeilten Plan zu entwickeln, hatte er sich nicht genommen.

Thea verteilte das Teegeschirr auf dem Tisch neben Heinrichs Sessel und ließ sie dann wieder allein. In der Küche lärmte die Kanarie. Sie hatte gar nicht genau wissen wollen, wer er war und warum er Heinrich besuchte.

Frank musste vorsichtig sein, eigentlich hatte er keine Ahnung, was genau er sich von dem Gespräch erwartete oder wie er beginnen sollte. Ritter verstehe nicht immer alles, hatte Thea gesagt, manchmal erinnere er sich nicht, und dann werde er zornig. Frank hatte Thea versprochen, den alten Mann nicht aufzuregen.

»Wissen Sie noch, Sie haben als Kind eine Weile in Vielbrunn gewohnt.«

»Natürlich. Ich bin doch nicht senil.« Die Stimme klang ein wenig grantig.

»Nein, selbstverständlich nicht. Wie alt sind Sie damals gewesen? Ich weiß es nicht genau … das war noch im Krieg, nicht wahr?«

»Dreizehn.« Heinrich Ritters Augen zuckten. Kaum merklich richtete er sich auf, machte den Rücken gerade, nahm die Schultern zurück. »Zu jung für die Front.«

»Dann hatten Sie Glück.«

»Glück? Glück!« Heinrich hieb die Faust auf den Tisch, dass die Tasse schepperte. »Nur Feiglinge verstecken sich im Keller. Jeder hat eine Aufgabe zu erfüllen. Kämpfen wollte ich! Was denn sonst?« Frank öffnete den Mund, doch Heinrich ließ sich nicht bremsen. »Das wollten wir doch alle. Kämpfen und Helden sein.«

Auf dem Flur näherten sich Theas Schritte, und Frank hob beschwichtigend die Hand. »Herr Ritter, wir sollten etwas leiser sein, sonst schickt Thea mich gleich wieder fort. Aber ich würde gern noch mehr von Ihnen hören. Wollten Sie ein Pilot werden?«

Ritter warf Thea einen finsteren Blick zu. »Die steckt mit meiner Tochter unter einer Decke«, zischte er. »Immer soll ich mich beruhigen.« Er schüttelte die Faust zur offenen Tür hin. »Geh weg!«

»Es ist alles in Ordnung.« Frank nickte Thea zu.

Argwöhnisch beobachtete Ritter die Tür, bis er Thea wieder in der Küche herumwerkeln hörte. »Was wollen Sie von mir?«

»Ihre Geschichte hören. Von Heldentum und Heldentod …« So hatte es Herr Arras beschrieben. Ritter guckte auf seine Finger, die er mühsam ineinander verschränkte. Die gelblich verfärbten Kuppen verrieten seinen lebenslangen Tabakgenuss. Automatisch schnupperte Frank. »Haben Sie das Rauchen aufgegeben?«

Ritter schnaubte. »Sie lassen mich nicht, diese Weiber.« Plötzlich zog ein kindliches Grinsen über sein Gesicht, die Körperspannung fiel wieder von ihm ab. »Ich mache es aber trotzdem, draußen, wenn sie nicht aufpassen. Also: Pschscht. Meine Mutter hat es mir verboten.« Er hielt einen krummen Finger vor die Lippen.

Frank imitierte die Geste und zwinkerte ihm zu. »Herr Ritter, erzählen Sie mir, wie das war an dem Tag, als der Flieger abstürzte?«

Die buschigen Brauen zogen sich zusammen. »Heinrich, sagen Sie doch Heinrich zu mir. Herr Ritter, das ist mein Vater. Aber der ist tot. Lange tot. Gefallen.« Er gab ein merkwürdig grunzendes Geräusch von sich. War das ein Lachen? »Und nicht wieder aufgestanden.«

»Alles klar«, sagte Frank und hatte doch den Eindruck, dass hier gar nichts klar war. Schon gar nicht Heinrichs Verstand. Hatte er hier einen alten Mann vor sich oder ein Kind? »Wieso bist du dort gewesen, als der Flieger runterkam?«

»Meine Schwester hat geheult. Aber ich hatte keine Angst. Man hört am Geräusch, ob es ein Flieger ist oder Bomben.« Er pfiff durch die Zähne, fünfmal hintereinander, zischend wie Silvesterraketen. Sein Finger zeigte die Flugbahn an. Eine Gänsehaut kroch über Franks Rücken. »Es war einer von unseren, den es getroffen hat, einer von den Guten. Ich bin dem Feuerschweif hinterher. Raus aus dem Dorf, weiter übers Feld und auf den Hügel. Dorthin, wo die Messerschmitt in den Boden gekracht ist. Dann ist der Rumpf explodiert, und überall sind Teile rumgeflogen.«

»Bist du allein gewesen?«

Heinrich zog die Nase kraus. »Ja, erst. Aber dann kam der Mann auf mich zu, er hinkte …«

»Wer war der Mann?«

Heinrich brummte unschlüssig.

»War das vielleicht der Pilot?«

»Der Pilot, ja, ja. Der Pilot.«

»War er schwer verletzt?«

Heinrich kniff die Augen zusammen. »Das Bein«, murmelte er, griff sich dann an die Schläfe, schüttelte zögernd den Kopf. »Ich weiß nicht mehr.«

»Warst du verletzt?« Wenn ihn ein herumfliegendes Trümmerteil am Kopf erwischt hatte, dann konnte es sein, dass die Gedächtnislücken daher rührten. Und vielleicht auch die Halluzinationen danach.

Heinrich drehte seine Hände hin und her, betrachtete sie von allen Seiten, als ob er sie auf Verletzungen untersuchte. »Nein«, sagte er dann.

»Hat der Pilot mit dir geredet?«

»Pschscht«, machte Heinrich wieder. »Geheime Geschichte, von Soldat zu Soldat. Hat für den Reichsmarschall persönlich gearbeitet. Pschscht!« Er tastete über seine Brust und zog eine imaginäre Schachtel Zigaretten hervor, von denen er sich eine anzündete. Ein stolzes Lächeln breitete sich über seine Züge.

»Ihr habt miteinander geraucht, der Pilot und du?«

Heinrich nickte.

»Ein Held war er, nicht wahr? Und du hast ihm geholfen.«

»Geholfen. Meine Pflicht getan. Ein Held, ja, ja.« Heinrich wiederholte bestätigend Franks Worte, eifrig und entschlossen. Dabei kniff er wieder die Augen zusammen, sein Kopf bewegte sich schaukelnd, fast kreisend. »Sie sind wegen der Pferde hier«, flüsterte er. Sein Kopf kam zum Stillstand, er schlug die Augen wieder auf.

Endlich! Frank neigte sich zu ihm, wagte kaum zu atmen. Kein Wort durfte ihm entgehen. Er sprach betont und langsam. »Ja. Wegen der blauen Pferde.«

Das Gesicht des alten Mannes nahm einen wachsamen, lauernden Ausdruck an. »So ein Unsinn. Es gibt doch keine blauen

Pferde.« Seine Hand pochte auf die Armlehne. Drei kurze Schläge, Pause. Drei Schläge, Pause. Und noch mal drei, wobei immer der letzte etwas härter ausfiel als die vorhergehenden. »Sie können mich nicht reinlegen. Wollen Sie mich wieder einsperren? Blaue Pferde gibt es nicht, merken Sie sich das. Ich habe es mir auch gemerkt. Und darum hat er sie auch weggeschafft. Weil so was keine Kunst ist.«

Über die *Himmelspferde*, die ihm erschienen waren, würde Heinrich garantiert nichts mehr sagen. Wer wollte schon das Risiko eingehen, in einer Anstalt zu landen? Der Mann war ein wenig verwirrt, brachte Gegenwart und Vergangenheit durcheinander, aber er war nicht dumm.

»Das stimmt«, pflichtete Frank ihm bei. »Echte Pferde sind nicht blau. Aber auf einem Bild können sie es sein, wenn man sie malt. Der Pilot hat also ein Bild mit blauen Pferden weggeschafft?«

»Weg damit, weg damit, hat der Göring gesagt, und dann wurde der ganze Mist versteckt und ins Ausland verkauft. Teuer verkauft, an Leute, die keine Ahnung hatten.«

»Und davon hat der Pilot dir erzählt?«

»Nur Feiglinge verstecken sich. Rauch und Schmutz und Blut überall. Und ein Gewitter über uns. Aber keine Angst. Nicht der kleinste Funke Furcht in meinem Herzen. Nicht der kleinste Funke.«

»Hatte er das Bild mit den Pferden dabei?«

Heinrichs Blick wich Frank aus. Die zittrigen Hände umfassten das Buch auf seinem Schoß fester, seine Worte klangen barsch. »Weggeschafft hat er den Mist. Das habe ich doch gesagt. Viel früher schon, Jahre früher.«

»Aber die Pferde … Du hast die Pferde doch selbst gesehen, oder?«

Heinrich Ritter hustete in ein zerknülltes Taschentuch. Eine feuchte Speichelspur blieb in seinem Mundwinkel zurück, und er griff unsicher nach der Teetasse. »Wo ist Ingeborg? Ich will, dass Ingeborg kommt.«

Frank half Ritter mit dem Tee und wartete, bis er ein paar Schlucke getrunken hatte, dann stand er auf. »Ich geh fragen, wo deine Tochter ist.«

»Kommen Sie wieder?«

War die Frage nun als Aufforderung zu verstehen oder als Ablehnung? Frank beschloss, sie positiv zu interpretieren.

»Heute nicht, Heinrich. Aber wenn ich darf, werde ich dich wieder besuchen, und wir unterhalten uns weiter.«

»Aber nicht über die …« Ritter brach ab.

»Nur über das, worüber du reden willst, Heinrich.«

Frank trat hinaus auf den Flur und hielt nach Thea Ausschau. Hinter sich hörte er Heinrich Ritters leise Stimme und seine Hand, die auf die Armlehne des Sessels klopfte.

Pa-ta-pam, Pa-ta-pam, Pa-ta-pam.

Dienstag, 11. September, Erbach, 16:30 Uhr
– Frank Liebknecht –

Wie mit Scheuklappen versehen durchquerte Frank die Räume der Kripo. Er durfte nichts fragen, und niemand durfte ihm etwas sagen. Eigentlich gar kein so schlechter Zustand, wenn er damit Sylvies und Neidhards Gequassel entgehen konnte. Außerdem ging es in seinem Kopf drunter und drüber, da war sowieso jedes Wort zu viel. Etwas Sinnvolles hätte er jedenfalls nicht zu sagen gewusst.

Neidhard war allein im Büro und hantierte vor dem Schrank mit einem Aktenordner. Frank nickte ihm schweigend zu. Immerhin saß Neidhard nicht an seinem Platz und somit ihm nicht im Weg. Hastig fischte er den Karton unter dem Schreibtisch hervor, ohne dabei auf die Knie zu gehen. Neidhard gab keinen Ton von sich, warf nur schnell einen Blick auf seinen Computer. Frank biss sich unwillkürlich auf die Lippen. Schwarzer Bildschirm, also alles okay, keine Infos für das schwarze Schaf. Hoffentlich hatte das bald ein Ende.

Er nutzte die Fensterbank als Ablage und begann, Unterlagen auszubreiten. Er brauchte mehr Details über Lindas Suche. Wie war sie auf Heinrich Ritter gestoßen, wie sah das Bild genau aus, wem hatte es gehört und wo war es zuletzt gesehen worden?

»Wenn ich allein im Büro bin«, sagte Neidhard plötzlich hinter ihm, »so wie jetzt, dann kommt es manchmal vor, dass ich Selbstgespräche führe. Doofe Angewohnheit, aber es kriegt ja keiner mit. Manchmal höre ich dabei sogar Stimmen, die mir antworten.«

Frank stutzte, drehte sich aber nicht um.

»Ich überlege die ganze Zeit, was unser Mordopfer für ein Mensch gewesen ist. Mir will das nicht so recht in den Kopf. Sie sah scheißgut aus, war jung und sexy, und dann heiratet sie so einen behäbigen badischen Pappkarton, ähm, Kartonhersteller, der Millionär ist und zwanzig Jahre älter. Aus reiner Liebe, versteht sich, nicht wegen der Kohle. Aber für den Sex holt sie sich regelmäßig ein paar Extras ins Bett. Letzteres kann ich ja noch nachvollziehen. Nur, glaube ich den Rest? Sie scheint es allgemein mit der Wahrheit nicht so genau genommen zu haben. Jeder, mit dem ich in diesem Kaff spreche, erzählt mir eine andere Story. Sie war im Urlaub, hat an einem Reiseführer geschrieben, Landgasthöfe getestet und ja, ihren Flugschein wollte sie auch machen.«

»Einen Film?«, warf Frank dazwischen und fragte sich, worauf Neidhard hinauswollte.

»Richtig, einen Dokumentarfilm – ja –, hätte ich fast vergessen, den hatte sie auch in Planung. Und ein verschollenes Gemälde hat sie gesucht.«

»Gab es keine Überschneidungen?« Frank blätterte weiter durch Zeitungsausschnitte und Computerausdrucke. Aber richtig konzentrieren konnte er sich nicht, solange Neidhard redete. Was sollte der angebliche Monolog, mit ihm als unsichtbarem Stichwortgeber?

»Ein paar Doppelungen kamen vor. Habe mir sagen lassen, dass sie die Story vom Gemälde sowohl ihrem Gatten als auch einem ihrer Favoriten vor Ort aufgetischt hat. Wobei der Gatte andererseits über ihren Aufenthalt in Vielbrunn gar nicht informiert war. Merkwürdig. Das Casting für den Historienfilm lief auch schon an, zumindest was die Vorauswahl für die männliche Hauptrolle betrifft. Ganz klassisch horizontal über die Besetzungscouch …«

Innerlich stöhnte Frank auf. War das wieder das alte Spiel? Neidhard, der die Gelegenheit nutzte, ihn zu demütigen. Nur diesmal ohne Publikum. Frank zerrte den nächsten Packen Papier aus dem Karton. Ein paar Schriftstücke fielen ihm herunter.

Hinter ihm atmete Neidhard laut durch. »Ich schätze, dass diese Tatsache einigen Leuten ziemlich wehtut. Aber das ist Fakt, und je schneller man das abhakt, umso schneller ist der Schmerz vorbei. Das, na ja, das denke ich mir halt so. Auch wenn es mit dem Fall nicht wirklich zu tun hat und mich nicht betrifft.« Er räusperte sich. Frank hörte Papier rascheln und das schleifende Geräusch von Schubladen. »Außerdem hat es sich bestätigt, dass Bruchhagen niemanden hat, der bezeugen kann, wo er zum Tatzeitpunkt gewesen ist. Aber wir müssten schon mehr finden, um ihn wirklich drankriegen zu können. Brenner ist mir da zu zimperlich, ich würde den Typen gern mal etwas härter anfassen, aber das ist nicht drin. Wir checken jetzt, ob er außer Eifersucht noch ein anderes Motiv gehabt haben könnte und wer sonst noch aus dem näheren Umfeld als Täter infrage kommt. Drum darf ich morgen auf große Fahrt gehen und im Großindustriellenmilieu ermitteln. Kann jetzt nicht behaupten, dass mich das begeistert. Aber wenigstens komme ich mal raus aus der Provinz.« Die Schublade krachte zu, und die Computertastatur klapperte. »Ich hoffe natürlich, dass ich in Baden-Baden etwas finde. Aber wenn ich zum Kreis der Verdächtigen zählen würde, dann würde ich versuchen, mir jede einzelne verfluchte Minute vom Morgen des Mordtages ins Gedächtnis zu rufen, ob mich nicht doch irgendwer ganz woanders gesehen haben könnte. Ob ich telefoniert habe, einen bestimmten Song im Radio gehört … ich würde alles tun, um mich zu entlasten.«

Erwartete Neidhard, dass er jemanden zur Falschaussage anstiftete, um seinen Hals zu retten?

Zwischen den heruntergefallenen Zetteln vor seinen Füßen lagen zwei Briefumschläge. Frank hob sie auf.

»Im Übrigen habe ich genau jetzt Feierabend.«

Beide Briefe trugen die gleiche Handschrift. Die Stempel auf den Marken waren erstaunlich gut zu erkennen und datierten sie auf 1937, eine davon zeigte Hitler im Profil. »Verstanden, bin gleich weg.«

»Nix verstehst du. Wie immer.« Neidhard war leise näher gekommen und stand nun neben ihm. »In meiner Freizeit kann ich machen, was ich will, Liebknecht. Und vielleicht will ich dir ja helfen. Was hast du da?«

»Weiß noch nicht.« Frank öffnete das erste Kuvert und zog mehrere Blätter heraus. Die Briefbögen waren dicht mit steilen verschnörkelten Buchstaben beschrieben. Frank seufzte und hielt sie Neidhard hin. »Na dann hilf mir mal und lies vor, was da steht.«

Gemeinsam beugten sie sich darüber.

»Da lob ich mir doch meine eigene Sauklaue«, murrte Neidhard. »Ist das Sütterlin? Dafür brauchst du einen Archäologen oder so was. Ich fürchte, da muss ich passen.«

Die Tür flog auf, und beide fuhren herum. Neidhard ließ das Blatt los und stieß einen Schrei aus. »Fuck, Sylvie!«

»Was geht denn hier ab?« Mit dem Autoschlüssel in der Hand blieb sie abrupt mitten im Raum stehen. »Hab ich euch bei irgendwas erwischt, Marcel?«

Neidhard schnappte nach Luft und fuhr sich mit der Hand an den Hals. »Kannst du nicht mal die Tür aufmachen wie ein normaler Mensch? Da kriegt man ja einen Herzinfarkt!«

Sylvie grinste übers ganze Gesicht, während sie ihre Handtasche holte, die noch auf ihrem Schreibtischstuhl lag. »In flagranti, sage ich da nur. Wer nichts zu verbergen hat, muss auch nicht so schreckhaft sein. Also?«

»Also, also, also …« Neidhard hob abwechselnd die Hände, als ob er mit Bällen jonglierte, und machte ein paar Schritte vorwärts, geschmeidig im Knie. »In drei Minuten ist das Büro leer, werte Kollegin. Dann ist niemand mehr da, der da sein dürfte, und schon gar keiner, der da nicht sein dürfte. *Also* – alles klar?«

Frank fühlte sich wie gelähmt. Sylvie war doch dabei gewesen, als Brenner ihm gesagt hatte, die Dokumente aus dem Karton müssten gesichtet werden. Wieso machte Neidhard so eine Show aus der Geschichte? Frank packte die Unterlagen zurück. Nur die Briefe ließ er draußen und stopfte sie in seine Jacke. Aufs Kopieren verzichtete er. Die Handschuhe hatte er diesmal auch vergessen und seine Fingerabdrücke gedankenlos auf dem Papier verteilt. Er wollte nur noch raus. Ohne zu wissen wieso eigentlich. Neidhards Abwehrhaltung Sylvie gegenüber wirkte ansteckend. Ging es darum, vor ihr zu verheimlichen, dass Neidhard ein wenig *geplaudert* hatte? Oder machte der sich nur mal wieder wichtig?

»Ich schließe dann zu.« Sylvie lehnte sich an die Wand.

Neidhard stützte sich mit einer Hand neben ihr ab, mit der anderen machte er Frank hinter dem Rücken Zeichen, zu verschwinden. »Du musst nicht extra warten, Häschen«, säuselte er.

»Und wenn ich warten will?« Sie reckte den Hals und funkelte Neidhard herausfordernd an.

Frank drückte den Deckel zu, beförderte den Karton mit Schwung unter den Tisch und beeilte sich, an seinen Kollegen vorbei zur Tür zu kommen.

»Ich würde es bei Arras versuchen«, sagte Neidhard, ohne Frank anzusehen. Er fixierte Sylvie mit undurchdringlichem Blick. »Ach nein, der ist ja eine Art Zeuge, dann besser bei Brunhilde.«

Sylvie tauchte unter Neidhards Arm durch, um Frank zu folgen. Aus dem Augenwinkel sah Frank, wie Neidhard den Arm um sie legte und sie daran hinderte.

»Wovon sprichst du? Klär mich auf, Marcel.« Sie seufzte und gab es auf, ihn abschütteln zu wollen.

Neidhard war dann wohl jetzt beschäftigt und würde ihm heute nicht mehr helfen können.

»Also, das ist folgendermaßen, Häschen«, hörte Frank ihn noch sagen, als er schon draußen war. »Wenn Mami und Papi sich ganz doll lieb haben … *Au!* Was soll das, Sylvie? *Au!* Aufhören … *Au!* Du wolltest doch aufgeklärt werden!«

Grinsend schüttelte Frank den Kopf. Neidhard war definitiv nicht ganz dicht. Aber seinen Tipp, zu Bruni zu gehen, würde er beherzigen.

Mittwoch, 12. September, Vielbrunn, 9:30 Uhr
– Frank Liebknecht –

Er fuhr die gleiche Strecke wie eine knappe Woche zuvor. Diesmal wusste er, was ihn erwartete. Ein totes Tier im Wald war eigentlich nicht der Rede wert, nicht ungewöhnlich. Frank parkte den Wagen neben der Segelflugschule, ging an dem Gebüsch vorbei, unter dem Linda gelegen hatte, und dann den Weg weiter über die Hügelkuppe ein wenig nach links. Der Anrufer hatte die Stelle markiert. Frank bog ins Unterholz ab. Wenige Meter weiter lagen zwischen den Bäumen die Überreste eines kleinen Kadavers. Ein Fuchs, hatte der Mann vermutet und von Tollwut fantasiert. Aber das hier war ein Hund, und die Tollwut, die dahintersteckte, keine Tierseuche. Das rotbraune Fell erinnerte tatsächlich an einen Fuchs, doch die Beine waren zu kurz, der ganze Körperbau breiter, gut genährt und leicht übergewichtig. Frank beugte sich tiefer hinunter, folgte der kaum noch sichtbaren Spur, die ihn wieder zurückführte, dahin, wo das Tier getötet worden war, unmittelbar am Rand des Weges. Dort hätte man den Hund eigentlich viel früher finden müssen. So wie es der Schlitzer bevorzugte. Noch frisch. Nur war ihm in diesem Fall wohl ein kleines Raubtier in die Quere gekommen, das die vorbereitete Mahlzeit gerne angenommen und ein Stück verschleppt hatte. Frank betrachtete das eingetrocknete Blut auf dem Waldboden. Viel Blut für einen Dackel. Steifbeinig richtete er sich auf, trat hinaus auf den sonnenbeschienenen Hügel.

Brenner hatte Frank am Telefon höchstpersönlich zur Schnecke gemacht, weil er ihm nichts von den Tiertötungen erzählt hatte. Die Ungerechtigkeit stieß Frank bitter auf. Denn genau das hatte er doch getan, gerade in diesem Augenblick. Vorher hatte es nicht den geringsten Grund dafür gegeben, schließlich war Berti das erste Opfer in seinem Bezirk. Und genau genommen waren die Aktivitäten des Schlitzers längst bei der Kripo in Erbach aktenkundig. Wenn Brenner das nicht wusste, war das nicht Franks Fehler. Er hatte den Widerspruch heruntergeschluckt. Was nutzte es schon, mit Brenner zu streiten.

Jetzt musste die Frage geklärt werden, wie man die Schlitzer-Story von der Presse fernhalten konnte, damit die sie nicht aufbauschte und einen Zusammenhang zu dem Mordfall konstruierte, wo es keinen gab. Frank kaute auf dem Ende seines Kugelschreibers. Gab es wirklich keinen? Natürlich war Linda erwürgt worden und nicht aufgeschlitzt, aber die Nähe der beiden Fundorte zueinander machte ihn stutzig. Sie lagen in Sichtweite. Das hatte er auch Brenner gesagt.

Wenigstens waren sie sich einig gewesen, dass die Spurensicherung das Waldstück noch mal unter die Lupe nehmen musste. Sofort und so diskret wie möglich.

Matuschewski war mit seinem lädierten Fuß an Frank vorbei in den Wald gehumpelt.

»Eine Dackelleiche. Im Ernst, Liebknecht?«

Der Augenaufschlag degradierte Frank mal wieder zum Idioten. Normalerweise hätte er in einem Fall wie diesem natürlich selbst die Spuren gesichert. Wenn es wirklich nur um den Hund gegangen wäre. Aber daran bestanden eben Zweifel. Also drückte er die Brust raus und hielt Matuschewskis Blick verbissen stand. Berti war am Tag vor Lindas Tod ausgerissen, und so wie der Kadaver aussah, konnte der Hund auch in etwa so lange tot sein. Klarheit konnte ihnen nur eine Obduktion verschaffen und eine lückenlose Tatortdokumentation. Eine Dackelobduktion, das gab es auch nicht jeden Tag. Frank war geblieben, bis Matuschewski und seine Crew sich wieder auf dem Weg zurück nach Erbach befanden. Sie hatten beide ihren Job erledigt, der eine mürrisch, der andere schweigend.

Zwischen Franks Zähnen klapperte der Kugelschreiber hin und her. Der Schlitzer hatte unter Tierhaltern Angst verbreitet. Nun konkurrierte er mit einem Mörder, der mehr Menschen weit heftiger erschreckte. Hatte er den Ablageort gewählt, um wieder in den Fokus der Aufmerksamkeit zu rücken? Oder war er selbst zum Menschenmörder geworden, weil Linda ihn gesehen und bei seiner Tat gestört hatte? Reichte ihm der Kick, ein Tier zu töten, einfach nicht mehr aus? Dann stand ihnen möglicherweise eine weitere Gewalteskalation bevor.

Frank warf den Kugelschreiber auf den Tisch. Er war kein Psychologe, und er war nicht bei der Kripo. Er war der Beamte des besonderen Bezirksdienstes in Vielbrunn, und er wollte sich verdammt noch mal nicht mit Mordfällen und Psychopathen rumschlagen. Zornig massierte er sich die Schläfen, dann griff er wieder zum Telefon, um Brenner seine neusten Überlegungen dennoch mitzuteilen, ob der sie nun hören wollte oder nicht. Jannis und seiner Mutter würde er vorläufig nichts sagen und den toten Hund im Wald bei Rückfragen tatsächlich zu einem Fuchs umdeklarieren. Das war die einfachste Methode, um die Geschichte kleinzuhalten. Kein Futter für die Presse und kein Forum für den Schlitzer. Hoffentlich sah Brenner das genauso, und hoffentlich provozierte das den Schlitzer nicht sofort zur nächsten Aktion.

Während das Telefon tutete, zog er die Briefe aus der Jackentasche, die er seit gestern mit sich herumtrug. Entziffern konnte er sie nicht, und auch Bruni war daran gescheitert. Aber er war fest entschlossen, ihr Geheimnis zu entschlüsseln. Für den Bruchteil einer Sekunde glaubte er, einen Luftzug zu spüren, und schaute zur Tür. Sie war zu, und trotzdem …

Das war einer dieser Momente, in denen der Wind einen Hut hätte hereinwehen müssen. Vorausgesetzt, sein Leben wäre ein Film gewesen. Es war ein gutes Jahr her, dass ihn dieses Gefühl zuletzt gepackt hatte. Ganz leise ertönte in seinem Kopf die Titelmelodie von *Indiana Jones*, dann nahm Brenner den Hörer ab.

Mittwoch, 12. September, Heppenheim, 17:45 Uhr
– Frank Liebknecht –

Die Uhr an der Wand über der Küchentür tickte. Frank saß neben seiner Mutter. Sie hatte das Radio ausgeschaltet und die Lesebrille aufgesetzt. Von Zeit zu Zeit schüttelte sie den Kopf oder runzelte die Stirn. Im gleichen Rhythmus hob sein Vater den Blick von seinem Kreuzworträtsel und schaute zur Uhr. Frank wusste, dass sein überfallartiger Besuch das übliche Gefüge durcheinanderbrachte. Statt das Abendessen vorzubereiten, las seine Mutter den Brief einer fremden Frau aus der Vergangenheit. Damit konnte sein Vater nur schwer umgehen. Er liebte nichts mehr als Zuverlässigkeit und Routine. Unruhig rutschte er hin und her.

»Willst du unserem Sohn nichts zu essen anbieten?«, blaffte er in die gespannte Stille.

»Lass, Papa, ich habe keinen Hunger.«

»Aber vielleicht habe ich ja Hunger.« Sein Vater warf das Rätselheft und den Bleistift auf den Zeitungsstapel, der sich auf der Bankecke türmte.

Franks Mutter reagierte nicht auf ihn, ihre Wangen glühten rot. »Das ist so aufregend«, murmelte sie und drückte Franks Hand.

Mit mürrischem Schnauben erhob sich sein Vater und schlurfte in Richtung Wohnzimmer davon. Frank schaute ihm nach. Je älter sie wurden, desto weniger hatten sie einander zu sagen. Wieso konnte sein Vater nicht bleiben und wenigstens so tun, als ob er sich für ihn und seine Arbeit interessierte? Aber er hatte sich einfach weiter auf sein Kreuzworträtsel konzentriert, statt auch nur einen einzigen persönlichen Satz mit ihm zu wechseln.

»Ich will nicht, dass ihr meinetwegen Ärger kriegt«, sagte Frank leise.

»Er wird es überleben.« Mit nachsichtigem Lächeln hob seine Mutter den Kopf und strich Frank mit beiden Händen die Haare hinter die Ohren. Er hasste es. Wieso musste dauernd irgendwer an seinen Haaren herumfummeln? »Wir werden ihn nicht mehr ändern. Er ist halt so.« Sie nahm den Brief wieder auf. »Soll ich vorlesen?«

»Ja. Aber bitte langsam, ich schreibe mit.« Frank kramte Block und Stift aus seinem Rucksack und machte sich bereit.

»Bei manchen Worten bin ich mir nicht ganz sicher«, schränkte seine Mutter vorsorglich ein. »Es klingt alles ein bisschen altertümlich. Aber im Großen und Ganzen wird es schon stimmen.« Sie holte tief Luft.

»Murnau, den 25. Juli 1937. Mein liebstes Olenkalein, du ahnst ja gar nicht, welch schreckliche Gewissheit ich heute erlangen musste! Es ist tatsächlich wahr, was ich in der Zeitung gelesen habe: Sie zeigen die Bilder in der Ausstellung in München. Und viele der Murnauer freut's. Die haben es ja schon damals gewusst, dass es nichts taugt, was aus dem Russenhaus kommt. Doch sie bezeichnen nicht nur die Gemälde unserer Russen als entartete Kunst. Nein, schlimmer noch, auch der Franz ist dabei! Mir laufen jetzt noch die Tränen, wenn ich dran denk! So lange ist es her, und doch seh' ich uns noch, wie wir auf den Dachboden geschlichen sind und durch die Tür gespäht haben auf die Staffelei. Kalt ist es gewesen dort oben, und doch war es mir, als ob der Speicher voller Sonne wäre, voll Wärme und Licht. Wie ist mein Herz gehüpft, als ich sie heute endlich habe wieder anschauen dürfen, die vier Blauen. Ja, Olenkalein, die Pferde, die wundervollen, die uns die Liebsten gewesen

sind, in all der Zeit. So schön wie der schöne Franz selber, um den wir so bitterlich geweint haben. Und nun wein' ich schon wieder und tropfe auf das teure Papier. Entartet nennen sie die Bilder, die sie dort aufgehängt haben, und bei so manchem mag es auch ganz recht sein, sind doch Scheußlichkeiten darunter und merkwürdiges Judenzeug, das wohl niemand schön finden kann, der bei Verstand ist. Aber doch nicht die Pferde, nicht der Franz! Sag, Olenka, du bist doch schon so lange in Stellung bei deinem Herrn Bankier. Meinst du, der könnte vielleicht was tun, dass man sie da rausholt aus dem Elend? Ich denke es mir nur, weil er doch Kunstverstand hat und eine Sammlung und so viel Geld, wie unsereins im Leben nicht zusammenbringen kann, selbst wenn wir schuften von früh bis spät ohne Pause. Ach wärst du doch hier, und alles wäre noch so, wie es damals war! Wie oft träumt es mir noch von deinen Zöpfen, die ich geflochten habe und zu einem Kranz gesteckt rund um deinen Kopf. Ich bitt' dich, Olenkalein, sprich mit deinem Dienstherrn, es muss doch eine Lösung geben. Das kann nicht angehen, dass man den Franz so diffamiert. Mein Gott, ich schreib mich noch um Kopf und Kragen, aus lauter Liebe. Wenn es bloß keiner liest, der es falsch versteht. Sind ja alles kluge Leute, die Herren Nationalsozialisten – und mit Politik, Gott bewahre, da habe ich nichts zu schaffen –, die werden's schon wissen, was richtig ist. Nur das Bild, das müssen wir retten, du und ich! Mit herzinnigstem Gruß in die Schweiz, deine Traudl Angerer.«

Frank setzte den letzten Punkt und las den Brief noch mal von vorn. Hier ging es tatsächlich um ein Gemälde aus der Nazizeit mit blauen Pferden. Und um einen Plan, es dem Zugriff der Nazis zu entziehen.

»Was hat es mit dem Brief denn auf sich, Frank?«

»Weiß ich noch nicht so genau, Mama. Muss ich noch rausfinden. Vielen Dank, dass du mir das übersetzt hast.«

»Du willst doch nicht schon gehen? Was ist mit den anderen Seiten, soll ich die nicht auch …?«

»Später, Mama.« Er deutete zum Wohnzimmer. »Wir wollen seine Geduld ja nicht überstrapazieren.«

Frank hatte das gemeinsame Essen über sich ergehen lassen und das Gespräch, das schleppte und stockte, schubweise wie Ebbe und Flut. Dann war er geflüchtet. Die neuen Ansatzpunkte aus dem Brief mussten ihm für heute reichen. Weitere Bemerkungen zu seiner Arbeit und seinem Privatleben konnte er nicht mehr ertragen. Sein Vater missbilligte seinen Dienst in Vielbrunn. Und das war noch freundlich ausgedrückt. Der Job in Darmstadt hatte Frank ganz andere Zukunftsperspektiven geboten, Aufstiegschancen und mehr Geld. Aber er war gegangen. Ohne einen plausiblen Grund nennen zu können. Sein Vater kam mit dieser Entscheidung nicht klar, interpretierte sie und auch Franks Schweigen abwechselnd als persönlichen Angriff oder als Feigheit. Eine Endlosschleife, die sie mit unschöner Regelmäßigkeit drehten. Bis seine Mutter das nächste Thema in den Ring warf. Ob es das Mädchen noch gäbe, das er mal mitgebracht hatte. Ob sie immer noch eine Therapie machte. Sein Vater verzog so abfällig das Gesicht, dass Frank am liebsten sofort aufgesprungen und davongerannt wäre. Jemand, der eine Therapie machte, war indiskutabel. Psychische Probleme hatte man einfach nicht, Punktum, egal was man durchmachen musste im Leben.

»Deine Mutter will nur wissen, wann sie endlich Enkel von dir bekommt.«

Auf diesen Satz hin hatten seine Eltern sich gestritten, und er hatte die Chance genutzt, erneut keine Antwort zu geben.

Natürlich *gab es das Mädchen noch*, ihre stationäre Therapie war seit drei Wochen beendet. Und genauso lange war sie aus seinem Leben verschwunden. Weg, ganz allein, um die Welt zu sehen – und um frei zu sein.

Frank rieb sich die Augen. Es war ihr gutes Recht. Sie war ihm gegenüber zu nichts verpflichtet, schließlich waren sie kein Paar, nur Freunde, irgendwie. Ihr Nachholbedarf an Leben musste gigantisch sein, nach einer völlig verpfuschten Jugend. Er musste sie loslassen, egal wie viele Sorgen er sich auch machte.

In seiner Wohnung war es kalt, still und leer. Nicht einmal die Nachbarkatze, die sich sonst oft auf seiner Fußmatte zusammenrollte, lag herum. Frank ging auf direktem Weg ins Schlafzimmer, das eigentlich nur eine provisorisch abgeteilte Nische hinter dem fast leeren Bücherregal war. Er schaltete die Lampe ein und den Laptop, warf den Brief und die Abschrift ins Bett, dann fischte er aus dem Wäschestapel am Fußende einen dicken Pullover. Ein Geschenk von Brunhilde, die sich im letzten Winter damit abgemüht hatte, häuslich zu werden. Das gestrickte Ergebnis war unförmig und roch nach Schafbock. Aber es wärmte. Wenigstens von außen.

Im Schneidersitz ließ er sich zwischen Decke und Kissen nieder. Er startete die CD, die noch im Rechner steckte, drehte den Ton herunter, sodass er gerade noch zu hören war, aber laut genug, um die Stille zu kaschieren, die ihn nach den Fragen seiner Eltern quälte.

Dass die letzte Frau, die sich für ihn interessiert hatte, verheiratet gewesen war und jetzt tot, hatte er ihnen gegenüber lieber auch nicht erwähnt. Linda hatte ihm ein paar Hautverletzungen hinterlassen, neue Kratzer an seinem Ego und ein jahrzehntealtes Rätsel. Dieses zu knacken konnte nicht halb so schwer sein, wie die Liebe fürs Leben zu finden oder eine Frau zu verstehen.

»Indiana Jones sattelt die blauen Pferde«, murmelte Frank und musste wider Willen grinsen. Sein Lieblingsheld hatte sich auch mehr als einmal mit Nazis herumgeschlagen. Wieso sollte er den Kampf mit der Vergangenheit nicht ebenfalls bestehen? Ihm stand als Waffe keine Peitsche zur Verfügung, sondern das World Wide Web.

Inzwischen war es halb neun, was bedeutete, dass sein Vater nach der Tagesschau zum gemütlichen Teil des Abends übergegangen war, eine Tierdokumentation ansah, eine Musiksendung oder einen amüsanten Spielfilm bei den Öffentlich-Rechtlichen. Länger als eine halbe Stunde dauerte es sicher nicht mehr, bis seine Mutter sich meldete, mit dem zweiten Abschnitt von Traudl Angerers schriftlicher Hinterlassenschaft an Olenka Jakowlewa. Die Zeit konnte er nutzen, um sich einen ersten Überblick zu verschaffen. Es gab eine Menge Punkte, an denen er ansetzen konnte. Das Netz wusste sicher etwas zum Thema »entartete Kunst« zu sagen, zu den *vier Blauen* und zum *schönen Franz*.

Donnerstag, 13. September, Vielbrunn, 10:05 Uhr
– Frank Liebknecht –

Frank schwieg hartnäckig ins Telefon und starrte an die Wand der Polizeidienststelle. Ihm war nicht klar, was Bruchhagen von ihm erwartete. Zwischen ihnen stand die unausgesprochene Tatsache, dass Frank mit seiner Frau geschlafen hatte. Zumindest war das die abschließende Erkenntnis gewesen, als sie einander zuletzt begegnet waren.

»Gibt es denn gar nichts Neues, Herr Liebknecht?«, fragte Bruchhagen schon wieder.

Glaubte der vielleicht, dass Frank ihm deshalb mehr verraten musste, weil er sich moralisch in die Ecke gedrängt fühlte? Oder aus Solidarität unter Verdächtigen?

»Dieser Neidhard hält mich immer noch für schuldig, nicht wahr?«

Frank sah Bruchhagen förmlich vor sich, wie er kummervoll die Stirn in Falten legte. Er verkniff sich die Gegenfrage nach Neidhards gestrigem Besuch in Baden-Baden.

»Bitte, Herr Liebknecht. Sagen Sie mir wenigstens, was Sie über das Bild herausgefunden haben. Sie suchen doch danach – oder?«

Frank räusperte sich. Dazu konnte er an sich gefahrlos Stellung nehmen. Das Bild war nicht offizieller Gegenstand der Ermittlungen. »Ich bin dran. Ja. Aber noch weiß ich nicht viel.« Nichts, was er Bruchhagen preisgeben wollte, aber viel mehr als noch vor einem Tag. »Was hat Linda Ihnen darüber erzählt?«

Bruchhagen seufzte. »Wenn ich das noch wüsste. Ich habe es nicht ernst genommen. Ehrlich gesagt hielt ich das Bild zunächst für eine Ausrede, einen Grund, wegzufahren, ohne mich …«

Klang da Resignation durch und doch so etwas wie Eifersucht? Am liebsten hätte Frank das Gespräch aufgezeichnet, um später die Zwischentöne herauszufiltern, bei denen er jetzt nicht sicher war. Aber das hätte er Bruchhagen sagen müssen, wenn er außerdem gerichtsverwertbare Aussagen erhalten wollte. Folglich konnte er es auch bleiben lassen, weil niemand so blöd war, dann noch offen zu sprechen. Und gerade Frank gegenüber hatte sowieso jeder Anwalt einen wunderbaren Hebel in der Hand. An allem, was er anfasste, haftete der Makel der Befangenheit.

»Brauchte Linda eine Ausrede, um wegzufahren?«

»Ach nein. So meine ich das nicht. Ich hatte nur oft keine Zeit für sie, was mir unendlich leidtut, heute noch viel mehr. Wenn ich geahnt hätte, wie wenig Zeit uns bleibt …«

Frank unterbrach ihn. »Versuchen Sie bitte trotzdem, sich zu erinnern. An das Bild. Nur an das Bild.« Er durfte sich nicht in Bruchhagens Trauer hineinziehen lassen. Das Einzige, was ihn voranbrachte, waren Fakten.

Bruchhagen atmete hörbar ein und wieder aus. »Ihre Großmutter hat Linda von dem Bild vorgeschwärmt, sie lebte irgendwo im Bayrischen als Kind.«

»Wenn Sie mir ihren Namen nennen könnten und den genauen Ort, das würde mir wirklich weiterhelfen.«

»Ach Gott, wenn ich ehrlich bin …«

Das konnte ja wohl nicht wahr sein, dass Bruchhagen nicht einmal der Name von Lindas Großmutter einfiel! Frank biss sich auf die Zunge, um sich nicht zu verplappern. Er wollte Bruchhagen auf keinen Fall zu viel erzählen oder groß Staub aufwirbeln, indem er der Sache sichtbar viel Bedeutung zumaß. Es konnte geschickter sein, Neidhard um Informationen über die Herkunft der Familie Ehlers zu bitten. Oder noch besser: Brunhilde über Neidhard Erkundigungen einziehen zu lassen. Eigentlich brauchte er ja nur noch die Bestätigung, dass es sich bei Lindas Großmutter um Traudl Angerer handelte. Er trommelte auf den Tisch. Dieses dämliche verdeckte Arbeiten ging ihm mächtig auf die Nerven. Ganz fertig war er mit Bruchhagen aber noch nicht.

»Ich nehme aber doch an, dass Sie das Motiv des Gemäldes und den Maler kennen?«

»Das muss doch alles in Lindas Unterlagen stehen. Nehmen Sie es mir nicht übel, Herr Liebknecht, ich weiß, das muss für Sie völlig unverständlich und ignorant klingen, aber Kunst ist nicht meine Welt. Ich liebte Lindas Begeisterung dafür, aber ich teilte sie nicht.«

»Pferde«, sagte Frank bedächtig. »Ganz außergewöhnliche Pferde?«

»Ja, gut, Pferde, das stimmt. Jetzt, wo Sie es sagen … Blau, wenn ich mich recht erinnere? Aber mehr fällt mir dazu wirklich auch nicht ein. Tut mir leid.«

»Schon in Ordnung. Wie gesagt, ich bin noch nicht weit gekommen, und es ist ja auch fraglich, ob es überhaupt eine relevante Spur ist.«

»Bitte, machen Sie weiter. Ich brauche Gewissheit, ob das Bild daran schuld ist, dass meine Frau tot ist. Wenn es so ist, dann will ich dieses Bild haben, dann will ich es sehen und …«

»Und was?«

»Ich weiß es nicht. Es kaufen, es zerstören? Kein Bild der Welt kann es wert sein, dafür zu sterben.«

Damit hatte Bruchhagen definitiv recht. Auch wenn Frank den tatsächlichen Wert des Gemäldes noch nicht hatte herausfinden können. Beiläufig checkte er seine E-Mails. Keine ungelesenen Nachrichten.

»Ich brauche Zeit«, sagte er.

»Wenn Sie auch Geld brauchen, geben Sie mir einfach Bescheid. Es ist mir egal, was es kostet. Ich will Antworten.«

Genau die wollte Frank auch. Mit dem Hörer in der Hand blieb er sitzen, als Bruchhagen aufgelegt hatte. Die Vergangenheit hielt ihn mit stahlhartem Griff umklammert. Mehr noch als Traudl Angerer hatte ihn am Abend der Umgang der Nazidiktatur mit der Kunst beschäftigt. Natürlich war es ihm nicht neu gewesen, dass Künstler, die nicht zur nationalsozialistischen Weltsicht passten, im Dritten Reich angefeindet worden waren. Aber er hatte dabei vor allem die Bücherverbrennungen im Kopf gehabt und vielleicht noch an Schauspieler mit Berufsverbot gedacht. Jetzt wusste er es besser. Und er wusste auch mit ziemlicher Sicherheit, welches Bild Linda gesucht hatte. Die endgültige Bestätigung konnte ihm Lindas Karton geben. Aber der nächste Ausflug nach Erbach musste noch warten.

Donnerstag, 13. September, Beerfelden, 11:40 Uhr
– Frank Liebknecht –

Thea fragte nicht, weshalb Frank schon wieder zu Besuch kam. Sie begleitete ihn hinaus auf die Terrasse, wo Heinrich Ritter in der Sonne saß. Erleichtert, dass ihm heute das muffige Seniorenzimmer erspart blieb, nahm Frank neben ihm Platz. Es roch angenehm nach frisch gemähtem Gras. Durch das geöffnete Küchenfenster zog Bratenduft nach draußen, die Dunstabzugshaube brummte, und der Vogel trällerte wie beim letzten Mal.

Im Blick des alten Mannes lag gespannte Aufmerksamkeit.

»Haben Sie mir wieder was mitgebracht?«

Frank nickte und holte ein Päckchen Tabak aus der Tasche seiner Lederjacke. Das Hemd und die Uniformjacke lagen im Auto. Es war auch jetzt nicht nötig, dass man ihn als Polizisten erkannte. Er klappte die Lasche auf und füllte konzentriert ein Zigarettenpapierchen mit den bröseligen Tabakblättern. Nicht eben einfach, der letzte Versuch lag schon eine ganze Weile zurück. Er rollte es zu einem schiefen Stängel zusammen und leckte über den Rand, um das Gebilde zu verkleben. Heinrich Ritter beobachtete ihn und streckte die Hand nach der Kippe aus. Zum Glück war er nicht wählerisch, ob nun krumm oder gerade, kümmerte ihn nicht. Genießerisch spitzte Heinrich die Lippen, als er die Zigarette anrauchte.

»Sie sind ein guter Junge.«

Frank ließ das Päckchen auf dem Tisch liegen. Der gute Junge hatte nicht vor zu drängeln und konnte später noch für Nachschub sorgen.

»Was wollen Sie wissen?«, fragte Heinrich Ritter eine halbe Zigarette später.

»Mehr über den Piloten, der damals über Vielbrunn abgeschossen wurde, und über seinen Einsatz für Göring.«

Anhand der Auskünfte von Herrn Arras hatte Frank den Namen des Mannes gefunden, sein Regiment und auch sein Sterbedatum, viele Jahrzehnte später. Aber nichts, was ihn mit dem Bild oder den Briefen Traudl Angerers in Verbindung brachte. Den Bezug zwischen Göring und dem Piloten hatte Heinrich Ritter hergestellt. Im Lebenslauf des Piloten existierte er seltsamerweise nicht. Aber über Göring war Frank am vergangenen Abend wieder gestolpert, bei seiner Recherche zur entarteten Kunst. Göring hatte mit Leidenschaft gesammelt. Am liebsten alte Meister. Ihm war der materielle Wert als entartet deklarierter Werke durchaus bewusst gewesen. Dreizehn Bilder aus dem Besitz verschiedener Museen hatte er für sich persönlich ausgewählt. Um welche es sich dabei genau handelte, würde hoffentlich in der E-Mail stehen, auf die Frank wartete. Eine wahre Datenflut hatte ihn die halbe Nacht wach gehalten. Begriffe wie »Enteignung« oder »Raubkunst« waren ihm während seiner Schulzeit immer fremd geblieben. Schlagworte ohne Inhalt. Nun füllten sie sich mit Leben. Er hatte Lindas Fährte aufgenommen, folgte der gleichen Spur in die Vergangenheit, und er spürte immer stärker, wie schwer es werden würde, die Wahrheit aus all den Überlieferungen, Lügen und Erinnerungsfragmenten herauszuschälen.

Ritter rauchte, stumm und in sich gekehrt. Mit einem missmutigen Seufzen griff Frank wieder zum Tabak. Solange der Alte schwieg, konnte er getrost weiter üben, Zigaretten zu drehen. Vielleicht vergeudete er mit Ritter nur seine Zeit. Genau wie Linda es gesagt hatte. Ein Hinweis führte sie nach Vielbrunn und der nächste wer weiß wohin.

»Und vielleicht ist auch Traudl Angerer nur eine Sackgasse«, knurrte er halblaut.

Heinrich Ritter schnappte schwerfällig nach Luft. Seine Augen traten weit aus den Höhlen, die Nasenflügel blähten sich. Der Sauerstoff schaffte es nicht bis hinunter in seine Lunge. Über die grauen Steinplatten auf dem Boden rollte der Zigarettenstummel. Frank ließ den Tabak fallen, machte einen schnellen Schritt hinter Ritter, riss ihm die Arme hoch über den Kopf und klopfte auf seinen Rücken, bis das Keuchen verebbte.

»Geht es Ihnen gut? Alles in Ordnung?« Für eine Sekunde erwog Frank, nach Thea zu rufen, doch dann verwarf er den Gedanken. Ritters Atmung normalisierte sich zügig. Wenn Thea ihn dabei erwischte, wie er Ritter mit Tabak versorgte, war sein Gastspiel unwiderruflich beendet. Vielleicht war das Kraut doch keine so gute Idee gewesen. Er stopfte die angefangene Zigarette in die Packung zurück.

»Der Pilot«, murmelte Ritter und nickte. »Der Pilot, der Pilot.«

Leise wagte Frank einen weiteren Vorstoß. »Was ist das Erste, woran Sie sich erinnern, wenn Sie an den Absturztag denken?«

Ritter lehnte sich in seinem Stuhl zurück und schloss die Augen. Zuckend bewegten sie sich hinter den Lidern. »Meine Schwester heulte.«

Sie heulte immer, wenn die Flugzeuge kamen. Dabei waren sie noch weit weg. Er warf die Decke beiseite und sprang aus dem Bett. Hose überziehen und in die Schuhe schlüpfen schaffte er in weniger als einer halben Minute. Er hatte es geübt. Wieder und wieder, in völliger Dunkelheit, damit er draußen sein konnte in Nächten wie dieser. Weil er sie sehen wollte, die siegreichen deutschen Flieger, die die feigen Angreifer davonjagten!

Er riss die Jacke vom Haken, stürmte ins Freie und gab sich keine Mühe, leise zu sein. Er würde Ärger bekommen, aber das interessierte ihn nicht. Weit über ihm erfüllten die Motoren den Himmel mit dumpfem Dröhnen, kamen näher, jenseits der Wolken.

Gebannt folgte Frank jedem einzelnen Wort, ließ sich von ihnen in die Vergangenheit ziehen.

Er erkannte jeden Typ am Geräusch. Jäger, Bomber, Freund oder Feind. Die Bordkanonen hämmerten. Flakfeuer in der Ferne. Ein Treffer schickte einen Lichtblitz zu ihm herunter, ein flammendes, unwirkliches Leuchten, dem ein Pfeifen folgte. Dieses Pfeifen, das alle Feiglinge in die Keller jagte, aber ihn nicht, weil er keine Angst mehr spürte. Und weil er wusste, dass da keine Bombe kam, sondern der Flieger selbst. Einer von den Eigenen, von den Guten.

Er rannte. Dem Feuerschweif hinterher. Raus aus dem Dorf, weiter über das Feld und auf den Hügel. Der Lärm flutete seinen Kopf, seine Lunge, sein Blut, zog ihn mit sich wie eine Marionette, die ihren unsichtbaren Fäden folgte, dorthin, wo sich die Nase der kreischenden Messerschmitt in den Boden gebohrt hatte.

Frank konnte den Atem des Jungen förmlich hören, den Rauch riechen. »Wo ist der Pilot? Können Sie ihn sehen?«

Heinrich Ritter nickte. »Er ist abgesprungen. Mit dem Fallschirm.«

Der Brand entzündete die restliche Munition im Innern, eine Explosion zerriss den Rumpf, schleuderte Metallteile empor, und nun duckte er sich doch, für einen kleinen Moment, bis er den Mann sah, dessen Silhouette sich schwarz vor dem lodernden Wrack abzeichnete.

Heinrich überlegte nicht lange, sprintete dem hinkenden Mann entgegen, fing ihn auf, als er zusammensackte. Schmutz und Blut überall. Aber keine Angst. Nicht der kleinste Funken Furcht in seinem Herzen. Das war der Moment, auf den er lange gewartet hatte, und dies seine Aufgabe, die er erfüllen musste. Endlich. Er war dreizehn. Alt genug, um Verantwortung zu übernehmen, zu entscheiden, zu handeln.

Die Lider des Soldaten flatterten, seine Augäpfel rollten hin und her, weiß leuchtend wie Suchscheinwerfer, kamen erst zur Ruhe, als Heinrich den Kopf an seine Brust presste. Mit seiner Jacke stillte er die Blutung über der linken Schläfe.

»Danke«, sagte der Pilot mit fester Stimme, sein verletztes Bein zuckte noch einige Male, doch er gewann zusehends neue Kraft. Die Blitze und der Donner des Gefechts über ihnen verstummten, die Luft klärte sich wie nach einem reinigenden Gewitter. Milchig grau dämmerte der Morgen über den Hügeln.

Der Held der Lüfte deutete auf die Brusttasche seiner blutgetränkten Uniform. Heinrich zog eine Schachtel hervor und ein Feuerzeug, steckte ihm die Zigarette an.

»Dies ist nicht der Ort und die Zeit, zu sterben, Junge. Der Sieg liegt greifbar vor uns. Daran gibt es keinen Zweifel.«

Heinrich nickte eifrig. Natürlich, so musste es sein, so sagten sie es im Radio, so stand es in der Zeitung. Und wenn das nicht mehr stimmte, was sollte man denn dann noch glauben? Er glaubte es. Glaubte jedes Wort!

»Du bist jetzt auch ein Held, Junge. Weißt du das? Denn du hast einen Flieger gerettet!«

Der verwundete Offizier reichte ihm die Zigarette. Heinrich glühte vor Stolz, wie von einem Fieber. Der Flieger teilte seine letzte Zigarette mit ihm!

Heinrichs Oberkörper wiegte sich vor und zurück. »Ein Held«, wisperte er. »Ein Held, ein Held.«

»Und dann hat er die Geschichte erzählt?« Auch Frank senkte seine Stimme zu einem Flüstern. »Die geheime Geschichte, von Göring und der Kunst?«

»Im Regiment General Göring bin ich gewesen, von Anfang an. Persönliche Leibwache des Reichsmarschalls, mit Sonderaufträgen, immer an seiner Seite. Bin für ihn geflogen, landauf und landab gereist, und über die Grenzen hinweg. Unter Einsatz meines Lebens. Bei Gott, er würde dir gefallen, mit seiner Uniform und all den Orden! Klüger ist er als die meisten anderen und gewitzt. Kunst sammelt er im ganzen großen Reich, schafft fort, was nicht wert ist, betrachtet zu werden, und erhält, was gut ist für die Volksseele.« Der Flieger lachte laut auf, spuckte dabei ein wenig Blut, das Heinrich sofort mit seinem Ärmel abwischte, und auch den Ruß des brennenden Flugzeugs rieb er ihm aus dem Gesicht. Ein Held sollte nicht besudelt sein und schmutzig.

»Ein Teufelskerl ist er, der Göring. Hat Bilder konfisziert, für die Unsummen gezahlt werden in anderen Ländern. Unsummen, sag ich dir, für Bilder, die aussehen, als hätten sie Kinder gemalt. Ohne Gefühl für Formen und Farben. Gekleckse ohne Verstand, wie von Geisteskranken. Doch unser Reichsmarschall, der kann aus Scheiße Geld machen, mein Junge. Der kann sogar aus einem Haufen Scheiße zweimal Geld machen, so klug ist er. Und ich habe ihm dabei geholfen. Da staunst du, was?«

Ja, er staunte und lauschte und konnte sich gar nicht satthören, an der Geschichte über den großen General, der auch als Flieger angefangen hatte. So wie er selbst nur zu gern ein Flieger sein wollte.

»Ich habe den Dreck und die Kopie vom Dreck für ihn ins Ausland gebracht, wo er sie verkaufen wird. Alles mache ich für den Reichsmarschall und den Führer. Für das Deutsche Reich. Und heute habe ich mich eben abschießen lassen für sie. So ist das. Meine Pflicht. Nicht wahr? Man muss immer seine Pflicht tun, Junge.«

Heinrich nickte wieder. So war es. Es war Krieg, und er tat seine Pflicht. So wie der Flieger. Für das Vaterland und den Führer und den Reichsmarschall. Er war dreizehn und tat seine Pflicht, auch wenn man ihn nicht an der Front kämpfen ließ. Seine Pflicht, seine Pflicht!

Frank hatte sich weit nach vorn gebeugt und Heinrich Ritters Hände genommen, die immer heftiger auf seine Knie geschlagen hatten, je länger er redete. *Pa-ta-pam, Pa-ta-pam, Pa-ta-pam.* Es war Frank schwergefallen, nicht noch häufiger dazwischenzufragen und ihn damit womöglich aus seiner Erinnerung zu reißen. Heinrich hatte mehr und viel detaillierter erzählt als beim letzten Mal. Das alles klang für Frank nicht nach den Hirngespinsten eines Halbwüchsigen und reiner Fantasterei.

»Wollen wir noch eine rauchen?«, fragte er jetzt, um den plötzlich versiegten Redefluss wieder in Gang zu setzen. »So wie damals? Die letzte Zigarette gemeinsam, Sie und ich?«

Die kalten Hände begannen sofort wieder zu klopfen, als er sie losließ, um die Zigarette anzuzünden. Frank paffte ein paar Züge, mehr symbolisch als überzeugt. Dann schob er die Zigarette kurz in Heinrichs Mund, der gierig daran saugte. Aufreizend qualmte sie zwischen Franks Fingern, als er die Hand senkte und auf den Tisch legte. Ein subtiles Versprechen, eine Belohnung.

»Was hat der Pilot über die blauen Pferde gesagt, Heinrich?

War das auch *Dreck*, den er weggeschafft hat? Wo hat er sie hingebracht?«

»Wer sind Sie und was machen Sie hier?«

Die Stimme unterbrach Frank brüsk, und er fuhr vom Stuhl hoch. Sein Herz hämmerte laut, und seine Ohren glühten. Für einen Moment war er abgelenkt gewesen, hatte die Tür zum Haus aus den Augen gelassen. Er hasste es, wenn ihm so was passierte. Garantiert sah er jetzt wieder aus wie ein erschrecktes Karnickel. Die große Frau mit dem verbitterten Zug um die Lippen musste Ritters Tochter sein.

»M-mein Name ist Frank Liebknecht, ich komme aus Vielbrunn und bin wegen der Tausendjahrfeier hier …«

»Tausend Jahre soll es bestehen, sein Reich, tausend Jahre!« Ritter hob die geballte Faust und schüttelte sie kampflustig. »Jawohl.«

»Was haben Sie mit ihm angestellt?« Ingeborg Werle stemmte die Hände in die Hüften. »Er ist ja gar nicht bei sich!«

»Na ja, wir haben uns nur ein bisschen …«

»Ist das seine Zigarette?«, fiel Ingeborg Werle ihm erneut ins Wort. »Der Arzt hat ihm das Rauchen verboten.«

Frank schüttelte den Kopf, warf den Stummel auf den Boden und trat ihn aus. »Nein. Das war meine.«

»Das war meine«, wiederholte Ritter. »Meine war das. Meine Pflicht. Meine Pflicht habe ich getan! Für den Reichsmarschall. So war das.«

»Gehen Sie«, fauchte Ingeborg Werle und stellte sich hinter ihren Vater, dem sie behutsam über den Kopf strich. »Sehen Sie, was Sie angerichtet haben?«

»Es tut mir leid, Frau Werle. Ich wollte ihn nicht aufregen.« Frank beugte sich zu Heinrich Ritter hinunter und schüttelte ihm die Hand. »Danke und auf Wiedersehen«, sagte er knapp und hob die beiden Kippen auf. Ritter zwinkerte ihm kaum merklich zu und legte verschwörerisch den krummen Zeigefinger vor die Lippen, wie schon bei ihrem ersten Gespräch.

Ingeborg Werles Gesicht blieb hart, als Frank sie ansah. Auch die eingesammelten Zigarettenstummel stimmten sie nicht milder. »Gehen Sie endlich und kommen Sie nicht wieder.«

»Er ist ein guter Junge«, murmelte Ritter. »Und ich war auch ein guter Junge.«

Frank sparte sich eine weitere Entschuldigung und die Zustimmung zu Ingeborg Werles Aufforderung. Ihre Unterhaltung hatte Heinrich aufgewühlt, dennoch war Frank sicher, dass der alte Mann nichts gegen einen weiteren Besuch einzuwenden hatte. Er stopfte das Tabakpäckchen in die Jackentasche – dort konnte es bleiben, für alle Fälle – und verschwand mit einem letzten Kopfnicken.

»Ein guter Junge, Ingeborg.«

Donnerstag, 13. September, unterwegs, 13:00 Uhr
– Frank Liebknecht –

Frank nahm von Beerfelden aus den direkten Weg nach Hainhaus. Präsenztermin vor Ort, Bürgerdialog, wie es sich so schön im Dienstplan nannte, um kleine Sorgen und Nöte anzuhören und Streitigkeiten zu klären, bevor irgendetwas eskalieren konnte. Anschließend das gleiche Spiel in Ohrnbach. Dabei brannte ihm ganz anderes unter den Nägeln. Viel zu schnell bretterte er über die B 45, bremste nur dort, wo es unbedingt nötig war oder gelegentlich ein Blitzer stand.

Die Zeit reichte nicht, um vorher in Erbach haltzumachen, obwohl er beinahe an der Kriminalinspektion vorbeifuhr. Und selbst wenn, hätte er sich nicht sofort um den Inhalt des Kartons kümmern können. Für ihn stand inzwischen außer Frage, dass er alles sehen musste, jeden Fetzen Papier, der darinsteckte. Er brauchte eine Systematik, mit der er Lindas Suche nachvollziehen, ihren Schritten eine Reihenfolge zuordnen, Erledigtes und Bestätigtes von offenen Fragen und Mythen trennen konnte. Und zuallererst brauchte er die Gewissheit, dass er das richtige Bild von blauen Pferden vor Augen hatte.

Jemand musste ihm Lindas Aufzeichnungen aus Erbach beschaffen und ihm beim Denken helfen. Zur Lösung dieses Rätsels war mehr als ein Gehirn nötig. Frank wählte Brunhildes Nummer und drückte die Lautsprechertaste.

Donnerstag, 13. September, irgendwo, 17:00 Uhr
– Das Auge und das Ohr –

»Ich habe das von Linda gehört.«

Die Stimme am anderen Ende des Telefons klang bekümmert.

»Was willst du?«

»Sei nicht so misstrauisch. Was soll ich schon wollen? Kondolieren. Das macht man ja wohl so unter Freunden bei einem Verlust. Also: mein Beileid. Was mit Linda passiert ist, ist wirklich …«

»Furchtbar. Ja. Aber nicht zu ändern.«

»Wie kannst du so ruhig bleiben? Ich dachte, ihr beide …«

»Ja, wir beide, sie und ich, ganz richtig. Erwartest du wirklich, dass ich heule?«

»Was machst du jetzt?«

»Nichts. Nichts Besonderes jedenfalls. Was sollte ich deiner Meinung nach denn tun?«

»Ich habe da so was läuten hören von einem Plan.«

»Komm zum Punkt, wenn du wirklich etwas zu sagen hast. Ansonsten geh mir nicht weiter auf die Nerven.«

»Du brauchst mich in der Sache. Wir sollten den Plan überdenken.«

Den brauchen? Er unterdrückte ein Auflachen. Keinen Schimmer hatte der von irgendwas, schon gar nicht von seinen Plänen. »Ich weiß nicht von welcher *Sache* du sprichst. Aber ich bin mir sicher, dass es kein *wir* gibt.«

»Dachte ich mir schon, dass es dir nicht gefällt, aber miteinander wäre sinnvoller als gegeneinander.«

Schon wieder ein Irrtum. *Gegeneinander* klang für ihn gar nicht schlecht. »Gib mir einen Grund.«

»Du kannst nicht an zwei Stellen zur gleichen Zeit sein. Und ich bin vor Ort in Vielbrunn mit einer guten Tarnung eingeführt. Hast du die Geschichte mit dem Schlitzer gehört? Die könnte hilfreich sein, lässt sich sicher ausschlachten.«

Er hörte ihn lachen, zufrieden mit seinem lauen Witz. Aber er lachte nicht mit.

»Verstehst du: Schlitzer – schlachten? Das ist doch komisch.«

»Wenn du meinst. Was hat es mit diesem Schlitzer konkret auf sich?«

»Ah, es gibt also doch etwas, das du nicht weißt! In den umliegenden Gemeinden quält einer Haustiere mit einem Messer. Und wenn ich nicht ganz verblödet bin, gibt es einen aktuellen Fall in Vielbrunn, den man zu vertuschen versucht.«

»Und das hilft jetzt wie genau?«

»Tote Tiere, tote Frau, Blut, herausquellende Gedärme, Höllenqual … Angst verbreiten hilft immer. Die Presse schreibt, die Polizei dementiert und stellt richtig. Wenn die Leute erst mal anfangen zu reden, versagt irgendwann jede Selbstkontrolle, und Dinge kommen ans Licht, die sonst im Dunkeln geblieben wären. Dazu kommt der Drang, im Mittelpunkt zu stehen, jeder will seine fünf Minuten Aufmerksamkeit.«

Das war nicht falsch. »Okay. Von mir aus bleib, wo du bist, und geh den Leuten dort auf die Nerven. Das kannst du sowieso am besten. Aber bleibe dabei in Deckung. Es tut nicht gut, wenn sie anfangen, sich für dich als Person zu interessieren.«

»Und wie soll ich das anstellen? Ich muss schließlich …«

»Mit Intelligenz.« Er schnaufte verärgert. »Ich hoffe für dich, dass du wenigstens ein bisschen davon hast. Wie war das eben noch mit deiner guten Tarnung? Ich arbeite nicht mit Stümpern.«

»Dann sind wir ein Team?«

»Ich will über jedes Gerücht informiert sein, über jeden Schritt, den der Polizist außerdienstlich tut. Sobald er das Dorf verlässt, schaltest du mich ein.«

»Sind wir ein Team?«

Er hatte Erkundigungen eingezogen. Der Polizist würde an der Sache dranbleiben. Und er an ihm. Er musste nur Geduld haben. So wie immer. Er war das Auge und das Ohr. Er sah alles, hörte alles und brauchte niemanden. Aber in dem Fall schadeten ein zusätzliches Auge und ein Ohr wohl nicht. Auch wenn sie am Kopf eines Idioten klebten. Jeder Kopf konnte rollen. Zur Not. Trotzdem musste er die Rangordnung gleich klarstellen.

»Nicht *wir* sind ein Team«, sagte er bedächtig. »Wenn überhaupt, dann bist du in *meinem* Team.«

Donnerstag, 13. September, Vielbrunn, 18:50 Uhr
– Frank Liebknecht –

Mit offenem Mund starrte Frank auf den Bildschirm. Da war sie endlich, die Antwort auf seine E-Mail, die er gestern kurz vor Mitternacht noch auf den Weg geschickt hatte. Mit freundlichen Grüßen einer Mitarbeiterin der Forschungsstelle Entartete Kunst an der FU Berlin. Er klappte den Laptop zu, klemmte ihn unter den Arm und rannte aus der Wohnung. Gleichzeitig mit dem Klopfen platzte er durch die Tür und stürmte Brunhildes Wohnküche.

»Das musst du dir ansehen!«

Gelassen drehte Brunhilde sich zu ihm um, den Pfannenwender hoch erhoben. Auf dem Herd brutzelte es.

»So, muss ich das? Du bist zu früh und trotzdem nicht der Erste. Dabei sagte ich: Wir essen um sieben.«

Verständnislos schaute Frank sie an und erst dann an ihr vorbei zur Sitzecke. Lindas Karton stand zwischen den Tellern auf dem Tisch, der für drei gedeckt war. Dahinter saß Neidhard.

»Was machst du denn hier?«

»Ich habe den Paketboten gegeben und stelle meinen Kopf als ausgelagerten Arbeitsspeicher zu Verfügung.«

Widerwillig nickte Frank. Na gut, damit hatte er zwar nicht gerechnet, aber Neidhard konnte durchaus hilfreich sein. Wenn er wollte. Und da Sylvie, das *Häschen*, nicht in der Nähe war, konnte er vielleicht auch auf sein blödes Gockelgebaren verzichten. Frank schob einen der Teller zur Seite und stellte den Laptop ab. Dann öffnete er die Kiste.

»Das ist jetzt nicht dein Ernst, Frank. Die Bratkartoffeln sind gleich fertig. Kannst du nicht bis nach dem Essen warten?«

»Nein. Ja, ich will nur ganz kurz …« Er nahm einen Packen Papier heraus, fand aber keinen Ablageplatz.

Neidhard streckte ihm die offenen Handflächen hin, nahm das Bündel entgegen und legte es auf seinen Teller. Dann griff er zu Messer und Gabel. »Wonach suchen wir?«

»Ob irgendwo der Name Franz Marc steht, oder *Der Turm der blauen Pferde* erwähnt wird oder ob ein Foto von einem Gemälde drin ist.«

Neidhard blätterte mit der Gabel ein paar Seiten um. »So eins?«

Frank entriss ihm den Zeitungsartikel. »Ja! Verdammt, das ist es, genau das.« Er plumpste auf einen Stuhl.

»Aha. Das ist also das Lieblingsbild von Lindas Lieblingsoma. Hätte ich mir irgendwie anders vorgestellt. Ganz schön bunt und ganz schön, ähm, abstrakt?«

»Viel kann man da aber nicht erkennen.« Brunhilde hielt eine Schüssel Salat im Arm, die Neidhard ihr jetzt abnahm, wie zuvor das Papier, und auf seinem Schoß zwischenlagerte.

»Ja, aber nur, weil es extrem verkleinert ist. Das Original ist an die zwei Meter hoch. Ist auch nicht abstrakt«, brummte Frank und überflog die Zeilen neben der Abbildung. »Der Stil nennt sich Klassische Moderne.« Er konnte sich kaum von dem Bericht lösen, hob widerstrebend den Kopf. »Ich fasse es nicht. Wenn es wirklich dieses Bild ist, das Linda suchte, und wenn sie wirklich eine Ahnung hatte, wo es ist … das wäre eine Sensation.«

Brunhilde stand mit der Bratpfanne neben Frank, und er beeilte sich, aufzustehen und den Tisch freizuräumen. Neidhard blieb sitzen und deutete erklärend auf die Salatschüssel auf seinen Knien.

»Deine Euphorie in Ehren, Löckchen. Aber wie wäre es mal mit ein paar konkreten Fakten zum Thema? Was ist daran so sensationell?«

Frank setzte sich wieder, und Brunhilde schaufelte ihnen Bratkartoffeln und Würstchen auf die Teller.

»Hermann Göring hat 1938 dreizehn Kunstwerke aus dem beschlagnahmten Kunstschatz der Nazis für sich abgezweigt. Natürlich hat er sich nicht nur die unter den Nagel gerissen, sondern insgesamt weit über tausend, vielleicht auch zweitausend. Aber diese dreizehn wollte er ins Ausland verkaufen, weil er sich von ihnen einen besonders hohen Gewinn versprochen hat. Darunter waren drei von Franz Marc. Ja, ich gebe zu, der Name hat mir vorher nichts gesagt und tut es auch jetzt nicht wirklich. Aber mit auf der Liste waren auch ein Cézanne und gleich vier Gemälde von van Gogh.«

Neidhard griff sich ans Ohr, und Frank nickte. »Genau der van Gogh. Und wenn ich jetzt davon ausgehe, dass die Jungs in Kunstkreisen in eine ähnliche Liga eingeordnet werden …«

»Dann ist der olle Schinken ein paar Tausender wert? Hut ab. Und ich dachte, wir suchen den röhrenden Hirsch im finstren Walde.«

»Nö.« Frank musste grinsen. »Den hätten die Nazis nicht konfisziert, sondern als deutsches Volksgut gelobt. Und mit den paar Tausendern liegst du gleich noch mal daneben. Ich muss das noch mal raussuchen, aber ich hatte gestern einen Bericht in den Fingern, da wurde einer der fehlenden van Goghs auf fünfzig«, Frank machte eine betonte Pause, »Millionen geschätzt.«

»Wow. Das nenne ich mal fette Beute. Sollte man dann nicht gleich nach allen dreizehn Bildern suchen?«

»Einige sind wieder aufgetaucht, eins gilt als zerstört. Die Info habe ich gerade vorhin per Mail bekommen. Aber sieben

Stück sind tatsächlich seit dem Krieg nicht mehr gesehen worden.«

»Und wie passt jetzt unser beschauliches, kleines Vielbrunn zu diesem millionenschweren Drama?«

»Genau deshalb sind wir hier. Weil ich hoffe, dass uns Lindas Notizen darüber noch mehr verraten. Mehr, als ich schon weiß.« Er drehte die Messerspitze drohend in Neidhards Richtung, obwohl der noch nichts gesagt hatte. Aber Frank konnte ihm ansehen, dass ihm eine Bemerkung auf der Zunge lag. »Und ich weiß schon einiges.«

»Das ist ja alles ganz nett und ganz spannend, aber auch ziemlich abgefahren. Was ich mich gerade frage, ist, ob eigentlich Uwe Bruchhagen eine Ahnung hat, was seine Linda da für eine Nummer laufen hatte.«

»Klang für mich nicht so.« Frank leckte das Messer ab.

»Über den Wahrheitsgehalt der Aussagen von Verdächtigen muss ich dir jetzt aber keinen Vortrag halten, oder? Du hast ihn vermutlich nicht zu Details befragt. Hast du doch nicht, hoffe ich. Das wäre nämlich verdammt bescheuert.«

Brunhilde knuffte Neidhard unsanft in die Seite. »Sei friedlich.«

Frank ignorierte den Einwurf. »Der kennt nicht mal den Namen ihrer Großmutter, was ich schon ein bisschen seltsam finde. Apropos, was habt ihr über Lindas Familie rausgekriegt?«

»Äh, stopp, nicht ablenken. Gerade sind wir noch beim Göttergatten. Tut mir leid, aber mir kommt da ein ganz hässlicher Gedanke. Eigentlich sogar mehr als einer.« Neidhard verzog das Gesicht, und ausnahmsweise hatte Frank nicht den Eindruck, dass er ironisch meinte, was er sagte. »Ich bin da ein bisschen befangen, was den Mann betrifft. Ich kann den nicht ab. Also helft ihr mir mal auf die Sprünge: Könnte er im Zusammenhang mit diesem Bild irgendwie vom Tod seiner Frau profitieren? Bevor ihr fragt, nein, es gab keine Lebensversicherung, die er jetzt kassiert, und er hätte auch einfach die Scheidung einreichen können, ohne sich von ihr bis aufs letzte Hemd ausziehen lassen zu müssen. Alles gecheckt. In der Hinsicht ist er sauber und unverdächtig. Der Ehevertrag wäre eher für Linda ein Problem gewesen.«

»Und wenn sie sich von ihm trennen wollte? Auch wenn sie dabei draufgezahlt hätte?«, überlegte Brunhilde laut.

»Darauf deutet nichts hin. Es gibt einen Familienanwalt, der sagt, da war nichts. Natürlich könnte sie zu einem anderen gegangen sein, aber angeblich verstanden die beiden sich gut. Also sowohl Bruchhagen und seine Frau, als auch sie und der Anwalt. Ich dachte jetzt eher, dass er scharf ist auf die Gemäldemillionen. Wenn diese Gäule tatsächlich auch so viel wert sind.« Neidhard schob nach jedem zweiten Satz ein paar Kartoffelscheiben in den Mund. »Natürlich könnte es auch andersherum gewesen sein und sie wollte sich mit dem Bild absetzen, statt die Kohle zu teilen. Sie muss schließlich gewusst haben, hinter was sie da her war.«

Dass er redete, bremste Neidhards Geschwindigkeit beim Essen nicht. Und umgekehrt. Fasziniert sah Frank ihm zu. »Linda hat das Bild weder gehabt noch hat es ihr gehört.«

»Nicht? Dann habe ich das falsch verstanden, ich dachte, es gehörte zuerst der Großmutter und entsprechend heute dann ihr.«

»Nein, das Bild war in Museumsbesitz, als es von den Nazis beschlagnahmt wurde.« Frank stocherte auf dem Teller herum. Kauen und denken zugleich funktionierte nicht. Er aß nur ab und zu einen Happen, um Brunhilde nicht zu beleidigen, die ihn prüfend ansah.

»Dann ist dieser Millionenwert also eigentlich für den Finder nur Makulatur, weil er nichts davon hat?«

Neidhard spießte eine halbe Wurst auf einmal auf und lachte. »Nur wenn man ein so ehrlicher Mensch ist wie du, Brunhilde. Mit ein bisschen krimineller Energie im Blut sieht die Sache anders aus.« Er biss ein großes Stück ab, behielt die Gabel in der erhobenen Hand und unterstrich damit seine Worte. »Ach, kommt schon. Das ist doch zumindest eine Möglichkeit. Von mir aus, nehmen wir mal an, Linda war in dem Krimi die Gute. Sie geht also ganz sentimental an die Sache ran, will nur das Erinnerungsstück an die Oma finden. Aber ihr Mann sieht die Dollarzeichen vor sich rattern wie am Spielautomaten. Er will den Schinken meistbietend verhökern, sobald er ihn in die Finger kriegt, womit sie nicht einverstanden ist. Also muss sie weg.«

»Nein. Nein, das glaube ich einfach nicht.« Frank legte die Gabel ab, heftiger als beabsichtigt, und stieß sie dabei gegen sein Glas. »Bruchhagen hat Linda geliebt. Wirklich geliebt. Du musst ihm nur in die Augen sehen, wenn er von ihr spricht, Neidhard. In die Augen.« Er starrte ihn an, und Neidhard starrte für einen Moment zurück.

»Tja, die Liebe«, sagte Neidhard dann mit einem Achselzucken. »Von der verstehe ich nichts. Und auch nicht von Romantik und solchem Zeug. Aber von Kriminellen verstehe ich was.« Er wartete ab, bis Brunhilde ihm den Teller noch einmal gefüllt hatte. »Und wo es Kriminelle gibt, gibt es immer auch solche, die übers Ohr gehauen werden, weil sie naiv sind. Das meine ich jetzt gar nicht negativ. Es ist toll, wenn man prinzipiell Vertrauen in die Menschheit hat. Ich habe es nicht mehr. Aber du schon.«

Neidhards Blick streifte Frank nur kurz. Ein ungutes Gefühl beschlich ihn. Der war sicher noch nicht fertig. Er zwang sich weiterzuessen, ohne darauf einzugehen.

»Nimm einfach mal an, dass Bruchhagen mehr wusste, als er zugibt. Über das Bild, über das, was Linda in Vielbrunn vorhatte, und über ihre … Bekanntschaften. Warte, ich will dir nur erklären, was ich meine, Frank. Bruchhagen drückt auf die Tränendrüse, gibt dir Lindas Unterlagen, macht dir ein schlechtes Gewissen. Damit du ihre Suche zu Ende bringst. Für ihn. Ich kann es genauso wenig beweisen wie die vorhergehende Mordtheorie, aber denk trotzdem mal drüber nach.«

»Du meinst, ich lasse mich von ihm benutzen?«

Wenn Sie Geld brauchen, geben Sie mir einfach Bescheid. Es ist mir egal, was es kostet.

»Ich meine, du musst die Möglichkeit in Betracht ziehen, dass er es versucht.«

Sagen Sie mir wenigstens, was Sie über das Bild herausgefunden haben.

»So ganz abwegig ist das nicht«, stimmte Brunhilde zu.

»Klar, und ich bin zu dämlich, es zu merken!« Frank warf das Besteck hin, stand auf und kickte mit dem Fuß gegen den Karton. »Eigentlich wollte ich heute Abend diesen Scheiß hier mit euch durchgehen und mir nicht wieder den Blödmannstempel verpassen lassen!«

»Das eine schließt das andere doch nicht aus.« Neidhard lachte. »Hey, entspann dich. Keiner hat Blödmann gesagt, und sogar ich hab es nicht mal gedacht. Ehrlich. Aber es ist dir schon mal passiert, dass dich jemand eiskalt für seine Zwecke eingespannt hat, bei dem du es nicht erwartet hast.«

Das saß. Frank biss die Zähne zusammen, bis das Kiefergelenk knackte. Daran wurde er nicht gern erinnert.

Neidhard redete weiter. »Ich habe in Vielbrunn an jeder Ecke diese Zettel gesehen, mit denen der Dackel gesucht wird, der nun garantiert nicht wiederkommt. Soll ich mal raten, wer die aufgehängt hat, zusammen mit dem kleinen Jannis? So wie du von dem Knirps erzählt hast, war das nicht seine Mami. Der Kleine hat geheult, und sie hat dich kuhäugig angeguckt, und schon war der Freund und Helfer auf der Piste. Dir passiert so was nicht, weil du blöd bist, sondern weil du nett bist. Zu nett, du Schwiegermuttertraum. Und hilfsbereit. Ich sage dir, es hat echte Vorteile, für alle Welt ein egoistisches Arschloch zu sein. Aber du bist halt ein guter Junge.«

Ein guter Junge. Auch Ritter hatte ihn so genannt. Es gefiel ihm nicht, aber Neidhards Argumente waren plausibel. Das laut auszusprechen schaffte er allerdings nicht. Mit beiden Händen strubbelte Frank sich durch die Haare.

»Können wir jetzt anfangen? Wir haben eine Menge zu tun.« Er hatte erhebliche Zweifel, dass sie weit kommen würden. Nicht, weil Neidhard nicht kooperativ gewesen wäre, sondern ganz im Gegenteil, weil er garantiert zu jedem Fundstück etwas zu sagen hatte.

»Na klar, leg los, Liebknecht. Ich werde unserer bezaubernden Gastgeberin und begnadeten Köchin noch beim Aufräumen helfen. Und während du von deiner Palme krabbelst, kannst du uns schon mal updaten, was du die letzten Tage so getrieben hast.«

Freitag, 14. September, Erbach, 8:30 Uhr
– Marcel Neidhard –

Der Mann kauerte ergeben auf seinem Stuhl, Ringe unter den Augen, aschfahl im Gesicht, schiefe Krawatte. Der graue Anzug saß tadellos, allerdings wiesen die Falten darauf hin, dass er ihn bereits länger trug. Der leicht essigsaure Geruch, der ihn umgab, untermauerte den Verdacht, dass er die Wäsche seit mehreren Tagen nicht gewechselt hatte. Marcel rümpfte die Nase. Nicht gerade das, was man von einem Versicherungsvertreter im Außendienst erwartete. Steffen Landau hatte vermutlich auch in den Klamotten geschlafen. Auf der Rückbank seines Wagens.

Marcel wartete schweigend auf Brenners nächste Frage.

»Wie lange sind Sie nicht mehr zu Hause gewesen?«

»Drei Tage?«

»Ich weiß es nicht. Sagen Sie es mir, Herr Landau. Drei Tage oder nicht drei Tage?

»Seit Dienstag, glaube ich.«

Unwillig stieß Brenner die Luft aus. »Glauben Sie?«

»Ja«, sagte Landau hastig. »Nein, seit Montag. Ich bin mir sicher. Montagmorgen.«

»Und Ihre Frau hat Sie nicht vermisst?«

»Ich habe sie angerufen und ihr gesagt, ich bin auf einer Tagung.«

Genau das hatte sie auch Marcel gesagt, als er nach Steffen Landau gesucht hatte, um ihn zu befragen.

»Auf einer Tagung. Ganz plötzlich und ohne etwas mitzunehmen? Keinen Koffer, keine Kleidung … Hat Ihre Frau sich nicht gewundert?«

»Schon, ein bisschen. Aber …« Landau unterbrach sich und senkte den Blick auf seine zitternden Hände. Zweimal setzte er an, ehe er flüsternd den nächsten Satz herausbrachte. »Es läuft nicht so gut mit uns in letzter Zeit. Da kann so was schon mal passieren.«

Brenner legte beide Unterarme auf den Tisch und beugte sich vor. »Was kann schon mal passieren, wenn es nicht mehr so gut läuft?«, zischte er. »Dass man wegfährt, ohne Bescheid zu sagen? Oder dass man einen Mord begeht?«

Steffen Landau zuckte, als wolle er aufspringen, aber Brenner packte ihn am Arm und zwang ihn sitzen zu bleiben.

»Wenn die eigene Frau nicht mehr so will, dann sucht man sich eine andere, nicht wahr? Und wenn die zickig wird, dann fackelt man nicht lange, da verliert man schneller die Beherrschung. Man ist ja bei ihr, um sich abzureagieren …«

»Ich schwöre, so war das nicht! Dann wäre ich doch nicht zu Ihnen gekommen, wenn ich das gemacht hätte. Das wäre doch Wahnsinn!« Landau schlug beide Hände vors Gesicht und schluchzte trocken.

Eigentlich sah er gut aus. Marcel hätte darauf gewettet, dass Sylvie auf den Typ Mann stand. Groß und sportlich, graue Augen, blonde Haare, die sich über der Stirn widerspenstig aufstellten. Das unrasierte Kinn wirkte sogar nach drei Tagen eher verwegen als ungepflegt. Wenn Marcel es genau betrachtete, hatte Landau rein äußerlich starke Ähnlichkeit mit ihm selbst. Und ihm rückte Sylvie erwiesenermaßen gern auf den Pelz. Nur Landaus Geruch störte das Bild ganz erheblich. Und seine Tränen. Marcel wusste nicht recht, wo er hinsehen sollte. Heulende Männer machten ihn immer nervös.

»Wir haben zwei kleine Kinder. Verstehen Sie, Herr Kommissar? Ich würde doch nie, ich würde doch nicht … Mein Gott, ich habe doch nur mit dieser Frau geschlafen, weil … Es war das erste Mal. Das allererste Mal in zehn Jahren Ehe! Weil Sie … Sie war so unkompliziert und frei und … Sie wollte mich. Wie oft bekommt man so eine Gelegenheit?«

»Wenn ich Sie richtig verstanden habe: zweimal.«

Brenners lakonische Antwort machte Marcel für einen Moment sprachlos. So kannte er ihn nicht. Brenner sprang von Beginn an härter mit dem Mann um, als Marcel erwartet hatte. Immerhin war Landau freiwillig zum DNA-Test erschienen. Wenn auch mit vier Tagen Verzögerung, in denen er sich panisch irgendwo verkrochen hatte.

»Sagen Sie es nicht meiner Frau«, bettelte er kaum hörbar. »Bitte, sagen Sie es nicht meiner Frau. Ich will sie nicht verlieren.«

Marcel schüttelte ungläubig den Kopf. Der kapierte gar nicht, was hier los war. »Sie haben angegeben, dass Sie sich am Donnerstag, dem sechsten September, um zehn Uhr in der Nähe des Segelfugplatzes mit Linda Ehlers getroffen und dann mit ihr Sex gehabt haben«, wiederholte Marcel langsam und schaute ihn eindringlich an. »Herr Landau, wenn unser Labor das bestätigt, dann ist Ihre Frau Ihr kleinstes Problem.«

»Die Letzten werden die Ersten sein. Schon mal gehört?« Brenners Ton war eisig. »Bei uns bedeutet das, wenn Sie der Letzte waren, der Linda Ehlers lebend gesehen hat, werden Sie automatisch die Nummer eins auf unserer Verdächtigenliste.«

Freitag, 14. September, Vielbrunn, 8:45 Uhr
– Sarah Winkler –

Der Honig lief über ihre Finger und tropfte vom Brötchen auf den Teller, bis sie es fallen ließ.

»Das ist eine Katastrophe.« Mit einer Hand faltete sie den Zeitungsbogen grob zurecht und hielt ihn ihrem Gegenüber unter die Nase. »Eine Katastrophe«, wiederholte sie und wedelte ärgerlich damit herum, während sie darauf wartete, dass der Mann zugriff. Gott, war der phlegmatisch! Wie der jemals einen Job als Pressefotograf hatte ergattern können, würde ihr ewig ein Rätsel bleiben. Kein Wunder, dass sie sich seinen Namen einfach nicht merken konnte. Vielleicht lag es auch an seinem unattraktiven Äußeren – untersetzte Statur, schütteres Haar, Hornbrille –, ein wandelndes Klischee, bis hin zur immer präsenten Kamera mit übergroßem Objektiv. »Jetzt nimm halt die verdammte Zeitung. Meinst du, ich will die festhalten, bis du fertig gelesen hast?«

Endlich nahm er ihr das Blatt ab, und Sarah wischte sich ärgerlich den Honig von den Fingern. »Wo hat dieser Schmierfink von dem Blatt die Info her? Und wieso haben wir die nicht? Ich höre schon Eckberts Genöle, wenn wir nachher telefonieren.« Der Chefredakteur erwartete Ergebnisse von ihr, verkaufsstarke Storys. Sie äffte seine Stimme nach. »Wieso bezahle ich euch eine ganze Woche Aufenthalt auf dem Land und ihr wisst von nichts? Das wäre der Aufmacher gewesen für die Ausgabe am Montag: Ist Linda Bruchhagen dem Schlitzer zum Opfer gefallen, der seit Monaten – seit Monaten!«, sie hieb auf die Zeitung ein, »im Odenwald umgeht? Aber nein, es ist wieder die Konkurrenz, die sich die perfekte Schlagzeile geschnappt hat.«

»Reg dich ab.« Er legte die Zeitung weg und schaute sie gleichgültig an. »Wir betreiben keinen investigativen Journalismus, wir arbeiten für *Roswitha*, schon vergessen? Das ist ein buntes Wochenblättchen und keine Tageszeitung. Außerdem spielen unsere Leser in der Dauerwellen- und Stützstrumpf-Liga. Die finden das am Montag noch genauso spannend wie heute. Wir brauchen ein altes Foto von der Tussi, auf dem sie toll aussieht und ein Designerkleid trägt, eins vom trauernden Millionär, und dann knipsen wir noch irgendeinen Busch und behaupten, dass sie da druntergelegen hat.« Er köpfte sein Frühstücksei mit einem Hieb. »Passt schon. Den Rest gibt es die Woche drauf. Sie soll einen Liebhaber gehabt haben. Den finden wir dann zuerst.«

Sarah kämpfte um ihr inneres Gleichgewicht. Der meinte das ganz offensichtlich ernst. »Ach ja, tun wir das? Manchmal frag ich mich wirklich, wie man mit deiner Grundeinstellung überleben kann. Wie sollen ausgerechnet wir den finden? Bisher warst du zumindest keine große Hilfe bei irgendwas! Deine Motivation reicht ja gerade so zum Ein- und Ausatmen. Man kann schon froh sein, wenn du deinen eigenen Namen noch weißt!«

Unbeeindruckt führte er den Löffel zum Mund. Das wachsweiche Ei wackelte glibberig, ehe er es in die Backe schob. »Ottmar Habekost, stets zu Diensten.« Er hob den Hintern vom Stuhl und deutete eine Verbeugung an. *Oha*, klar, das Kürzel stand immer unter den Fotografien, die er gemacht hatte. Sarah biss sich auf die Zunge. Wenn schon nicht den Namen, dann sollte sie sich ab sofort zumindest das Kürzel behalten können. *Oha* war in gewisser Weise schon bemerkenswert. An dem Mistkerl prallte jede Beleidigung einfach ab. Dabei hätte sie zu gern mit ihm Streit angefangen, um ihren Frust abzureagieren.

Seine dicken Finger zerdrückten die leere Eierschale im Becher. »Und wegen der Informationsquelle, Sarah … Alle anderen Journalisten – also die ernsthaften – haben doch längst die Biege gemacht. Nur wir sind noch da. Und dieser Typ, der aussieht wie ein Golfkommentator beim Sportfernsehen, turnt hier immer noch rum. Weißt schon, wen ich meine. Schmeiß dich halt mal etwas heftiger an den Schnösel im Sakko ran.«

Sarah schnappte nach Luft und spürte, wie sich ihr Gesicht rötete. Sie wusste genau, wen Oha meinte. Sehr genau. »Was willst du damit sagen?« Hatte der gemerkt, dass ihr der Mann von der Konkurrenz gefiel? Dass er ihr Avancen gemacht und seine Nummer zugesteckt hatte? Die sie nicht angerufen hatte – noch nicht.

»Nichts weiter, Sarah. Ich habe da nur so was aufgeschnappt, die Tage abends beim Biertrinken im Dorfkrug. Dort, wo du nicht mit hinwolltest. Könnte sein, dass der was weiß. Der heißt, warte … Fischbach. Ist ein Freier, schreibt für den Meistbietenden. Vielleicht hatte er keinen Bock selbst zu texten und hat sein Wissen verkauft. Schätze, der weiß echt 'ne ganze Menge.«

Sarah knallte die Serviette auf den Tisch und sprang mit einem Ruck auf. »Sag mal, so dämlich kann doch einer allein gar nicht sein! Wieso sagst du mir das erst jetzt?«

Freitag, 14. September, Vielbrunn, 10:30 Uhr
– Frank Liebknecht –

Frank starrte auf das Telefon. Sollte er jetzt anrufen oder besser nicht? Sein Magen krampfte sich zusammen, wenn er an Brenner dachte. Seit er ihn kannte, war er so was wie ein Vorbild für ihn gewesen. Einer mit Durchblick, der die Ruhe bewahrte. Leider auch einer, der ihn in sich zusammenschrumpfen ließ, wenn er nur mal missmutig guckte. Beim letzten gemeinsamen Fall hatte Frank Brenners Anerkennung geerntet. Aber durch die Nummer mit Linda brauchte er einen Neustart. Die vertrockneten Lorbeeren konnte er getrost auf den Müll werfen. Die zählten nicht mehr.

Die Forschungsstelle Entartete Kunst hatte Frank nicht sagen können, wie viel *Der Turm der blauen Pferde* heute wert wäre. Dort beschäftigte man sich ausschließlich mit der Forschung – Vergangenheit, nicht Gegenwart. Danach hatte er es bei einer Galerie versucht und bei einem Auktionshaus, aber keiner wollte so richtig mit der Sprache herausrücken. Also zappte er sich wieder durchs Internet, suchte Preise, die für andere Werke der Klassischen Moderne bei Versteigerungen erzielt worden waren. Wenn er das hochrechnete, die Größe des Gemäldes und dessen mysteriöse Geschichte berücksichtigte, konnte man den Wert des Pferdebildes locker auf zehn bis zwanzig Millionen Euro beziffern. Mindestens.

Er nahm den Hörer auf.

»Kriminalinspektion Odenwald, Sylvia Klingelhöfer, Apparat Brenner.«

»Frank Liebknecht, hallo Sylvie. Ist Brenner da?«

»Schon, aber der Zeitpunkt ist ungünstig. Hast du was Wichtiges?«

Nein, wie kam sie bloß auf die Idee? Er meldete sich immer nur aus Langeweile, weil er sonst nichts zu tun hatte. »Ja, ich denke schon.«

»Sekunde.« Gedämpft hörte er sie rufen, während sie die Sprechmuschel zuhielt. »Chef, ich habe den Liebknecht für dich dran. Er denkt, es ist wichtig.«

Na toll, wieso musste die das genauso weitergeben, wie er es gesagt hatte? Wirklich wichtig klang es so natürlich nicht mehr. Im Hintergrund brummte Brenner irgendwas.

»Er sagt, du sollst es mir sagen. Ich souffliere dann.«

»Kann er nicht kurz …«

»Nö, Frank, ist nicht drin. Müsste schon ein Kracher sein, damit er rüberkommt.«

»Was ist jetzt?« Brenners Stimme drang laut und ungeduldig zu Frank durch, obwohl er sich vermutlich im angrenzenden Büro aufhielt.

Eilig fasste Frank seine Erkenntnisse zusammen. Zwanzig Millionen Gründe für einen Mord. Wieder klatschte Sylvie den Hörer in ihre Hand oder vielleicht auch gegen ihre Brust. Das metallische Klacken an seinem Ohr konnte sowohl von einem Ring als auch von der Halskette herrühren. In dumpfem Stakkato plärrte Sylvie seine Sätze in Brenners Richtung.

»Sorry, ist nicht relevant«, übersetzte sie die knappe Antwort und fügte hinzu: »Wir haben einen neuen Verdächtigen, mit Motiv und Gelegenheit. Warte … jetzt kommt er doch.«

»Her mit dem Burschen«, raunzte Brenner ungehalten. »Frank? Hast du die Zeitung gelesen? Was ist da los, hä? Wie kommen die auf diesen Mist? Kann ja wohl nicht wahr sein! Außer dir hat keiner den Hund gesehen, dachte ich. Ich hatte mich doch klar und deutlich ausgedrückt! Kein Wort an die

Presse. Wenn das noch mal vorkommt, hänge ich dich eigenhändig an die nächste Laterne. Kapiert? Und was das alte Gemälde betrifft: Halt bloß die Klappe. Zu dem Schwachsinn will ich nicht auch noch Fragen beantworten müssen.«

»Da-das war ich nicht, Brenner! Ich habe mit niemandem über den Hund gesprochen. Nur mit Matuschewski und der Spurensicherung. Und das Bild … Brenner?«

Nichts. Jemand murmelte etwas.

»Der ist schon wieder weg. Muss Schluss machen, Frank.«

Brenner rief Sylvies Namen.

»Komme, Chef!«

Der Hörer knallte auf den Tisch, gefolgt von einem Rascheln, sich entfernenden Schritten, dann ein kurzes Räuspern. Das musste Neidhard sein.

»Bist du noch da?«

»Ja.«

»Ich mach es kurz. Brenner hat einen Familienvater am Wickel. Geständig in puncto Seitensprung mit Linda Ehlers am Mordtag. Die Tötung bestreitet er allerdings. Brenner geht von einer Affekthandlung aus, um die Ehe zu retten. Die Indizien reichen, um den Mann vorläufig hierzubehalten.« Neidhard sprach schnell und leise. »Aber das reicht nicht, um dir Entwarnung zu geben. Noch bist du nicht aus dem Schneider. Mir ist das Motiv zu dünn. Linda Ehlers hätte keinen Grund gehabt, den Mann bei seiner Frau zu verpetzen oder ihn zu erpressen. Er hatte von ihr nichts zu befürchten. Ich weiß nicht, was mit Brenner im Moment los ist, aber er ist unausstehlich. Kostprobe gab es ja gerade. Und wenn du mich fragst, ist er auf dem Holzweg. Soll heißen: Die Schlinge um deinen Hals hat sich gelockert, Liebknecht. Aber sie hängt noch.«

Freitag, 14. September, Baden-Baden, 15:30 Uhr
– Frank Liebknecht –

Neidhard hatte recht, was Brenner und den Verdächtigen betraf. Brenner benahm sich komisch, und das Mordmotiv war ganz schön mager. Und auch am Abend vorher hatte Neidhard recht gehabt. *Der Turm der blauen Pferde* war millionenschwer, und das war ein verdammt griffiges Mordmotiv. Auch wenn Frank sich nicht auf Anhieb vorstellen konnte, wer ein Bild besitzen wollte, das er niemals offen zeigen durfte. Na ja, irgendein Scheich vielleicht oder ein abgedrehter Milliardär. Oder ein kunstbesessener Pappkartonhersteller.

Kurz vor Baden-Baden verließ Frank die Autobahn. Höchste Zeit, Uwe Bruchhagen und die Württembergischen-Karton-Betriebe genauer unter die Lupe zu nehmen. Neidhards Verdacht war ihm seit dem Telefonat mit ihm nicht mehr aus dem Kopf gegangen, und ein Blick auf die Firmenhomepage der *WKB* hatte ihm zusätzlich Nahrung gegeben. In seinem Verwaltungsgebäude veranstaltete Bruchhagen regelmäßig Ausstellungen und förderte junge Künstler mit einem Stipendium. Zu Weihnachten ließ er für die Geschäftspartner einen eigenen Kalender drucken. Mit den Werken der Protegés. Von wegen: *Kunst ist nicht meine Welt.*

Frank drehte das Radio laut und schlug den Takt mit der Faust auf dem Lenkrad.

Ist dir schon mal der Gedanke gekommen, dass er dich benutzt? Dass Bruchhagen selbst hinter dem Bild her ist?

Das würde er klären und zwar auf der Stelle. Mit Schwung bog er auf den Firmenparkplatz ein, klemmte den Wagen in die erstbeste Lücke und knallte hinter sich die Tür zu. Nein, er hatte nicht angerufen, nein, er hatte keinen Schimmer, ob Bruchhagen da war, und nein, er würde sich nicht abwimmeln lassen. Zur Not fuhr er eben zu ihm nach Hause. Naivität stand heute nicht auf dem Plan. Im Sturmschritt hielt er auf den Eingang zu und rannte fast gegen die Motorhaube eines schwarzen BMW, der kurz nach ihm aufs Gelände gefahren war und weniger Glück bei der Parkplatzsuche gehabt hatte. Der Fahrer bremste scharf, und Frank hob entschuldigend die Hand, während er sich am Kühler vorbeidrückte und weiterhastete. Hier war die Welt noch in Ordnung. Nicht mal gehupt hatte der. Nur mit einem Nicken seine Geste akzeptiert.

Frank sprang die breite Steintreppe mit zwei großen Sätzen hinauf. Die Stinkwut auf sich selbst trieb ihn an. Ein messingfarbener Rahmen fasste die Glastür zum Foyer ein, ebenso den Griff aus schwarzem Stein. Original Fünfzigerjahre. Genau wie der beige gesprenkelte Marmorboden, der Gummibaum und die Empfangsdame. Das nannte man dann sicher Tradition oder Beständigkeit. Modern ging jedenfalls anders.

Es dauerte zehn Minuten, bis ihn Bruchhagens Sekretärin Esther Bernhard abholte, und das nur, um ihn weiter zu vertrösten und vor Bruchhagens Bürotür in der Besucherecke abzuladen. Es gehe dem Chef nicht gut, er stecke mitten in den Vorbereitungen für die Beisetzung, der Verlust, der Kummer …

Innerlich versuchte Frank, jegliches Mitgefühl abzublocken. Er nahm in einem kleinen Schalensessel Platz, in den er tief einsank, und schlug die Beine übereinander. Äußerlich lächelte er, signalisierte Verständnis, trank den Kaffee, den Esther Bernhard ihm brachte, und blätterte durch eine der herumliegenden Firmenbroschüren. Auf der letzten Seite gab es neben dem Impressum ein paar Fotos von Männern in Anzügen, einer farbloser als der andere. Das passte zum graubraunen Produkt des Hauses. Pappe war ja wohl das Langweiligste, was man sich vorstellen konnte. Er warf den Prospekt zurück auf den Stapel.

Kunst ist nicht meine Welt.

Der Satz ließ ihn nicht los. Denn ganz offensichtlich stimmte das nicht. Überall hingen Gemälde an den Wänden, im Treppenhaus, auf dem Flur, im Vorzimmer.

Frank deutete auf das Bild hinter der Sitzgruppe.

»Er ist ein Kenner, nicht wahr?«

»Der Herr Bruchhagen?« Überrascht sah Esther Bernhard ihn an, dann schüttelte sie mit einem Seufzer den Kopf. »Nein, nein. Sie ist das gewesen. Seine Frau. Er kennt sich nicht aus, er sammelt nur und hat gemacht, was sie gesagt hat.«

»Das heißt, er hat erst angefangen, als er verheiratet war?«

»Auch nicht. Der Joachim, also der Herr Doktor Pfeiffer, der hat gemeint, es wäre steuerlich eine gute Idee und auch fürs Image.«

»Wer ist Doktor Pfeiffer?«

»Unser Anwalt.« Bruchhagen stand in der Tür. Sein Gesicht wirkte noch grauer als bei ihrer letzten Begegnung. »Mein bester Freund und mein Trauzeuge. Er hat mich mitgenommen zu verschiedenen Ausstellungen, und auf einer habe ich …« Er stockte. »Dort habe ich meine Frau getroffen.«

Frank faltete sich aus dem Sessel und ging ihm entgegen. Bruchhagens Hand lag klamm und schlaff in seiner wie die eines Toten. »Ich will Sie nicht lange aufhalten. Es geht nur noch mal um das Bild. Sie wissen schon …«

Bruchhagen reagierte nicht, schaute an Frank vorbei zur Wand. »Das dort hat sie als Letztes angeschafft.«

»Ich meine das andere, das sie gesucht hat. *Der Turm der blauen Pferde*.«

»Blau. Sie mochte blau. Schon immer.«

Sanft, aber entschlossen schüttelte Frank ihn an der Schulter, um seine Aufmerksamkeit zurückzuerlangen. »Herr Bruchhagen, ich muss wissen, ob Lindas Großmutter in Murnau gelebt hat.«

»Ich bin nicht sicher … aber Murnau, davon hat Linda mal gesprochen. Daran erinnere ich mich, auch wenn ich nicht mehr weiß, in welchem Zusammenhang.« Bruchhagens Hand glitt über seine Augen, blieb an der Stirn liegen. »Am Montag muss ich sie beerdigen.« Ihm versagte die Stimme. Ein gebrochener Mann.

Frank zögerte. War er ein Arschloch, wenn er weitermachte, oder ein Trottel, wenn er jetzt nachließ? Esther Bernhards Gesichtsausdruck gab ihm eine eindeutige Rückmeldung. Wenn diese Trauer nicht echt war, dann war der Mann ein begnadeter Schauspieler.

»Ob sie dann Frieden findet, Ruhe? Und ich, Herr Liebknecht, was passiert mit mir, wenn ich nicht weiß, warum … wer … wenn ich es nie erfahre?«

Frank berührte Bruchhagen am Ellbogen. Eine hilflose Geste, die nicht trösten konnte. Die Ungewissheit machte Angehörigen immer am meisten zu schaffen. Sie brauchten Antworten und das möglichst schnell. Konnte es sein, dass Bruchhagen versuchte nachzuhelfen? Das schwarze Auto auf dem Parkplatz hatte nicht gehupt. Der Fahrer hatte ihn kaum angesehen. Ein Hamburger Kennzeichen in Baden-Baden sprach für einen Leihwagen. Unauffällig. Diskret.

»Haben Sie einen Privatdetektiv engagiert?« Die Frage platzte unverblümt heraus. »Weil Sie den Ermittlungen der Polizei nicht vertrauen?«

Bruchhagen brachte nicht mehr als ein Kopfschütteln zuwege, stand mit hängenden Armen vor ihm, unfähig, etwas zu erwidern. Frank gab auf. Hier kam er nicht weiter.

Freitag, 14. September, Murnau, 20:30 Uhr
– Frank Liebknecht –

Hotel Angerbräu stand mit großen Lettern auf der lindgrünen Fassade. Der mächtige Treppengiebel ragte beeindruckend am unteren Ende der Dorfstraße vor Frank auf. Die Verbindung vom Untermarkt zum Obermarkt war früher sicher die Hauptstraße gewesen, heute wurde der Verkehr touristenfreundlich umgeleitet.

Angerbräu klang gut. Gerade wenn man eine Frau mit Namen Angerer suchte. Die Ähnlichkeit nahm er als gutes Omen. Außerdem hörte sich *Bräu* nach Bier an und der Zusatz *Gasthof* nach Ruhe und Schlaf. Das war alles, was er jetzt brauchte.

Von seinem Fenster im zweiten Stock konnte er bis zu den ersten Alpengipfeln sehen. Unwirklich blaugrün schienen sie unendlich fern und zugleich zum Greifen nah. Wo das Weiß des ersten Schnees endete und die Wolken anfingen, konnte er nur ahnen. Immer mehr Lichtpunkte tüpfelten das Tal in der hereinbrechenden Dunkelheit. Rote Rücklichter, weiße Scheinwerfer, gelbes Licht aus Wohnhäusern, durch Vorhänge gedämpft. Er lehnte die Stirn an die kühle Glasscheibe. Sein Atem hinterließ eine Nebelspur darauf. Die Temperatur lag deutlich niedriger als im Odenwald. An seinen Beinen spürte er bereits die angenehme Wärme der eben eingeschalteten Heizung aufsteigen. Endlich konnte er durchatmen.

Dass er vor der Fahrt nach Baden-Baden ein paar Klamotten eingepackt hatte, war reine Intuition gewesen. Irgendwie fühlte er sich mächtig unter Druck. Wenn er das Wochenende zu Hause verbrachte, war ihm ein Anruf seiner Mutter sicher.

Natürlich war er dankbar für ihre Hilfe mit den Briefen, aber es gab nichts Neues, was er ihr dazu hätte sagen können. Und genauso wenig gab es Neues, was seinen Beziehungsstatus betraf. Brunhilde würde ihn am Sonntag zum Essen einladen, und vielleicht würde Neidhard wieder dabei sein. Die plötzliche Eintracht zwischen den beiden ging ihm gegen den Strich. Außerdem konnte er nicht vernünftig denken, wenn ihm dauernd jemand auf der Pelle hockte. Dass er selbst um Hilfe gebeten hatte, spielte keine Rolle. Es war ein Fehler gewesen. Darum die Reisetasche im Kofferraum. Abstand und Abschottung. Kein Handy, kein Internet. Nur die Briefe Traudl Angerers an ihre russische Freundin Olenka Jakowlewa begleiteten ihn.

Auf dem Parkplatz rollte ein Wagen in die freie Lücke neben Franks Auto, der Motor verstummte. Niemand stieg aus. Beim Einchecken an der Rezeption hatte Frank Gesang aus einem Nebenraum gehört. Wahrscheinlich wartete der Fahrer auf das Ende der Chorprobe. Frank wandte sich ab. Sein Magen knurrte. Wenn er noch etwas zu essen haben wollte, musste er sich sputen. Er öffnete den Reißverschluss der Tasche und kippte den Inhalt aufs Bett. Sah so aus, als ob nichts fehlte. Er suchte sein Waschzeug zusammen und ging ins Bad.

Eine heiße Dusche später saß er in der Gaststube. Die Briefumschläge legte er nebeneinander auf den Tisch. Ihr Anblick gab ihm ein gutes Gefühl. Ähnlich wie das Gespräch mit Heinrich Ritter. Als ob es notwenig wäre, die Vergangenheit wiederzubeleben. Ein wenig theatralisch war der Gedanke natürlich schon, dem Vergessen entgegenzuwirken, etwas zu bewahren. Traudls Briefe an Olenka Jakowlewa gaben ihm immer noch reichlich Rätsel auf. Einer der Umschläge, der mit der Hitlerbriefmarke, war nicht an Olenka in der Schweiz adressiert, sondern an eine Serafine Lerchbaum in Österreich. Das konnte alles Mögliche oder auch gar nichts bedeuten, denn beide

Umschläge enthielten mehrere Briefbögen, die nicht zusammengehörten. Somit war die abweichende Adresse vielleicht unwichtig, weil das Kuvert ganz zufällig gegriffen und zur Aufbewahrung genutzt worden war. Wieso aber besaß Traudl überhaupt Briefe, die sie selbst verschickt hatte?

Er trank einen großen Schluck von dem malzigen, dunklen Bier, das die Bedienung mit einem fröhlichen »Wohlsein!« vor ihm abgestellt hatte. »Kati« stand auf dem Anstecker an ihrer Bluse. Kein Dirndl, hatte er erfreut festgestellt, und auch keine auf rustikal getrimmte Bauernstube. Er saß in einem modernen Restaurant mit gut sortierter Bar. Der Alkohol sackte unmittelbar durch bis in seine Beine. War auch kein Wunder, seit dem Frühstück hatte er nichts mehr gegessen, nur noch mit Bruchhagens Sekretärin zwei Tassen Kaffee getrunken. Egal, der Tag war gelaufen, die Bettschwere konnte er sich gönnen. Genüsslich legte er noch mehrere Schlucke nach, dann nahm er die inzwischen ziemlich zerdrückten Briefabschriften aus der Hosentasche. So viele Namen, so viele Schicksale steckten da drin. Ziellos glitt sein Blick über die Zeilen.

Mein Gott, was waren das für Zeiten! Was waren das für wilde, freie Menschen! Bewundert habe ich sie, gerade die Münter – was die sich traute. So wäre ich auch gern gewesen und wär es gern noch heut', Olenkalein. Ich sehe sie noch genau vor mir, wie sie mit dem Radl durch die Wiesen gefahren ist, mit ihren wehenden, aufgebauschten Röcken. Seite an Seite mit ihrem Geliebten, mit dem sie lebte ohne den Segen der Kirche. Und das in Murnau, meiner Seel', wo sie alle so fromm sind, am Sonntag und am Feiertag. Hat sich nicht geschämt oder um das Geschwätz der Leut' geschert. Und den ganzen Tag hat sie gelacht, und du durftest bei ihnen sein. Wie habe ich es dir geneidet, wenn sie dich mit nach München genommen haben! Wie hab ich gebettelt, wenn die Fahrt raus nach Sindelsdorf ging.

Du weißt ja, wie es gewesen ist. Und keine Watschen meines Vaters hat mich je gereut, wenn ich mich davongeschlichen hab, um mitzukommen, sobald sie sich erweichen ließen!

Frank inhalierte die Worte, saugte sie auf. Als könnten sie ihn geradewegs zurückkatapultieren an den Ort des Geschehens, zu Tag und Stunde der geschilderten Ereignisse. Kopfschüttelnd lachte er auf. Da war er wieder: Frank der Traumtänzer. Der Einzelgänger, der lebende Beweis dafür, dass man nicht alt sein musste, um sich den Titel »komischer Kauz« zu verdienen.

»Mögen S' noch a Halbe?« Die Bedienung riss ihn aus seinen Gedanken, stellte sein Essen ab und langte nach dem leeren Glas. Er bestätigte automatisch. Wann hatte er das erste ausgetrunken?

»Machen S' Urlaub, oder sann S' auf Besuch da?« Sie deutete auf die Briefe mit der schnörkeligen Schrift. »Ist die Oma da heraußen bei der Kur?«

»Nein, ich bin wegen der Russen da.« Für ihn hörte sich die Erklärung komisch an, aber Kati nickte wissend.

»Ah so, Sie wollen ins Münter-Haus. Die haben aber erst am Nachmittag offen. Da können S' morgens noch runter zum Staffelsee oder 'nauf ins Schloss, da hängen auch noch Bilder von der Münter. Wissen S' schon, wie S' hinkommen zum Russenhaus? Gehen S' einfach zum Kurpark, von dort ist ausgeschildert, oder zum Bahndamm, da stehen die Wegweiser auch.«

Wieder nickte er, murmelte hastig einen Dank für die Hinweise und kam sich ein bisschen blöd vor.

»Ja dann, Mahlzeit. Die Halbe bring ich gleich.«

Bis gestern Abend hatte er keinen Schimmer gehabt, wer *die Münter* gewesen war, von der Traudl in ihrem Brief so schwärmte. Doch das Internet hatte sie sofort gefunden, und hier in Murnau kannte sie jeder. Gabriele Münter, die Malerin, die Anfang des letzten Jahrhunderts ein Haus in Murnau gekauft und dort mit einem Russen gelebt hatte. Wassily Kandinsky, ebenfalls Künstler und gut befreundet mit Franz Marc. Dem *schönen Franz*, der, wie er nun wusste, nicht weit entfernt in Sindelsdorf gewohnt hatte.

An der Bar bestellte jemand die Rechnung. Kati schenkte Franks Bier ein und kassierte nebenbei ab. Der Mann wandte Frank den Rücken zu, die Jacke hatte er an, den Kragen hochgeklappt. Genauso hatte Frank ihn auch beim Hereinkommen schon sitzen gesehen. Er war wohl nicht der einzige Kauz hier. Der Mann rutschte vom Hocker, ging grußlos, ohne auch nur einmal den Kopf zu drehen.

Gedankenverloren begann Frank zu essen, sah nach draußen auf die stille Gasse, wo sich kaum noch einer blicken ließ. Aus dem Dunkel blitzte das Gesicht des Mannes mit dem hochgeklappten Kragen auf. Weiß, mit schmalem Mund und kleinen Augen, die ihn für einen Sekundenbruchteil direkt anschauten. Dann war er weg, vorbei am Fenster. Eine merkwürdige Unruhe erfasste Frank, doch ehe er darüber nachdenken konnte, brachte Kati sein Bier und statt zu grübeln, trank er.

Samstag, 15. September, Murnau, 14:00 Uhr
– Frank Liebknecht –

Der September zeigte sich von seiner freundlichen Seite. Die Sonne schien, und kein Wind regte sich. Das ganze Dorf sah aus wie auf Hochglanz poliert, Postkartenromantik mit frei laufenden Hühnern, geschnitzten Balkongeländern und auffallend bunten Häusern. Frank schlenderte umher, stieß immer wieder auf Hinweise zu den berühmten Malern, die die Idylle in ihren Bildern verewigt und Murnau dadurch bekannt gemacht hatten. Schließlich machte er sich auf zum Russenhaus. Schon von Weitem sah er die graublaue Holzverkleidung durch die Bäume schimmern. Den Dachfirst fasste ein kräftigeres Blau ein, mit dem auch die Klappläden gestrichen waren. Der Sockel leuchtete gelb. Ein üppiger Bauerngarten lag unterhalb des Hauses am Hang.

Vor dem Eingang scharte sich ein Grüppchen Rentner mit Kunst- und Reiseführern in den Händen, angeregt plaudernd, fachsimpelnd. Er stellte sich dahinter an, wartete, bis sie alle ihren Eintritt bezahlt hatten und zur Garderobe drängten. Dann kaufte er ebenfalls ein Ticket, blieb aber unschlüssig weiter vor der Kasse stehen. Die vielen Menschen störten ihn.

»Ich wüsste gern, wie es damals hier gewesen ist«, sagte er unbestimmt, und der Mann hinter dem Schalter hob den Kopf.

»Was meinen Sie?«

»Na ja, wie sie hier gelebt haben. Mal ganz abgesehen von der Kunst.«

»Dort vorn hängen ein paar Fotografien, da sieht man sie bei der Gartenarbeit. Die Beete haben sie alle selbst angelegt, die

Münter und der Kandinsky. Allerdings waren die meisten mit Gemüse bepflanzt und nicht mit Blumen.«

Auf einem der schwarz-weißen Bilder konnte Frank unscharf eine dritte Person erahnen. Eine Notiz an der Wand datierte das Bild auf 1911. *Im Hintergrund Olenka, das Hausmädchen,* stand daneben. Franks Puls beschleunigte sich. Er stieg die Holztreppe hinauf, durchquerte die kleinen Räume, ignorierte die eifrig diskutierenden Kunstkenner. Ein paar Möbel, ein paar Bilder. Ein Frauenakt hielt ihn einen Moment lang auf. War das jetzt impressionistisch oder expressionistisch? Schön war es. Mit weichen Kurven. Er riss sich los und ging zurück zur Kasse.

»Das Hausmädchen«, sagte er beiläufig und blätterte in einem Prospekt. »Bis wann war sie hier angestellt?«

»Also ganz genau kann ich es nicht sagen, ich mache den Job hier nur aushilfsweise. Bei Ausbruch des Ersten Weltkrieges sind sie alle weg aus Murnau. Kandinsky, weil er musste als Staatsangehöriger eines Feindeslandes, und Gabriele Münter ist mit ihm gegangen. Ich denke, sie werden die Kleine mitgenommen haben. Fragen Sie die Russin, die weiß bestimmt mehr. Zwetkowa heißt sie, glaube ich. Die kennt viele Geschichten von damals. Sie sitzt sicher draußen. Das tut sie immer am Samstag.«

»Danke.« Frank trat hinaus auf die Schwelle.

Direkt neben der Eingangstür saß sie auf der Bank, die Augen geschlossen, die Hände im Schoß verschränkt. Ihr Gesicht zeigte Spuren ihres Alters, graue Strähnen durchzogen das dunkle Haar. Jung war sie nicht mehr, aber Frank konnte sie unmöglich schätzen. »Darf ich mich zu Ihnen setzen?«

Mit einer Hand beschattete sie ihre Augen, blinzelte in die Sonne und nickte dann.

»Sind Sie Frau Zwetkowa?«

»Darja Zwetkowa. Die Russin«, bestätigte sie mit einem schwach ausgeprägten, kehligen Akzent. Ihre Mundwinkel hoben sich leicht, und ein Lächeln glitt über ihr Gesicht. »So hat er mich doch genannt, oder?«

Frank erwiderte das Lächeln und streckte ihr etwas unbeholfen die Hand hin. »Frank Liebknecht.«

»Und was kann ich für Sie tun, Herr Frank Liebknecht?«

»Ich möchte mich mit Ihnen unterhalten. Über die Leute, die hier früher ein und aus gingen.«

»Die anderen Russen.«

Er neigte den Kopf ein wenig zur Seite und nickte.

»Wassily Kandinsky, Alexej Jawlensky und Marianne von Werefkin«, sagte sie.

»Schon. Ja.« Ein Hoch auf das eilig erlesene Halbwissen aus dem Internet. Auch die Letztgenannten waren ein Künstlerpaar gewesen und häufige Gäste in Murnau, wie Frank sich zum Glück erinnerte. Ob es für ihn wichtig war, die beiden zu kennen, konnte er noch nicht beurteilen. Im Augenblick interessierten sie ihn nicht.

»Ich dachte aber vor allem an Olenka.«

Darja Zwetkowa stieß einen überraschten Laut aus, klopfte neben sich auf die Bank und sah ihn erwartungsvoll an. »Nun setzen Sie sich doch! Was wollen Sie über Olenka wissen?«

Frank rieb sich übers Kinn. Jetzt wurde es knifflig. Wie erklärte er das, ohne zu viel zu verraten? »Sie hat doch hier gearbeitet«, antwortete er vage. »Und ich wüsste gern, wie das so gewesen ist, im direkten Umgang mit den Künstlern. Und was aus ihr geworden ist.« Er deutete zum Eingang. »Der Herr an der Kasse meinte, Sie kennen viele Geschichten. Sind es wahre Geschichten?«

»Wahre Geschichten, ja natürlich. Olenka hat als Dienstmädchen für Gabriele Münter gearbeitet«, sagte sie. »Jawlensky hat sie vermittelt, da war sie gerade zehn Jahre alt. Und sie war gern hier. Sehr gern. Das hat sie mir immer gesagt.« Darja Zwetkowa lächelte abwesend. »Sie war meine Großmutter, wissen Sie. Es war das Beste, was mir passiert ist im Leben, hat sie gesagt. Weg aus dem grauen Russland und vom saufenden Vater und hin zu den leuchtenden Farben im blauen Land. Zu den Menschen, die wussten, wie man lacht und lebt und liebt.« Darja Zwetkowa legte wieder die Hände ineinander. »Sie hat sie verehrt, ihre Künstler.«

»Aber als kleines Mädchen so ganz allein, in der Fremde …«

»Allein ist sie zu Hause in Russland gewesen, nicht hier. Olenka hatte eine Freundin im Dorf, ein oder zwei Jahre älter, die kam manchmal zum Aushelfen, wenn die Arbeit für sie allein zu schwer war. Traudl hieß sie. Und geschwärmt haben sie gemeinsam, nicht nur für die Bilder.«

»Auch für den schönen Franz?«

Ruckartig drehte Darja Zwetkowa den Kopf. »So haben sie ihn genannt. Ja! Genau so.«

Ihr forschender Blick bewegte sich irritiert von einem seiner Augen zum anderen. Es gelang ihr nicht, ihn zu fixieren. Eine Folge des Schielens, das kannte Frank schon. Eine Weile hielt er stand.

»Sie haben so verträumte Augen.« Darja winkte seufzend ab, als er den Kopf senkte. »Ich weiß, Männer hören das nicht gern, aber genauso habe ich mir ihn immer vorgestellt. Mit freundlichen Augen, die das Schöne sehen, das Gute und bis ins tiefste Innere der Dinge blicken.«

Was sollte er dazu sagen? Ganz bestimmt nicht, dass es ihn ankotzte, so gesehen zu werden. Angelegentlich betrachtete er die Steine unter seinen Füßen.

»Was wissen Sie über Franz Marc, Herr Liebknecht?«

»Nicht viel«, gestand er und hoffte, die Gelegenheit nutzen

zu können, das Thema zu wechseln. »Ich habe mich vor allem mit einem seiner Bilder befasst. Dem *Turm der blauen Pferde*.«

»Der Turm, oh ja. Man sagt, es ist sein wichtigstes Werk, manche halten es für das schönste Bild der Welt. Aber Franz Marc auf dieses Bild zu reduzieren ist ein Fehler. Sie sollten mehr über ihn erfahren, er wird Ihnen gefallen.«

Frank zuckte die Schultern. »Das kann ich nachlesen. Oder Sie erzählen es mir später. Aber zuerst bitte noch mehr über die Mädchen. Wie sie gelebt haben, steht nämlich nirgendwo.«

Darja Zwetkowa lachte. »Da haben Sie natürlich recht. Aber Sie müssen mir versprechen, dass Sie sich das Franz-Marc-Museum ansehen.« Sie wartete, bis er zustimmte, dann lehnte sie sich auf der Bank zurück. »Wenn ich hier sitze, sehe ich sie vor mir, mit ihren geflochtenen Zöpfen, wie sie Hand in Hand über die blühenden Sommerwiesen laufen. Unbeschwert und lachend, in kindlichem Übermut, um dann andächtig vor den Gemälden zu verharren. Gebannt von der Klarheit und Reinheit, die gerade Marcs Werke ausstrahlen. Natürlich weiß ich, dass diese Vorstellung hoffnungslos romantisch ist. Aber Olenka hat mir nur Schönes aus ihrer Murnauer Zeit berichtet. In Wahrheit ist es wohl ein bisschen anders gewesen. Die Mädchen hatten sicher nur wenig freie Zeit, die sie mit Müßiggang verbringen konnten. Vielleicht wurden sie auch verjagt, wenn sie die Köpfe in ein Atelier steckten.«

»Aber das war es ihnen sicher wert. Traudl Angerer hat sich bestimmt oft Ärger eingehandelt …«

Darja Zwetkowa rückte ein Stück von ihm ab. »Warum sind Sie wirklich hier, Herr Liebknecht?« In ihren Worten lag Vorsicht, Misstrauen. Frank fluchte innerlich. Der Nachname, verdammt. Den hatte sie ihm nicht genannt. Dafür, dass der ihm rausgerutscht war, hätte er jetzt eine *Watschen* verdient, wie sie Traudl damals gefangen hatte.

»Sie sind nicht aufrichtig. Sie verschweigen mir etwas.«

Langsam bewegte er den Kopf auf und ab. Leugnen hatte keinen Zweck. »Ich suche Spuren und Antworten.« Er atmete tief durch. »Für eine Frau, die mir eine ganz ähnliche Geschichte erzählt hat wie Sie. Von einem Bild mit vier blauen Pferden und von ihrer Großmutter: Traudl Angerer, die das Bild geliebt hat und es im Krieg vor den Nazis retten wollte, gemeinsam mit Olenka Jakowlewa.«

Wieder schaute Darja Zwetkowa ihn an, musterte ihn, bis er zu blinzeln begann. »Das stimmt und ist doch eine Lüge.« Sie hob die Hand, als er widersprechen wollte. »Nicht Sie lügen. Sondern die Frau, die Ihnen das erzählt hat. Soll ich raten? Sie ist jung, schlank und schön, mit langen Beinen und langen braunen Haaren. Und Sie haben ihr jedes Wort geglaubt.«

Frank schluckte. Was lief hier für ein Film? »Wieso sollte sie mich belügen?«

»Das weiß ich nicht. Traudl Angerer hat das Bild vom Turm der Pferde geliebt, das stimmt. Aber sie hatte keine Kinder, und somit gibt es auch keine Enkel. Davon abgesehen fehlt eine Generation in Ihrer Rechnung. Ihre Freundin müsste schon Traudls Urenkelin sein, meinen Sie nicht?«

»Aber sie ...« Frank stockte verwirrt.

»Wie Sie sehen können, bin ich keine dreißig mehr. Olenka kam 1899 zur Welt, meine Mutter wurde 1928 geboren«, half Darja ihm weiter. »Traudl war noch zwei Jahre älter, und selbst wenn sie noch ein spätes Kind geboren hätte, von dem auch Olenka nichts wusste, dann ganz sicher nicht mehr mit über fünfzig.«

Seufzend rieb Frank sich über die Stirn. Wieso wusste sie, wie die Frau, von der er sprach, aussah? Er kapierte gerade gar nichts mehr. Nur, dass Darja Zwetkowa recht hatte. »Sie kennen Linda also?«

»Vielleicht. Wenn Sie sagen, dass Linda ihr Name ist. Mir hat sie einen anderen genannt, als sie bei mir saß und sich erzählen ließ. Freundlich war sie und so interessiert. Im Mai ist das gewesen, und sie wollte zu gern die alten Briefe sehen, die ich noch von Olenka habe. Aber ich hatte keine Zeit, sie zu holen. Wissen Sie, ich bin verwitwet. Nachdem mein Mann gestorben war, bin ich nach Murnau gezogen, um Olenkas Erinnerungen nah zu sein. Und der Kunst, die ich genauso liebe, wie sie es getan hat. Meine Ansprüche sind klein. Aber von irgendetwas muss ich leben. Also musste ich auch an diesem Tag im Mai pünktlich zur Arbeit, in die Rehaklinik Hochried, da bin ich Küchenhilfe. Und am Abend waren sie weg. Die Briefe und die Frau.«

Nur mit Mühe behielt Frank sich unter Kontrolle. »Sie hat Ihnen die Briefe gestohlen?«, presste er stockend heraus.

Darja zuckte die Schultern. »Beweisen kann ich es nicht, aber ich bin mir sicher, dass sie es gewesen ist. Es tut mir leid, Herr Liebknecht. Aber unter diesen Umständen denke ich, wir sollten unsere Unterhaltung jetzt beenden. Sagen Sie Ihrer Freundin bitte, dass ich die Briefe gern wiederhaben möchte. Weshalb auch immer sie die genommen haben mag. Ich werde ihr verzeihen, aber diese Zeilen bedeuten mir wirklich viel.«

Die Umschläge brannten förmlich in seiner Tasche. Fingerabdrücke. Er brauchte Fingerabdrücke von Darja Zwetkowa, um zu klären, ob die Briefe wirklich in ihrem Besitz gewesen waren. Wieso sollte er dieser Fremden mehr Glauben schenken als Linda? Stand nicht Wort gegen Wort? Wieso hatte er nicht darauf bestanden, dass Neidhard ihm mehr über Lindas Familie erzählte? Wieso hatte er nicht nachgebohrt? Und wieso zum Teufel spürte er geradezu körperlich, dass es zwecklos war, nach einer Rechtfertigung für Linda zu suchen?

»Diese Frau ist nicht gut für Sie«, sagte Darja leise und legte ihre Hand auf seine verkrampfte Faust. »Passen Sie auf, dass sie Ihnen nicht schadet. Sie sind ein guter Junge.«

Schon wieder. Ein guter Junge. Frank kämpfte Wut, Scham und gekränkten Stolz nieder. Er wollte verdammt noch mal kein guter Junge mehr sein, wenn das bedeutete, dass alle Welt glaubte, ihn ausnutzen zu können. Und wenn ihm hier jemand schadete, dann war er das selbst. Das konnte er immerhin zuverlässig ganz allein. Er presste die Lippen aufeinander und schüttelte den Kopf. »Nein. Es geht nicht um mich. Trotzdem bitte ich Sie um Ihre Hilfe. Es geht um das Bild. Und es geht um einen Mord.«

Mit offenem Mund starrte Darja Zwetkowa ihn an. »Mord?«

»Ich will so offen zu Ihnen sein, wie ich kann. Ich bin Polizist, und die Frau, die Ihre Briefe gestohlen hat, ist tot. Es gibt einen Verdächtigen, aber ich habe Zweifel. Sie hat nach dem *Turm der blauen Pferde* gesucht, und es könnte sein, dass sie tatsächlich eine Spur hatte. Und es könnte sein, dass sie deshalb ermordet wurde. Könnte. Vielleicht gibt es aber auch keinen Zusammenhang. Um das zu klären, bin ich hier. Ich muss unbedingt wissen, worüber Sie mit Linda gesprochen haben. Das, was nicht in den Briefen steht.«

»Und wieso soll ich Ihnen vertrauen?«

»Weil ich ein guter Junge bin?« Frank grinste schief, dann holte er seinen Dienstausweis aus der Jacke und die Kopie eines Bildes. Linda auf dem Fest. »Ich habe in Bayern keinerlei Befugnisse, und ich bin offiziell auch gar nicht da. Ich bin nicht mal bei der Kripo.« Er kratzte sich den Nacken unter den Haaren. »Sie müssen nicht mit mir reden, und Sie haben keinen Grund, mir zu glauben, Frau Zwetkowa. Tun Sie es oder lassen Sie es.«

»Das ist sie«, murmelte Darja und gab ihm Bild und Ausweis wieder. Ihre Hände bebten.

»So oder so werde ich nicht aufhören, nach dem zu suchen, was Murnau, das Gemälde und Vielbrunn miteinander verbindet. Ob Sie mir nun helfen oder nicht.«

»Vielbrunn … wo ist das? Ich kenne es nicht, aber …« Sie schloss die Augen, schüttelte dann den Kopf. »Nein, nein, das sagt mir nichts.«

»Vielbrunn liegt in Hessen, weit im Süden.« Frank tippte noch mal mit dem Finger auf den Dienstausweis. »Dort arbeite ich, dort ist der Mord geschehen, und dort hat Linda zuletzt nach dem Bild geforscht.«

Zwischen den Blumenbeeten spazierte eine weitere Reisegruppe herum, unterbrach ihr Gespräch mit lautem Gelächter und der Bitte, bei einem gemeinsamen Foto behilflich zu sein.

»Waren Sie schon unten am See?«, fragte Darja Zwetkowa, als Frank zurückkam. Er verneinte stumm, und sie stand auf. »Kommen Sie mit. Ich kann besser denken, wenn ich mich bewege.«

»Geht mir ganz genauso.« Frank folgte ihr angenehm überrascht durch das kleine Gartentürchen. Sie bogen nach rechts ab, und Darja deutete zurück zum Haus. »Ursprünglich lag der Eingang nicht auf der Talseite, man ging hierhinein, über die Veranda.«

Einladend wie die Villa Kunterbunt. Fehlte nur das Pferd.

Hey, Pippi Langstrumpf …

Frank zog die Jacke aus und hängte sie sich über die Schulter. Nein, ihm fehlten gleich vier Pferde.

»Ich erzähle Ihnen das nur, weil ich es ihr … der Toten … auch gesagt habe. Ursprünglich stand das Haus ganz allein auf dem Hügel. Es gab keine weitere Bebauung, das kam alles erst später. Keiner aus dem Dorf hätte so weit außerhalb wohnen wollen.«

Hinter der Häuserzeile führte ein Fußweg vorbei, gesäumt von Alleebäumen. Malerisch breitete sich das Dorf bis auf den gegenüberliegenden Hügel aus, wo Schloss und Kirche thronten. »Gabriele Münter hat Kandinskys Bilder in ihrem Keller vor den Nazis versteckt.«

Frank bemühte sich, kein Wort, von dem, was Darja sagte, zu verpassen. Auch wenn ihm vieles völlig unwichtig erschien. Eine Weile liefen sie entlang der Bahnstrecke, dann kreuzten sie die Gleise, überquerten wenig später eine Straße und verschwanden zwischen hohen Bäumen.

»Meine Großmutter ist mit ihnen in die Schweiz gegangen, als der Krieg anfing. Kandinsky ist dann nach Russland weitergereist und Gabriele Münter nach Skandinavien. Damit war im Prinzip das Ende ihrer Beziehung besiegelt.«

Stetig ging es bergab, bis das Waldstück sich öffnete und sie vorbei an einer Minigolfanlage auf einer flachen Wiese ankamen.

»Und Olenka?«

»Ist viele Jahre lang in der Schweiz geblieben, bis zum Ende des nächsten Krieges. Dann ist sie meinem Großvater, der auch ein Exilrusse war, in die alte Heimat gefolgt. Sie hat es bitter bereut, kam sie doch dann nie wieder zurück in ihr geliebtes blaues Land.«

»Das blaue Land – den Ausdruck habe ich jetzt schon häufiger gehört –, was bedeutet das?«

»Schauen Sie doch nur!« Darja Zwetkowa breitete die Arme zum Staffelsee aus, der nun unmittelbar vor ihnen lag. »Das ist es, was die Maler hierher zog. Dieses einzigartige Licht, diese verzauberte Stimmung.«

Frank blieb stehen. Wasser, Himmel und Berge vereinten sich am Horizont zum gleichen tiefen Blau, das er schon am vergangenen Abend beim Blick aus dem Fenster bemerkt hatte. Kleine Wellen klatschten zu seinen Füßen gegen Steine. Durch Baumkronen gefiltert tanzten Sonnenflecke über Gras und Ufer. Ja, das war einzigartig, es berührte ihn auf eine seltsame Weise, zu der er nichts zu sagen wusste. Schweigend schlenderten sie weiter zur Anlegestelle der Fahrgastschiffe, neben der ein kleiner Bach in den See mündete. Am äußersten Rand der Rampe hockte Frank sich auf die Fersen. Das Wasser erreichte seine Schuhspitzen, und er tauchte die Hände ein. Darja Zwetkowa stand einen halben Schritt hinter ihm. Von vorn kam das Schiff in Sicht. Irgendwo kläffte ein Hund. Es wurde Zeit, das Geplauder zu beenden und zum Wesentlichen vorzustoßen.

»Der Plan«, sagte er und schaute weiter auf das glitzernde Gewässer. »Der Plan, das Bild zu retten. Hat er funktioniert?«

Samstag, 15. September, Murnau, 15:35 Uhr
– Das Auge und das Ohr –

Den Wagen hatte er unterhalb des Münterhauses abgestellt. Weit unterhalb. Einen Strafzettel zu kassieren durfte er sich nicht erlauben. Auch wenn ihn die paar Kröten nicht den Dreck unterm Fingernagel scherten. Er musste so weit wie möglich unsichtbar bleiben. Zahlte alles bar, schlief nicht im Hotel, sondern in einer winzigen Pension, in der man das Wort »Kreditkarte« nicht kannte, das Wort »Steuerhinterziehung« jedoch schon. Keine Kurtaxe, kein Ausweis, kein Anmeldeformular. Da nahm er das knarrende Bett gern in Kauf und verzichtete auf den Ausblick zum Bergpanorama. Er war nicht hier, um drinnen zu sitzen und nach draußen zu gucken. Er war das Auge und das Ohr.

Abseits der Straße hatte er gewartet, war dann im Garten gewesen, hatte das Rondell umkreist, die seitlich gelegene Laube betrachtet. Das Haus im Visier.

Jetzt saß er unter einem Baum am Seeufer. Näher ran konnte er im Augenblick nicht, ohne aufzufallen. Die Äste boten ihm Deckung, hingen so tief, als wollten sie die Wasseroberfläche berühren. Ein kleiner schwarzer Köter umkreiste ihn bellend, versuchte, mit ihm zu spielen. Er nahm ihm den Stock aus dem Maul und schleuderte ihn weit hinaus auf den See. Damit sollte das Vieh erst mal beschäftigt sein, bis der Besitzer auftauchte.

Er schraubte das Objektiv auf die Kamera und richtete sie auf die Anlegestelle aus. Immer mehr Menschen sammelten sich dort. Mit einem Klick schoss er eine ganze Bilderserie. Er war das Auge.

Das Schiff hielt aufs Ufer zu. Die Töle sprang an ihrem Herrchen hoch, überschlug sich in tropfnasser Begeisterung. Kinder rannten über die Wiese. Gelächter schallte herüber, die Lautstärke der Gespräche schwoll an.

Langsam erhob er sich. In der Menge war es leichter. Er war das Ohr.

Samstag, 15. September, Staffelsee, 16:00 Uhr
– Frank Liebknecht –

Der Sonnenschein gaukelte noch einmal Altweibersommer vor, doch der Wind blies heftig über das Oberdeck. Schwankend balancierte Frank zwei Tassen Kaffee auf einem Tablett und setzte sich zu Darja Zwetkowa an einen Tisch an der Reling. Seine Haare nahmen ihm die Sicht, er strich sie sich aus den Augen und aus dem Mundwinkel, um zu trinken. Es nutzte nicht viel.

Darjas *Nein* hatte ihm für einen Moment einen Schlag versetzt, obwohl es natürlich zu erwarten gewesen war. Die Freundinnen hatten das Bild nicht retten können. Die lange Postlaufzeit vereitelte alle Bemühungen. Traudl konnte ihre Briefe nicht direkt an Olenka schicken, denn der russische Name hätte die Aufmerksamkeit des Staatsapparates auf sich gezogen. Möglicherweise wäre die Post geöffnet worden – bei dem Inhalt mehr als heikel. Briefgeheimnis und Meinungsfreiheit gab es zu der Zeit längst nicht mehr. Den ersten Brief schickte Traudl bei einem Besuch in Österreich ab, das damals noch nicht annektiert worden war. Ihre Tante in Lermoos, kurz hinter der Grenze, wurde zur Zwischenstation für alle folgenden Nachrichten. Serafine Lerchbaum kuvertierte um und leitete weiter. Doch bevor Olenka ihren Dienstherrn um Hilfe hatte bitten können, waren Franz Marcs Bilder bereits aus der Ausstellung entfernt worden.

»Erkennen Sie die Ironie, Herr Liebknecht? Ach nein, das können Sie gar nicht. Sehen Sie, es waren Veteranen, die darauf drängten. Es passte nicht zusammen, die Werke eines Helden als entartete Kunst zu bezeichnen.«

»Ein Held?«

»Oh ja. Franz Marc starb als Soldat im Ersten Weltkrieg. Für den er sich freiwillig gemeldet hatte, wie so viele, und begeistert ins Gemetzel gerannt war. Einer seiner besten Freunde, August Macke, starb nach nur zwei Monaten im Feld, das hat Marc sehr bestürzt. August Macke wurde gerade mal siebenundzwanzig.«

Frank legte beide Hände um die leere Tasse, doch sie wärmte nicht mehr. Siebenundzwanzig. Zwei Jahre jünger, als er gerade war.

»Dennoch hielt Franz Marc den Krieg lange für notwendig und sich zu opfern für sinnvoll. Erst später hat er begriffen, dass dieser Krieg nicht die von ihm gewünschte reinigende Wirkung auf die Menschheit haben würde, sondern nur Leid hervorbrachte. Schließlich wollte man ihn sogar zurückholen, ihn vom Frontdienst befreien, als besonders wichtigen deutschen Künstler. Sie müssten die Briefe lesen, die er an seine Frau geschrieben hat, er konnte es kaum mehr erwarten, war voller Zuversicht! Doch auf einem Erkundungsritt bei Verdun erwischte ihn ein Granatsplitter am Kopf. So überlebte er seinen Freund nur um anderthalb Jahre.«

Jemand stieß gegen den Tisch hinter ihnen. Vielleicht wechselte er den Platz, weil ihn ihr Gespräch störte. Krieg und Sterben passten nicht zu einer Ausflugsfahrt.

»Er hatte noch so viel vor – war nicht fertig, nicht mit seinem Werk und nicht mit seinem Leben.« Darja Zwetkowa hob entschuldigend die Schultern. »Tut mir leid, Herr Liebknecht, ich komme wieder vom Thema ab.«

»Nein, nein, schon in Ordnung.« Frank stellte die Tasse ab und klemmte sich die kalten Hände unter die Achseln. »Das heißt, die Geschichte, dass Göring sich das Bild unter den Nagel gerissen hat, um es zu verkaufen, ist dann wohl wahr? Schade eigentlich. Ich hatte ehrlich gehofft, die Damen hätten es dem Scheißkerl weggeschnappt.« Frank lachte halbherzig, sein Wochenende ging also für die nächste Sackgasse drauf. »In Traudls Briefen stand nichts davon, wie die Sache ausging.«

»Ein Teil der Briefe existiert nicht mehr. Aber … ein bisschen Hoffnung dürfen Sie vielleicht doch noch haben. Auch wenn ich Ihnen keine Sicherheit geben kann.«

Frank drehte sich ganz zu ihr um. »Inwiefern?«

»Nun, es ist Olenkas Hoffnung, die ich an Sie weitergebe. Traudl war so außer sich über die Zurschaustellung ihres Lieblingsbildes, dass sie immer wieder nach München gefahren ist, um es anzusehen. Sie hat viel Geld ausgegeben für die Fahrkarten und hat sich damit sogar in Gefahr gebracht, weil sie weinend vor dem *Turm der blauen Pferde* stand. Das passte natürlich nicht zur Absicht der Ausstellungsmacher. Einmal hat man sie rausgeworfen. Ein Offizier aus Görings Leibgarde bekam sie zu fassen, und ja, ausgerechnet in den hat sie sich verliebt. Und er in sie. Kurz darauf war das Bild abgehängt, und dann war auch der Offizier fort. Er musste zurück nach Berlin. Dass sie ihn später sogar heiraten wollte, hat ihr Verhältnis zu Olenka belastet, denn er war natürlich überzeugter Nationalsozialist.« Jetzt neigte Darja Zwetkowa sich noch ein wenig näher zu Frank und legte ihre Hand auf seinen Arm. »Aber er wollte Traudl ein Geschenk zur Hochzeit machen. Etwas Großes, etwas Geheimnisvolles und wie es den Anschein hatte: etwas Verbotenes.«

Der Mann hinter ihnen fotografierte unentwegt. Den Jackenkragen hatte er bis zu den Ohren hochgeklappt, den Kopf tief zwischen die Schultern gezogen. Das hektische Klicken des Auslösers taktete Franks Gedanken.

»Ich verstehe nicht?«

»Göring besaß eine riesige Kunstsammlung, die sich über

mehrere Standorte verteilte, und Traudls Freund führte die Versandlisten, überwachte persönlich die Transporte.«

Die Pause, die sie einlegte, bedeutete nichts Gutes. Hoffnung, aber keine Sicherheit, hatte sie gesagt.

»Es kam nicht zur Hochzeit«, erklärte Darja Zwetkowa und seufzte. »Sie trafen sich, sie verlobten sich, aber dann ließ er sich zurück in den aktiven Dienst versetzen und starb in Polen.«

»Sie meinen, er könnte vorher das Lieblingsbild seiner Braut beiseitegeschafft haben?«

»Olenka meinte das, weil Traudl das meinte.«

Das Boot dockte in Uffing an, lud Fahrgäste ab, nahm Fahrgäste auf.

»Wie war sein Name?«

»Ich überlege schon die ganze Zeit. Aber er fällt mir nicht ein. Olenka nannte ihn nur den Deutschen oder den Offizier. Wie gesagt, ihr gefiel es nicht, dass Traudl sich mit einem Nazi eingelassen hatte. Trotzdem – und obwohl die Verbindung zu Traudl schließlich ganz abgerissen ist – hat sie sich seinetwegen die Hoffnung bewahrt, dass das Bild nicht in den Kriegswirren in Berlin zerstört worden ist.«

Wortlos kritzelte Frank seine Adresse auf die Kassenquittung, die zwischen Untertasse und Tablett klemmte. Darja Zwetkowa steckte sie ein.

»Natürlich«, sagte sie und tippte sich an die Stirn. »Und wenn Sie etwas finden …«

»Natürlich«, antwortete Frank mit einem Lächeln. »Ich melde mich sofort. Und die Briefe bekommen Sie zurück, sobald der Mordfall aufgeklärt ist. Versprochen.«

»Glauben Sie immer noch, dass der Mord mit dem Bild zu tun hat?«

Dass wegen des Bildes, das ihr und Olenka so viel bedeutete, ein Mord geschehen sein könnte, bedrückte sie sichtlich.

»Habe ich dieser Frau etwas gesagt, was ihren Tod verursacht hat?«

Frank schüttelte den Kopf. Die Haare wehten in seine Augen, aber das war ihm egal. Eigentlich kam es ihm in diesem Moment sogar ganz gelegen. Er fasste Darja Zwetkowas Hände und drückte sie.

»Nein«, sagte er und wünschte sich, es wäre die Wahrheit. »Nein, das glaube ich nicht.«

Mittwoch, 20. April 1938, Murnau
– Traudl Angerer –

Liebste Olenka,

das habe ich nicht gewollt, dass du nun unglücklich bist, weil ich dir davon erzählt habe! Ganz gewiss werden sie das Bild nicht zerstört haben, die Herren Nationalsozialisten. Sie sind nicht alle schlecht, glaub es mir. Wie wünschte ich, du könntest herkommen und meinen Liebsten kennenlernen, dann würdest du dich nicht mehr um mich sorgen. Und auch nicht um unser Land. Er ist ein so fescher Kerl, immer gut gelaunt und so gescheit. Weißt du, er arbeitet für den Reichsmarschall persönlich, der doch ein Kunstsammler ist. Ein ganz feiner Mensch, sagt mein Albert immer. Er muss es doch wissen, ist er doch tagtäglich mit ihm zusammen! Ein ganz feiner Mensch. Und so einer tät doch kein Kunstwerk vernichten, wie unser Pferdeturm eins ist. Drum haben deine Worte mich furchtbar hart getroffen. *Es ist das Ende der Kunst, wenn die Braunhemden darüber zu entscheiden haben, was einen Wert hat und was nicht*. Wie kannst du so etwas sagen? *Das ist der blauen Sehnsucht Tod*. Weinen musste ich über deinen Brief, ja. Und wütend bin ich auch gewesen, zuerst. Weil er ja auch ein Braunhemd ist, der Meine. Aber ich versteh's halt auch, dass du so denkst, weil du weit weg bist, und von außen sieht vieles eben anders aus. Der Albert sagt, dass der Herr Göring eine ganz besondere Sammlung hat, in seinem Landsitz im Brandenburgischen. Carinhall heißt der, und benannt hat er ihn nach seiner ersten Frau, die ihm weggestorben ist, dem armen Mann. Eine Schwedin ist sie gewesen, und von dort hat er sie heimgeholt und ihr eine Gruft gebaut, um sie immer bei sich zu haben. Hättest du das gedacht, dass er so romantisch ist? Sicher nicht, gell! Und schau, wer so an seiner Frau hängt, der kann kein schlechter Mensch sein. Glaubst nicht auch? Der Albert hat gemeint, wir sollten unsere erste Tochter Carin nennen, und wenn es ein Bub wird, wird es selbstverständlich ein Hermann. Ganz rot bin ich geworden, wie er das gesagt hat, dass er ein Kind mit mir will, und natürlich will er mich heiraten vorher. Heiraten! Mich, die Angerer Traudl, will er heiraten, wo ich doch schon gar nicht mehr jung bin und eigentlich auch längst zu alt, um noch mit dem Kinderkriegen anzufangen. Alte Jungfer hat meine Mutter, Gott hab sie selig, mich vor Jahren schon geschimpft, weil ich nicht irgendeinen von den Burschen aus dem Dorf hab nehmen wollen. Bestimmt gibt es ansehnlichere Mädeln im fernen Berlin, die ihn haben wollen, den großen Albert mit seiner schmucken Uniform. Aber er will mich, sagt er. Zu Ostern ist er hergekommen und hat mir einen Antrag gemacht, stell dir vor. Seit gestern ist er wieder fort, und ich kann mein Glück noch immer kaum fassen. Nur eines fehlt mir ganz dringend dazu: dass du dich mit mir freust. Sind wir zwei nicht Schwestern gewesen, damals im blauen Land deiner Sehnsucht? Bitte, Olenkalein, lass unsere Freundschaft nicht über der Politik entzweigehen. Wenn wir vergessen, was wirklich wichtig ist, dann verlieren wir, was wir lieben. Wäre nicht das erst wirklich der blauen Sehnsucht Tod?

Glücklich-traurige Grüße, von ganzem Herzen

Deine Traudl

Sonntag, 16. September, Vielbrunn, 9:30 Uhr
– Sarah Winkler –

Genüsslich streckte Sarah die Arme und rollte sich auf die Seite, um den Augenblick auszukosten. Oha saß garantiert längst beim Frühstück. Allein der Gedanke, wie er das obligatorische wachsweiche Ei öffnete und auslöffelte, gruselte sie. Heute würde sie sich diesen Anblick ersparen, und er musste alleine seinen Kaffee schlürfen. Sie jedoch nicht. Ein anderer würde ihr gegenübersitzen. Und sie konnte die Atmosphäre des Hauses aufsaugen, zur Inspiration für den Artikel über Linda Bruchhagen, der am Montag erscheinen sollte. Sarah kicherte unterdrückt in ihr Kissen. Wie es sich anfühlte, in dem Bett zu liegen, in dem Linda ihre letzte Nacht verbracht und vielleicht ihren Mann betrogen hatte, musste sie wohl für sich behalten.

Hatte sie hier vielleicht sogar mit ihrem Mörder geschlafen? Eine verrückte Vorstellung, die dann doch etwas zu weit ging, um sie zu drucken. Auf jeden Fall konnte Sarah für die *Roswitha*-Leserinnen ein neues Bild Lindas zeichnen. Die Kehrseite der heilen Welt, in der man sie vermutet hatte. Eine schöne junge Frau, die unter der Arbeitswut ihres Ehemannes zugrunde zu gehen drohte und sich als Dokumentarfilmerin versuchen wollte, um seine Aufmerksamkeit zurückzuerobern. Die sich verzweifelt in Affären stürzte, um die Leere in ihrem Leben zu füllen. Traurige und schlüpfrige Fakten, die gleichermaßen Mitleid und Missfallen provozierten. Dieser lustvolle Abscheu, den betrügerischer Sex auslöste und der sich bombig verkaufte.

Sarah seufzte wohlig. Namen durfte sie bei ihren Spekulationen natürlich nicht nennen. Aber sie konnte durchaus darauf hinweisen, dass es einige Männer im Dorf gab, mit denen Linda nachweislich geflirtet hatte und die von der Kripo vernommen worden waren. Vorgeladen klang besser. Auf korrekten Sprachgebrauch musste sie zum Glück keine große Rücksicht nehmen. Und die Sache mit den abgegebenen DNA-Proben kam auch immer gut an. Dazu die Verhaftung vom Freitag und das Gerücht, auch der junge Polizist vor Ort sei Lindas Reizen erlegen. Noch ein verwegener Sprung zum Schlitzer, dem sie bei ihrer Recherche begegnet sein könnte – großartig.

Dieser Mord war ein echter Volltreffer. Der gab Stoff her für eine ganze Serie. Teil zwei der Linda-Bruchhagen-Story durfte Oha dann mit Bildern von der Beerdigung bereichern, dort konnte er ohne sie hingehen.

In Gedanken formulierte Sarah die ersten Sätze. Es kam ihr entgegen, dass ihre Eroberung heute einen unaufschiebbaren Termin hatte. Sie musste noch am Vormittag eine aktualisierte Version ihres Berichts an die Redaktion schicken, deutlich aufgepeppt durch ihre neusten Erkenntnisse. Hatte die Millionärsgattin sich vielleicht ein Kind gewünscht, das ihr Mann ihr nicht schenken konnte? Trieb die Sehnsucht nach Liebe sie in die Arme ihres Mörders? Was ging schief bei ihrer letzten Liaison mit einem Fremden?

Eine jähe Beklemmung machte Sarah den Brustkorb eng, als sie das Gesicht auf dem Kissen neben sich betrachtete. Dann atmete sie wieder ruhig. Sie lag garantiert nicht mit einem Mörder im Bett. Weder mit einem Würger noch mit einem Schlitzer. Das hier war nichts, worüber es sich zu grübeln lohnte, nur ein netter kleiner Beischlaf im Zuge des Informationsaustauschs, Wiederholung nicht ausgeschlossen. Ganz und gar nicht ausgeschlossen. Sie rückte näher an den Schlafenden heran. Während sie ihre Hand über seinen Körper gleiten ließ, musste sie gegen ihren Willen schon wieder an Oha denken und ihm ausnahmsweise beipflichten: Jens Fischbach wusste eine Menge. Über viele Dinge.

Sonntag, 16. September, Murnau-Hochried, 14:30 Uhr
– Darja Zwetkowa –

Ihr Herz fühlte sich leicht. Sie schrieb nur wenige Worte auf die Postkarte, ergänzte die Adresse und warf sie in den Briefkasten der Klinik. Morgen früh würde sich ihre Botschaft auf den Weg machen. Darja Zwetkowa lächelte bei dem Gedanken an die Überraschung, die sie Frank Liebknecht damit bereiten konnte. Ausgesprochen schade, dass er schon abgereist war. Sie hätte ihn gern noch einmal persönlich getroffen, aber ihr Frühdienst hatte nicht zu seiner Planung gepasst. Er musste heute noch zurück nach Vielbrunn und wollte vorher das Franz-Marc-Museum in Kochel besuchen. Weil sie ihn dazu gedrängt hatte.

Nun, auf einen Tag kam es sicher nicht an, nach so vielen Jahren. Sie freute sich schon jetzt auf seinen Anruf. Der Name des Offiziers war ihr beim Gemüseschneiden eingefallen. Einfach so, ohne dass sie darüber nachgedacht hatte. Seitdem summte sie unentwegt vor sich hin. Tanzen hätte sie können vor Freude! Beschwingt verließ sie das Parkgelände der Klinik, ging die Zufahrt zur Hauptstraße entlang. Warm und windstill umfing sie der frühe Nachmittag.

Spontan entschloss sie sich, nicht den kürzesten Weg nach Murnau zu nehmen. Ein kleiner Umweg bei diesem herrlichen Wetter konnte nicht schaden. Ein Bus fuhr am Sonntag ohnehin nicht, und auf der Strecke durch den Wald hinunter zum See konnte sie das gestrige Gespräch mit Frank Liebknecht in Ruhe Revue passieren lassen. Seine Fragen hatten nicht nur Olenka wieder lebendig werden lassen, sondern auch sie selbst. Nur noch wenige Meter trennten sie vom Fußweg zum Seeufer.

Fast lautlos rollte ein schwarzer Wagen neben sie. Das Fenster auf der Beifahrerseite senkte sich mit leisem Surren. Der Fahrer lehnte sich über den Sitz zu ihr. Bestimmt hatte er die falsche Abzweigung genommen und wollte nach dem Weg fragen. Darja blieb stehen. Lächelnd winkte er sie näher. Sie lächelte zurück und beugte sich herunter, legte eine Hand auf die Scheibe. Erst jetzt bemerkte sie die Waffe, die er auf sie richtete. Alle Leichtigkeit in ihr verwandelte sich in Angst.

Sonntag, 16. September, Vielbrunn, 15:00 Uhr
– Brunhilde Schreiner –

Mit der geballten Faust hämmerte Brunhilde gegen die Tür. Es reichte. Dass Brenner Frank als befangen aus dem Mordfall raushalten musste, war eine Sache, aber sein Einsatz als Ordnungshüter vor Ort eine andere. Und solange man Frank nicht offiziell verdächtigte oder anklagte, gab es keinen Grund, dass der Bursche sich in seinem Zimmer versteckte. Ihr sonntäglicher Spaziergang durchs Dorf war alles andere als entspannend geraten. Der Zeitungsbericht über den Schlitzer trieb die Leute um. Gab es einen Zusammenhang zwischen den toten Tieren und der toten Frau? Waren weitere Opfer zu befürchten?

Das Gerücht über eine Verhaftung machte die Runde, und natürlich war durchgesickert, dass es sich um einen Mann handelte, der mit Linda Ehlers intim gewesen war. Einer aus Vielbrunn möglicherweise. Der Dorfkrug war zur Mittagszeit voll gewesen wie selten. Nein, man tratschte nicht. Man zeigte sich, schaute nur, wer da war und wer nicht. Und wer sich nicht blicken ließ …

Brunhilde trommelte gegen das Holz, bis ihre Hand sich taub anfühlte. Keine Reaktion. Dass Franks Auto nicht da war, hatte nichts zu sagen. Er parkte oft in einer der angrenzenden Gassen, eben dort, wo gerade ein Platz frei war. Und natürlich musste er sich nicht bei ihr abmelden, wenn er das Haus verließ. Aber seit dem gemeinsamen Essen am Donnerstagabend hatte sie nichts von ihm gehört, und das machte sie ganz allmählich nervös. Vor allem, weil sie tatsächlich nicht wusste, wer verhaftet worden war. Noch hatte niemand im Dorf Frank auf der Liste. Aber das war nur eine Frage der Zeit. Lindas Interesse an ihm war jedenfalls kein Geheimnis mehr.

Langsam stieg sie die Treppe hinunter und ging über den Hof. Noch im Flur griff sie zum Telefon. Nach dem zweiten Tuten sprang die Mailbox an, und sie legte wieder auf. Mit verbissenem Lächeln wählte sie die nächste Nummer. Dann eben doch wieder Sonntagsdienst für Kommissar Neidhard. Vielleicht war es ja gar kein böser Wille, dass man sie nicht über den Ermittlungsstand informiert hatte, schließlich war sie den ganzen Freitag über nicht erreichbar gewesen, weil sie einen Wellnessgutschein eingelöst hatte, der schon fast ein Jahr bei ihr herumlag. Den Namen eines potenziellen Mörders plapperte man nicht auf einen Anrufbeantworter. Und selbst wenn es Absicht gewesen sein sollte, sie im Unklaren zu lassen: Neidhard hatte schon mehrfach versucht, sich bei ihr einzuschleimen. Das gedachte sie auszunutzen, ohne jeden Skrupel. Den verspeiste sie zum Frühstück, wenn es sein musste, auch wenn er sich oberschlau vorkam. Und das bedeutete nicht, dass sie vorhatte, nett zu ihm zu sein.

»Nie im Leben!« Mit abfälliger Geste winkte Brunhilde ab. »Der Steffen Landau ist so brav, dass es schon an Apathie grenzt. Den muss sie mit vorgehaltener Pistole zum Seitensprung gezwungen haben. Der weiß doch gar nicht, wie so was geht. Und Mord – nein, nie …«

»Nie im Leben. Schon kapiert. Kreuzbrav wie unser abgängiges Lockenköpfchen.«

Brunhilde hatte Neidhard weder lange überzeugen müssen herzukommen noch davon, ihr den Namen des Tatverdächtigen zu verraten. Aber die Anschuldigung gegen Steffen Landau, den sie fast seit seiner Geburt kannte, war schlicht lächerlich.

Für sein Grinsen hätte sie Neidhard an die Gurgel gehen können. Eigentlich erstaunlich, dass der nicht regelmäßig mit einem Veilchen durch die Gegend rannte.

»Offenbar hatte die Frau es drauf, das Tier im Mann zu wecken – egal bei welchem. Trotzdem möchte ich mal für die Dame in die Bresche springen, Brunhilde, für den Sprung zur Seite braucht es zwei. Und den Kerl möchte ich sehen, der bei geladener Knarre einen hochkriegt, um mal bei deinem Bild zu bleiben. Auch wenn ich das nicht gerne sage, das Argument *der würde so was nie tun* kann ich nicht gelten lassen. Niemand hat es ihm zugetraut, aber der Sex mit Linda ist Fakt, den hat er zugegeben. Warum dann nicht auch ein Mord, den ihm niemand zutraut? Ja, ich weiß, was du sagen willst, die Theorie könnte man dann genauso gut auf Frank anwenden. Aber darauf wollte ich gar nicht raus. Die waren das beide nicht. Da bin ich völlig deiner Meinung.«

Sein Redeschwall nahm ihr den Wind aus den Segeln. »Aha. Und was jetzt, Herr Kommissar?«

»Brenner hat sich an Landau festgebissen und dabei auch noch die Indizien auf seiner Seite. Das ist erst mal gut für Frank. Aber auf Dauer ist das wahrscheinlich nicht haltbar. Wenn ich ehrlich bin, habe ich nicht die leiseste Idee, wo wir ansetzen können.«

»Aber ich. Ich habe mir vorhin die Bilder vom Fest noch mal vorgenommen, da ist mir was aufgefallen.« Brunhilde dirigierte Neidhard zum Computer und öffnete die Datei. »Darum habe ich ein paar Fotos hintereinander kopiert. Wenn du dir die kleine Serie hier ansiehst, wirst du feststellen, dass der Typ«, sie tippte einen Hinterkopf auf dem Bildschirm an, »immer wieder in der Nähe von Linda zu finden ist.«

»Kann das bei einem Dorffest nicht einfach Zufall sein?«

»Dachte ich erst auch, aber die Aufnahmen sind nicht direkt

nacheinander gemacht worden, sondern im Abstand mehrerer Stunden.«

Neidhard übernahm die Maus und klickte sich durch. Brunhilde zählte automatisch mit. Sieben Fotos und sieben Mal der gleiche Kopf, von hinten, im Profil und einmal von vorn. Als Neidhard die Frontalaufnahme erreichte, hielt sie seine Hand fest.

»Stopp! Und jetzt guck dir das Gesicht an. Was siehst du?«

Neidhard rieb sich mit zwei Fingern das Ohrläppchen und atmete hörbar aus. »Schwer zu sagen, aber freundlich geht anders. Es könnte schon Wut sein. Linda steht in Blickrichtung, das stimmt. Trotzdem kann alles Mögliche dahinterstecken. Vielleicht ist ihm jemand auf den Fuß getreten, hat ihm die Wurst aus der Hand geschlagen, oder er hat einfach keinen Bock mehr auf das Gedrängel. Es ist eine Momentaufnahme, mehr nicht. Sorry, Brunhilde, damit können wir so nichts anfangen. Nicht jeder, der mal böse guckt, wird gleich zum Mörder.«

Brunhilde entzog ihm ruppig die Maus, schubste ihn beiseite und schloss die Datei. »Na dann eben nicht!«

»Hey, Frau Schreiner, immer mit der Ruhe. Wenn der Typ auf dem Bild nach Tod durch Erwürgen aussah, dann hat in deinem Blick eben ein ganzes Erschießungskommando Aufstellung genommen. Nimm das mal nicht persönlich, wir sind auf einer Seite. Aber dieses Foto ist einfach zu wenig als Ansatzpunkt.«

Mit verschränkten Armen lehnte Brunhilde sich gegen die Tischkante und schaute ihn prüfend an. Standen sie tatsächlich auf der gleichen Seite? Nur weil er ihr nach dem Essen den Tisch abräumte und sie eine begnadete Köchin genannt hatte, traute sie ihm noch lange nicht.

»Was steckt dahinter?«, fragte sie.

Neidhard bewegte langsam den Kopf hin und her. »Wenn ich das sicher wüsste, wäre mir wohler. Erwürgen ist etwas sehr, wie soll ich sagen? Etwas Intimes. Aber da es wahrscheinlich kein Sexualverbrechen im engeren Sinne war … vorausgesetzt Brenner hat nicht doch recht … Aber er hat nicht recht. Er liegt falsch, da bin ich sicher. Leider ist das auch das Einzige, wobei ich sicher bin.«

»Ich meine, was steckt hinter deinem Engagement für den Fall? Dir ist keine Uhrzeit und kein Tag zu absurd, um hier aufzukreuzen. Ich rufe, du kommst. Du hängst dich weit mehr rein, als du musst. Wieso?«

Einen Augenblick schien er verblüfft, dann grinste er breit. »Bin ich im falschen Film? Wieso brauche ich eine Rechtfertigung, wenn ich meinen Job gut machen will?«

»Weil nichts ohne Grund passiert und die wenigsten Menschen ohne Hintergedanken handeln.«

»Ach ja? Dann verrate mir mal, welchen Grund *du* hast, und welchen Hintergedanken.« Neidhards Gesicht verfinsterte sich. Nun ja, damit musste sie leben, dass er jetzt ein wenig eingeschnappt reagierte.

»Das ist einfach: Ich bin eine Glucke, und Frank ist für mich immer noch ein Küken. Und ja, vielleicht fällt es mir auch schwer *meinen Job* loszulassen. Aber deine Motivation verstehe ich nicht. Ihr seid keine echten Kollegen, und wirkliche Freunde seid ihr auch nicht.« Bisher hatte sie eher das Gefühl, dass die beiden Konkurrenten waren, die um Brenners Gunst buhlten, wie zwei ungleiche Brüder um die Liebe ihres bewunderten Vaters. Neidhard schaute an ihr vorbei und schüttelte stumm den Kopf.

»Nun sag schon. Willst du dich mit dem Fall hocharbeiten? Das wäre doch in Ordnung. Karriereambitionen sind ja nicht verkehrt.« Aber Brenner war zu jung, als dass er ihn bald ablösen könnte. In Erbach war es für Neidhard also nicht möglich aufzusteigen. Nicht, solange Brenner fest im Sattel saß. Aber sollte der den Fall wirklich gegen die Wand fahren, dann sah das anders aus. »Bist du etwa scharf auf Brenners Job?« Sie richtete den Zeigefinger auf seine Brust und stemmte die andere Hand in die Hüfte. »Wenn du Frank nur hilfst, um Brenner in die Pfanne zu hauen, wird Frank dir das nie verzeihen.«

»Was denkst du eigentlich von mir, Brunhilde?«, fragte Neidhard leise. »Ja, ich hänge mich rein. Weil ich den Fall lösen und einen Mörder finden und nebenbei einem Kollegen aus der Patsche helfen will. Eigentlich sogar zweien, denn Brenner steht sich gerade selbst im Weg. Und Liebknecht ist genauso mein Kollege, auch wenn wir nicht in der gleichen Abteilung Dienst tun. Wir kennen uns seit der Polizeischule.«

Brunhilde schwieg. Die Uneigennützigkeit nahm sie ihm nicht ab.

»Also gut, wenn du die Wahrheit unbedingt hören willst.« Neidhard machte ein paar schnelle Schritte durchs Zimmer, ehe er wieder vor ihr stehen blieb. Auge in Auge. »Nichts gegen dich und nichts gegen Vielbrunn – aber es ist absolute Verschwendung, dass Frank hier auf dem Kaff sitzt. Dafür ist er echt zu gut.« Sein Blick glühte förmlich. »Und wenn du ihm auch nur ein Wort davon erzählst, dass ich das gesagt habe, dann dreh ich …«

»Drehst du mir den Hals um? Unklug formuliert, Neidhard, ganz unklug, angesichts des aktuellen Falls.« Brunhilde spitzte die Lippen. Sein Einsatz hatte also nichts mit Brenner zu tun, sondern mit Frank? Aber wenn Neidhard vorhatte, Frank von hier wegzulocken, brauchte er garantiert nicht auf sie zu zählen.

Resigniert hob Neidhard die Hände und zog seine Jacke über. »Was muss ich denn noch tun, damit du mir endlich vertraust?«

Sonntag, 16. September, Murnau, 19:00 Uhr
– Das Auge und das Ohr –

Im Halbdunkel des Bootshauses ging er auf und ab. Am Seeufer gab es viele kleine private Hütten mit Abstellplatz für ein Fahrzeug, geschützt vor unliebsamen Einblicken von außen. Es war nicht schwer gewesen, eine ausfindig zu machen, die er für seine Zwecke nutzen konnte. Ein Kettenschloss am Jägerzaun, geschlossene Klappläden. Leicht zu überwindende Hindernisse. Nun galt es, die letzte Hürde zu nehmen.

Unmittelbar vor der Frau blieb er stehen. Für ihr Alter sah sie gar nicht schlecht aus, trotz der straff zurückgekämmten Haare und der grauen Strähnen. Und sie war zäher gewesen, als er erwartet hatte. Vier Stunden konnten verdammt lang sein. Nun, zu sagen, dass er die Zeit genossen hätte, wäre übertrieben gewesen. Aber dass die Situation einen gewissen Reiz auf ihn ausübte, ließ sich nicht leugnen. Schmerzen bereiteten ihm keine Probleme, weder sie auszuhalten noch sie zu verursachen. Wobei er in der Anwendung den Weg über die Psyche bevorzugte. Der Körper war kein guter Verbündeter. Er speicherte Informationen, sammelte Spuren. Und jede Spur konnte zurückverfolgt werden und war somit eine zu viel. Auch beim Sex zog er es vor, keine sichtbaren Zeichen zu hinterlassen. Im Gegensatz zu Linda, die gerne ihr Revier markiert hatte. Bei ihr war alles anders gewesen. All seine Mechanismen versagten. Ihr hätte er kein Haar krümmen können. Sie hatten einander geliebt und gequält, auf unterschiedlichste Art und Weise. Eine bittersüße Erinnerung. Zu viel Dominanz, zu wenig Demut, auf beiden Seiten. Dynamit und TNT.

Der Idiot, der sich ihm aufgedrängt hatte und sich einbildete, sein Partner zu sein, folgte ihm zahm wie ein Hündchen. Ging bei Fuß und machte Männchen auf Kommando. Der hatte noch nicht kapiert, dass er Hunde nicht leiden konnte. Unterwürfiges Pack. Aber nützlich war er immerhin. Niemand würde später mehr sagen können, wer die Details zum Mord an Linda ausgeplaudert hatte. Und letztlich war es völlig unerheblich, ob es tatsächlich einer der Polizisten bei der Befragung im Dorf gewesen war, der Arzt, der Bestatter oder der Mörder selbst. Denn alle würden wissen, dass man darüber Bescheid gewusst und geredet hatte. Und sie würden das Gesicht des Idioten wiedererkennen, dessen Neugier schier unerschöpflich gewesen war. Der Klatsch aufsaugte wie ein Schwamm und neue Gerüchte produzierte. Der dumme Hund merkte nicht, dass er der Notanker war, für den Fall, dass der eigentliche Plan scheiterte. Ein Sündenbock, der es nicht abwarten konnte, zur Schlachtbank zu laufen. Ein Sündenhund, der noch mit dem Schwanz wedelte, wenn das Beil schon fiel.

Leise lachte er bei der Vorstellung, und Darja Zwetkowa hob den Kopf. Es machte ihr sichtlich Mühe. Ihren Augen fehlte die Entschlossenheit, die ihm am Anfang so imponiert hatte. Jeglicher Kampfgeist war daraus verschwunden. Sie hatte ihr Schweigen gebrochen, als ihre Kraftreserven aufgebraucht gewesen waren. Er wusste, was er wissen wollte. Und sie wusste, dass es nichts mehr zu sagen gab und somit auch keinen Aufschub. Sie machte es ihm leicht und wehrte sich nicht mehr. Sicher glaubte sie, sich damit Schlimmeres ersparen zu können. Kluger Gedanke. Eigentlich. Nur musste er leider weiter von seinen Gewohnheiten abweichen und die Frau hart anfassen. Auch wenn es ihm nach wie vor widerstrebte, selbst körperliche Gewalt anzuwenden. Wut oder Gegenwehr hätten ihm dabei geholfen. Geduldig löste er die weichen Fesseln, Knoten für Knoten, und bereitete sich mental vor. Es war notwendig, sie hart anzufassen. Er atmete durch. Hart, so wie Linda es gemocht und von ihm nicht bekommen hatte. So wie dieser Liebknecht Linda angefasst hatte. So und noch härter. Diesmal musste es Spuren geben, und es mussten die richtigen sein.

Er packte die Frau an den Oberarmen, riss sie auf die Füße und warf sie gegen die Wand. Dieser Liebknecht hatte Linda angefasst. Die Schlagader an seiner Schläfe pulsierte, die Sehnen und Muskeln seines Nackens verhärteten sich. Wie eine Puppe hob er die wimmernde Frau auf, um sie erneut zu Boden zu schleudern. Das war besser als gedacht. Er ließ sich über ihr auf die Knie fallen, klemmte sie unter sich ein und schlug ihr ins Gesicht.

Jetzt sollte sie ihn ansehen. Jetzt! Er wollte, dass sie die Augen öffnete. Aber sie bewegte sich nicht. War sie etwa schon tot? Er schlug noch einmal zu. Sie durfte ihm das nicht vermasseln! Außer sich vor Zorn schüttelte er sie und stieß ein wildes Knurren aus. Wenn sie ihn nicht ansah, dann musste sie zumindest atmen. Er beugte sich hinab zu ihren Lippen. War da etwas, ein schwacher Hauch? Entschlossen legte er die Hände um ihren Hals. Sie röchelte, und ein schmerzhaftes Lächeln verzerrte sein Gesicht. So sollte es sein.

»Bringen wir es zu Ende.«

Montag, 17. September, Vielbrunn, 10:25 Uhr
– Frank Liebknecht -

Langsam ging Frank den Weg zum Eingang hinauf, durch das eiserne Tor und weiter über den Friedhof, las die Namen auf den Grabsteinen und Kreuzen. In Baden-Baden begannen vermutlich genau jetzt die Glocken zu läuten. Die Hände in den Hosentaschen lief Frank den Hauptweg entlang bis in den hinteren Bereich. Es gelang ihm nicht, sich Linda im Sarg vorzustellen. Obwohl er sie tot vor sich gesehen hatte, fiel es ihm schwer, die Tatsache zu akzeptieren, dass sie nicht mehr lebte. Nicht mehr atmete. Nicht mehr existierte. Spürte er Trauer?

Er lauschte in sich hinein. Da war Erleichterung, dass er nicht dabei sein musste, wenn ihr Körper in die Erde versenkt wurde. Verwirrung, über alles, was passiert war. Sex, Lüge, Tod. Aber echte Trauer? Die Erinnerung an Linda begann bereits zu verblassen. Ihr Lachen, ihre Stimme und die Berührungen verloren an Substanz, fühlten sich fern an und fremd, als wäre ihre Begegnung nur ein Film gewesen. Besser für ihn, wenn er nicht länger versuchte festzuhalten, was der Vergangenheit angehörte. Es gab für ihn keine Chance mehr, herauszufinden, ob das, was zwischen ihnen geschehen war, Linda irgendetwas bedeutet hatte.

Frank hörte ein Geräusch und drehte sich um, dorthin, wo neben den neusten Gräbern die unberührte Rasenfläche anfing. Platzreserve für die, die noch kommen sollten. Auf der Mauer saß ein Mädchen und rauchte. Das wurde sicher nicht gern gesehen, aber da außer ihm niemand da war, sah er keinen Grund, sie zurechtzuweisen. Stand darüber etwas in der Friedhofsordnung? Es kümmerte ihn nicht wirklich. Interessanter erschien ihm zu klären, wieso sie da oben saß.

Er schlenderte näher und blieb vor ihr stehen. »Hi. Alles okay bei dir?«

Sie zog lässig die Hand mit der Zigarette durch die Luft. »Klar. Alles super.«

Ihr Blick wirkte trüb, passte nicht zu der abgeklärten Haltung.

»Was dagegen, wenn ich mich zu dir setze?«

Sie schüttelte den Kopf, und Frank kletterte zu ihr hoch. Ihre Füße steckten in Stiefeln, die Beine in einer zerrissenen Hose, darüber trug sie ein schwarzes Shirt. Ihr einziger Schmuck bestand aus einer grobgliedrigen Kette zwischen Gürtelschlaufe und Hosentasche und Sicherheitsnadeln, die sie kreuz und quer in den Stoff gesteckt hatte.

»Gibt es dafür eine besondere Bezeichnung?«, fragte Frank mit einer vagen Handbewegung, die ihre komplette Gestalt einschloss.

»Jess«, sagte sie und drückte ihre Kippe neben seinem Knie auf der Mauer aus.

»So wie die Musik, Jazz? Oder Chess wie Schach?«

»Hä?« Unter den strähnigen Haaren heraus guckte sie ihn verständnislos an. »Einfach Jess, kurz für Jessica.«

»Ach so, dein Name. Ich meinte deine Klamotten. Ob das Punk ist oder Emo oder so.«

»Nö. Nix. Ist halt mein Style.«

Frank musterte sie unauffällig. Die langen Haare verdeckten ihre rechte Gesichtshälfte, während sie auf der anderen Seite fast kahl rasiert war. So wie es aussah, hatte sie das selbst gemacht. Mit eigenem Stil hatte das nicht viel zu tun. Bei näherer Betrachtung entpuppten sich die groben Treter als gewöhnliche Winterstiefel, aus denen sie die Schuhriemen herausgezogen und die Lasche heruntergeklappt hatte. Rebellion mit schmalem Geldbeutel. Im Grunde genommen war sie also doch so etwas wie ein Punk. Auch wenn sie es nicht wusste.

»Was machst du hier?«

Sie hob die Schultern und pulte mit dem Fingernagel Moos aus den Fugen zwischen den Steinplatten, auf denen sie saßen. »Nix. Und Sie? Die Toten bewachen, dass keiner türmt?«

Frank lachte leise. »Nein, das nicht. Ich musste nur an jemanden denken, der tot ist und …« Er winkte ab. »Nicht so wichtig. Kann es sein, dass ich dich kenne? Aus dem Freibad.«

Sie schüttelte heftig den Kopf. »Da geh ich nicht hin. War den ganzen Sommer nicht dort.«

»Aber du wohnst hier in Vielbrunn? Ich könnte schwören, dass ich dich im Schwimmbad gesehen habe. Vielleicht ist das auch schon im letzten Jahr gewesen.« War sie eines der gackernden Hühner gewesen, die den neuen Polizisten begutachteten, Körperbau und Sportlichkeit prüften? Die ihn auch beim Auftritt auf der Festbühne in Verlegenheit gebracht hatten. Dort war ihm Jess nicht aufgefallen. »Du hattest die Haare anders, die Frisur hätte ich mir bestimmt gemerkt.«

Sie fuhr mit den gespreizten Fingern durch die Stoppeln.

»Sieht cool aus«, log er und deutete dann auf die Hosenkette. »Was hast du da dran?«

»Nur ein olles Taschenmesser. Kann man immer mal brauchen.«

Automatisch richtete Frank den Oberkörper gerade auf. Die Anspannung kribbelte in seinen Fingerspitzen.

»Weil ein Flaschenöffner dran ist.« Sie grinste herausfordernd.

»Sag mal, müsstest du nicht eigentlich in der Schule sein?« Saublöde Spießerfrage. Frank fluchte innerlich, das war garantiert die Reaktion, die sie von ihm erwartet hatte.

»Fällt aus«, sagte sie leichthin.

Eilig tastete er seine Jacke ab. »Willst du auch eine?« Er legte den Tabak zwischen ihnen ab und schob ihr ein Papierchen zu. Misstrauisch guckte sie ihn an.

»Sie sind doch Polizist. Dürfen Sie mir da ’ne Kippe anbieten?«

»Darf ich nicht?«

»Ich bin fünfzehn …«

Frank zuckte mit den Schultern. »Fünfzehn, okay. Hat dich vorhin auch nicht vom Rauchen abgehalten. Und ich schätze, für dich fällt die Schule auch öfter aus als für andere. Soll ich dich jetzt verhaften? Wäre dir das lieber?«

Wortlos füllte sie das Papier mit Tabak und rollte ihre Zigarette schneller und geschickter als er. Frank gab nur ihr Feuer, drehte die eigene Zigarette kalt in den Fingern. Hinter der Friedhofsmauer stand ein Mofa im Gras.

»Ist das deins?«

»Ja. Fährt leider nicht schneller, als es darf.« Sie zog die Mundwinkel herunter. »Obwohl es wahrscheinlich keine Sau merken würde.«

Ihr Fluchtfahrzeug, griffbereit geparkt, flott und wendig im Gelände. Wahrscheinlich saß sie im hintersten Winkel auf der Mauer, um sofort abhauen zu können, wenn sich jemand blicken ließ, der sie kannte und bei ihren Eltern verpetzte. Ihn hielt sie offenbar für ungefährlich. Das konnte er als Kompliment betrachten oder sich darüber ärgern.

»Bist du viel unterwegs?«

Sie hob die Schultern, paffte desinteressiert vor sich hin. »Schon. Kommt drauf an, was man unter *viel* versteht.«

»Wenn du freimachst, wo fährst du dann hin?«

»Was weiß ich. Mal hier, mal da.«

Auf einem frischen Grab flatterten die Kranzschleifen. Nicht weit daneben drehte sich ein buntes Windrad zwischen den Blumen. Die Aufschriften auf den Steinen konnte man nur erahnen. In den Bäumen zankte sich eine Schar Vögel, sonst war alles still.

Jess saß nicht ohne Grund hier. Frank schaute sie nicht an. Sie brauchte Geld für Benzin und Zigaretten, für viel mehr reichte das Taschengeld sicher nicht, also kein Schuleschwänzen beim Shoppingtrip oder im Café. Sie suchte Orte, die sie nichts kosteten, an denen sie alleine war, unbeobachtet. Wo sich niemand für sie interessierte. Friedhof, Wald, Wiese. Wo man vielleicht sogar ab und zu gratis etwas zu sehen bekam? Wie auf dem Segelflugplatz.

»Hast du auch freigehabt, als der Mord passiert ist?«

»Welcher?« Sie pustete ihm Rauch ins Gesicht. »Der an der Tussi oder der an dem Viech?«

Montag, 17. September, Baden-Baden, 11:00 Uhr
– Marcel Neidhard –

Schnurgerade reihten sich die Gräber aneinander, in gleichmäßigen Abständen von Bäumen und Büschen unterbrochen, die kleine Inseln zwischen den Wegen bildeten. Marcel hatte in der Trauerhalle ganz hinten gestanden und hielt sich auch jetzt abseits. Die Feier im kleinen Kreis umfasste locker hundert Leute, die am offenen Grab Aufstellung nahmen. Auch die zweite Rede des Pfarrers plätscherte ermüdend an ihm vorbei. Immer das Gleiche. Wenn man ihnen Glauben schenkte, starben prinzipiell nur gute Menschen. Das konnte gar nicht oft genug betont werden. Wobei Marcel zugeben musste, dass im Fall eines Mordes natürlich durchaus Berechtigung in den Worten *unfassbar* und *zu früh* lag.

Uwe Bruchhagen wirkte wie versteinert. Marcel erkannte in der ersten Reihe die Sekretärin und auch den Anwalt, mit dem er in der vergangenen Woche bereits gesprochen hatte und der Bruchhagen nicht von der Seite wich. Nach Marcels Informationen gab es keine nahestehenden Verwandten aus Bruchhagens Linie, nur einige Cousins und Tanten x-ten Grades. Seine Bemühungen, Lindas Herkunft zu ermitteln, waren schnell ins Leere gelaufen. Keine Eltern oder Geschwister, ein einzelner Onkel in Südafrika, bei dem sie eine Weile gewohnt hatte, während ihres Studiums. Aber auch der schien inzwischen verstorben zu sein. Schon bei der Hochzeit mit Bruchhagen hatte sich die Presse mit wenig Erfolg auf das Mysterium Linda Ehlers gestürzt. Ein schönes, kluges Waisenkind, für das das Märchen von der großen Liebe mit dem Traumprinzen in Erfüllung ging.

Nun ja, wer es brauchte. Für Marcel behielt der Altersunterschied einen unschönen Beigeschmack. Und die angebliche Großmutter in Murnau, auf die Frank so große Hoffnungen setzte, tauchte im kurzen Stammbaum auch nicht auf. Lindas undurchsichtige Vergangenheit war der einzige Grund, weshalb es Marcel gelungen war, Brenner davon zu überzeugen, dass er dieser Beerdigung *beiwohnen* musste. Obwohl Steffen Landaus DNA tatsächlich mit der auf Lindas Körper gefundenen identisch war. Landau hatte Linda zum letzten Mal Vergnügen bereitet. Marcel grinste verstohlen vor sich hin. Pietätlos, was ihm da durch den Kopf ging, aber er konnte es nicht verhindern. Dieses *Beiwohnen* hatte sicherlich mehr Spaß gemacht, und es hatte Spuren hinterlassen, die auf ziemlich wilde Aktivitäten mit explosivem Ausgang hindeuteten. Scheiße, das war wirklich der falsche Moment, um an so was zu denken. Unauffällig zog er sein Handy aus der Hosentasche, um Fotos von der Trauergesellschaft zu machen. Man konnte nie wissen, wozu es gut war. Schaden würde es sicher nicht, und er hatte einen Beleg seiner Arbeit für Brenner.

In der Traueranzeige hatte Bruchhagen darum gebeten, dass die Presse fernbleiben möge, aber die interessierte sich herzlich wenig für seine Wünsche. In ähnlichem Abstand wie Marcel selbst lagen sie auf der Lauer, manche drei Schritte weiter vorn, manche etwas weiter hinten. Immerhin trugen alle dezentes Schwarz, und ein Mikro hatte auch keiner dabei.

Die Vorstellung, dass der Mörder zur Beerdigung kam, um seinen Triumph auszukosten, und sich dann durch sein Verhalten verriet, hielt er für Blödsinn. Wenn er ehrlich war, drückte er sich nur auf dem Friedhof herum, weil er Brenner nicht mehr sehen konnte. Es hing ihm zum Hals raus, wie der sich aufführte, und Landau, die arme Sau, kriegte seine Laune mit voller Wucht ab. Und er auch.

Einer der Reporter latschte mit der Kamera vorm Gesicht über ein Grab, trat gegen eines der roten Lichter, knickte Blumen um. Marcel reichte es. Auch wenn er Friedhöfen und dem üblichen Totenkult nicht viel abgewinnen konnte, so viel Ignoranz musste nun wirklich nicht sein. Er hob das Handy und knipste das Trampeltier. Von hinten pirschte er sich an und legte dem Mann die Hand auf die Schulter.

»Von Respekt haben Sie noch nichts gehört, was?«, raunte er ihm leise zu. »Kriminalpolizei«, ergänzte er und ließ dabei den Dienstausweis durch seine Finger gleiten. Dicht vor der Nase des Reporters und so schnell, dass der möglichst übersah, dass ihm ein hessischer Beamter in Baden-Württemberg nichts zu sagen hatte. »Es dürfte Ihnen bekannt sein, dass Sie hier heute nicht willkommen sind. Wenn Sie mir nun bitte leise und unauffällig Ihren Presseausweis zeigen und sich dann genauso leise und unauffällig verpissen könnten, wäre ich Ihnen sehr verbunden.«

Mit einem unwirschen Fluch kam der Angesprochene seiner Aufforderung nach. Marcel lichtete den Ausweis ab, Vorder- und Rückseite.

»Was soll das?«

»Routineüberprüfung. Es liegen Beschwerden vor wegen Belästigung und Verletzung der Privatsphäre. Ziehen Sie sich zurück, und alles wird gut.«

»Ich mache nur meinen Job«, zischte der Reporter, und Marcel nickte ihm spöttisch zu. »Ich auch. Also: verbindlichsten Dank und ab die Post.«

Mit dem Daumen deutete er Richtung Ausgang und machte sich auf zum nächsten Journalisten. Wäre doch gelacht, wenn er die nicht vertreiben könnte. Bei zwei weiteren glückte der Überraschungseffekt, einer entwischte ihm ganz, und erst der letzte meinte ihn anpöbeln zu müssen, wegen Amtsmissbrauchs und mangelnder Befugnisse im fremden Bundesland. Marcel packte ihn am Kragen und schleifte ihn hinter einen Grabstein.

»Jetzt werden Sie mal nicht komisch und vor allem nicht laut, Sie taktloser Clown«, sagte er mit ausgesuchter Freundlichkeit. »So schnell können Sie gar nicht gucken, und Sie haben eine Anzeige wegen Störung der Friedhofsruhe an der Backe, wenn Sie nicht auf der Stelle still sind.«

Der Typ war klein und pummelig, das Objektiv der Kamera dagegen umso größer. Der musste damit sicher so einiges kompensieren. Marcel nutzte seine volle Körperlänge, blähte den Brustkorb und schaute auf ihn hinunter. Er konnte zusehen, wie die Pose wirkte.

»Wir könnten aber auch einen netten Deal machen, wenn Sie schön brav sind.«

Der Clown nickte beflissen, und Marcel grinste breit. Na bitte, ging doch.

»Ich lasse Sie in Ruhe weitermachen – aber diskret, von hier hinten aus –, und Sie stellen mir das Ergebnis Ihrer Spannerei zur Verfügung. Ich gebe dann frei, was Sie für Ihre Zwecke nutzen können. Außerdem kriege ich von Ihnen die Namen der Besucher mitgeliefert, die Sie kennen, und auch den des flotten Kollegen, der mir durch die Lappen gegangen ist. Ich nehme an, man kennt sich untereinander im Rudel.«

Der kleine Mann strich sich das dünne Haar aus der Stirn. »Passt schon, Herr Kommissar.« Ein Grinsen huschte über sein rundes Gesicht, als er sich leicht verneigte und mit Schwung die Hacken zusammenschlug. »Ottmar Habekost, stets zu Ihren Diensten.«

Dienstag, 18. September, Vielbrunn, 9:00 Uhr
– Frank Liebknecht –

Der Tag fing nicht gut an. Frank hatte verschlafen und daher nicht gefrühstückt. Kein Kaffee mehr da, der Milchrest in der Packung geronnen, und draußen nieselte es. Folglich würde er fasten und Leitungswasser trinken, bis er zwangsweise die Dienststelle verlassen musste, und erst dann in der Bäckerei einkaufen.

Er steckte auf allen Kanälen fest. Beruflich und privat. Am Vorabend hatte Brunhilde ihn abgepasst, nachdem er ihr am Montag aus dem Weg gegangen war. Ihre ständige Präsenz wurde ihm allmählich zu viel. Sie war großartig in ihrem Eifer, den Mordfall zu lösen, aber sie mischte sich zu sehr in sein Leben, kontrollierte ihn. Da hätte er genauso gut zu Hause bei seinen Eltern wohnen können. Die Fragen, die seine Mutter ihm kurz vorher am Telefon gestellt hatte, glichen ihren fatal.

Wo warst du, warum hast du dich nicht gemeldet, was hast du herausgefunden?

Nachbohren war der sicherste Weg, ihn zum Schweigen zu bringen. Egal ob es nun um Fakten zum Fall oder um sein Liebesleben ging.

Er redete, wenn er so weit war, wenn es etwas zu berichten gab oder er einen Rat brauchte. Warum war das für andere so schwer zu akzeptieren? Ihm blieb nichts anderes übrig, als sich endlich eine andere Wohnung zu suchen. Der Abstand zu Brunhilde musste nicht groß sein, aber es war wichtig, ihre Besuche wieder auf die Dienststelle zu beschränken. Er war wohl einfach nicht dazu gemacht, mit anderen Menschen eng zusammenzuleben. Keiner seiner Beziehungsversuche hatte das erste halbe Jahr überstanden. In der Summe konnte es nur an ihm liegen.

Er starrte auf das Grau vor dem Fenster und lauschte dem Knurren seines Magens. Brenner hatte einen Verdächtigen in Untersuchungshaft genommen, den Brunhilde für unschuldig hielt und Neidhard auch. Brenner war der Boss. Und der hatte angeordnet, alle anderen Ermittlungsansätze vorläufig zu stoppen. Aber keiner interessierte sich dafür. Neidhard hing weiter an Bruchhagen als Täter, und er selbst wollte mehr als alles andere das Bild finden. Darum hatte er sich das ganze Wochenende in Bayern herumgetrieben, ohne irgendwen zu informieren, und sein eigenes Ding durchgezogen. Sie waren ein Scheißteam. Sie waren gar kein Team. Er schon mal gar nicht, denn er gehörte nicht zur Mordkommission, und im Grunde genommen war er immer noch ein Verdächtiger. Nicht zum ersten Mal fragte er sich, wieso Staatsanwalt Kreim ihm nicht schon längst an den Hacken klebte.

Mit den Handballen massierte er sich grob die Schläfen. Der Druck vertrieb den Trübsinn zumindest so weit, dass er sich vom Blick aus dem Fenster losreißen konnte. Er sollte seine Zeit besser für anderes nutzen. Für Jannis zum Beispiel, den er seit Tagen nicht mehr draußen gesehen hatte. Und um über den Schlitzer nachzudenken, ein Profil zu erstellen. Jess hatte ihn auf dem Friedhof nur zum Narren gehalten. Natürlich konnte sie weder zum Mord an Linda noch zu dem toten Hund etwas sagen. Das wäre ja auch zu schön gewesen. Sie hatte noch eine weitere Zigarette geschnorrt und war dann mit ihrem Mofa verschwunden.

Frank breitete eine Umgebungskarte auf dem Schreibtisch aus und legte die Liste mit den Schlitzerattacken daneben. Zeitlich gab es kein eindeutiges Muster. Grob gesagt schlug der Täter alle zwei Wochen zu, aber es gab keinen festen Tag.

Er musste die Tatorte markieren, um einen besseren Überblick zu bekommen. So funktionierte das nicht. Mit Klebestreifen hängte er die Karte an die Wand. Der Jahresplaner und eine Landschaftsfotografie, die er sowieso längst hatte abhängen wollen, verschwanden darunter. Er pikte eine Handvoll Nadeln ins Gelände. Die Streuung reichte weit. Wieder kein Muster, oder sagte das Bild etwas, das er nur nicht erkannte? Frank ging drei Schritte rückwärts. Von wo aus agierte dieser Mistkerl?

Aus der Ecke neben dem Spind holte er das große Lineal, bei dem er sich immer gefragt hatte, wer das für eine Polizeistation für nötig gehalten hatte. Er drückte es auf die Karte, legte es an den beiden am weitesten auseinanderliegenden Punkten an. Der eine war Vielbrunn, ein Ausreißer, im äußersten Nordosten des Gebiets. Der andere Affolterbach, in entgegengesetzter Richtung. Frank suchte die Wohlfühlzone, wie die Profiler in den Fernsehserien das nannten. Nachdenklich bewegte er das Lineal hin und her, drehte es um eine imaginäre Mitte. Alle anderen Tatorte lagen in etwa fünf bis zehn Kilometern von Erbach entfernt. Dann lebte der Schlitzer vermutlich genau in diesem Umkreis.

Es klopfte am Fenster. Frank legte das Lineal beiseite und hob die Hand zum Gruß für die Gestalt im nassen Regenumhang. Gleich darauf klapperte es am Briefkasten. Bei Regen blieb der Briefträger draußen, sonst kam er schon auch mal rein, und sie wechselten ein paar Worte. Zwischen den dienstlichen Schreiben steckte wie zumeist Franks private Post, das sparte einen Gang. Auf dem Weg zum Schreibtisch blätterte Frank durch die Umschläge, sortierte vor dem Mülleimer die Werbung aus. Danach blieb nicht mehr viel übrig. Eine Postkarte zeigte die Murnauer Villa Kunterbunt von der Gartenseite. Mit einem Lächeln drehte Frank sie um.

Der fehlende Name lautet Albert Faulhaber! Herzliche Grüße, Ihre Darja Zwetkowa

»Yes!« Er drückte einen Kuss auf die Zeilen und machte ein übermütiges Tänzchen durchs Zimmer. »Du rettest meinen Tag!«

Damit konnte er weiterarbeiten. Mitten in der Drehung hielt er inne. Faulhaber? Das war kein besonders gängiger Nachname, aber in Vielbrunn gab es den durchaus. Frank war sicher, ihm bei seiner Suche nach Heinrich Ritter bereits begegnet zu sein. Seine linke Hand zuckte über die imaginäre Griffleiste. Die Saiten jaulten auf, klangen in seinem Kopf noch nach, während er bereits seinen Kalender und die unerledigten Arbeiten kontrollierte. Glück gehabt, der heutige Terminplan ließ ihm noch ein paar Schlupflöcher offen. Zum Beispiel jetzt gleich, bevor er sich auf die Schlitzer-Kontrollrunde machte.

Keine fünf Minuten später fiel das Fahrrad neben der Treppe in den Hof, und er rannte die Stufen zu seiner Wohnung hinauf. Gewohnheitsmäßig kickte er die Schuhe von den Füßen, ging vor dem Regal auf die Knie und zog unter einem Zeitungsstapel die Ortschronik heraus. Der Regen tropfte von seinem Helm, und er wischte sich mit einem herumliegenden Sweatshirt das Gesicht trocken. Sekunden danach hatte er die Liste der Kriegsopfer vor sich. Dallmann, Eckhardt, Faulhaber. Volltreffer! *Faulhaber, Alfred* stand da, *gestorben 1945* und daneben: *Faulhaber, Albert, gestorben 1939*.

Allerdings gab die Liste keine weiteren Einzelheiten her. Da musste er wohl noch mal Pfarrer Käppler bemühen. Für das genaue Sterbedatum war das Kirchenbuch sicher eine zuverlässige Quelle, und vielleicht waren dort auch die näheren

Todesumstände verzeichnet. Es nutzte nichts, wenn er Darja jetzt anrief, in der ersten Euphorie, aber ohne die Bestätigung, dass Albert Faulhaber aus Vielbrunn und Traudl Angerers geliebter Offizier tatsächlich identisch waren. Aber wenn dem so war, dann konnte Frank der Lösung des Rätsels näher sein, als er geahnt hatte. Die Lücke in seinem Zeitplan schrumpfte, und er beeilte sich, mit der Runde über die Felder zu starten. Die Zweiwochenfrist des Schlitzers lief bald ab. Der nächste Angriff stand unmittelbar bevor.

Dienstag, 18. September, Erbach, 9:00 Uhr
– Marcel Neidhard –

»Und, was sagen Sie zu meinem Material, Herr Kommissar? Gute Arbeit, was?«

Marcel war froh, dass er Habekost nur durchs Telefon lachen hörte. Es widerstrebte ihm, es zuzugeben, aber die Bilder und Informationen, die er am Morgen in einem braunen Umschlag auf seinem Schreibtisch gefunden hatte, waren wirklich erstklassig.

»Nicht schlecht«, antwortete er gedehnt. Der sollte sich bloß nichts einbilden.

»Sie lieben mich, auch wenn Sie es nicht zugeben wollen.« Habekost lachte weiter. »Wir könnten uns wunderbar ergänzen. Nein, das ist kein Versuch, Sie zu schmieren – mein spärliches Honorar kann ich nicht mit Ihnen teilen, und ums große Geld geht es hier nicht. Außerdem bin ich nicht dumm, Herr Neidhard, damit hätten Sie mich am Arsch, und ich wäre abgemeldet. Ich gehe davon aus, dass Sie meine Angaben bereits durchgesehen haben?«

»Habe ich.«

Marcel hielt sich weiter bedeckt. Durch Habekosts Bilder hatte er jetzt schon weit mehr Besucher der Beerdigung identifizieren können, als er es ohne ihn in der doppelten Zeit geschafft hätte. Und selbst das, was Habekost nicht wusste, half ihm weiter, lieferte es doch einen neuen Ansatzpunkt. Ein älterer Mann und eine Frau, die während der Trauerfeier in der Halle und auch am Grab abseitsgestanden hatten, sich aneinander festhielten und offenbar niemanden kannten. Sylvie hing schon an der Strippe, glich das Foto mit der Gesichterkennungssoftware ab und durchstöberte Datenbanken.

Dieses absurde Gefühl, die beiden könnten von Bedeutung sein, konnte Marcel nicht beschreiben und wollte es auch nicht. Das Gerede von Intuition fand er in seinem Job einfach albern. Man bezahlte ihn dafür, dass er in scheinbar Sinnlosem einen Sinn entdeckte. Dahinter steckte weder Zauberei noch ein besonderes Talent. Sein Bauch sagte ihm höchstens, wann er Hunger hatte.

Das Paar auf dem Bild sah erschüttert aus, daran gab es nichts zu missdeuten. Das waren nicht die freundlichen Nachbarn aus dem Baden-Badener Vorort und auch keine WKB-Mitarbeiter, da steckte mehr dahinter. Um dieses Mehr kümmerte sich Sylvie, und er musste Habekost von diesem Gedanken ablenken.

»Ich wette, Sie haben mir noch nicht alles verraten, was Sie wissen.« Wieso sonst hätte Habekost so affig von Schmiergeld faseln sollen. »Einer wie Sie hat immer noch eine Karte im Ärmel.« Und die gab er nicht für nichts heraus, so viel stand fest.

»Sie sind ein findiges Kerlchen, Herr Neidhard«, krähte Habekost vergnügt. »Schade, dass Sie immer so misstrauisch sind, misanthropisch, möchte ich fast sagen.«

Marcel verlor die Lust. Jeden Moment musste Brenner durch die Tür kommen, der heute spät dran war. Bis dahin hätte er das Gespräch verdammt gerne beendet. »Gehen Sie mir nicht weiter auf den Sack, Habekost. Raus damit: Was haben Sie noch? Und wie sind Ihre Bedingungen?«

Das Schnauben am anderen Ende der Leitung wirkte ein wenig pikiert, die Pause aufgesetzt. »Was Sie von mir wollen ist existenzschädigend, wissen Sie das? Ich soll zum Bruchhagen-Mord Informationen liefern, aber nicht darüber berichten, und dafür muss ich mich noch beleidigen lassen.«

»Ist ja schrecklich. Sekunde, ich suche nur meine Taschentücher. Von mir aus können Sie gern den trauernden Witwer vor der Grube abdrucken, nur die anderen Besucher eben nicht. Die Mädels aus der Industriellenliga sind ja vermutlich nicht mit Pradaschläppchen auf dem Friedhof einmarschiert, die man unbedingt der Welt präsentieren müsste. Und nun kommen Sie zum Punkt, ich habe nicht ewig Zeit.«

»Sie haben Zugriff auf die Schlitzer-Geschichte. Die will ich exklusiv. Tierquälerei ist ein Quotenbringer.«

»Weiter«, stieß Marcel unwirsch heraus und versuchte, seine übliche pragmatische Haltung einzunehmen. Habekost machte die Regeln nicht, er arbeitete nur mit ihnen.

»Im Gegenzug gibt es für Sie ein Extrabonbon zum inneren Kreis der Bruchhagen-Familien-Firmenverflechtung. Eine kleine Ungereimtheit, die vielleicht zu einem Motiv führt.«

Ein Mordmotiv in Bruchhagens Imperium? Das konnte ja doch noch ein nettes Gespräch werden. »Einverstanden. Das Geschäft gilt.«

Dienstag, 18. September, Staffelsee, 10:00 Uhr
– Christine Kohlgruber –

Gleich musste das erste morgendliche Schiff aus Richtung Seehausen in Sicht kommen. Sanfte Wellen leckten über den Bootsanleger. Weißer Schaum bedeckte die Wasseroberfläche des kleinen Bachzulaufs. Nicht nur dort, wo er in den See mündete, auch noch ein Stück weiter aufwärts sah man ihn zwischen den dünnen Birkenstämmen hindurch.

An Christine Kohlgrubers Arm baumelte ein Picknickkorb, prall gefüllt für den Ausflug mit ihrer besten Freundin. Sie wandte sich der Sonne zu, schloss die Augen und lauschte auf die Umgebungsgeräusche, während sie wartete.

»Was ist das für Zeug?« Ein kleiner Junge warf hinter ihr Steinchen in den Bach, die mit einem leisen Plopp versanken. »Das sieht eklig aus.«

»Das ist nichts Ekliges. Ein natürlicher Prozess, wenn sich Pflanzenteile zersetzen, die enthaltenen Eiweiße bilden eine Art Seife«, erklärte eine Männerstimme.

»Das ist aber ein großer Klumpen Seife.«

»Nein, das sind nur ganz viele winzige Bläschen, die einen Belag bilden, der auf dem Wasser schwimmt, wie ein durchlässiger Teppich. Sonst würden deine Steine ja nicht untergehen.«

»Aber da drüben ist ein Klumpen, und der sieht eklig aus.«

Der nächste Stein ploppte nicht, und der Kleine begann schrill zu kreischen.

»Der Klumpen lebt!«

Als Christine sich umdrehte, wusste sie sofort, dass der Junge sich irrte. Der Stein hatte das dunkle Bündel von den Ästen gelöst, in denen es sich unter dem Schaum am Bachufer verfangen hatte. Es bewegte sich nun langsam auf sie zu. Doch es war kein Leben mehr darin.

Dienstag, 18. September, Vielbrunn, 14:30 Uhr
– Jens Fischbach -

Der Sprühregen hatte endlich aufgehört. Stattdessen sammelte sich das Wasser zu dicken Tropfen, die ohne erkennbaren Rhythmus von den Blättern der Bäume auf ihn niederfielen. Seit mehr als zwei Stunden hatte sich sein Zielobjekt nicht mehr aus dem Haus bewegt, was Jens dazu verurteilte, unterhalb der Limeshalle zwischen alten Bäumen in der nassen Wiese herumzustehen, mit Blick zur Tür der Polizeidienststelle. Er vertrieb sich die Zeit mit Handyspielen und Musikhören. Nein, besonders prickelnd war diese Überwachung nicht, aber deutlich angenehmer, als Liebknechts morgendlicher Tour durchs Gelände zu folgen. Immerhin hatte ihm dabei der nette kleine Sender unterm Schutzblech des Fahrrads gute Dienste geleistet.

Jens war durchaus bereit, so einiges an Aufwand zu betreiben, um herauszufinden, was Linda gewusst hatte, aber zur sportlichen Ertüchtigung bei feuchtkaltem Wetter fühlte er sich nicht berufen. Dagegen gehörte der körperliche Einsatz in Sachen Sarah Winkler zu den wirklich angenehmen und lohnenden Aktivitäten der letzten Wochen. Sie war charmant und ausgesprochen empfänglich Schmeicheleien gegenüber, lauschte seinen Lügen mit Andacht und hatte mehr als nur geschickte Hände zu bieten. Wohlige Wärme flutete seinen Unterleib bei der Erinnerung. Ihm würde sicher ein Grund einfallen, das zu wiederholen. Wieso sollte man nicht Pflicht und Kür verbinden, wenn sich die Gelegenheit bot?

Die Schatzjägerei war ein langwieriges und zähes Geschäft. Die lockenden großen Gewinne mussten hart erarbeitet werden. Ein kalter Tropfen klatschte auf seine Stirn, und er schüttelte sich. Jens bemühte sich stets, den Aufwand überschaubar zu halten und gerne auch mal anderen den Löwenanteil der Arbeit zu überlassen. Weshalb sollte er das Wild selbst aufspüren, wenn er sich einfach an die hungrige Raubkatze hängen konnte? Wie eine Laus im Pelz. Das war gängige Praxis in der Branche und galt auch nicht als unehrenhaft. Er war lang genug auf der Jagd und kannte die Meute.

Lindas Ausstieg hatten viele bejubelt, aber er hatte nicht daran geglaubt und damit recht behalten. Sie war verdammt gut gewesen, sonst hätte sie es auch nicht geschafft, ihm für ein paar Tage zu entwischen. Entscheidende Tage, die sie das Leben gekostet hatten und ihn den Anschluss an die Spur, der sie gefolgt war. Doch jetzt hatte er ihren Platz erobert, an der Seite des Giganten.

Ich bin das Auge und das Ohr.

Jens lachte und gab sich keine Mühe leise zu sein. Dieser arrogante, theatralische Großkotz behandelte ihn wie seinen Handlanger, wie einen Bittsteller. Aber nicht mehr lange. Der merkte nicht, dass das Kräfteverhältnis kippte. In den vergangenen Jahren hatte Jens seine Beziehungen weltweit ausgebaut. Händler, Sammler und Galeristen warteten darauf, ihr Gebot abzugeben, sobald er einen Fund avisierte. Nun fieberten sie sabbernd dem Moment entgegen, in dem er ihnen *den Turm* in Aussicht stellen würde. London konkurrierte mit New York, Tel Aviv mit Zürich; und er hatte die Macht und die Wahl.

Ein Husten in der Nähe zog seine Aufmerksamkeit auf sich. Auf der etwas höhergelegenen Straße sah er eine Gestalt auf einem Mofa sitzen und rauchen. Sie wandte sich ihm kurz zu, wahrscheinlich hatte sie sein Lachen gehört, dann drehte sie den Kopf wieder weg. Wenn diese Göre nicht in den nächsten Sekunden verschwand, musste er notgedrungen seinen

Standort wechseln. Er kniff die Augen zusammen. Das war das gleiche Mädchen, mit dem Liebknecht auf dem Friedhof herumgesessen hatte. Jens zog sich ein Stück hinter den Baum zurück. Das gefiel ihm nicht. Beobachtete die den Polizisten etwa auch? Er musste dringend Erkundigungen über sie einziehen. Die Kleine lag eindeutig auf der Lauer. Und damit störte sie seine Kreise.

Dienstag, 18. September, Erbach, 15:00 Uhr
– Marcel Neidhard -

Marcel ahnte bereits, was ihn erwartete, als er leise ins Büro schlüpfte. Brenners Stimme hörte man weit über den Flur. Sylvie saß mit eingezogenem Genick in ihrer Ecke und verdrehte vielsagend die Augen. Marcel grüßte wortlos, was Staatsanwalt Kreim mit einem Kopfnicken quittierte. Seine Anwesenheit bedeutete nichts Gutes. Er lehnte mit dem Hintern an der Schreibtischkante, die Beine lang ausgestreckt und die Füße übereinandergelegt. Das sah nicht nur lässig aus, der Mann war eindeutig höchst entspannt. Brenner war es nicht.

»Du brauchst dich gar nicht anzuschleichen, Neidhard«, blaffte er. »Erklär dem Herrn Staatsanwalt doch bitte persönlich, wieso einer meiner Ermittler einen ganzen Tag verschwendet, um in der Weltgeschichte herumzufahren und ein Schwätzchen zu halten, das er genauso gut telefonisch hätte erledigen können. Und das ohne meinen Auftrag, ohne meine Zustimmung, sogar ohne mein Wissen.«

Die Ohrfeige kam härter als gedacht. Marcel bleckte die Zähne zu einem angedeuteten Lächeln. »Kein Problem.«

Wenn Brenner meinte, ihn hier öffentlich an den Pranger stellen zu müssen, konnte er sich auf was gefasst machen. Beißen konnte er auch. Der Vorwurf war nur zum Teil gerechtfertigt und genau genommen unfair. Als Habekost am Morgen mit seiner Information rausgerückt war, hatte Marcel sich entschieden, der Spur zu folgen. Brenner war nicht da gewesen und auch telefonisch nicht zu erreichen, wie so häufig in den letzten Tagen. Sollte er das dem Staatsanwalt erzählen? Oder lieber, dass Sylvie Bescheid gewusst und Brenner garantiert sofort nach dessen Eintreffen ins Bild gesetzt hatte? Betont langsam zog Marcel die Jacke aus und hängte sie über den Stuhl. Sein Blick streifte Brenner. Nein, er war nicht scharf auf seinen Job, aber genau jetzt hätte er spielend leicht kontern und ihn wunderbar in die Pfanne hauen können. Wie Brunhilde es ihm ohne Zögern zutraute. Aber so was machte man nicht unter Kollegen. *Er* machte so was nicht, verdammt noch mal.

»Ich habe einen Tipp bekommen, dass es sich lohnen könnte, das Verhältnis zwischen Linda Bruchhagen und dem Anwalt, der die Familie und auch die Firma vertritt, eingehender zu betrachten. Da ich schon mal das Vergnügen hatte, ist mir klar gewesen, dass ich am Telefon keine Chance habe. Dieser Doktor Pfeiffer hätte einfach aufgelegt, wenn ihm eine Frage nicht gefällt. Und von meinen Fragen hat ihm keine gefallen. Wer antwortet schon gern darauf, ob das Verhältnis zur Frau seines Arbeitgebers und angeblich besten Freundes ein *Verhältnis* war. Ob er mit ihr gepoppt hat, um es eindeutig auszudrücken. Ob es noch weitere gemeinsame Interessen gab – abgesehen vom möglichen Beischlaf –, schließlich wissen wir von Bruchhagen selbst, dass der Anwalt ihm Linda vorgestellt hat. Also hätte es ja sein können, dass die zwei sich über ihre Kunstleidenschaft schon länger kannten und den Pappkameraden über krumme Kunstgeschäfte ausnehmen wollten. Fand Doktor Pfeiffer nicht so wirklich komisch, aber witzig war das ja auch nicht gemeint. Interessant war für mich an der Stelle, dass er ganz ruhig geblieben ist. Kein Aufschrei und wildes Dementi. Im Gegenteil, er hat mir bestätigt, dass Linda Ehlers, äh, Bruchhagen, einen ordentlichen Verbrauch an Männern hatte. Und er hat mir frei von der Leber weg gesagt, dass er mit der Hochzeit nicht einverstanden gewesen ist. Was im Widerspruch zu seiner Aussage bei unserer ersten Begegnung steht, dass sie sich gut verstanden. Aber es passt zum Ehevertrag, den er für Bruchhagen aufgesetzt hat. Den haben wir vergangene Woche schon eingesehen. Eine Notiz dazu sollte Ihnen vorliegen, Herr Kreim.« Der Staatsanwalt nickte. »Außerdem fand er Lindas Vergangenheit zweifelhaft. Über ihre Kindheit und Jugend ist fast nichts bekannt, da hat sie sich in Schweigen gehüllt, und auch meine Nachforschungen sind bisher absolut unergiebig. Sie hat im Ausland Kunstgeschichte und Archäologie studiert, jedoch beides ohne Abschluss, und ist ausgesprochen viel und weit gereist. Zu Museen, Ausstellungen, Ausgrabungsstätten … auch während der Ehe – dann selbstverständlich auf Bruchhagens Kosten und mehrfach auch ohne ihn. Das war O-Ton Doktor Pfeiffer.«

Brenner rang spöttisch die Hände. »Und dafür fünf Stunden, Marcel. Fünf Stunden?«

Die Fahrt allein hatte ihn vier Stunden gekostet, daran ließ sich nichts ändern. Aber das Gespräch war zügig und effektiv über die Bühne gegangen. Marcel stöhnte genervt. Was wollte Brenner von ihm? Dass er sich für seinen Arbeitseinsatz entschuldigte? Er hatte versucht, die kripointerne Unstimmigkeit dem Staatsanwalt gegenüber auszublenden und zu überspielen. Aber es sah nicht danach aus, als ob Brenner das kapierte.

»Was schließen wir denn jetzt daraus, Herr Neidhard?« Staatsanwalt Kreim sah weder beeindruckt noch verärgert aus. »Außer, dass Sie anscheinend – genau wie ich – Ihre Zweifel an der Schuld Steffen Landaus haben.«

Brenner klatschte sarkastischen Applaus, und Marcel zuckte zusammen. Das nannte man wohl ein klassisches Eigentor. Offenbar zweifelte Brenner nach wie vor nicht.

»Was Sie nämlich gerade verpasst haben ist, dass die Staatsanwaltschaft beschlossen hat, Herrn Landau wieder auf freien Fuß zu setzen. Von eindeutiger Beweislage kann nicht die Rede sein, und das Motiv – wenn auch vorhanden – ist dünn. Fluchtgefahr sehe ich auch nicht. Der Mann hat einen festen Wohnsitz, eine Arbeitsstelle und zwei kleine Kinder.« Kreim entfaltete die Beine und stand auf. »Kommissar Brenner, nichts für ungut, den Mann vorläufig festzusetzen war vollkommen in Ordnung, ist aber einfach nicht länger begründbar. Wir haben noch ein paar Kandidaten zum Thema Eifersucht, wenn ich mich nicht irre. Die Liste derer, die wir um eine DNA-Probe gebeten hatten, war lang. Da stellt sich mir nicht unbedingt die Frage, wer etwas mit Linda Bruchhagen gehabt hat, sondern viel eher: wer nicht. Und die Richtung, die Kommissar Neidhard angedacht hat, gefällt mir ebenfalls ganz gut. Undurchsichtige Vergangenheit des Opfers – ist doch auch schön als Einstieg!« Er wandte sich zur Tür. »Bleiben Sie dran. In diesem Sinne, meine Dame, meine Herren: Wir sehen uns morgen früh, neun Uhr zum Update.«

Dienstag, 18. September, Vielbrunn, 16:30 Uhr
– Frank Liebknecht –

Mit leisem Gurgeln bahnte der Kaffee sich seinen Weg durch die Maschine. Das kräftige, bittere Aroma breitete sich in der Küche aus. So viel Zeit müsse er haben, hatte Pfarrer Käppler beschlossen. Ein Nachmittag ohne eine anständige Tasse Kaffee und ein paar Süßigkeiten komme überhaupt nicht infrage. Ein notwendiges Ritual. Jedes Problem schrumpfe dadurch zu einer Herausforderung zusammen, die sich lösen ließe. Die eine schneller, die andere langsamer.

Käppler verschwand über den Hof, von dem aus ein kleiner Weg zum Gemeindebüro führte, um das Kirchenbuch zu holen, das sie schon einmal gemeinsam bemüht hatten. Frank lauschte dem Öffnen und Schließen verschiedener Türen und dem Knarren alter Dielenbretter. Das aufgeschlagene Buch in der Hand, kam Käppler zurück und stellte eine Packung Kekse vor Frank auf den Tisch. Die Zwangsmeditation, die er ihm auferlegte, ging nach hinten los. Frank kaute auf den Nägeln, kratzte sich den Nacken, trommelte geräuschlos auf seinen Oberschenkeln, zählte schließlich die letzten Tropfen mit, die sich in Zeitlupe vom Filter lösten und dann Wellen in der Kanne schlugen.

»Jetzt ist er fertig«, bemerkte der Pfarrer mit einem Lächeln, ohne das Buch beiseitezulegen. Nach seiner Anweisung füllte Frank die bauchigen blauen Tassen mit den cremefarbenen Tüpfeln bis zur Hälfte mit Milchschaum, dann goss er mit dem starken Kaffee auf.

»Danke, Herr Liebknecht. Ich habe Sie bei unserem Kirchfest zum Dekanatstag am vergangenen Sonntag vermisst.«

Frank kniff getroffen die Augen zusammen. Ein übler Fauxpas, nachdem sie in den Wochen zuvor oft darüber gesprochen hatten. »Tut mir leid. Ja, ich wollte, aber … mir ist was dazwischengekommen, was ich nicht aufschieben konnte.«

»Ach schon gut, es war ja auch vor allem auf Familien mit Kindern ausgerichtet, da liegen Sie noch etwas außerhalb der Zielgruppe.« Pfarrer Käppler lachte, ohne seine Lektüre des Kirchenbuches zu unterbrechen. »Das kann sich in den nächsten Jahren ja ändern, und dann würde ich mich über Ihre Anwesenheit freuen … Da! Jetzt habe ich ihn.« Er hob den Kopf und häufte sich drei Löffel Zucker in den Kaffee, während er vorlas. »Albert Faulhaber, gefallen am 12. September 1939 in Warschau. Absturz über Feindgebiet, genauer steht es hier nicht. Aber so wie ich das sehe, war das einer der großen Luftangriffe auf die Stadt. Das passt dann zu Ihrer Information, dass er Pilot war.«

»Ähm, nein, Pilot?« Frank stutzte. »Davon hatte ich keine Ahnung. Aber als ich zuletzt bei Ihnen war, hatte ich nach einem Luftkampf hier bei Vielbrunn gefragt.«

Käppler griff zum Keks, tunkte ihn in seine Tasse und schob die Packung zu Frank hinüber. »Ach ja, stimmt. Wahrscheinlich habe ich das deshalb durcheinandergebracht. Sie suchten auch nach einem Heinrich. Konnte Herr Arras Ihnen weiterhelfen?«

»Ja, konnte er. Es gab allerdings keinen Angriff auf Vielbrunn, wie ich zuerst gedacht hatte, aber einen abgeschossenen Flieger, der ganz in der Nähe runterkam, kurz vor Kriegsende 1945. Heinrich ist als Kind Augenzeuge gewesen und hat den verletzten Piloten versorgt.«

»Das ist ja dann erst recht merkwürdig.«

»Was genau?« Frank zerbrach seinen Keks auf dem Tischtuch.

»Sie suchen *keinen* Piloten und finden zwei. Wir gehen von

einem Absturz aus, doch auch hier sind es zwei. Und ebenfalls zweimal taucht der Name Faulhaber auf.«

Frank stutzte kurz. Dann fiel ihm wieder ein, dass auf der Gefallenenliste außer Albert auch noch ein Alfred Faulhaber verzeichnet war. »Na ja, es war Krieg. Halten Sie die Überschneidungen da wirklich für ungewöhnlich? Wo ein Flieger runterkommt, muss auch ein Pilot sein. Zwischen den Ereignissen liegen fast sechs Jahre, und der zweite Faulhaber hatte nichts mit der Sache zu tun, die ich aufzuklären versuche.«

Käppler schaute ihn überrascht an. »Sind Sie da sicher?«

Frank fuhr sich mit beiden Händen durch die Haare. »Nein. Sicher bin ich mir bei gar nichts mehr. Gibt es denn etwas Spannendes über diesen Alfred zu erfahren?«

»Nun, zuallererst, dass er Alberts jüngerer Bruder war.« Käppler beugte den Nacken wieder tief über die alten Aufzeichnungen. »Schrecklich«, brummte er dabei. »Niemand sollte das eigene Kind beerdigen müssen. Auch wenn es schon erwachsen ist. Aber gleich beide Söhne an den Krieg zu verlieren ist besonders bitter. Ich bezweifle, dass es ihr ein großer Trost gewesen ist, doch immerhin konnte die Mutter einen der beiden zu Hause beerdigen.«

Wie ein Tiger kurz vor dem Sprung rutschte Frank auf die Stuhlkante, oder eher wie eine Antilope, mit leicht auslösendem Fluchtreflex. Er wollte nichts mehr von Beerdigungen hören. Doch die Toten waren allgegenwärtig, kreisten ihn ein.

»Sie sollten mal abschalten, Herr Liebknecht. Ihre Unruhe ist ja förmlich mit Händen zu greifen.« Käppler riss ein Blatt von seinem Notizblock. »Ich schreib Ihnen die Namen und Daten auf. Und Sie versprechen mir, dass Sie heute früh Feierabend machen. Fahren Sie nach Hause, schalten Sie das Telefon aus und schlafen Sie. Seien Sie nicht erreichbar, und vergessen Sie alles, was in Ihrem Kopf rotiert. Sie werden staunen, aber die Welt dreht sich weiter, auch wenn Sie Pause machen.«

»Was hilft das? Die Probleme sind morgen immer noch da.«

»So ist es. Aber Sie lassen sich besser lösen, wenn man ausgeschlafen ist.« Aufmunternd klopfte Käppler ihm auf die Schulter.

Frank steckte den Zettel ein. »Danke, ich werde es versuchen.«

Vor dem Pfarrhaus lehnte sein Fahrrad an der Wand. Er öffnete das Schloss und blieb mit dem Helm in der Hand unschlüssig stehen. Natürlich lag der Pfarrer völlig richtig. Nur wie sollte er das Karussell seiner Gedanken zum Stillstand bringen? Sich mit purer Willenskraft zum Schlafen zu zwingen war eine nette Utopie. Wer diesen Kampf gewinnen würde, stand von vornherein fest. Er stopfte die Uniformjacke in die Packtasche auf dem Gepäckträger. Dafür musste er später mit dem Bügeleisen büßen, aber das war es wert. Sich erst noch umzuziehen dauerte einfach zu lange. Wenn er die Chance auf eine geistige Auszeit haben wollte, musste er schwitzen und zwar jetzt sofort. Hügel hoch und Hügel runter. Immerhin war dieses Vorhaben in Vielbrunn leicht umzusetzen.

»Hinter die sieben Berge, zu den sieben Zwergen«, murmelte er und schwang sich auf das Rad.

Eine weite Schleife musste es werden bis hinunter an den Main, dann durch das Borntal, vorbei an dem abgebrannten Hof und zurück über die Kuppe mit Blick zum Dorf. Spätestens dort oben auf dem Segelflugplatz würde ihn alles wieder einholen. Vielleicht auch schon früher.

Dienstag, 18. September, Murnau, 16:45 Uhr
– Kati Sonnleitner –

Der Beamte der Kriminalpolizei Garmisch-Partenkirchen saß Kati Sonnleitner im Restaurant des *Hotel Angerbräu* gegenüber. Sie fühlte sich unwohl dabei, eine Aussage zu machen und sich in fremde Angelegenheiten einzumischen. Aber unter diesen Umständen sah sie keine andere Möglichkeit. Sie deutete zum Nebentisch.

»Da am Fenster hat er gesessen, am Freitagabend und am Samstag noch einmal.«

»Allein?«

»Ja, drum habe ich mich ja auch mit ihm unterhalten.«

Der Beamte zog die Augenbrauen hoch.

»Jetzt schaun S' nicht so, der war doch viel zu jung für mich. Fünfundzwanzig, allerhöchstens dreißig Jahre alt. Nur weil es langweilig ist, so allein umeinanderzusitzen, habe ich ihn halt angesprochen und gefragt, warum er da ist.«

»Und ein bissl neugierig sind S' schon auch gewesen.«

Sie verschränkte die Arme vor der Brust und schnaubte. »Wollen Sie jetzt wissen, was ich weiß, oder nicht?«

»Bittschön, Frau Sonnleitner. Ich bin ganz Ohr.«

»Also, am Freitag hat er gesagt, dass er wegen der Russen da ist. Genau so hat er es gesagt: *wegen der Russen*. Das ist mir erst gar nicht aufgefallen. Aber jetzt, wo sie tot ist, die Russin, da hab ich mich erinnert. Ich hab ihm erklärt, wie er zu dem Haus kommt, wo die Münter gewohnt hat mit ihrem Kandinsky, und am Samstag ist er dann dort gewesen.«

»Hat er Ihnen das selbst erzählt?«

»Ja freilich, sonst wüsst' ich's ja nicht. Dort muss er die Russin getroffen haben.«

»Hmhm.« Der Beamte kritzelte auf seinen Schreibblock, ohne den Kopf zu heben. »Sonst noch was?«

»Die, die jetzt tot ist«, fügte Kati etwas lauter hinzu und versuchte, einen Blick auf seine Notizen zu werfen.

»Ist schon klar, welche. Wegen der bin ich ja da. Aber das wissen Sie nicht sicher, ob sie einander begegnet sind, der Gast und die Russin?«

Mit zusammengepressten Lippen schüttelte Kati den Kopf. Der Mann von der Kripo dachte jetzt sicher, dass sie sich nur wichtigmachen wollte. Aber so war das nicht. Fieberhaft überlegte sie, was noch von Belang sein konnte.

»Briefe hat er dabeigehabt, mit einer Frauenhandschrift drauf«, sagte sie entschlossen. »Die Anschrift habe ich nicht lesen können, aber altmodisch hat es ausgesehen. Drum habe ich ihn gefragt, ob er seine Oma besucht. Hat er aber nicht.« Der Beamte wirkte nicht sonderlich beeindruckt. Dann fiel ihr doch noch etwas ein. »Als er am Samstagabend gegangen ist, hat er auf dem Tisch ein paar Papierfetzerl liegen lassen, die ich weggeräumt habe. Einen Kassenzettel, Bonbonpapierchen und zwei Tickets für die Staffelseerundfahrt waren dabei. Zwei! Die wird er ja wohl nicht beide für sich gekauft haben.« Triumphierend beobachtete Kati, wie sich der Blick des Kommissars veränderte. Er schenkte ihr seine volle Aufmerksamkeit.

»Wie hat er denn ausgesehen, Ihr Gast?«

»Sympathisch. Jedenfalls nicht gefährlich.«

»Das kann ich so aber nicht aufschreiben, Frau Sonnleitner. Es darf schon etwas genauer sein. Größe, Statur, Haarfarbe … Außerdem ist ja längst nicht sicher, ob er mit der Tat was zu tun hat und somit gefährlich ist, der sympathische Herr.«

»Mittelgroß, würde ich sagen, schon sportlich, aber nicht

muskulös, eher drahtig, wie die Mountainbiker. Dunkle Haare mit Locken und länger, so bis ins Genick. Gepflegte Hände, kurze Nägel, kein Ring und eine Nase wie ein Indianer.«

Der Beamte hörte auf zu schreiben. Mit so vielen Details hatte er wohl nicht gerechnet.

»Und braune Augen hat er, mit einem leichten Schlag.« Kati legte die Zeigefinger über Kreuz. »So hat er damit geschaut, aber sehr charmant. Sonntagmittag ist er abgereist.«

»Seinen Namen wissen Sie nicht zufällig auch?«

»Sicher weiß ich den. Der hat ja hier im Hotel gewohnt.« Er hatte ihr schon recht gut gefallen, aber keinerlei Interesse signalisiert. So wie der Beamte grinste, konnte er ihre Gedanken ziemlich deutlich in ihrem Gesicht ablesen.

»Ich habe die Chefin erst vorhin danach gefragt, bevor Sie gekommen sind«, fügte sie schnell hinzu. Der Kommissar sollte nicht glauben, dass es für sie normal war, Gästen hinterherzuspionieren oder gar jüngeren Männern nachzustellen. »Frank Liebknecht heißt er, und die Adresse habe ich auch.«

Mittwoch, 19. September, Vielbrunn, 3:58 Uhr
– Frank Liebknecht –

Flieger stürzten in Serie zu Boden, Bomben hagelten auf die Welt, rissen alles auseinander, und blaue Pferde galoppierten über den Himmel. Sie rannten, wurden eins, bis der Reiter von einem Granatsplitter getroffen herunterfiel. Blut strömte aus der Wunde an seiner Schläfe. Die Augen, die Schönheit und Harmonie gesucht hatten, erloschen im Staub. Der Tod erwischte jeden. Es war nur eine Frage der Zeit. Der Tod hatte einen Plan.

Die Kälte weckte Frank auf. Sein Gesicht lag auf der Tastatur des Laptops. Im Zimmer war es ebenso dunkel wie auf dem Bildschirm. Kein Saft mehr auf dem Akku. Frank rollte sich vom Sofa und tappte hinüber zum Bett. Licht brauchte er dazu nicht. In seinem Kopf hörte er Darja Zwetkowas Stimme flüstern.

Sehen Sie die Ironie, Herr Liebknecht? Ausgerechnet auf dem Rücken eines Pferdes kam für Franz Marc der Tod.

Bäuchlings fiel Frank auf die Matratze und zog die Decke bis über die Ohren. Schlafen, nur weiterschlafen und bloß nichts träumen.

Er hatte versucht, Pfarrer Käpplers Rat zu folgen, und am Nachmittag zuallererst das Telefon ausgeschaltet, nachdem er noch schnell auf Nicos Anrufbeantworter hinterlassen hatte, dass er wieder mal nicht zum Treffen der Band erscheinen würde. Für eine Weile hatte er allen Rätseln entkommen können, beim Fahrradfahren und anschließend beim Einüben einer komplizierten Tonfolge am E-Bass, die ihm seit Wochen nicht gelingen wollte. Er hörte erst auf, als sich tiefe Rillen in seine Fingerkuppen gedrückt und sie taub gemacht hatten. Dann nahm er die Notiz des Pfarrers aus der Tasche und die alten Briefe und schaltete den Laptop ein.

Alles hängt mit allem zusammen.

Von wem diese Weisheit stammte, konnte er nicht sagen, nur, dass sie auch in diesem Fall zuzutreffen schien. Aber die Erkenntnis nutzte nicht das Geringste, wenn er nicht klären konnte, wie.

Das Netz informierte ihn über den Polenfeldzug und die Zerstörung Warschaus, über die Bildung von Regimenten, Divisionen und Geschwadern; es erklärte ihm Kriegsstrategien und Feindbilder, überrollte ihn mit Fakten und Zahlen. Doch am Ende blieb in seiner Rechnung das Wesentliche weiter offen: die Wahrheit.

Zwei tote Brüder, zwei Flugzeugabstürze, zwei Männer, die angeblich unter direktem Befehl Görings gestanden hatten. Einer davon Albert Faulhaber aus Vielbrunn, der sich mit Traudl Angerer verlobte, der um ihre Liebe zu Franz Marcs Bildern wusste und Zugang zu den Gemälden in Görings Besitz hatte. Der andere Pilot ließ sich Jahre später ausgerechnet über Vielbrunn abschießen, um dann von Heinrich Ritter gefunden zu werden und ihm von Görings Kunstsammlung zu erzählen. Am 23. März 1945. Das war der gleiche Tag, an dem der Flakschütze Alfred Faulhaber, Alberts Bruder, wenige Kilometer von Vielbrunn entfernt in Breuberg ums Leben kam. Der Tag, an dem Heinrich begann, von blauen Pferden zu halluzinieren.

Waren das alles nur zufällige Überschneidungen? Das Leben ging manchmal seltsame Wege, die sich überkreuzten und wieder trennten. Manche nannten es Schicksal. Aber Frank glaubte nicht daran. Er hatte gelernt, dem Zufall zu misstrauen.

Mittwoch, 19. September, Erbach, 9:10 Uhr
– Marcel Neidhard –

Das Telefon gab keinen Mucks von sich. Zum dritten Mal hintereinander nahm Marcel den Hörer ab und lauschte dem Signalton. An der Leitung lag es nicht, dass Brenner sich nicht meldete. Der Blick zur Uhr machte ihn nervös. Im Besprechungszimmer hockte Staatsanwalt Kreim seit geschlagenen zehn Minuten. Sylvie ließ das Handy sinken und schüttelte stumm den Kopf. Also auch bei ihr wieder ein Anruf ins Leere.

Auf Zehenspitzen huschte sie herüber, beugte sich zu ihm und legte die Hand auf seinen Arm. »Was machen wir denn jetzt? Ewig wird Kreim nicht stillhalten und warten«, flüsterte sie. »Hast du irgendwas, was wir ihm geben können?«

Marcel zog eine verneinende Grimasse. Ohne Brenners Segen sprach er garantiert nicht mit Kreim.

»Habt ihr nichts zu tun?« Unvermittelt knallte Brenner seine Tasche neben Marcel auf den Tisch. »Dein Platz ist da drüben, Klingelhöfer. Mach die Bluse richtig zu und wisch dir dieses grauenhafte Duftwasser ab.«

Sylvie richtete sich auf und schaute an sich herunter. »Aber, Brenner …« Ihr Gesicht glühte feuerrot.

Auch wenn sie für Marcels Geschmack manchmal zu sehr auf Tuchfühlung ging, konnte man ihr in Bezug auf ihre Kleidung keinerlei Fehlverhalten anlasten. An ihrer Bluse war nichts auszusetzen. Es sei denn, man suchte nach einem Kritikpunkt. So wie Brenner es ganz offensichtlich tat.

»Neidhard, du hattest einen klaren Arbeitsauftrag. Bist du

damit schon fertig? Oder hast du für heute wieder andere Pläne? Dann wäre ich dir sehr verbunden, wenn du mir die umgehend mitteilst. Ich habe nämlich gleich einen Termin.«

»Bin dran, Brenner. Und dein Termin wartet schon …«

Ohne ein weiteres Wort rannte Brenner davon und schloss die Tür mit einem deutlichen Ruck. Er wirkte immer noch reichlich angepisst.

»Hey.« Marcel streckte die Hand aus und winkte Sylvie zurück. Ihre Augen glänzten verdächtig. »Mach dir keinen Kopf. Du bist völlig okay und dein Parfüm auch.« Soweit er das beurteilen konnte. Er stand nicht besonders darauf. Für ihn roch das alles mehr oder weniger gleich aufdringlich und wurde ihm schnell zu viel. Aber Sylvie hatte in dem Punkt normalerweise ein gutes Gefühl für das richtige Maß.

»Was ist denn los mit Brenner? Hast du ihn schon mal so erlebt?«

»Nein. So gereizt kenne ich ihn nicht. Nimm es nicht persönlich, Sylvie. Seine Biestigkeit trifft uns im Moment alle. Vielleicht ist er ja krank und hat Arzttermine, über die er nicht reden will. Das würde auch erklären, warum er später kommt oder über den Tag plötzlich weg ist. Wenn ich mich nicht sehr verguckt habe, hat er sich heute nur auf einer Seite rasiert. Er wirkt ganz ordentlich zerknautscht in letzter Zeit.«

»Meinst du, wir können was für ihn tun?«

Marcel grinste. »Für ihn? Für uns: Kopf runter und in Deckung gehen wie bei einem Sandsturm. Mund zu, weil es sonst knirscht zwischen den Zähnen. Irgendwann ist es vorbei. Und bis dahin machen wir einfach unsere Arbeit.« Skeptisch zog Sylvie die Brauen zum Haaransatz. »Unauffällig und diskret«, ergänzte er. »Und so, wie *wir* es für richtig halten.«

Sie atmete auf. »Ich dachte schon, wir müssten kuschen, um den Meister bei Laune zu halten.«

»Für seine Laune wäre es ein guter Anfang, den Fall aufzuklären. Hinterher ist es egal, wie es gelaufen ist. Nur sollte es möglichst keine neuen Komplikationen mehr geben. Ich plädiere sehr für eine schnelle und glatte Lösung.«

»Dein Wort in Gottes Gehörgang.«

Nur fehlte Marcel die passende Idee, wie diese einfache Lösung aussehen könnte. Komplizierte Varianten hatte er noch einige im Hinterkopf. Er knibbelte an seinem Ohr herum. Dort, wo früher mal ein Ohrring gesteckt hatte, fühlte er eine kleine Verhärtung. »Obwohl dieser Doktor Pfeiffer mir gestern wirklich eine Menge verraten hat, kommt er mir immer noch komisch vor. Als ob da noch was ist, was er nicht gesagt hat.«

»Du meinst, er hatte vielleicht doch ein schlüpfriges Techtelmechtel mit der wilden Linda?« Unter den Papieren auf Marcels Tisch zupfte Sylvie ein Blatt mit der ausgedruckten Fotografie heraus, die Linda vor der Festbühne in Vielbrunn zeigte. »Das Bild könnten wir uns eigentlich teilen. Du kriegst die schöne Tote und ich den Bassisten.«

Marcel nahm ihr das Blatt ab und legte es beiseite. »Der Anwalt hatte nichts mit Linda. Das glaube ich ihm. Sein Groll ist echt und seine Loyalität Bruchhagen gegenüber auch.«

»Dann hat er sie um die Ecke gebracht, um seinen Freund von ihr zu befreien?«

»Oder er deckt ihn. Jedenfalls war Habekosts Tipp nicht übel, auch wenn ich den Typ zum Kotzen finde.«

Mit einem kleinen Aufschrei klatschte Sylvie sich die Hand gegen die Stirn. »Ach Mist, habe ich gestern bei Brenners Tobsuchtsanfall völlig vergessen. Als du bei dem Anwalt gewesen bist, kamen die Antworten rein zu den Pressefritzen, die du wegen der Beerdigung überprüft haben wolltest. Sauber bis auf einen. Jens Fischbach. Den gibt es nicht.«

»Was heißt: Den gibt es nicht?«

Nebenan hörte man Stühle rücken, und Sylvie machte einen Satz quer durchs Büro. »Ich schicke es dir gleich per Mail. Was ist jetzt mit dem Foto, brauchst du das noch?«

Er hatte schon befürchtet, dass sie das ernst meinte. »Kannst du haben«, sagte er zögernd. Es ging ihn nichts an. »Nur tu dir einen Gefallen, Sylvie: Geh es langsam an und lass ihm noch ein bisschen Zeit.«

Sie tippte sich mit zwei Fingern an die Stirn. »Ist notiert, Sir.«

Marcel wandte sich seinem Bildschirm zu und suchte nach Habekosts Nummer. Dem würde er einen ordentlichen Einlauf verpassen, sollte er herausfinden, dass der mehr über Fischbach wusste, als er verraten hatte. Seine Stimmung hellte sich sofort auf. Einen Reporter verbal auf Streichholzschachtelformat zusammenzufalten war genau das, was er jetzt brauchte.

Brenner kam aus dem Besprechungszimmer geschossen, eine zornige Furche auf der Stirn. Fast im gleichen Moment klingelte das Telefon, und Sylvie ging sofort ran. Marcel musste grinsen. So schnell war sie sonst nicht, und gegen ihre Gewohnheit hatte sie seit einer halben Stunde nichts gegessen. Vielleicht hatte Brenners miese Laune ja auch gute Seiten, wenn sie sich beschleunigend auf Sylvies Arbeitsmoral und bremsend auf ihr Essverhalten auswirkte.

»Für dich, Chef«, rief sie Brenner zu. »Kriminalpolizei Garmisch-Partenkirchen, Amtshilfeersuchen in einem Mordfall.«

Mittwoch, 19. September, Beerfelden, 10:00 Uhr
– Frank Liebknecht –

Über die B 47 kurvte Frank durch den Wald und ließ Vielbrunn hinter sich. Er hatte aufgehört, darüber nachzudenken, ob er seine Pflichten vor Ort vernachlässigte. Die Lösung des Rätsels um das verschollene Gemälde lag zum Greifen nah. Er musste nur die zeitliche Abfolge der Ereignisse richtig sortieren und herausfiltern, wo bei den Einzelteilen der Geschichten das Wissen endete und die Vermutung begann. Über die vielen Jahre verzerrte sich manches oder wurde ganz vergessen.

Kurz vor Erbach bremste ihn ein Laster aus. Frank machte einen kleinen Schlenker nach links, um an ihm vorbeizusehen, aber an ein Überholmanöver war nicht zu denken. Na super, er hasste es, eingekeilt hinter einem Lkw durch die Stadt zu zuckeln. Im Rückspiegel bemerkte er in deutlicher Entfernung einen schwarzen BMW. Der klemmte sicher gleich hinter ihm, um ihn mit Lichthupe und nervösem Gasfuß zu nerven und dabei fast in seinen Kofferraum zu kriechen.

Frank fummelte am Radio herum, fand aber auf keinem Sender Musik, die ihm gefiel. Der Abstand zu seinem Hintermann verringerte sich nicht. Merkwürdig. Erst als sie das Ortsschild passierten, rückte der schwarze Wagen näher. Hamburger Kennzeichen, wie der auf dem Parkplatz der Württembergischen-Karton-Betriebe in Baden-Baden. Sah er mal wieder Gespenster?

Kurz entschlossen bog er bei der nächsten Gelegenheit links ab. Im Schritttempo fuhr er weiter, schaute mehr nach hinten als nach vorn und rollte am Parkplatz des Elfenbeinmuseums vorbei. Nichts. Kopfschüttelnd machte er sich wieder auf zur Hauptstraße und setzte seinen Weg fort.

Sein Nacken verkrampfte sich, seine Finger krallten sich um das Lenkrad. Erinnerungen wurden wach, und er biss die Zähne aufeinander. Er war nicht auf der Flucht, und niemand befand sich in akuter Gefahr.

Tief sog er den Atem ein. In den Bauch sollte er fließen, zum Nabel und zur Narbe, sollte sich ausbreiten, den Kopf freimachen, die Muskel lockern. Mit offenem Mund stieß er die Luft wieder aus. Die Übung funktionierte nicht. Sein Atem wurde lauter und schneller, transportierte weniger Sauerstoff, machte ihn nervös, statt ihn zu beruhigen. Fluchend verpasste er dem Lenkrad einen Hieb. Das fühlte sich schon wesentlich besser an.

Die Straße schlängelte sich weiter durch sattgrünes Gelände, vorbei am Abzweig zum Marbachstausee. Keine zehn Minuten mehr bis zu seinem Ziel in Beerfelden. Dort musste er nur Thea überzeugen, dass sie ihn zu Heinrich Ritter durchließ, auch wenn seine Tochter ihr sicher eingeschärft hatte, genau das nicht zu tun.

Am Rande seines Blickfeldes nahm Frank wahr, wie sich die Motorhaube eines Autos aus einer Einfahrt schob. Schwarz, Blinker in seine Richtung. Ohne zu überlegen, beschleunigte er, überholte innerorts einen Traktor und direkt im Anschluss zwei Pkw, raste die Bundesstraße entlang und mit unvermindertem Tempo auf die nächste enge Kurve zu. Noch war der Wagen hinter ihm nicht zu sehen. Er hielt sich mit beiden Händen fest, um nicht ins Schleudern zu geraten, und fuhr geradeaus weiter, auf einen Verbindungsweg, statt dem Straßenverlauf weiter zu folgen.

Was zum Kuckuck ging hier vor? Es gab nur eine plausible Erklärung: Bruchhagen hatte ihn belogen und doch einen

Privatdetektiv engagiert. Fragte sich nur, warum der sich ausgerechnet ihm an die Fersen heftete, wenn er den Mord an Linda aufklären wollte. Auf diese Spielereien hatte er beim besten Willen keine Lust. Und erst recht nicht, sich wegen dieser Sache den Schädel zu spalten, weil er versuchte, einen Schnüffler abzuhängen. Sollte der ihm noch mal in die Quere kommen, würde er anhalten und ihn zur Rede stellen. Das war bei Weitem vernünftiger.

An Thea vorbeizukommen war einfacher als erwartet. Ein paar freundliche Worte und die mitgebrachte Schachtel Pralinen genügten. Frank versprach hoch und heilig, nicht lange zu bleiben und garantiert verschwunden zu sein, ehe Ingeborg Werle zum Mittagessen zu Hause eintraf – notfalls mit einem Sprung über den Zaun zum Nachbarn. Thea gab ihm kichernd einen Klaps auf die Schulter und schickte ihn in den Garten.

Etwas abseits, aber mit Blick zum Haus, saß Heinrich auf einer Bank vor dem Geräteschuppen.

»Guten Morgen.«

Frank setzte sich zu ihm. Er war sich wieder nicht ganz sicher, ob er ihn nun Heinrich nennen sollte oder Herr Ritter. Der alte Mann nickte ihm zu, führte, statt zu antworten, mit schelmischem Lächeln zwei Finger an die Lippen. Wortlos packte Frank den Tabak aus, und Heinrich brummte zufrieden. Mit geschlossenen Augen inhalierte er die ersten Züge, während Frank sich vorsorglich im Garten umsah. Nur für den Fall, dass er sein Versprechen mit der Flucht über den Zaun am Ende wirklich wahr machen musste.

»Ich muss noch etwas wissen«, sagte er unbestimmt und wartete, bis das nächste Brummen anzeigte, dass Heinrich ihn gehört hatte. »Wie der Pilot geheißen hat. Und ob er von einer Frau gesprochen hat. Von seiner Verlobten, die er heiraten wollte.« Frank wählte in der Anrede den Kompromiss. »Erinnern Sie sich, Heinrich? Wie ist das damals gewesen, als Sie ein Junge waren und den Flieger gerettet haben? Den Namen haben Sie bestimmt nicht vergessen. Sie haben ihn gerettet, und deshalb sind Sie ein Held. Nicht wahr?« Sanft legte Frank seine Hand auf die runzligen Finger und hinderte Heinrich für einen Moment am Rauchen. »Es war noch ganz früh am Morgen, Heinrich. Der 23. März 1945. Es muss kalt gewesen sein auf dem Hügel, als Sie da gesessen und miteinander geraucht haben. Der Retter und der Gerettete …«

Heinrich nickte und rieb sich die Hände, als ob er fröre.

»Meine Schwester heulte«, sagte er.

Sie heulte immer, wenn die Flugzeuge kamen. Dabei waren sie noch weit weg. Heinrich warf die Decke beiseite und sprang aus dem Bett. Hose überziehen und in die Schuhe schlüpfen schaffte er in weniger als einer halben Minute. Die Mutter hatte es mit ihnen geübt. Wieder und wieder, in völliger Finsternis, damit sie schnell genug draußen sein konnten, in den verdunkelten Nächten, falls sie flüchten mussten. Er riss die Jacke vom Haken, stürmte ins Freie und gab sich keine Mühe leise zu sein. Er würde Ärger bekommen mit seiner Tante, aber das interessierte ihn nicht.

Den Text kannte er schon – bis auf die Erwähnung der Mutter und der Tante, nahezu wörtlich. Frank bemühte sich, nicht ungeduldig zu werden. Er brauchte nicht die ganze Geschichte von vorn, nur den Namen. Aber daran war nicht zu denken. Die Zigarette hing schief in Heinrichs Mundwinkel. Sein Gehirn spulte die Ereignisse von Beginn an ab. Oder gar nicht.

Weit über ihm erfüllten die Motoren den Himmel mit dumpfem Dröhnen, kamen näher, jenseits der Wolken. Die Bordkanonen hämmerten. Flakfeuer in der Ferne. Ein Treffer schickte einen Lichtblitz zu ihm herunter, flammendes, unwirkliches Leuchten, dem ein Pfeifen folgte. Ein Pfeifen, ähnlich dem, das damals alle anderen in den Keller gejagt hatte, auch seine Mutter. Aber ihn nicht. In seiner Hand die Finger seiner Schwester. In seinen Ohren ihre Schreie. Dann waren sie doch gerannt. Gerannt, bis er weder Angst noch Schmerz oder seinen eigenen Körper spürte. Danach hatte es Darmstadt nicht mehr gegeben und kein Haus und keine Mutter. Nur den Vater irgendwo an der Front, vielleicht. Und die Tante im Odenwald, bei der man ihn und die Schwester einquartiert hatte.

Etwas veränderte sich, was Frank noch nicht ganz fassen konnte. Vielleicht war es doch gut, ganz genau hinzuhören.

Jetzt rannte er wieder. Dem Feuerschweif hinterher. Raus aus dem Dorf, weiter über das Feld und auf den Hügel. Es hatte einen Jäger erwischt. Einen von den Eigenen, von den Guten. Der Lärm flutete seinen Kopf, seine Lunge, sein Blut, zog ihn mit sich, wie eine Marionette, die ihren unsichtbaren Fäden folgte, dorthin, wo sich die Nase der kreischenden Messerschmitt in den Boden gebohrt hatte. Die Pilotenkanzel brannte, gleich musste sich die restliche Munition im Innern entzünden. Heinrich duckte sich, sah aus dem Augenwinkel einen Mann, dessen Silhouette sich schwarz vor dem lodernden Wrack abzeichnete. Dann zerriss eine Explosion den Rumpf der Maschine, schleuderte Metallteile empor, die wie Fallbeile wieder auf sie niedersausten.

Heinrich überlegte nicht lange, sprintete dem hinkenden Mann entgegen, fing ihn auf, als er zusammensackte. Schmutz und Blut überall. Aber keine Angst. Nicht der kleinste Funken Furcht in seinem Herzen.

»Hilf mir«, bat er. Sein verletztes Bein zuckte noch einige Male. Die Blitze und der Donner des Gefechts über ihnen verstummten, die Luft klärte sich wie nach einem reinigenden Gewitter. Milchig grau dämmerte der Morgen über den Hügeln.

»Der Name, Heinrich, wie war sein Name?« Er durfte ihn nicht unter Druck setzen, aber der Gedanke an Ingeborg Werles Zorn, der über ihn hereinbrechen würde, wenn sie ihn im Gespräch mit ihrem Vater erwischte, trieb Frank zur Eile an.

Heinrich zog eine Schachtel und ein Feuerzeug aus der Brusttasche der blutgetränkten Uniform, steckte ihm eine Zigarette an.

»Dies ist nicht der Ort und die Zeit zu sterben, Junge. Wir dürfen nicht am Sieg zweifeln.«

Heinrich nickte eifrig. Der Sieg war nah. Sie sagten es im Radio, es stand in der Zeitung. Und er glaubte jedes Wort.

»Du bist ein Held, Junge. Denn du hast mich gerettet!«

Der Verwundete reichte ihm die Zigarette, teilte die letzten Züge mit ihm. Heinrich glühte wie von einem Fieber.

»Im Regiment General Göring bin ich gewesen, persönliche Leibwache des Reichsmarschalls. Er gefällt dir, nicht wahr, mit seiner Uniform und all den Orden!« Der Flieger lachte laut auf, spuckte dabei ein wenig Blut, das Heinrich sofort mit seinem Ärmel abwischte, und auch den Ruß des brennenden Flugzeugs rieb er ihm aus dem Gesicht. Ein Held sollte nicht besudelt sein und schmutzig.

»Ein Teufelskerl ist er, der Göring. Hat Bilder konfisziert, für die Unsummen gezahlt werden in anderen Ländern. Un-

ser Reichsmarschall, der kann aus Scheiße Geld machen, mein Junge. Der kann sogar aus einem Haufen Scheiße zweimal Geld machen, so klug ist er. Und ich mache alles für den Reichsmarschall und den Führer. Für Deutschland. Ich habe die Bilder aus dem Land gebracht und vor ihm versteckt.«

»Vor ihm versteckt?«

»Vor ihm versteckt. Vor ihm. Ja.«

»Aber vor wem denn?«

»Vor Göring natürlich. Er hat die Bilder weggebracht und vor ihm versteckt.«

»Aber das ergibt keinen Sinn, Heinrich. Entweder hat der Pilot die Bilder *für* Göring aus dem Land gebracht, oder er hat sie *vor* Göring versteckt. Beides zugleich passt nicht zusammen.«

»Doch, doch. Weggebracht und versteckt.«

Frank holte tief Luft. Es hatte keinen Sinn, länger zu warten. Er musste der Erinnerung auf die Sprünge helfen. »Kann es sein, dass er die Bilder für jemand anderen versteckt hat, der Albert? Nicht für Göring, sondern für seine Freundin, die Traudl …« Frank sprach leise. »Der Albert. Wissen Sie noch? Der Albert Faulhaber, hat er gesagt, wo er den *Turm der blauen Pferde* versteckt hat?«

Heinrichs Hand klopfte auf sein Knie. Rhythmisch und mit zunehmender Härte. »Da war kein Albert. Nein. Kein Albert. Keine Pferde. Der Pilot hat seine Pflicht getan. Man muss immer seine Pflicht tun, Junge. Und darum hat er sich abschießen lassen.«

Heinrich nickte ernsthaft. Die Zigarette lag auf dem Boden, ein dünner Rauchfaden kräuselte sich darüber und verwehte.

So war es. Es war Krieg, und er tat seine Pflicht. So wie der Flieger. Für das Vaterland und den Führer und den Reichsmarschall. Er war dreizehn und tat seine Pflicht, auch wenn man ihn nicht an der Front kämpfen ließ. Seine Pflicht, seine Pflicht!

Mittwoch, 19. September, Vielbrunn, 14:00 Uhr
– Frank Liebknecht –

Wie hatte er sich einbilden können, dass ausgerechnet dieser verwirrte alte Mann ihm den entscheidenden Hinweis geben konnte? Er stellte sich an wie ein Idiot und glaubte, dass sich diesem senilen Gehirn mit ein paar freundlichen Worten eine plausible Wahrheit entlocken ließ. Er hatte sich Heinrich auf seltsame Art nah gefühlt, sich eine Verbindung eingebildet, die die Jahrzehnte überbrücken konnte. Bitter lachte Frank auf. Oh ja, es gab eine Verbindung, eine Gemeinsamkeit: den Heldenkomplex. Der Heinrich damals hinauf auf den Hügel gezogen hatte, um einen Piloten zu retten, der gar nicht gerettet werden musste, weil er ja mit dem Fallschirm abgesprungen war; und der Frank permanent zum Alleingang drängte und dazu, hinter irgendwelchen haltlosen Spuren herzurennen, um sich wie Indiana Jones fühlen zu können.

Zeitzeugen behaupteten, den *Turm der blauen Pferde* noch nach Kriegsende in Berlin gesehen zu haben, was nicht sein konnte, wenn Albert das Bild zehn Jahre vorher gestohlen hatte.

Der kann sogar aus einem Haufen Scheiße zweimal Geld machen.

Frank schnappte kurz nach Luft. Hatte Heinrich bei seinem vorherigen Besuch nicht noch etwas anderes gesagt?

Ich habe den Dreck und die Kopien vom Dreck für ihn aus dem Land gebracht.

Was, wenn es tatsächlich auch von den Pferden eine Kopie gab? Eine Kopie, die in Berlin geblieben war, während Albert das gestohlene Original versteckte. Vor der Welt und vor Göring.

Filmreif, Jones.

Seufzend rieb er sich den Nacken. Das war wohl doch zu weit hergeholt. Es war an der Zeit, sich der Realität zu stellen, das Gemälde zu vergessen und sich der Gegenwart zu widmen. Schließlich hatte er immer noch die Schlinge um den Hals, wie Neidhard es so nett beschrieben hatte. Egal ob fest oder lose, solange der Mord an Linda ungeklärt blieb, baumelte der Strick. Und mit Brenners unausgesprochener Distanziertheit umzugehen fiel ihm auch nicht gerade leicht. Gerade auf dessen Urteil legte er großen Wert. Den Makel des Zweifels musste er dringend loswerden. Und nicht nur den, der an ihm selbst klebte. Bruchhagen war ihm noch eine Antwort schuldig.

»Er ist aber nicht da.« Esther Bernhards Stimme verlor ganz langsam ihren freundlichen Ton, was Frank nicht weiter kümmerte.

»Dann geben Sie mir eine Nummer, unter der Herr Bruchhagen jetzt erreichbar ist.« Er hatte nicht vor, sich abwimmeln zu lassen.

»Es tut mir leid, Herr Liebknecht, aber da kann ich grad gar nichts machen, er …«

»Stellen Sie mich einfach durch, auf den Privatanschluss auf sein Handy oder sonst wohin. Erzählen Sie mir nicht, dass das nicht geht. Herr Bruchhagen ist Geschäftsmann, und Millionen verdient man nicht, indem man sich mitten am Tag eine Auszeit nimmt. Also tun Sie nicht so, als ob er für Sie nicht auch in der Sauna und auf dem Klo erreichbar wäre, Frau Bernhard!«

»So ist es aber«, zischte sie, dann hörte Frank nichts mehr. In der Leitung knackte es. Hatte sie aufgelegt? Es knackte wieder.

»Joachim Pfeiffer, was kann ich für Sie tun, Herr Liebknecht?«

Wieso hatte er jetzt den Anwalt an der Strippe? Das fehlte Frank noch, dass Bruchhagen ihm seinen Rechtsbeistand auf den Hals hetzte, weil er ihm auf die Nerven ging. »Keine Ahnung. Sagen Sie es mir. Ich wollte nicht Sie, sondern Uwe Bruchhagen sprechen.«

»So viel hat mir Frau Bernhard schon verraten. Aber er ist tatsächlich nicht da, und sie kann ihn auch nicht ans Telefon zaubern. Ich bin aber gern bereit, Ihnen an seiner Stelle jede Auskunft zu geben, die Sie brauchen, bevor Sie mir die gute Frau Bernhard noch in den Wahnsinn treiben. Die Hessen sind ein hartnäckiger Menschenschlag, das habe ich in den vergangenen Tagen schon mehrfach feststellen dürfen.«

»Und manchmal unbequem.«

Pfeiffer lachte. »Ja, auch das kann ich bestätigen. Bitte nehmen Sie es mir nicht krumm. Ihr Kollege Neidhard ist schon etwas eigen. Aber ich schätze es, wenn jemand am Ball bleibt. Schließlich sind wir alle hier Ihnen sehr dankbar, wenn Sie diesen schrecklichen Mord aufklären. Ich bin im Übrigen grob darüber im Bilde, was Ihre Nachforschungen zu einem Gemälde betrifft, das Linda gesucht hat. Sollten Sie in der Hinsicht Unterstützung benötigen, bin ich befugt, Ihnen diese zuzusagen. Nun ja, vorausgesetzt, Sie haben die Suche aufgenommen. Uwe ist jedenfalls überzeugt davon.«

»Ist er das, ja? Aber er ist wohl nicht so überzeugt, dass ich das richtig mache. Oder fehlt ihm der Glaube an die Kompetenz der Mordkommission?«

»Wie meinen Sie das?«

»Ich meine, dass er sich zusätzliche Hilfe geholt hat, weil er entweder mir nicht traut oder die Polizei generell nicht für fähig hält, den Mörder zu schnappen. Darum, Herr Pfeiffer, sagen Sie mir, ob ich an Verfolgungswahn leide, oder ob er mir einen Privatdetektiv angehängt hat.«

»Ähm … wie …?« Pfeiffer stammelte, schnaufte.

»Schwarzer BMW, Hamburger Kennzeichen, spielt gern Katz und Maus und lässt sich nur schwer wieder loswerden.«

»Herr Liebknecht, ich muss gestehen … Sie haben mich kalt erwischt. Dazu kann ich gerade wirklich nicht …«

Frank konnte regelrecht hören, wie Pfeiffers Gedanken ratterten. »Kann es sein, dass Ihr Mandant an Ihnen vorbei gehandelt hat?«

Pfeiffer räusperte sich. »Ich kann es momentan nicht ausschließen«, gestand er ein. »Wir hatten tatsächlich mal darüber gesprochen.«

»Wusste ich es doch!«

»Nicht so schnell, Herr Liebknecht. Das geschah nicht in Zusammenhang mit Lindas Tod. Es ist sogar schon einige Monate her. Und wenn ich ehrlich bin, bin ich es gewesen, der das Thema angeschnitten hat.«

»Weshalb?« Die Atemgeräusche verrieten Pfeiffers Unbehagen. »Kommen jetzt noch mehr Geständnisse?«

»Ich habe Kommissar Neidhard gesagt, dass Linda viel gereist ist. Oft alleine, ohne Uwe. Das war keine Lüge, aber sagen wir mal, nur ein Aspekt der Wahrheit. Ihr Ausflug nach Vielbrunn, von dem Uwe nichts wusste, war nicht der erste dieser Art. Sie ist manchmal einfach verschwunden, für mehrere Tage, ohne eine Nachricht zu hinterlassen. Auch hinterher hat sie nicht immer erzählt, wo sie gewesen ist oder was sie gemacht hat. Das klingt für Sie möglicherweise seltsam, aber Uwe ist in dieser Hinsicht ein echtes Schaf. Ich darf das sagen, weil ich ihn kenne, seit wir Kinder waren. Und ich hätte ihm gerne die Augen geöffnet. Ich habe ihm geraten, sich das nicht bieten zu lassen. Doch er hat alles geschluckt, vor lauter Liebe. So ein Verhalten ist keine Basis für eine Ehe – und aus Sicht eines Anwalts und Finanzberaters … na, das können Sie sich denken. Aber er hat nichts davon wissen wollen, einen privaten Ermittler zu engagieren. Von solchen Leuten hält er nichts. Das sind für ihn nur Abzocker, die sich am Elend anderer bereichern. Und auch, wenn es für Sie gerade danach aussieht, kann ich mir nicht vorstellen, dass er ausgerechnet jetzt seine Meinung geändert haben sollte.«

»Und Sie sind nicht in Versuchung gekommen, das Problem ohne sein Wissen anzugehen?«

»Doch. Aber ich habe es nicht gemacht. Denn wir sind Freunde.«

War es ein Freundschaftsbeweis, an der Stelle nachzugeben? Mit den Fingerspitzen massierte Frank seine Schläfen und versuchte sich darauf zu konzentrieren, was er in den letzten Tagen wirklich gesehen hatte.

»Der Leihwagen war heute hinter mir, als ich von Vielbrunn nach Beerfelden gefahren bin«, sagte er. »Und auf dem Firmenparkplatz, in Baden-Baden am vergangenen Freitag.« Hinter den geschlossenen Lidern zuckten Bilder vorbei. Ein blasses Gesicht, Fensterglas, kleine Augen, schmaler Mund. So gut er konnte beschrieb er Pfeiffer die Züge des Mannes, den er nur für Sekundenbruchteile wahrgenommen hatte, als er um den Wagen herum zum Firmengebäude gelaufen war. »Fällt Ihnen dazu irgendjemand ein?«

»Moment.«

Er hörte Pfeiffers Schritte und das leise *Pling*, mit dem der Computer einen angeschlossenen Datenträger identifizierte.

»Breite Schultern, ovales Gesicht, sehr kurze Haare?«

»Hm, ja, ich denke, das kommt hin.«

»Ich brauche Ihre E-Mail-Adresse, dann schicke ich Ihnen gleich ein Foto.«

Noch während er die Adresse durchgab, tippte Frank das Kennwort für sein Postfach ein. »Demnach haben Sie eine sehr konkrete Idee, von wem ich spreche.«

»Warten wir ab, bis Sie die Datei vor sich haben. Der Mann war jedenfalls mit einem schwarzen BMW unterwegs.«

Der Mailserver meldete einen Eingang. Frank öffnete den Anhang und starrte auf das Bild.

»Und mit Linda«, ergänzte er Pfeiffers Satz und pfiff durch die Zähne. Linda, eine Hand in den Haaren, die der Wind zerzauste, ihr gegenüber ein Mann, gestikulierend, mit verärgertem Blick. »Das ist er. Hundertprozentig. Und jetzt sagen Sie mir, wer er ist und wo Sie das Bild herhaben.«

»Seinen Namen kenne ich nicht. Ich vermute, dass er einer von Lindas speziellen Bekannten ist.«

Frank zog eine stumme Grimasse. Einer wie er. Ein Bettgenosse. »Und wie kommen Sie darauf?«

»Weil es so aussah. Wie sie miteinander umgegangen sind, wirkte sehr vertraut.« Pfeiffer verstummte.

»Sie haben die Aufnahme selbst geschossen?« Frank entschlüpfte ein schadenfroher Lacher. »Wie war das vorhin: Sie haben die Lösung des Problems nicht hinter Bruchhagens Rücken in die eigene Hand genommen, weil Sie doch Freunde sind? Dann darf ich davon ausgehen, dass er Ihre Überwachung autorisiert hatte?«

»Ja, lachen Sie nur.« Pfeiffer klang resigniert. »Das war nicht ganz korrekt, das gebe ich zu. Ich habe keinen Privatdetektiv auf Linda angesetzt, aber ich bin ihr ein paar Mal selbst gefolgt.«

Frank schluckte das Triumphgefühl herunter. Sobald er mit Pfeiffer fertig war, musste er Brenner anrufen, der eine neue Spur dringend gebrauchen konnte.

»Wann und wo ist das Bild gemacht worden?«

»Ein paar Tage vor ihrem Tod.« Pfeiffer zögerte. »Hier in Baden-Baden, im Park. Und bevor Sie noch mal fragen, Uwe war nicht informiert. Das hätte auch nichts geändert. Er hat ihre Liebhaber wegignoriert.«

Das hatte Linda mit diesem Exemplar möglicherweise auch versucht. Doch der Ausdruck in dessen Augen zeigte deutlich, dass dieser Mann damit nicht einverstanden gewesen war.

Mittwoch, 19. September, Vielbrunn, 15:00 Uhr
– Frank Liebknecht –

Beim Eintreten scannte der Mann die Umgebung, schnell und präzise. Frank kniete auf dem Boden vor dem Drucker, um den Papierstau zu beseitigen, und schaute zu ihm hoch. »Guten Tag.«

»Guten Tag. Axel Hofer«, stellte der Mann sich vor. »Sind Sie Frank Liebknecht?«

Hinter ihm kam ein weiteres Paar Beine in Franks Blickfeld, das eindeutig zu einer Frau gehörte. Eilig richtete er sich auf. »Der bin ich. Setzen Sie sich schon mal. Ich bin gleich für Sie da. Muss mir nur die Druckerfarbe abwaschen.«

Frank deutete auf die beiden Stühle vor seinem Schreibtisch, und Hofer setzte sich. Die Frau blieb stehen.

»Um was geht es denn?«, fragte Frank über die Schulter und sah aus dem Augenwinkel, wie Hofers Begleiterin diesem signalisierte, nicht zu antworten. Sehr seltsam. Das Wasser rauschte mit breitem Strahl in die Spüle. Unter seinen Nägeln blieb ein schwarzer Tintenrand übrig. Frank beeilte sich mit dem Abtrocknen. Ein Spritzer Seifenschaum hing noch an seinem Ärmel, und er wischte ihn unauffällig an der Hose ab.

»Birgit Schmidtbauer«, sagte die Frau kühl und schüttelte ihm die Hand, bevor sie sich setzte und die Beine übereinanderschlug. Andeutungsweise erhob sich auch Hofer noch mal, der offenbar nichts von langem Drumherumreden hielt, und legte einen Ausweis auf den Tisch.

»Kripo Garmisch-Partenkirchen, wir kommen in einer dienstlichen Angelegenheit.«

Automatisch setzte Frank sich ganz gerade und strich die Haare hinter die Ohren. Die Überraschung war geglückt. »Da hat es euch aber weit weg verschlagen.« Mit flüchtigem Nicken reichte Frank das Dokument zurück.

Kommissarin Schmidtbauer hob den eigenen Ausweis nur kurz in Franks Richtung und packte ein Formular aus, ohne ihn anzusehen. »Wir brauchen es bitte ganz präzise für den Befragungsbogen. Ihr Name ist also Frank Liebknecht. Geburtsdatum, Rang, Anschrift?«

Kurze, platinblonde Haare umrahmten ihr Gesicht wie ein Helm, ihre Mimik blieb unbewegt, die Augen fest auf das Papier geheftet. Frank beugte sich vor und starrte Hofer an, der ständig Blickkontakt beibehielt.

»Was wird das hier genau?« Dass die Kommissarin ihn siezte, behagte ihm nicht. Unter Polizisten blieb man beim Du, ob man sich nun kannte oder nicht und unabhängig vom Bundesland.

»Tut mir leid, Kollege, aber so wie es ausschaut, bist du ein möglicher Zeuge bei einem Tötungsdelikt.«

»Was hat die Kripo Garmisch mit dem Mordfall Linda Bruchhagen zu tun?«

»Linda wer?« Hofer stutzte, seine Stirn legte sich in schmale Querfalten. »Sagt mir nichts, der Name. Bleiben wir erst mal bei unserem Fall. Eine Leiche nach der anderen.«

Birgit Schmidtbauer fiel ihm ins Wort und klopfte auf ihr Formular. »Erst der Papierkram, bitte.«

»Geboren am 15. April 1983, Beamter des besonderen Bezirksdienstes in Vielbrunn, aktuelle Adresse: Oberer Hardtweg 7, ebenfalls in Vielbrunn«, rasselte Frank herunter. »Kann ich nun endlich erfahren, was los ist?«

»Sofort.« In gefühlter Zeitlupe malte Birgit Schmidtbauer ihre Buchstaben zu Ende und lehnte sich dann mit verschränkten Armen zurück. »Am 18. September wurde in Murnau am Staffelsee eine weibliche Leiche aufgefunden. Todeszeitpunkt war der Sonntag, 16. September, spätnachmittags oder am frühen Abend. Sie sind am Vortag von mehreren Personen mit dem späteren Opfer gesehen worden.«

Franks Atem entwich mit einem dumpfen Ächzen, alles Blut in seinem Körper sackte ab.

»Darja?«, flüsterte er.

»Sie haben das Recht, die Aussage zu verweigern, wenn Sie damit sich selbst oder einen Angehörigen …«

»Das weiß ich. Das weiß ich doch!«, unterbrach er Birgit Schmidtbauers geleierten Vortrag und versuchte zu begreifen. »Darja Zwetkowa ist tot?«

Hofer bestätigte es stumm. Frank ballte die Hände zu Fäusten, bis die Fingerknöchel weiß hervortraten.

»Was wollt ihr von mir wissen?«

Mittwoch, 19. September, irgendwo, 16:00 Uhr
– Das Auge und das Ohr –

Jens Fischbach klang eher genervt als besorgt. »Wir haben ein Problem.«

»Details?« Er hatte keine Lust auf ein ausschweifendes Gespräch.

»Ich bin nicht der Einzige, der ein Auge auf den Polizisten geworfen hat.«

»Dann wäre es wohl korrekt zu sagen: Du hast ein Problem. Der Kerl ist dein Job. Was geht mich das an?«

»Ja, witzig, echt witzig. So eine kleine Schnepfe aus dem Dorf stellt ihm nach, lungert dauernd in der Nähe der Dienststelle rum, schleicht ums Haus, wo er wohnt, und tuckert mit dem Mofa hinter ihm her.«

»Und was erwartest du von mir? Lass dir gefälligst selbst was einfallen.« Er senkte die Stimme zu einem kalten, bedächtigen Flüstern. »Oder soll ich sie etwa … wegzaubern?«

»Quatsch. Das ist bloß ein durchgeknallter Teenager. Ich habe mich umgehört. Sie heißt Jessica und ist fünfzehn. Davon abgesehen, dass sie sich talentiert anstellt, ist sie einfach lästig.«

Hatte Fischbach sich erschreckt? Das konnte nicht schaden. Furcht war der kleine Bruder des Respekts. Es entsprach nicht seinem Naturell und auch nicht seinem Ruf, über Leichen zu gehen, vor allem nicht, selbst Hand anzulegen. Doch die Dinge änderten sich. Er änderte sich. Seit er Linda endgültig verloren hatte, fiel es ihm noch leichter, auf jegliche Skrupel zu verzichten. Bei der Russin hatte er zunächst gezögert und es am

Ende richtig genossen. Das erste Mal. Zur Gewohnheit wollte er das Töten jedoch nicht machen. Zu schnell konnte man in einen Rausch geraten und die Kontrolle verlieren. In diesem Fall war es notwendig gewesen, um Spuren zu beseitigen und gleichzeitig neue zu legen.

»Na also«, sagte er jetzt freundlich. »Was stellst du dich dann so an, wegen der kleinen Jessica. Jessica …? Mit einem verliebten Teenager wirst du ja wohl noch fertigwerden.« Es gefiel ihm, Fischbach als Idioten hinzustellen. Dieser schleimige Parasit sollte nicht eine einzige Sekunde das Gefühl haben, ihm ebenbürtig zu sein. Er lachte in sich hinein. Ihm konnte kaum etwas Besseres passieren, als dass das Balg Fischbach zwischen die Füße geriet, ihn bemerkte und später identifizieren konnte.

»Die Kleine mit dem Mofa ist seit einer halben Stunde weg. Dafür ist jetzt die Kripo aus Garmisch-Partenkirchen bei Liebknecht. Habe das Kennzeichen gecheckt, obwohl man denen auch in Zivil ansieht, in welchen Stall sie gehören.«

Die bayrische Kripo vor Ort? Das war schneller gegangen als gedacht, störte seine Pläne aber nur unwesentlich. Er wartete schweigend.

Fischbach schnaubte aufgebracht. »Das scheint dich nicht gerade zu überraschen. Ich fasse es nicht. Es ist echt an der Zeit, dass du mir verrätst, was genau hier eigentlich abgeht!«

Dieser Affe führte sich auf wie eine nörgelnde Ehefrau. Vielleicht sollte er ihm Blumen schicken? Er unterdrückte ein Auflachen. »Liebknecht gerät unter Druck. Er verliert weiter an Glaubwürdigkeit, was uns entgegenkommt. Im Idealfall machen sie ihm den Prozess. Mehr musst du nicht wissen. Wer nichts weiß, kann nichts ausplaudern.«

Fischbach bildete sich immer noch ein, dass sie gemeinsame Sache machten. Er hatte keine Ahnung von der Leiche in Murnau und auch nicht, dass er ihn bewusst an diesem Sonntag aus

Vielbrunn weggeschickt hatte, um an einem abgelegenen Ort auf einen Informanten zu warten, der zufälligerweise nicht auftauchte. Wenn es Liebknecht gelang, sich reinzuwaschen, was nicht auszuschließen war, hatte Fischbach folglich kein Alibi für die Tatzeit, nicht einmal ein zwielichtiges. Und es gab niemanden, der zu seinen Gunsten aussagen würde. Nur eine frisch gevögelte Reporterin, die sich mit weidwundem Herzen erinnern mochte, dass Fischbach sie nach dem Frühstück aus dem Liebesnest geworfen hatte, um ohne sie davonzufahren. Und dass er viel wusste. Sehr viel.

»Du musst mir nur vertrauen.«

»Vertrauen? Wieso sollte ich! Außerdem sehe ich nicht, was es uns nutzt, wenn sie Liebknecht verhaften, und ich sehe auch nicht, dass wir dem Gemälde auch nur ansatzweise näher kommen.«

Der Ton traf überhaupt nicht seinen Geschmack. Was bildete der sich ein? Wo war der schwanzwedelnde Hund hin, der noch vor einer Woche darum gebettelt hatte, ihm aus der Hand fressen zu dürfen?

»Bleib ruhig, Fischbach«, flüsterte er. »Ganz ruhig. Genau das ist der Punkt, weshalb ich derjenige bin, der vorangeht. Weil du nichts siehst.«

Die unterschwellige Drohung jagte eine wohlige Gänsehaut über seinen Körper. Ob sie bei Fischbach ankam, war ihm von Herzen egal. Die Gewissheit, dass das Spiel dem Höhepunkt zustrebte, versetzte ihn in Erregung. Nun musste er dem Köter wieder ein Leckerli gönnen, um ihn bei Laune zu halten. Der sollte den Schwanz höchstens vor Ehrfurcht einkneifen, aber nicht, um zu türmen.

»Wir müssen wissen, mit wem Liebknecht Kontakt hat, wenn die Kripo wieder weg ist. Wir müssen seine Verbündeten kennen. Wir sind ganz kurz vor dem Ziel.« Er betonte das *Wir* mit

Bedacht, ließ die Worte wirken, gab Fischbach Zeit zum Nachdenken.

»Okay. Ich bleib an ihm dran und gehe seine Anrufliste in der Dienststelle durch. Das dauert nur ein paar Minuten. Anschließend überwache ich seine Wohnung.« Fischbach atmete laut durch. »Ich hoffe, du weißt wirklich, was du tust. Lindas Fährte wird langsam kalt, und meine Tarnung hält nicht ewig.«

»Vertrau mir«, wiederholte er. »Es dauert nicht mehr lange. Liebknecht zeigt uns den Weg zum Jackpot.« Den er garantiert nicht mit Fischbach zu teilen beabsichtigte.

Zweimal hatte Liebknecht ihn am Morgen abgehängt und war ihn doch nicht losgeworden. Jetzt wussten sie beide, wer den Schlüssel besaß, um den Jackpot zu knacken. Nur war er, im Gegensatz zu Liebknecht, auch bereit, den Schlüssel mit Gewalt zu drehen.

Mittwoch, 19. September, Autobahn A9, 18:00 Uhr
– Axel Hofer –

Die Räder rollten in gemäßigtem Tempo über die Autobahn. Ein gleichförmiges Hintergrundrauschen, das Axel als beruhigend empfand und als hilfreich beim Denken. Wenn es auch auf langen Strecken ein wenig einschläfernd wirkte. Mit Birgit Schmidtbauer an seiner Seite war die Gefahr, am Steuer einzuschlafen, allerdings gering. Sie kannte weder Müdigkeit noch Feierabend und hatte nach einem Abstecher zur Kripo Erbach darauf bestanden, sich auf den Heimweg zu machen und nicht irgendwo zu übernachten, um in aller Frühe wieder in Garmisch einsatzbereit zu sein. Während Axel fuhr, schrieb und telefonierte Birgit, sortierte Unterlagen und surfte durchs Netz.

»Glaubst du ihm?«, fragte sie unvermittelt.

Axel gönnte sich eine kurze Bedenkzeit. »Weiß nicht«, sagte er dann. »Liebknecht hat schon ehrlich bestürzt ausgesehen, geradezu geschockt über Darja Zwetkowas Tod.«

»Das liegt an seinen Augen. Ich schätze mal, der sieht immer so verwirrt aus.«

Axel grinste. »Da könnte natürlich was dran sein.«

Birgit blieb immer unbestechlich. Sie schien immun gegen spontane Gefühlsreaktionen. Sympathie oder Antipathie spielten für sie nie eine Rolle und auch nicht der Status einer Person. Pech für Liebknecht, dass bei ihr somit auch kein Kollegenbonus zum Tragen kam.

»Und was hältst du von ihm – von seiner Aussage?«

»Für ihn spricht, wie viel er ausgesagt hat. Es erweckte den Anschein der Offenheit, welche Details er preisgab und welche

Verbindungen er zwischen den beiden Morden in Murnau und Vielbrunn aufzeigte.«

Aus den Augenwinkeln schaute Axel sie an. Sie sprach in druckreifen Sätzen, als ob sie einen Bericht verfasste. Und richtig, in der Hand hielt sie ihr Diktiergerät, das sie auch bei der Befragung ausgepackt hatte – mit Liebknechts Einverständnis –, sobald klar gewesen war, dass er mehr zu sagen hatte als ursprünglich erwartet.

»Auch aus seiner persönlichen Verwicklung in beide Fälle hat er keinen Hehl gemacht. Allerdings ist nach meinem Dafürhalten gerade darum Skepsis angebracht. Indem er sich selbst als potenziellen Täter ins Spiel bringt, versucht er möglicherweise, sich zu entlasten und durch seine Kooperationsbereitschaft uns gegenüber gut dazustehen.«

»Wir sollten sein Alibi prüfen, bevor wir voreilige Schlüsse ziehen.«

»Voreilig? Er hat angegeben, den Nachmittag im Museum in Kochel verbracht zu haben, was willst du da groß prüfen? Zeugen gibt es höchstwahrscheinlich keine. Und selbst wenn wir jemanden finden, der sich an ihn erinnert, hat er zugegeben, dass er zur Tatzeit allein im Auto unterwegs war. Die Fahrzeit von Kochel nach Murnau beträgt gerade mal zwanzig Minuten. Das Museum schließt um 18 Uhr, was bedeutet, dass er auch dann noch ohne Mühe rechtzeitig zurück in Murnau hätte sein können, um das Opfer zu erwürgen und anschließend die Heimreise anzutreten.«

Dagegen konnte Axel nichts einwenden. »Und das Motiv?«

»In den Besitz des berühmtesten Gemäldes von Franz Marc zu kommen. Hier kann der Wunsch nach Ruhm – als Wiederentdecker – genauso gut die Grundlage sein, wie rein finanzielle Aspekte. Unterschätze das nicht. Geltungssucht und Gier sind mächtig. Und sie machen auch vor Polizisten nicht halt.«

Mittwoch, 19. September, Vielbrunn, 19:00 Uhr
– Frank Liebknecht –

Draußen stand Marcel Neidhard, den Kopf zwischen die Schultern gezogen, und trat von einem Fuß auf den anderen.

»Was willst du?«

»Reden?«, fragte Neidhard zurück, und Frank schüttelte den Kopf. Dazu hatte er wahrlich keine Lust, das hatte er den ganzen Tag über zur Genüge getan. Neidhard hob die mitgebrachte Plastiktüte mit dem Supermarktlogo ein Stück an. Sie schien schwer zu sein. Es klapperte und raschelte darin. »Essen. Trinken.«

Das klang bedeutend besser. Frank machte einen Schritt zur Seite und ließ ihn durch.

»Hier sieht es ja immer noch aus, als ob du auf der Flucht wärst.« Neidhard stellte die Tüte auf dem Tisch ab. »Das bist du aber hoffentlich nicht. Oder?«

Frank schüttelte müde den Kopf. Dass er nach einem Jahr immer noch keine persönlicheren Gegenstände als seine Wäsche und den E-Bass in der Wohnung hatte, konnte niemand begreifen. Es trug auch nicht dazu bei, dass er sich hier heimisch fühlte oder irgendjemand ihn gerne besuchte, aber beides war vermutlich unbewusst seine Absicht. Die Möblierung stammte noch von Brunhildes jüngstem Sohn. Nur ein neues Bett hatte Frank angeschafft. Alle Erinnerungsstücke, die ihm wichtig gewesen waren, waren bei einem Brand vernichtet worden. Seitdem sah er keinen Sinn mehr darin, materielle Dinge festhalten zu wollen. Besitz verpflichtete, machte abhängig, machte verletzlich.

Neidhard schaute sich weiter um. »Seit wann rauchst du?«

Aus der Jacke, die Frank neben der Tür in die Ecke geworfen hatte, war das Tabakpäckchen gefallen.

Curiosity kills the cat.

Irgendwann würde Neidhard über seine Neugier stolpern und dem Falschen die falschen Fragen stellen.

»Gar nicht«, antwortete Frank. »Es sei denn, ich muss.« Wider Willen musste er grinsen. »Aus ermittlungstaktischen Gründen.«

Jedes Mal wenn er die Jacke wechselte, räumte er das Päckchen um. Es hatte bei Heinrich funktioniert und auch bei Jess. Und meistens genügte es, eine Kippe abgeben zu können. Als vertrauensbildende Maßnahme sozusagen.

Neidhard verstand und grinste zurück. »Guter Schachzug.« Er packte die Tüte aus und machte sich dann am Herd zu schaffen.

Frank setzte sich auf den Tisch, die Füße auf dem einzigen Stuhl, und stützte die Ellbogen auf die Knie. Schweigend schaute er Neidhard bei seinen Vorbereitungen zu. Sollte er doch machen, was er wollte. Hauptsache, er nervte ihn nicht mit blöden Sprüchen. Doch Neidhard schwieg.

»Wie lange willst du hier eigentlich Gemüse schnipseln, bevor du mir sagst, warum du wirklich da bist?«

»Ich dachte, du willst nicht reden.«

»Stimmt auch. Aber du willst, sonst wärst du nicht hier.«

Neidhard drehte sich um. »Da liegt das Problem. Andersherum wäre es einfacher.«

»Weil du nicht reden darfst?«

»Nicht über die Dinge, die dich sicher interessieren. Aber wenn du geschickt fragst …«

Frank wehrte entschieden ab. »Es geht um den Mord in Murnau, richtig? Ich weiß nicht, was genau mit Darja Zwetkowa passiert ist, und ich will es auch nicht wissen. Nicht jetzt. Allerdings habe ich einen Verdacht, so wie die zwei Garmischer Kommissare mich angeglotzt haben, als ich ihnen von Linda erzählte. Es muss deutliche Parallelen geben.«

Neidhard öffnete den Mund, fixierte dann aber nur seine Hände, der Kochlöffel wippte auf und ab.

»Sag nichts. Ist besser so. Wenn die Kollegen nicht total planlos sind, und ich schätze, das sind sie nicht, haben sie bei euch schon den Obduktionsbericht zum Vergleich angefordert. Diese Schmidtbauer hätte mich am liebsten sofort in Ketten gelegt, das habe ich ihr angesehen. Aber sie hatten nicht genug in der Hand. War ja nur eine Zeugenbefragung. Wird sicher nicht lange dauern, bis entweder die bayrische oder die hessische Staatsanwaltschaft mich auf die Abschussliste setzt, oder?«

Neidhard kaute auf seiner Unterlippe.

»Sorry, ich ziehe die Frage zurück. Aber eins musst du mir sagen: Glaubt Brenner wirklich, dass ich das war? Glaubst du das?«

»Na sicher glaube ich das. Für Frauenmörder koche ich am liebsten.« Neidhard warf mit einer Zwiebel nach ihm. »Du Depp.« Er kippte die Nudeln aus der Packung ins kochende Wasser und legte den Deckel auf den Topf. »Brenner hat heute Mittag nach deinem Anruf sofort selbst noch mal mit Doktor Pfeiffer gesprochen und Sylvie auf den Typen von der Fotografie gehetzt, die Pfeiffer dir geschickt hat.«

Mühelos hantierte er beim Reden auf drei Platten gleichzeitig herum. Ein Kunststück, das Frank nicht beherrschte. Wenn Neidhard sich darüber ärgerte, dass Pfeiffer die Begebenheit ihm gegenüber in der Befragung verschwiegen hatte, überspielte er das gekonnt. Der Anwalt servierte die Wahrheit scheibchenweise, immer nur das, was gerade nötig war. Aber das gehörte wohl zu seinem Job und war zum Schutz seines Mandanten gedacht.

»Zu dem Foto würde ich jetzt gerne noch was sagen, geht aber nicht. Also sag ich was anderes: Brenner kennt dich zu gut, um dich für einen Mörder zu halten.« Vorsichtig probierte Neidhard die heiße Soße. »Was den Kripobesuch aus Garmisch betrifft, gibt es allerdings noch was, das du unbedingt wissen solltest, bevor du Brenner oder dem Staatsanwalt in die Finger gerätst.«

»Mach dir keinen Ärger, Neidhard. Es reicht, wenn du den potenziellen Doppelmörder bekochst.« Mit dem Daumen massierte Frank sich die Nasenwurzel. Seit Stunden quälten ihn Kopfschmerzen, die ihm die Augen geradezu aus dem Kopf drücken wollten.

»Sind weder Ermittlungsdetails noch Täterwissen, keine Sorge. Brenner ist heute früh vollständig ausgetickt. Zum Glück erst, als dieser Hofer schon aufgelegt hatte.«

»Moment mal, das heißt, als wir mittags telefoniert haben, wusstet ihr schon, dass Hofer zu mir kommen würde – und auch warum?«

»Unschön, aber wahr. Den Maulkorb hat Brenner ganz schön eng gezogen, kann ich dir sagen, mir tut jetzt noch der Kiefer weh. Er war stinksauer. Wie zum Teufel das sein kann, dass du dich in Murnau rumtreibst, und keiner weiß Bescheid. Staatsanwalt Kreim kam mit dazu und hat ebenfalls ein Tänzchen aufgeführt. Dem waren Murnau und du erst mal schnuppe. Aber er ist aus allen Wolken gefallen, als Brenner erwähnte, dass es eine Gemeinsamkeit zwischen den Morden gibt, weil du einer von Lindas Lovern warst.«

»Das ist aber doch nicht neu.« Frank presste sich die Handballen auf die Augen.

»Ähm, ja. Eigentlich nicht. Allerdings ist Brenner, wie gesagt, momentan nicht auf der Höhe, und mir ging es auch durch die Lappen – vielleicht weil ich froh war, dass Kreim nicht drauf zu sprechen kam … Fakt ist, dass das entsprechende Dokument mit deiner Aussage nie den Weg auf Kreims Schreibtisch gefunden hat, sondern in Sylvies Schublade schlummerte. Ein Schelm, wer dahinter Absicht vermutet. Oder auch nicht.«

»Wie bitte?« Frank starrte auf Neidhards Rücken, der sich weiter um Töpfe und Pfanne kümmerte.

»Entsprechend war Kreim nicht mehr wirklich überrascht, dass ich wusste, was dich nach Murnau geführt hat. Gevierteilt hätte er mich natürlich trotzdem gern. Brenners Kopf hat ausgesehen wie ein Fesselballon mit Überdruck. Er hat erst in dem Augenblick gerafft, dass es außer deiner Anwesenheit noch eine zweite Verbindung zwischen den Morden gibt. Dein Ausflug zur Informationsbeschaffung über Lindas Gemäldesucherei ist nun mal leider – ab sofort offiziell – in *meiner* Schublade versackt. Mein Fehler, dass ich das nicht an ihn weitergegeben habe. Pech aber auch, dass Brenner so zwei Schlampen beschäftigt wie Sylvie und mich.« Er lachte trocken. »Ich meine, ist doch selbstverständlich, dass du mich vorher darüber in Kenntnis gesetzt hast. *So was macht man verdammt noch mal nicht im Alleingang.* Ich habe es damit begründet, dass es direkt vorm Wochenende war und ich Brenner anschließend nicht mehr gesehen habe. Na ja, und montags … kennt man ja. Wer weiß da schon noch, was am Freitag gewesen ist.«

Eine Dampfschwade wallte empor, als Neidhard das Nudelwasser abgoss.

»Scheiße, Mann. Ihr habt mich gedeckt? Und …«

»… und die Wahrheit gesagt oder so etwas Ähnliches und dafür ein paar liebevolle Streicheleinheiten vom Boss kassiert. Kein Ding, Frank, gern geschehen. Irgendwann bist du dran.«

Frank hob die Hand zum Schwur und musste zweimal schlucken, bevor er reden konnte. »Einmal Rübe hinhalten und Prügel einstecken hast du garantiert bei mir gut. Das vergesse ich dir nie.«

»Uns. Denk dran, Sylvie war mit von der Partie.«

»Ja, habe ich mitbekommen.«

Ganz selbstverständlich holte Neidhard Teller und Bestecke aus dem Schrank und verteilte Nudeln, gebratenes Gemüse und Erdnusssoße darauf, während Frank weiter dumpf auf dem Tisch hockte.

»Hey, Penner, Augen auf.« Neidhard schnipste direkt vor seiner Nase. »Auf die Couch zum Essen?«

Ungelenk rappelte Frank sich auf. »Ja. Ein Stuhl ist für zwei ein bisschen wenig.« Er trottete hinter Neidhard her und fühlte sich dabei noch fremder als sonst in diesen vier Wänden. Auch wenn er sich lieber die Zunge abgebissen hätte, als das zu sagen, war er froh über Neidhards Anwesenheit. Und auch darüber, dass der das Kommando übernommen hatte.

Sie sprachen nicht, solange sie aßen, und Frank genoss das Essen ebenso sehr wie die Stille, was ihn selbst erstaunte. Als er fertig war, ließ er sich tiefer ins Polster rutschen.

»Ich erzähle dir jetzt alles, was ich gemacht habe. Jeden Schritt.«

Es führte kein Weg daran vorbei. Nicht nur, weil er das Gefühl hatte, es Neidhard schuldig zu sein, der spontan für ihn gelogen hatte. Auch weil er sich unfähig vorkam und hilflos. Was auch immer er alleine anpackte, endete im Chaos. Gut gemeint und gut gemacht waren eben zwei Paar Schuhe.

»Die letzte Information, die ich von Darja Zwetkowa bekommen habe, war der Name des Offiziers, mit dem Traudl Angerer liiert gewesen ist. Die Postkarte kam am Dienstag. Da war sie längst tot«, beendete er seine Zusammenfassung. Er nahm einen Schluck aus der Flasche, die Neidhard ihm hinhielt. »Limo?«

»Jepp. Wenn es vorbei ist, können wir gern mal um die Häuser ziehen, bis zum Filmriss. Aber morgen brauchen wir ein waches Hirn und keinen weichen Schädel. Erzähl weiter. Staatsanwalt Kreim fährt auf die Sache mit dem Bild total ab. Wahrscheinlich, weil die Garmischer es sofort ernst genommen haben. Oder aus Trotz, weil Brenner es immer noch für Schwachsinn hält. Die zwei sind sich derzeit so gar nicht grün.«

Frank legte die Füße auf den Couchtisch neben die benutzten Teller. »Okay. Jetzt kommen wir zu dem Bereich, von dem die bayrischen Kollegen nichts wissen, weil es reine Spekulation ist. In der Geschichte tauchen so viele Namen und Daten auf, dass sich alles verwirrt. Ich hatte überlegt, dass Darja die Namen der Faulhaber-Brüder möglicherweise verwechselt hat. Weil Heinrich Ritters Erinnerung an den Piloten klingt, als ob er Albert begegnet ist, aber der ist laut Darja und auch laut unserem Kirchenbuch schon sechs Jahre früher in Warschau gestorben. Oder wollte Albert nur nichts mehr von seiner Verlobten wissen und ist gar nicht in Polen ums Leben gekommen? Dann könnte er es doch gewesen sein, der am 23. März 1945 abgeschossen wurde. Unter falschem Namen. Aber das wäre ein riesiger Aufwand, nur um seine Braut loszuwerden, und ein irrsinniger Zufall noch dazu, dass es ihn ausgerechnet über seinem Heimatdorf erwischt. Und wieso ist sein Bruder Alfred exakt an diesem Tag umgekommen? Es gibt eine Internetseite, die alle Abschüsse über dem Odenwald so weit wie möglich dokumentiert. Mit Augenzeugenberichten und allem Pipapo. Dort steht, der Pilot der deutschen Messerschmitt hat sich mit dem Fallschirm gerettet und blieb unverletzt, genau wie der Amerikaner, der mit ihm runterging. Da musste niemand gerettet werden. Und in keinem der Berichte wurden Heinrich Ritter oder Alfred Faulhaber auch nur mit einem Wort erwähnt. Das stinkt doch zum Himmel.«

»Da ist was dran.«

Frank zog die Beine an, schlang die Arme um seine Knie und legte den Kopf darauf. Nur ganz langsam sickerte in sein Bewusstsein, in welcher verfahrenen Situation er steckte. Verdächtig in zwei Mordfällen. Was sie vorhin im Scherz ausgesprochen hatten, war die unfassbare Realität.

Nach dem Mord an Linda hatte er geheult. Aus der Distanz betrachtet war es das pure Selbstmitleid gewesen. Der Schmerz, den Darja Zwetkowas Tod ausgelöst hatte, fühlte sich vollkommen anders an, aber nicht weniger heftig. Sollte er sich verkriechen oder kämpfen? Konnte er wirklich darauf hoffen, dass er heil aus der Angelegenheit rauskam? Sein innerer Indiana Jones mutierte mehr und mehr zu Don Quichotte, der mit irrem Blick gegen imaginäre Gegner anrannte.

»Ich weiß nicht, was ich jetzt machen soll«, flüsterte er.

»Einatmen, ausatmen. Leben und Dienst schieben. Überlasse den Rest uns. Schlimmstenfalls wird sich einer dazu versteigen, dir einen Indizienprozess anzuhängen. Denn da du nichts verbrochen hast, kann es keine echten Beweise geben. Aber dazu wird es nicht kommen. Das kriegen wir schon hin. Nur mach keinen Scheiß mehr und vor allem: Mach's Maul auf, wenn irgendwas ist.«

Ergeben nickte Frank. Wenn nur der Kopfschmerz aufgehört hätte und diese ewig rotierenden Fragen. Warum Linda? Warum Darja? Und wenn das Gemälde der Schlüssel war, hatte er dann den Mörder zu Darja geführt? Trug er die Schuld an ihrem Tod?

»Mir fällt gerade doch noch was ein, was du tun kannst.«

Frank drehte nur das Gesicht in Neidhards Richtung, ließ den Kopf auf den Knien liegen.

»Sag mir, warum du in Vielbrunn gelandet bist. Was willst du in diesem Nest?«

Das war ja wohl das Allerletzte, worüber er sich im Augenblick Gedanken machen wollte. Und überhaupt: Was ging das Neidhard an?

»Was hatte deine Verletzung damit zu tun, dass du von Darmstadt weggegangen bist?«

Er hatte nicht mitgezählt, wie oft man ihm diese Frage schon gestellt hatte. Genauso oft hatte er sie unbeantwortet gelassen. Auch für sich selbst.

»Ich weiß nicht mal genau, was dir damals passiert ist, weil ich auf einer Fortbildung war.«

Neidhard der Neugierige. Frank schaute ihn unverwandt an. Was würde er mit seinem Wissen anfangen? Neidhard der Stichler. Neidhard, der verblüffenderweise regelmäßig hinter ihm stand, wenn er ihn brauchte. Waren sie am Ende doch inzwischen so was wie Freunde geworden?

»Ich war nicht im Dienst, kam aus einer Kneipe«, sagte er. »Da standen Leute vor einem Internetcafé, Wettbüro, was weiß ich … so ein Laden, der fast rund um die Uhr offen hat und alles vertickt, was halbwegs legal ist. Die haben geredet, laut und immer lauter, dann fing irgendwer an zu schubsen. Ich konnte sie schon von Weitem hören und wusste, da gibt es gleich richtig Stress. Dann hab ich mich eingemischt und ein Messer abgekriegt. Das war alles.«

»Danke. Das hilft kein Stück. Versuche es noch mal.«

Vielleicht war jetzt und hier ja wirklich der richtige Zeitpunkt, die Sache aufzurollen. Endgültig zu klären. »Die wollten aus mir einen Helden machen.«

»Die?«

»Die Zeitungsfritzen. Mit Foto und Interview. Der ganze Rummel war mir einfach nur peinlich. Sie haben mir hohe Ideale, Pflichtbewusstsein als Polizist angedichtet und so'n Scheiß. Die haben allen Ernstes geschrieben, ich hätte eingegriffen, um einer Frau in Bedrängnis beizustehen. Als hätte ich mich für sie ins Messer geworfen. So ein Schwachsinn. Dabei habe ich überhaupt nicht gesehen, dass da eine Frau mit dabei war. Erst als ich mittendrin steckte in dem Schlamassel und …« Er unterbrach sich.

Augen stierten ihn an, unter langen struppigen Haarfransen, wirr und wütend.

»Die Frau und ihre Freunde haben hinterher ausgesagt, dass sie bedroht und genötigt wurden. Dass einer von der anderen Gruppe ein Messer gezogen und damit gezielt die Frau angegriffen hätte. Fakt ist, dass ich bis heute keinen Schimmer habe, worum der Streit ging. Also nicht aus eigener Wahrnehmung.«

»Den Messerstecher hat man nicht gefunden?«

»Nein. Keiner konnte eine genaue Beschreibung liefern.« Das war der Teil der Geschichte, bei dem er bis heute immer gelogen hatte. »Ein paar Kommunalpolitiker wollten den Vorfall für ihre Zwecke nutzen. Die Verrohung der Gesellschaft anprangern, auf soziale Brennpunkte hinweisen und weiß der Geier, was noch. Aber ich hab nicht mitgespielt. Genau wie bei der Presse. Unter den Kollegen ging das Gerede los, hinter meinem Rücken, versteht sich. Direkt mit mir gesprochen hat keiner. Ich meine, jeder wusste, dass ich mich bescheuert verhalten habe. Jeder. Egal was die Presse daraus zu machen versuchte. Ich hatte die Lage nicht im Griff, ich hatte keinen Plan. Zwar haben die angeblich von mir geretteten Opfer mir vorschriftsmäßiges Vorgehen attestiert, aber das hat in Wahrheit nie einer geglaubt. Ich auch nicht. Dass ich dazwischengegangen bin, war reiner Instinkt. Eine Prise Selbstüberschätzung gepaart mit antrainiertem Verhalten, weich umspült von fünf Bier. Das Messer habe ich nicht kommen sehen. Aber wenn das vorher tatsächlich schon im Spiel gewesen wäre – ich bin sicher, ich hätte anders reagiert, obwohl ich was getrunken hatte. Ich meine, ich bin doch nicht lebensmüde. Als ich aus dem Krankenhaus raus war, haben die einen mir auf die Schulter geklopft, als wäre ich was Besonderes – warum auch immer –, vielleicht weil sie Bock auf den Hype um mich hatten und was davon abkriegen wollten. Die anderen haben mich schräg angeguckt, als ob ich mich für was Besonderes hielte. Verstehst du? Diese Behandlung zwischen rohem Ei und arrogantem Arsch – was sollte ich da machen?«

»Die Sache ein für alle Mal klarstellen. Fehler passieren, dafür muss man sich aber nicht hinterrücks ans Bein pissen lassen. Aber das ist nicht alles, oder?«

Frank drehte den Kopf weg und schloss die Augen. »Nach Aussage der anderen war der Angreifer relativ klein und mit einer dicken Jacke bekleidet, Kapuze überm Kopf, Haare, die das Gesicht verdeckten, hat vorher kein Wort gesagt. Ich habe behauptet, dass ich nichts mehr weiß von der Messerattacke, mich an keine Details erinnere. Stattdessen habe ich meine Einschätzung der Lage vor meinem Eingreifen zu Protokoll gegeben. Die Geräuschkulisse, die Konstellation in der Straße, Personenzahl in der Gruppe, Position weiterer Passanten. Ansonsten – Blackout.« Zeit für die Wahrheit, für eine Beichte auf die harte Tour. Fest schaute er Neidhard an. »Maximal eins sechzig groß, mittelbraune Haare, ebenso braune Augen, kleine Windpockennarbe auf der rechten Wange, Tunnel im linken Ohr, auf der anderen Seite mehrere Ringe. Sie war höchstens vierzehn und hart drauf. High bis zum Anschlag, Stecknadelpupillen. Hat zugestochen ohne Zögern, das Messer in meinem Bauch gedreht und gegrinst dabei.« Er presste die Lippen aufeinander, um seine Atmung unter Kontrolle zu bringen. »Ich schwöre dir, ich werde nie, niemals vergessen, wie sie ausgesehen hat.«

»Und wieso hast du sie dann davonkommen lassen?«

Frank verdrehte die Augen und raufte sich die Haare. »Mann, mich hat ein kleines Mädchen abgestochen.«

»Scheiße, schämst du dich etwa dafür?« Neidhard rutschte näher und schlug ihm gegen den Oberarm. »Bekloppt, Alter. Oder hattest du Mitleid? Du hast ihr keinen Gefallen damit getan, sie laufen zu lassen. Das ist dir sicher klar?«

Frank nickte lahm. »War wohl eine Mischung aus beidem«, murmelte er. »Ich begreife manchmal etwas langsamer, als gut für mich ist.«

»Na das kannst du getrost laut sagen.« Neidhard nickte mit Nachdruck. »Und um dich selbst zu bestrafen für deine Blödheit, bist du von Darmstadt weg und hierher?«

»Nicht als Strafe. Es ist echt okay hier. Ich habe nur die Gelegenheit genutzt. Ohne nachzudenken, warum. Nenne es besser Flucht.«

»Bullshit. Vor dir selbst kannst du nicht flüchten.«

Frank fletschte die Zähne zur Andeutung eines Grinsens. »Der große weise Mann spricht zu mir. Vielen Dank.«

Neidhard lachte und boxte ihn noch mal. »Du bist ein hoffnungsloser Fall, Frank. Mit einem Hang zu gefährlichen Frauenbekanntschaften, mal am Rande bemerkt. Du bist garantiert nicht feige, aber ein bisschen weltfremd. Und du wirst nie damit aufhören, irgendwen retten zu wollen. Ein verkappter kleiner Superman-Verschnitt. Aber hör mal gut hin, der weise Mann sagt dir noch was: Du bist gar nicht mal so schlecht dabei.«

»Frag mal Linda, ob sie das auch so sieht, oder Darja Zwetkowa.«

»Ah!« Neidhard schnaubte und machte eine wegwerfende Handbewegung. »Ich wüsste schon jemand, den wir fragen können. Das Mädchen mit den blausten Augen der Welt.«

»Die hat sich selbst gerettet. Da habe ich gar nicht viel dazu beigetragen.« Und sie hatte ihn aus ihrem Leben gekickt, weil sie ihn nicht mehr brauchte. Er biss die Zähne aufeinander. Wenigstens darüber wollte er jetzt schweigen dürfen.

»Ja sicher, mach dich nur klein, damit du im Jammermodus bleiben kannst.« Neidhard wuschelte ihm durch die Haare und stand auf. »Ich verschwinde nun, auf dass ich morgen hellwach bin und Licht ins Dunkel der fiesen Machenschaften bringe, die Superman in den Knast befördern könnten. Den Abwasch überlasse ich dir.«

»Ist klar.« Frank streckte sich und begann den Tisch abzuräumen. »Siehst du: Die echten Cops fangen die Bösewichte, und ich mache nur ein bisschen Ordnung.« Er grinste schief. »Auch in Vielbrunn. Aber das ist nicht gejammert. Das ist einfach nur wahr. Ich bin kein Teamspieler. Schätze, das ist mein Problem. Deshalb bin ich hier gelandet. Und vielleicht ist es genau das, was ich will, weil ich hier mein eigenes Ding machen kann.«

»Noch mehr Bullshit, *Babe*. Streck den Kopf aus deinem Karnickelloch und hör auf, dir sinnlose Vorwürfe zu machen.«

Frank knallte die Teller auf die Spüle. Für Neidhard war das alles so einfach. »Kapierst du nicht? Ich habe Lindas Mörder zu Darja nach Murnau gebracht.« Die Erkenntnis traf ihn wie ein Faustschlag. »Durch meinen Alleingang. Er muss mich von Baden-Baden aus verfolgt haben.« Ein blasses Gesicht, kleine Augen, schmaler Mund. Das hatte er nicht nur durch die Scheibe des Leihwagens gesehen, sondern auch im *Angerbräu* durch das Restaurantfenster. »Verdammt. Der war am Samstagabend im Hotel an der Bar!«

»Wie sicher bist du?«

»Neunundneunzig Prozent.«

»Dann muss ihn außer dir noch jemand gesehen haben. Geil!« Neidhard schüttelte ihn an den Schultern durch. »Mann,

Frank, das ist keine schlechte, sondern eine gute Nachricht! Ich gebe das morgen sofort an die Kripo Garmisch weiter. Freu dich gefälligst: Der Mann auf dem Foto ist dein Weg runter vom Schafott.«

Donnerstag, 20. September, Vielbrunn, 10:00 Uhr
– Brunhilde Schreiner –

Schon den ganzen Weg von zu Hause trällerte Brunhilde ein Liedchen vor sich hin. Ihr war sehr wohl bewusst, dass Neidhard ihr nur einen Teil der Ermittlungsergebnisse anvertraute, aber sie gestand ihm zu, dass er damit korrekt handelte. Es ging um zweifachen Mord, das war beim besten Willen keine Kleinigkeit. Ein zweiter Mord. Noch einer, bei dem Frank zum Kreis der Verdächtigen gezählt wurde. Und sie erfuhr davon am Telefon durch Neidhard, statt es von Frank selbst zu hören. Das tat weh.

Frank verdankte es Neidhards Fürsprache, dass sie ihm verzieh, und dem Umstand, dass der nicht ohne sie auskam, was sie trotz allem diebisch freute. Schließlich hatte sie die Idee mit den Fotos vom Jubiläum gehabt und darauf den Mann entdeckt, der Linda Bruchhagen mit finsterem Blick ins Visier genommen hatte. Und genau der entpuppte sich nun anscheinend als Schlüsselfigur, um Frank aus der Schusslinie zu bringen. Das war allemal ein Grund für gute Laune. Neidhards Lob in der Sache salbte ihre Seele und glich Franks wortkarge Art ein wenig aus. Sie stieß die Tür zur Metzgerei auf und beschloss spontan, ihren Einkauf zu erweitern.

Hinter der Fleischtheke stand Margret Kuhnert und lächelte Brunhilde freundlich zu. Sollte sie all das einkaufen, woran sie gerade dachte, hätte Margret auch allen Grund zum Strahlen. Die Kasse würde ordentlich klingeln, und ihre Fragen nach dem Fremden vom Fest und dem schnöseligen Reporter Jens Fischbach konnte sie ganz beiläufig unterbringen.

Wenn Frank ein Problem hatte, aß er nur aus Höflichkeit zwei, drei Bissen und beschränkte sich ansonsten darauf, das Essen auf dem Teller von links nach rechts zu schieben. Neidhard dagegen war ein Genussesser, der auch unter Stress seinen Appetit nicht verlor. Der Leberkäse hatte ihm geschmeckt und auch die Bratwurst. Ihren Schnitzeln würde er garantiert auch nicht widerstehen. Es durfte heute also gerne etwas mehr von allem sein. Nur für den Fall, dass er vorbeikam.

Brunhilde schüttelte unwillkürlich den Kopf. Kaum zu fassen, es kam ihr fast so vor, als ob sie langsam anfing, diesen schlaksigen Kripokommissar zu mögen.

Donnerstag, 20. September, Vielbrunn, 11:30 Uhr
– Frank Liebknecht –

Die Aufgabe, die Neidhard ihm gestellt hatte, war nicht leicht zu bewältigen. Einatmen, ausatmen und die anderen machen lassen. Das Auftauchen eines weiteren Verdächtigen änderte nichts an seinen Schuldgefühlen.

Um fünf Uhr hatte er sich aufs Rad gesetzt, um den Frust wegzuschwitzen, und um sieben hatte er unter der Dusche gestanden. Die Befreiung war nur von kurzer Dauer gewesen.

Stunde um Stunde glotzte er auf das Telefon. Wartete auf die nächste Hiobsbotschaft. Doch nichts passierte. Kein Besucher, kein Anruf. Er ging nach draußen und testete die Klingel, die erwartungsgemäß einwandfrei funktionierte. Dann rief er mit dem Handy die Nummer des Dienstapparates an und umgekehrt, um sicherzugehen, dass auch hier kein Defekt vorlag. Er sah den Zeigern der Uhr beim Vorwärtskriechen zu und konnte sich zu keiner vernünftigen Handlung motivieren. Es musste Spuren geben, die man vergleichen konnte. Die bei beiden Mordfällen übereinstimmten – oder eben nicht. Jemand musste ihn gesehen haben und ihn entlasten. Er wählte Neidhards Nummer und legte auf, ehe das Freizeichen ertönte, unterbrach hastig auch das nächste Gespräch, als Matuschewski von der Spurensicherung abnahm.

Durchs gekippte Fenster wehte der Klang der Pausenglocke von der Grundschule herein. Für die Kleinsten war jetzt Schluss. Frank ging nach draußen, um nach Jannis Ausschau zu halten. Am Straßenrand sah er seine Mutter, die mit einer Hand die Augen beschattete. Ihr Blick streifte Frank grußlos, und ihr Rücken straffte sich. Seit der Dackel tot war, hatte sie nicht mehr mit ihm gesprochen. Sie kreidete ihm persönlich Jannis' Kummer an. Schließlich hatte Frank behauptet, der Hund käme wieder, und dann noch tagelang geschwiegen, als der Kadaver längst gefunden worden war.

Frank stellte sich neben sie und folgte ihrem Blick. »Wie geht es ihm?«

»Er ist tapfer.«

»Ich wollte nicht, dass er erfährt, was Berti passiert ist. Es sollte nie bis in die Zeitung kommen.«

»Aber mir hätten Sie es schon sagen können, Herr Liebknecht. Dann wäre ich vorbereitet gewesen.«

»Ging nicht, wegen der laufenden Ermittlungen.«

»Ach hören Sie doch auf! Wer glaubt denn im Ernst, dass einer, der einen kleinen Hund aufschlitzt, anschließend eine Frau erwürgt, das ist doch Humbug! Das eine hat doch mit dem anderen nichts zu tun. Außerdem hätten Sie mir doch gar nichts Genaues verraten müssen, nur eben, dass Berti tot ist, dann hätte ich es Jannis in Ruhe erklären können. Es wird immer mal ein Tier überfahren, das passiert eben. Das ist nicht schön, aber das hätte er verstehen können. Aber so? Wissen Sie, wie das ist, wenn plötzlich eine Nachbarin beim Frühstück in der Tür steht, die Zeitung in der Hand und schreit: ›Das ist doch bestimmt euer Dackel gewesen, den diese Bestie im Wald abgestochen hat‹.«

»Sie haben recht, das war mein Fehler. Es tut mir wirklich leid.«

»Davon kommt unser Hund auch nicht wieder.«

Den unsinnigen Vorwurf ließ Frank einfach stehen. Sie brauchte einen Sündenbock, und dieser Rolle fühlte er sich gerade sehr zugetan. »Soll ich noch mal mit Jannis reden?«

»Bloß nicht.« Jetzt schaute sie ihn doch an. Mit einem Seufzen hob sie die Achseln. »Er hat sich gerade ein bisschen beruhigt. Ich glaube, es wäre nicht gut.«

Frank deutete mit dem Kinn die Straße entlang. »Da kommt er. Er ist ganz schön groß geworden in den letzten Monaten.«

»Ja.« Jetzt wirkte ihr Lächeln fast versöhnlich. »Die Zeit rast. Gerade ist er Erstklässler, und bald muss er dann schon jeden Tag mit dem Schulbus bis nach Erbach fahren.«

Jannis setzte zum Schlussspurt an.

»Ich geh dann besser. Sagen Sie ihm Grüße, und ich würde mich freuen, wenn er wieder mal zum Fußballspielen rüberkommt.«

Donnerstag, 20. September, Beerfelden, 12:30 Uhr
– Heinrich Ritter –

Er bröckelte Brot in den Eintopf und tunkte den Löffel ein. Die Polin machte guten Eintopf, mit Kartoffeln, Erbsen und Wurst. Das schmeckte ihm. Schmeckte fast so gut wie damals im Gasthaus am Dachsberg, wohin ihn sein Vater mitgenommen hatte. Als Sechsjähriger war er zum ersten Mal dabei gewesen und von da an jeden Sonntag, mit den anderen Segelfliegern aus Darmstadt und dem Gleiter auf dem Anhänger. Mit Begeisterung hatte er geholfen, wenn das Handwägelchen untergeschoben wurde, um das Fluggerät über den Hang zu bewegen und zu starten. Fünfzehn Mann und mehr brauchte es dazu, und er dazwischen, wann immer man ihn ließ. Das Ausbalancieren, das Spannen der Gummizugseile, das Kommando und der Augenblick, wenn der Flieger nach vorne schnellte – jeder Handgriff ein Genuss. Doch der größte Glücksmoment für ihn war, wenn er ein paar Minuten auf dem Bock sitzen durfte, dem am Boden verankerten Flugsimulator, und sich fühlen konnte, als wäre er wirklich einer von ihnen.

»Flieger, Flieger«, brummte er und führte den nächsten Löffel Suppe zum Mund. Er hatte nie die Gelegenheit bekommen, einer von ihnen zu werden. Zu jung, immer zu jung. Sein Vater bildete die Hitlerjungen aus, und er musste zusehen. Ein Pimpf, mehr war er nicht geworden. Und als sein Vater in den Krieg zog, war es für ihn endgültig vorbei mit dem Traum vom Fliegen in Grasellenbach.

»Hätte ein guter Flieger sein können. Kein Funken Angst. Guter Flieger, weil ich es wollte. Mehr als alles andere.«

Seine Tochter schaute ihn an. »Ist gut, Vater. Lass die alten Geschichten.«

»Feinen Eintopf hat sie gekocht, die Thea.« Er nickte der Polin zu. »Fliegereintopf, kräftig und nahrhaft.«

»Vater!«

»Lassen Sie ihn doch erzählen, Frau Werle.« Thea tätschelte ihm die Hand und lächelte. »Wenn es ihn doch glücklich macht.«

»Das macht es aber nicht, Thea. Erst ist er glücklich und dann traurig, und danach verliert er den Verstand.«

»Tu ich nicht!« Heinrich knallte die Faust auf den Tisch. Ingeborg wollte dauernd nur, dass er still war, dass er sich an nichts erinnerte. Aber er wollte sein Leben nicht vergessen. *Flieger, Flieger*. Ein Fallschirm segelte herab. Ein Mann hinkte auf ihn zu. Er blinzelte die merkwürdigen Bilder weg, die hinter seinen Augen aufblitzten. Wenn Ingeborg nichts hören wollte, dann würde er eben schweigen. Vielleicht kam ja später der nette Junge wieder, der ihm Zigaretten mitbrachte. Der hörte gerne zu.

Heinrich biss von seinem Brot ab und schlürfte einen weiteren Löffel Suppe. Oder der andere kam, der zuletzt da gewesen war.

Donnerstag, 20. September, Vielbrunn, 15:15 Uhr
– Frank Liebknecht –

Es klang wie das Schreien eines Kleinkindes, nur leiser. Ein unaufhörlicher Klagelaut, ganz in der Nähe, der wimmernd an- und wieder abschwoll. Frank lauschte dem unerträglichen Jammern. Kam das von der Wiese hinter dem Haus? Das war ja nicht zum Aushalten. Wenn er den erwischte, der da so herzlos zuhörte, ohne etwas zu unternehmen, konnte der sich auf einiges gefasst machen.

Frank stieß den Stuhl zurück, griff den Schlüssel und riss die Tür auf. Mit einem ungläubigen Aufschrei taumelte er einen Schritt rückwärts.

»Verdammte Scheiße!«

Das Jammern war verstummt. Mit einer Nylonschnur um den Hals festgebunden hing ein Kätzchen am Türgriff. Frank fiel auf die Knie und hob den winzigen Körper auf seine Beine. Mit zitternden Händen versuchte er, den Knoten zu öffnen. Wie krank musste man sein, um so was zu machen? Die Schnur war gerade lang genug, dass die Pfoten der Katze den Boden berührt hatten, aber jede Bewegung die Schlinge weiter zuziehen musste. Ganz schwach spürte Frank noch einen Herzschlag unter dem weichen Fell, aber er kriegte die Schnur nicht ab. Auf dem Schreibtisch lag die Schere. Er konnte sie sehen, unerreichbar weit weg, wenn er das Kätzchen nicht loslassen und damit weiter würgen wollte. Er stieß ein verzweifeltes Knurren aus. »Nicht mit mir, Baby. Hörst du? Du schaffst das, Kleine.«

Frank richtete sich auf, zog einen Schuh aus und legte den

schlaffen Körper darauf. Die Höhe sollte reichen, um ein weiteres Zuziehen zu verhindern. Mit einem Satz war er am Tisch, packte die Schere, sprang zurück und durchtrennte die Schlinge. Wo war der Sinn hinter dieser Grausamkeit? War das eine Botschaft des Schlitzers? Eine Warnung? Der reine Hohn – ich bin ganz nah, doch du kriegst mich nicht?

Er erkannte das Farbmuster im Fell. Das war eines der Jungtiere aus dem letzten Wurf der Katze seiner Nachbarn. Der Katze, die so gerne auf der Fußmatte vor seiner Wohnung lag.

Dieser Angriff richtete sich gegen ihn. Nur gegen ihn. Das nahm er genauso persönlich, wie es gemeint war.

Donnerstag, 20. September, Erbach, 15:30 Uhr
– Marcel Neidhard –

Vor seinen Augen tanzten blaue Pferde über bunte Wiesen. Stundenlang hatte Marcel mithilfe eines Kollegen die Dokumente aus Lindas Karton sortiert. Darunter eine Namensliste der Männer aus Görings Leibgarde, auf der sie einen unterstrichen hatte: Albert Faulhaber. Ein Indiz dafür, dass Frank auf der richtigen Fährte war. An dem Abend in Brunhildes Küche waren sie mit der Durchsicht nicht allzu weit vorangekommen. Außerdem gab es im Karton Zeitungsberichte in mehreren Sprachen, Ausdrucke aus dem Internet, Kopien aus Büchern, seitenlange Abhandlungen über Pinseltechniken, Verwendung und Symbolik von Farben und das Unterscheiden von Original und Fälschung. Das Bild hatte durchaus einen gewissen Reiz, selbst im Kleinformat, aber den ganzen Wirbel, der darum gemacht wurde, konnte Marcel immer noch nicht verstehen. Vielleicht sollte er Frank irgendwann dazu befragen. Der fuhr auf den *Turm der blauen Pferde* anscheinend ziemlich ab. Oder auf den Maler?

Marcel grinste müde. Ihm selbst fehlte es an Kunstverständnis. Dinge gefielen ihm oder eben nicht. Er machte sich keine Gedanken darüber, warum es so war. Und er würde jetzt sicher nicht damit anfangen. Er hatte ganz anderes zu tun.

Im Büro knallte er den wieder eingeräumten Karton auf das Sideboard an der Wand. »Sag mir, dass du etwas Brauchbares gefunden hast, Sylvie.«

Vor ihr auf dem Tisch stapelten sich Krapfen auf einem Teller. Einer davon war bereits angebissen.

»Irgendwas zu dem unbekannten Paar auf Lindas Beerdigung?«

Sie leckte sich die Finger ab, kaute eilig und schluckte.

»Noch nichts Gesichertes. In unserer Datenbank stecken sie nicht. Aber dein neuer Freund Habekost hat sich wirklich ins Zeug gelegt. Unser Aushilfskollege hat sich die Bilder vorgeknöpft, die Oha von den Autokennzeichen gemacht hat. Er ist noch nicht ganz durch mit der Zuordnung zu den bestätigten Trauergästen. Aber einen Namen haben wir schon, der weder auf der Liste der Geladenen noch auf der der Ungeladenen und Identifizierten steht. Die Zulassung läuft auf einen Ludwig Zöller aus Geesthacht bei Hamburg. Komisch, ich dachte immer, das liegt in Holland. Na egal, ein Foto zum Vergleich kann ich nicht finden, doch das Alter passt, und er ist verheiratet mit einer Heidelinde. Die beiden haben eine Tochter – Tanja –, altersmäßig übereinstimmend mit unserer verblichenen Frau Bruchhagen. Letzte bekannte Anschrift in den Niederlanden. Aber die Info ist über zehn Jahre alt und nicht mehr aktuell.«

»Das ist trotzdem gut. Heidelinde – Linda. Da sollten wir dranbleiben. Ich habe schon erhebliche Zweifel, dass unsere Linda Ehlers tatsächlich unter diesem Namen geboren wurde. Jeder Hinweis auf ihre wahre Identität kann nützlich sein. Vielleicht ist ihr Mörder ein Teil der Vergangenheit, die sie mit ihrem Namenswechsel loswerden wollte.«

»Bist ein cleveres Bürschlein, Marcel!« Sylvie strahlte ihn an und wedelte mit beiden Zeigefingern herum. »Dafür gibt es einen Keks – na ja –, einen Krapfen, wenn du willst. Sind genug da. Du denkst genau in die richtige Richtung. De-e-enn …« – sie zog das Wort theatralisch in die Länge – »ich habe noch was anderes, und das ist ein echter Kracher! Ich schicke es dir rüber.«

Marcel nickte. Einen Kracher konnten sie gut gebrauchen. Er nahm die Wasserflasche von der Fensterbank und trank einige Schlucke. Fade und lauwarm. Angewidert stellte er sie beiseite. Das war höchstens noch zum Blumengießen geeignet. Sylvie hackte eilig auf der Computertastatur herum, sprang dann auf und ließ sich auf Marcels Stuhl fallen. Ohne Umschweife machte sie sich an seinem PC zu schaffen. Er fuhr herum. »Lass das, Sylvie! Du weißt, ich kann das nicht leiden.«

»Stell dich nicht so an. Ich will die Sache nur beschleunigen, während du noch aus dem Fenster schaust. Oh!« Sie unterbrach sich und grinste ihn am Bildschirm vorbei an. »Du konntest dich also doch nicht von dem Bild trennen? Ist die schöne Linda in Feierlaune dein neuer Bildschirmschoner?«

»Finger weg und runter von meinem Platz.« Marcel baute sich neben ihr auf, aber Sylvie bewegte sich keinen Zentimeter. Sie schaute auf den Bildschirm und dann in sein Gesicht. Ihr neugieriger Blick war ihm mehr als unangenehm. »Du hast dich doch wohl hoffentlich nicht in eine Tote verguckt?«

»Blödsinn. Das dient nur der Motivation. Ich habe das Bild im Hintergrund offen, damit ich vor lauter Details und Formalien nicht vergesse, worum es eigentlich geht.«

»Um eine tolle – wenn auch tote – Frau?«

»Um Menschen. In unserem Job geht es immer um Menschen.« Er nahm ihr die Maus aus der Hand und schloss die Datei. »Und jetzt sag mir endlich, was das für ein Kracher ist, den du für mich hast.«

»Franks ominöser Verfolger mit den fiesen kleinen Augen und dem stechenden Blick. Mach auf.« Sie deutete auf die Mail in seinem Postfach.

»Interpol?« Marcel pfiff durch die Zähne. »Im Ernst?«

»Jepp. Ich habe nicht lange rumgemacht heute Morgen und

meine Anfrage einfach im großen Rundumschlag verteilt. Die Interpol-Kollegen wissen eine Menge zu dem Typen zu sagen und sind mächtig scharf auf alles, was wir über ihn haben. Die waren geradezu beglückt über meine Meldung, weil sie sich von mir einen Anhaltspunkt versprechen, wo er sich augenblicklich aufhält.«

»Wer ist er?«

»Willst du einen Namen? Da kannst du dir einen aussuchen. Ich habe mehr als ein halbes Dutzend. Sieht aus, als hätten wir es mit einem international agierenden Schatzjäger zu tun. Gesucht in mindestens fünfzehn Ländern mit diversen Haftbefehlen.«

»Alle Achtung. Ein echt fetter Brocken, den wir da am Haken – oder sagen wir mal: in Sichtweite – haben.«

Sylvie hopste auf dem Stuhl herum und schnipste mit beiden Händen. »Warte, das Schärfste kommt doch noch. Gut zuhören. Man vermutet, dass er gebürtiger Südafrikaner ist und tatsächlich Renus van Wyk heißt. Er hat längere Zeit mit einer Frau zusammengearbeitet, bis diese vor knapp drei Jahren von der Bildfläche verschwunden ist. Jetzt rate, auf wen die Beschreibung nahezu perfekt passt.«

»Linda? Und die hat angeblich in Südafrika studiert und ist vor etwa zwei Jahren an Bruchhagens Seite aufgetaucht, um von seinem Geld weiter nach Schätzen und alten Gemälden zu suchen. Wahnsinn. Das klingt verdammt nach einem Durchbruch. Zumal der Bursche ja auch noch auf den Fotos vom Jubiläum in Vielbrunn zu sehen ist.« Es war ihm verdammt schwergefallen, Frank diese Tatsache zu verschweigen. Der Kerl konnte beide Morde auf dem Gewissen haben. Seine Hoffnung wuchs. »Was sagt Brenner dazu?«

»Fragte der Kollege und stieß den Finger tiefer in die offene Wunde …« Sylvie verdrehte die Augen und schüttelte den

Kopf. »Seit dem Anruf, dass er heute später kommt, habe ich kein Wort mehr von ihm gehört.«

Mit einem Aufstöhnen setzte Marcel sich auf die Schreibtischplatte. »Ob du versucht hast, ihn zu erreichen, brauche ich sicher nicht zu fragen. Verflucht, wo steckt der bloß?«

»Keine Ahnung. Ich weiß nur, dass das nicht mehr lange gut geht.«

Nicht mehr lange war noch optimistisch ausgedrückt. Marcel kaute auf seinem Daumen herum. »Es hilft nichts. Wir müssen die Info an Staatsanwalt Kreim weitergeben und auch an Kommissar Hofer in Garmisch und natürlich alle unsere Fakten und Hinweise an Interpol übermitteln. Kannst du ein Datenpaket vorbereiten, das wir ihnen schicken? Und wenn du das Anschreiben dabei so formulieren könntest …«

»… dass erst mal keiner merkt, dass Brenner nicht im Boot ist …«

»… ist dir meine, und sicher auch seine, Dankbarkeit sicher.«

»Gebongt. Für unser Chefchen tu ich doch fast alles. Und du kriegst raus, was ihn gerade untauglich macht?«

»So der Plan, ja. Hofer werde ich vorher noch anrufen. Der macht mir einen ganz vernünftigen Eindruck. Er war durchaus bereit, Franks Aussage, dass er bis nach Murnau verfolgt wurde, ernst zu nehmen und seine Unschuld in Erwägung zu ziehen. Vielleicht hat er schon einen Zeugen gefunden, der bestätigt, dass dieser van Wyk auch dort gewesen ist. Die Schmidtbauer ist wahrscheinlich eher geneigt zu glauben, dass Frank mit dem unter einer Decke steckt. Ein Gespräch mit Brunhilde Schreiner habe ich auch noch auf der Liste, bevor ich mich um Brenner kümmern kann. Am besten werde ich mir Matuschewski zur Brust nehmen. Der ist der Einzige, der auch privat mit Brenner befreundet ist. Wie lange brauchst du, um die Mails zusammenzustellen?«

»Selbst wenn ich wirklich jedes Detail reinpacke, bin ich in einer Stunde locker durch – gesetzt den Fall, ich habe dann auch alles Neue von dir vorliegen.«

»Sollte zu machen sein. Denk dran, auch die möglichen Eltern von Linda zu erwähnen. Wenn wir da richtigliegen, könnten die wichtige Informationen liefern. Offenbar kannten sie ja Lindas falsche Identität.«

Sylvie drehte sich einmal mit dem Schreibtischstuhl im Kreis und stand auf. »Dann mache ich die Mail an Interpol zuerst fertig, anschließend die an Hofer, der kriegt ja die Vorabinfo von dir, und Kreim kommt zuletzt dran. Der ist am heikelsten, weil er wahrscheinlich sofort zurückruft oder auf der Matte steht. Willst du den Kram noch mal gegenchecken, bevor ich ihn auf die Reise schicke?«

»Nein. Du hast das drauf. Ich vertrau dir.«

»Echt jetzt?« Sylvie packte ihn im Genick und drückte ihm spontan einen Kuss auf die Wange. »Allein der Spruch ist den ganzen Ärger wert!«

Marcel schüttelte den Kopf und schaffte es kaum zu lächeln. Ihr Strahlen machte ihn verlegen. Ihm war nicht aufgefallen, dass sie seine Anerkennung suchte. Sie hatte eine schwierige Phase für ihren Start im Team erwischt.

»Nein, Häschen, das ist es sicher nicht wert.« Er bemühte sich, locker zu klingen, obwohl er das Ausmaß des Ärgers ganz anders einschätzte. »Ich hätte es früher merken und dir sagen sollen: Du machst einen guten Job.«

Donnerstag, 20. September, Vielbrunn, 18:15 Uhr
– Frank Liebknecht –

Später als sonst kam Frank in seiner Wohnung an. Er hatte nach dem unterbrochenen Dienst länger gearbeitet, dann eingekauft und schließlich die Nachbarn über das Schicksal ihrer Katze in Kenntnis gesetzt. Ein ordentlicher Schock, den sie da zu verdauen hatten. Und er musste jetzt für die Folgen seiner Entscheidung geradestehen. Er stopfte die Einkäufe in den Küchenschrank, ohne richtig hinzusehen. Und wenn schon. Irgendwie würde er das hinkriegen.

Am Nachmittag hatte er das halb tote Kätzchen auf seinen Schoß gebettet und war zum Tierarzt gefahren. Der hatte die zweite Schlinge entdeckt, die die linke Vorderpfote abschnürte. Die Wut hatte Frank stumm gemacht und stur. Die Pfote war nicht zu retten. Der Arzt zweifelte, argumentierte, aber das interessierte ihn nicht. Eine fehlende Pfote störte beim Mäusefangen und beim Klettern, vielleicht verringerte sie den Aktionsradius und die Chancen beim Revierkampf. Na und? Wenn es die Folgen der qualvollen Strangulation überstand, dann sollte dieses Wesen leben! Und ja, er war bereit, sich zu kümmern und alle Kosten zu tragen. Sobald es sich ausreichend erholt hatte, wollte Frank das Kätzchen zu sich nach Hause holen.

Wie ein werdender Vater war er während der Operation durchs Wartezimmer gewandert und hatte jeden Gedanken daran verweigert, was es bedeutete, sein Versprechen umzusetzen.

Du wirst nie damit aufhören, irgendwen retten zu wollen.

Ja, vielleicht lag Neidhard damit richtig. Dieses eine Mal hatte er die Chance, damit erfolgreich zu sein, und die würde er sich nicht nehmen lassen.

Zurück in der Dienststelle hatte er ein Protokoll des Vorfalls angefertigt, an die zuständige Abteilung in Erbach geschickt und direkt anschließend dort angerufen. Seine Überlegungen zum Wirkungsbereich des Schlitzers fanden Gehör, ähnliche Gedankenspiele hatten die Kollegen auch schon angestellt. Nur die Sache mit der Katze konnte nicht überzeugen. Kein Messer im Spiel. Eine krasse Abweichung vom bisherigen Vorgehen, nicht zuletzt, weil es der erste Fall war, bei dem ein Ort zweimal heimgesucht wurde. Da war natürlich was dran, und trotzdem konnte Frank sich nicht vorstellen, dass sich ausgerechnet jetzt auch noch ein anderer Tierquäler berufen fühlte, aktiv zu werden. Ein klassischer Trittbrettfahrer hätte sich bemüht, das Vorgehen des Originals möglichst genau zu kopieren.

Frank holte den Bass aus der Ecke und setzte sich damit aufs Sofa. Die tiefen, vibrierenden Töne beruhigten seine Gedanken, strukturierten sie wie Noten auf Papier. Gab es eine andere Gemeinsamkeit zwischen der Katze und den Tieren, die mit dem Messer angegriffen worden waren?

Sie hatte überlebt. Wie fast alle anderen auch. Nur zwei Weidetiere waren verendet, weil man sie sehr spät gefunden hatte. Konnte das bedeuten, dass die Tiere eigentlich gerettet werden sollten? Wenn Frank es so betrachtete, fiel wiederum Berti aus dem Rahmen. Für den Dackel hatte es keine Chance gegeben. Der Schnitt in seinem Bauch war zu groß und zu tief gewesen. Ein Ausrutscher vielleicht? Oder gehörten tatsächlich beide Angriffe in Vielbrunn nicht zur Schlitzer-Serie? Aber warum dann die Katze vor seiner Tür? Wer forderte ihn da heraus und wozu?

Frank schloss die Augen und legte den Kopf gegen das Polster der Rückenlehne. Wenn das persönlich gegen ihn ging, dann war er genauso schuldig wie bei Darja Zwetkowas Tod.

Schuldlos schuldig.

Der Bass brummte über der pochenden Narbe, und er schlug die Hände vors Gesicht, stieß seinen Frust mit einem unartikulierten heiseren Schrei heraus. Er wollte den Kampf weder aufgeben noch tatenlos herumsitzen, auch wenn es genau das war, was alle von ihm forderten. Schlimmer konnte es nicht mehr werden. Was sollte die Morde an Linda und Darja noch übertreffen?

Langsam ließ er die Hände sinken. Das Bild flatterte unstet durch seinen Kopf und verfestigte sich, obwohl er es nicht sehen wollte.

»Nein«, stöhnte er. »Nein, das nicht auch noch.« Achtlos schob er den Bass von sich, suchte auf dem unordentlichen Tisch nach dem Telefon, vergaß zu atmen, bis der Hörer abgenommen wurde.

»Ja?«

Er erkannte die Stimme, auch ohne dass sie ihren Namen nannte. »Guten Abend, Frau Werle. Hier ist Frank Liebknecht. Ich muss dringend mit Ihrem Vater sprechen.«

»Das geht nicht.«

»Bitte, nur ganz kurz. Ich werde ihn nicht lange stören und auch nicht aufregen.«

Ihr Lachen klang schroff. »Das haben Sie schon mal behauptet. Er macht ein Nickerchen im Garten, und ich habe nicht vor, ihn Ihretwegen zu wecken. Halten Sie sich von ihm fern. Guten Tag.«

Sie gab ihm keine Gelegenheit für eine weitere Erklärung und legte einfach auf. Mit einem Fluch auf den Lippen schnellte Frank hoch. Ziellos lief er auf und ab. Was jetzt? Machte er sinnlos die Pferde scheu, wenn er sich einbildete, auch Heinrich könne durch seine Besuche bei ihm in Gefahr sein? Er hatte versprochen, nichts zu unternehmen. Er hatte auch versprochen zu reden. Entschlossen tippte er Neidhards Nummer ein.

»Hi, hier ist Marcel. Das heißt, Marcel ist natürlich gerade nicht hier. Also einfach loslegen nach dem Piep.«

»Mist.«

Der Anrufbeantworter nutzte ihm nichts. Brunhilde war für einen Fall wie diesen nicht die richtige Instanz und auch nicht zu Hause. Donnerstags ging sie seit Neustem alle zwei Wochen zum Babysitten und kam garantiert nicht vor acht Uhr zurück. So lange konnte er auf keinen Fall warten. Brenner nach Feierabend anzurufen widerstrebte ihm. Er probierte es trotzdem auf dem Diensthandy, aber ohne Erfolg. *Brenner privat* stand als Nächstes in der Liste in seinem Adressbuch. Es tutete lange, bis sich endlich eine Frauenstimme meldete.

»Ja?«

Gott, wie er das hasste. Wieso meldete sich niemand mehr mit seinem Namen, wenn er ans Telefon ging?

»Frau Brenner? Hier ist Frank Liebknecht, kann ich bitte Ihren Mann sprechen?« Im Hintergrund hörte er undeutliches Gemurmel. Vielleicht lief der Fernseher, oder es war eines der Kinder. »Frau Brenner?« Erschien ihm die Stille nur deshalb so lang, weil er es eilig hatte?

»Peter ist nicht da«, sagte sie jetzt. »Und ich kann Ihnen auch nicht sagen, wie Sie ihn erreichen können. Versuchen Sie es morgen in der Kriminaldirektion.« Das Klicken in der Leitung kam deutlich schneller als die Antwort zuvor.

Frank stand mitten im Zimmer. Ein hilfloses Lachen brachte seine Schultern zum Zucken. »Na, schönen Dank auch. *Fuck!* Ich habe es versucht«, schimpfte er laut. »Reden, stillhalten, nicht einmischen. Aber wie soll ich das denn, wenn ich niemanden erreiche, der an meiner Stelle etwas unternimmt?«

Er stopfte das Handy in die Jackentasche und schnürte die Sportschuhe. Die Hand schon an der Tür drehte er sich wieder um, ging zum Schrank und öffnete den unscheinbaren kleinen Safe. Er fuhr sich mit beiden Händen durch die Haare. Das war falsch. Er sollte das bleiben lassen. Aber es nicht zu tun konnte genauso falsch sein.

»Krieg dich ein«, murmelte er. »Du wirst sie nicht benutzen. Nur dabeihaben.«

Die Waffe lag schwer in seiner Hand. Das Magazin rastete ein. Er legte den Gürtel an und verstaute die Pistole sicher im Holster. Auf diesen Verstoß gegen die Vorschriften kam es nun auch nicht mehr an.

Donnerstag, 20. September, Heppenheim, 18:15 Uhr
– Marcel Neidhard –

Das Motel an der Autobahn sah trostlos aus. Matuschewski hatte ihn vorgewarnt. »Die Hütte passt zu Peters seelischer Verfassung. Mach dich auf was gefasst.« Ein schmales Blumenbeet begrenzte den Parkplatz, dahinter konnte man die Zimmer von außen direkt betreten. Die seitlich neben der Tankstelle gelegene Rezeption brauchte Marcel nicht, um sich zurechtzufinden. Matuschewski hatte ihm auch die Zimmernummer geliefert. »Wenn er nicht aufmacht, knack das Schloss. Ist ein Kinderspiel.«

Vorsorglich hielt Marcel die Plastikkarte schon bereit, als er klopfte.

»Brenner? Ich bin es, Marcel.« Er stellte das Mobiltelefon stumm, um nicht gestört zu werden, wenn er es denn schaffte, zu Brenner durchzudringen. Nach dem zweiten Klopfen sprang die Tür einen Spalt auf.

»Was willst du?«

»Meinen Vorgesetzten sprechen.« Marcel drückte die Tür weiter auf und betrat an Brenner vorbei den abgedunkelten Raum. Eine Dunstglocke aus Zigarettenqualm, Essensresten und Schweiß hüllte ihn ein. Mit angehaltenem Atem ging er zum Fenster, zog den Vorhang beiseite und öffnete es weit, ehe er Luft holte. Aus einer Reisetasche vor dem Bett quoll Wäsche. Ob frisch oder benutzt, ließ sich nicht genau feststellen. In Anbetracht der Gesamtsituation lag allerdings die Vermutung nahe, dass es in diesem Raum kein sauberes Kleidungsstück mehr gab. Auf und unter dem wackeligen Sekretär türmten sich die Verpackungen etlicher Fast-Food-Mahlzeiten – und Flaschen.

»Was tust du hier?« Mit einer ausholenden Bewegung umfasste Marcel den gesamten Raum. »Peter, wir brauchen dich im Dienst. Einsatzbereit und bei vollem Bewusstsein.«

»Ich trinke nicht.« Brenner sank aufs Bett.

Marcel überflog die Etiketten. Was er auf Anhieb sehen konnte, waren tatsächlich ausschließlich nichtalkoholische Getränke. »Umso besser. Bei uns geht nämlich die Post ab. Was auch immer mit dir los ist, du kannst dir jetzt keine Auszeit nehmen.«

»Matuschewski konnte das Maul nicht halten, sonst hättest du mich nicht gefunden. Also weißt du auch, was los ist.«

»Ich will es von dir hören, Peter. Sprich es aus, dann sag ich dir meine Meinung dazu, und danach sehen wir, wie es weitergeht.«

»Was gibt es da groß zu sagen? Meine Frau hat was Besseres gefunden und mich aussortiert. Das ist alles.«

»Seit wann weißt du es?«

»Seit zwei Wochen.«

»Und wie lange bist du schon hier?«

»Seit zwei Wochen.«

Das erklärte so ziemlich jede Reaktion auf den Fall Linda Bruchhagen. Der gehörnte Ehemann und die treulose Frau. Ein prächtiges Timing. Duplizität der Ereignisse nannte man so was wohl. Bis auf den Mord, den es glücklicherweise nur in einer Ausführung gab. Und obendrauf noch Frank als Liebhaber einer verheirateten Frau, dem Brenner seine Rolle natürlich extra übel nahm.

»Okay, seit zwei Wochen also. Und was war heute anders, dass du nicht zur Arbeit gekommen bist?«

Brenner nahm einen Umschlag vom Nachttisch und hielt ihn

Marcel hin. »Hat sie mir heute Morgen gegeben. Bei einem Treffen auf neutralem Boden.« Er lachte bitter. »Ich dachte, wir könnten reden. Sie würde es sich noch mal überlegen. Vielleicht wegen der Kinder …«

Marcel erkannte den Stempel einer Anwaltskanzlei auf dem Umschlag und ließ den Inhalt unangetastet. Sie hatte den Schritt offenbar schon deutlich länger geplant, als Brenner geahnt hatte.

»Tut mir verdammt leid, Mann. Ich dachte immer, du und deine Frau …«

Er schluckte den Rest des Satzes. Jetzt zu sagen, dass er sie für ein Traumpaar gehalten hatte, wäre einfach unfassbar blöd. Marcel setzte sich zu Brenner aufs Bett. Die Decke verströmte Wärme. Er musste gerade noch daruntergelegen haben. Nichts sehen, nichts hören und am besten nichts spüren. Das konnte er nur zu gut verstehen, und eigentlich hatte Brenner es durchaus verdient, eine Weile ungehindert leiden zu dürfen, bis er sich wieder in der Lage sah, dem Leben aufrecht zu begegnen. Die Traumfrau servierte die Scheidungspapiere. Ein Wunder, dass Brenner sich nicht in ein mehrtägiges Delirium gesoffen hatte. Marcel legte ihm kurz und etwas steif den Arm um die Schulter und rüttelte ihn.

»Ich übernehme mal für den Moment die Regie, wenn es recht ist – und wenn nicht, übernehme ich sie auch. Du verschwindest jetzt unter die Dusche, und in der Zeit bring ich den Saustall hier auf Vordermann. Ich musste Matuschewski versprechen, dich bei ihm abzuliefern. Unterwegs versorge ich dich mit den neusten Highlights zum Fall. Und morgen sehe ich dich im Büro, dann schwingst du gefälligst wieder selbst die Peitsche. Ich tauge nicht zum Chef.«

Donnerstag, 20. September, Beerfelden, 19:05 Uhr
– Frank Liebknecht –

Im Sekundentakt richtete er die Augen auf den Rückspiegel. Jedes Mal, wenn er einen schwarzen Wagen sah, sträubten sich ihm sämtliche Haare auf der Haut. Doch keiner blieb für längere Zeit hinter ihm. Konnte sein, dass er sich irrte. Konnte sein, dass niemand außer ihm Heinrich für wichtig hielt. Konnte sein, dass Heinrich tatsächlich nichts Wichtiges wusste. Aber darauf wollte er sich nicht verlassen.

Im Schritttempo fuhr Frank am Haus vorbei. Durch eines der Fenster sah er Licht. Doch in Heinrichs Zimmer war es dunkel. Dann saß er hoffentlich immer noch draußen.

Er parkte in einer Seitengasse, ging zu Fuß zurück und schlüpfte durch das unverschlossene Tor. Dicht an der Hauswand schlich er unterhalb der Fenster entlang, duckte sich hinter einen Busch und spähte zur Terrasse. Die Stühle standen gestapelt in einer Ecke, den Tisch bedeckte eine Plastikhülle. Heinrich musste also weiter hinten im Garten sein, neben dem Schuppen, wo ihn die Abendsonne am längsten erreichte. Ein paar Minuten blieben noch, bis sie hinter den Hügeln verschwand. Wolken sammelten sich an der Horizontlinie und rückten langsam näher. Eine mondlose Nacht stand bevor, ohne Sterne. Drinnen hörte Frank Ingeborg Werle und Thea miteinander sprechen und das Klappern von Geschirr.

Auf der Bank, wo er zuletzt mit Heinrich geraucht hatte, lag ein Sitzkissen, darauf ein Sonnenfleck, darunter am Boden ein zerknülltes Taschentuch. Heinrich war nicht zu sehen. Hastig suchte Frank mit den Augen die Wege zwischen den Beeten ab, lauschte. Kein Schlurfen, kein Husten, nur Vogelgezwitscher und entfernt die Stimmen der Frauen aus der Küche. Heinrich konnte allein zurück ins Haus gegangen sein, und sie hatten einander um Haaresbreite verfehlt. Und später würde seine Tochter herauskommen und aufräumen oder Thea schicken, um nach dem Rechten zu sehen. Wer seinen Terrassentisch unter eine Folie packte, um ihn vor nächtlicher Feuchtigkeit zu schützen, und am Abend die Stühle aufstapelte und unters Dach stellte, ließ bestimmt kein Sitzkissen im Freien herumliegen.

Aufrecht lehnte Frank sich mit den Schultern gegen den Geräteschuppen. Der Garten war nicht klein, aber auch nicht so groß, dass man sich darin verlaufen oder wirklich verstecken konnte. Er brauchte nicht weiter darauf zu hoffen, dass Heinrich hinter einer Hecke auftauchte und er ungehindert mit ihm reden konnte. Also führte kein Weg an Ingeborg Werle vorbei. Seufzend stieß Frank sich von der Wand ab und ging hinüber zur Terrasse. Ein Überraschungsmoment konnte nicht schaden.

»Hallo? Frau Werle?« Er klopfte an der Glastür, blieb aber draußen stehen. »Hallo? Ist jemand zu Hause?«

Das Gespräch in der Küche verstummte, und Ingeborg Werle betrat eilig das Wohnzimmer. »Was tun Sie hier? Wie sind Sie hereingekommen?«

»Das Tor war offen. Sie haben mein Klingeln wohl nicht gehört.« Die Lüge tat nicht weh, schließlich ging es um einen guten Zweck.

»Ich habe Ihnen gesagt, dass mein Vater für Sie nicht zu sprechen ist. Verschwinden Sie gefälligst aus meinem Haus.«

»Ja, schon klar. Ich bin wieder weg, sobald ich weiß, ob Ihr Vater in den letzten Tagen Besuch hatte, von einem Fremden, der ihm Fragen stellen wollte.«

»Nein. Sie sind der Einzige, der ihn belästigt!«

Frank sah an Ingeborg Werle vorbei zu Thea, die hinter ihr im Durchgang zum Flur stehen geblieben war. »Ist das wahr, Thea?«, fragte er. »Ist sonst niemand hier gewesen?«

Thea hob langsam die Schultern, in ihrem Gesicht waren widerstreitende Gefühle deutlich zu erkennen.

Ingeborg Werle schaute von Frank zu Thea und wieder zurück. »Kein Wort, Thea«, zischte sie. »Machen Sie, dass Sie wegkommen, oder ich rufe die Polizei.«

Der Spruch hatte ihm gerade noch gefehlt. »Nicht nötig. Ich bin selbst Polizist, Bezirksdienst Vielbrunn, das können Sie gerne nachprüfen.« Seinen Ausweis hatte er natürlich nicht bei sich. »Bitte beantworten Sie einfach meine Frage. Es handelt sich um eine laufende Ermittlung, darum kann ich Ihnen das nicht genauer erklären. Glauben Sie mir, mir liegt vor allem die Sicherheit Ihres Vaters am Herzen.«

»Polizei?« Ingeborg Werle machte eine kleine Bewegung zur Seite und fasste nach dem Türrahmen. »Wieso Polizei? Was für eine Ermittlung?«

Das war der Moment, auf den er gewartet hatte. Ein Zeichen von Unsicherheit. Alles oder nichts. »Es geht um die blauen Pferde.«

»Das kann nicht sein«, flüsterte Ingeborg Werle und schüttelte den Kopf. »Das kann nicht sein.«

»Aber das ist doch nur ein Märchen, Herr Liebknecht.« Thea winkte lachend ab. »Die Pferde gibt es nicht wirklich. Nur ein Traum im Kopf von unserem Heinrich.«

»Ist jemand hier gewesen, Thea?« Frank wiederholte die noch unbeantwortete Frage, solange Ingeborg Werle mit sich selbst beschäftigt war. Er konnte förmlich sehen, wie es hinter ihrer Stirn arbeitete.

Thea zog beim Nachdenken die Nase kraus. »Da war ein

Mann im Hof, der hat gesagt, dass er sich in der Hausnummer geirrt hat.«

»Können Sie ihn beschreiben?«

»Ein Mann eben, ganz normal, nichts Besonderes, kleine Augen und ein eher längliches Gesicht. Vielleicht so fünfundvierzig bis fünfzig Jahre alt? Ich weiß nicht genau.«

»Haben Sie gesehen, wie er hereingekommen ist?«

»Nein, nur dass er gegangen ist.«

»Dann wissen Sie nicht, wie lange er schon da war?«

Theas Augen wurden groß. »Nein. Aber Heinrich war im Garten …«

»Und wo ist Heinrich jetzt?«

»Er schläft«, erwiderte Ingeborg Werle barsch und wieder ganz gefasst. »Wie ich Ihnen bereits am Telefon mitgeteilt habe. Und mehr gibt es auch nicht zu sagen. Thea hat recht. Die blauen Pferde sind nichts weiter als das Hirngespinst eines alten Mannes. Ich sehe keinen Grund, mir Sorgen um seine Sicherheit zu machen.«

»Sie lügen, Frau Werle.« Frank konnte es an Theas Gesicht erkennen. »Sie wissen so gut wie ich, dass es die Pferde gibt. Ich versuche, Ihren Vater zu schützen, denn es könnte sein, dass noch mehr Leute nach den Pferden suchen und glauben, dass er weiß, wo sie sind.«

»So ein Unsinn! Sie sind ja verrückt. Er weiß nichts. Da gibt es nichts zu wissen, weil es keine …«

»Wo schläft Ihr Vater?« Frank fiel ihr ins Wort und machte einen Schritt auf sie zu. Dieses Spielchen kostete viel zu viel Zeit. »In seinem Zimmer? Oder draußen im Garten? Das haben Sie nämlich am Telefon gesagt. Aber im Garten ist Heinrich nicht.«

Thea packte aufgeregt Ingeborg Werles Arm, doch die schüttelte sie grob ab.

»Ich kann allein auf meinen Vater aufpassen. Verlassen Sie dieses Haus auf der Stelle: Wenn Sie keinen Durchsuchungsbeschluss dabeihaben, haben Sie kein Recht, hier einzudringen!«

»Ist Ihnen klar, was Sie da tun? Das ist kein Scherz.« Ungläubig starrte er sie an, dann wandte er sich wieder an Thea. »Er ist nicht im Haus, oder? Er ist auch nicht im Garten. Das heißt, er ist weg. Geht er öfter alleine weg? Nein. Nein, bestimmt nicht. Sie wissen, was das heißt. Sie wissen das beide!«

Frank brauchte keine Antwort mehr. Er drehte sich um und rannte. Von der Straße aus sah er, wie alle Lichter im Haus angingen, und rannte weiter. Sie suchten ihn. Doch sie würden ihn nicht finden.

Er drehte den Zündschlüssel. Der Motor sprang an. Wohin jetzt? Konnte es sein, dass Heinrich dem anderen mehr erzählt hatte als ihm? Frank zweifelte nicht, dass Heinrich freiwillig mitgegangen war. Im Garten deutete nichts auf einen Kampf oder Gegenwehr hin. Aber warum war Heinrich dem Fremden gefolgt? Dass der sich mit dem alten Mann belastete, konnte nur bedeuten, dass sich die entscheidenden Informationen noch in Heinrichs Kopf befanden. Solange das so blieb, war er wahrscheinlich sicher. Die Frage war also nicht, womit Heinrich überzeugt worden war mitzugehen, sondern wie die Wahrheit aus ihm herausgelockt werden sollte. Frank legte den ersten Gang ein und rollte langsam die stille Straße entlang. Er hatte versucht, das Gehirn des Alten auf sanfte Weise zu aktivieren, und Heinrich hatte gerne erzählt. Dennoch waren ihre Gespräche für ihn sehr anstrengend gewesen. Frank wollte nicht darüber nachdenken, was es für Heinrich bedeutete, wenn er sich wirklich in den Händen des Mannes befand, der als Letzter mit Darja und Linda *gesprochen* hatte.

Die Dämmerung begann schon, die Farben zu löschen, legte einen grauen Schleier auf den Abend. Heinrich reagierte auf Stichworte, die in Verbindung mit dem Erlebten standen. Der Hinweis auf die Kälte an jenem Tag, das gemeinsame Rauchen nach der geglückten Rettung …

Milchig grau dämmerte der Morgen über den Hügeln.

Natürlich! Er wusste, wie und wo Heinrich zum Erinnern gezwungen werden konnte. Im Zwielicht des Abends, wenn Licht und Temperatur sich den damaligen Verhältnissen annäherten. Dann brauchte es nicht viel, um Heinrich wieder dreizehn sein zu lassen.

Dort, wo sich die Nase der Messerschmitt in den Boden gebohrt hatte.

Er musste zurück nach Vielbrunn und auf diesen verfluchten Hügel. So schnell es ging. Das Getriebe strafte seinen Versuch, die Gänge auszureizen, mit hässlichen Geräuschen.

Wieso erkannte man immer nur rückblickend, was man gleich hätte sehen sollen? Im Bericht über den Flugzeugabsturz waren die genauen Koordinaten angegeben. Aber er hatte nur darüber hinweggelesen, aus der Beschreibung abgeleitet, wo in etwa das Drama stattgefunden hatte. Er ahnte die Stelle mehr, als dass er sie kannte. Zu Fuß etwa zwanzig Minuten von Vielbrunn entfernt in westlicher Richtung, in der Nähe einer Schonung. Ein Dreizehnjähriger unter Hochspannung nahm die Strecke in der halben Zeit im Sprint.

Er konnte nur hoffen, dass seine Ahnung ihn auf den richtigen Weg führte. Das Tempo, mit dem er die Kurven schnitt, bescherte ihm kalte Schweißausbrüche, aber er nahm den Fuß nicht vom Gas. Ingeborg Werles Verhalten gab ihm Rätsel auf. Wieso hatte sie versucht, ihm einzureden, Heinrich wäre zu Hause? Wieso wollte sie verhindern, dass Frank mit ihm sprach oder jetzt nach ihm suchte? Kannte sie den Mann mit den kleinen Augen? Hätte er bleiben und nicht lockerlassen sollen? Wusste sie etwas? Wurde sie erpresst? Der Strom der Fragen sprudelte schier unerschöpflich in immer höherer Geschwindigkeit, ohne Chance auf eine einzige klare Antwort.

Einen halben Kilometer vor dem Abzweig nach Vielbrunn verließ er die Straße, folgte einem kaum ansteigenden Forstweg und bog schließlich auf einen holprigen Fußweg ab. Erst zwischen den hoch aufragenden Baumstämmen wurde ihm klar, dass er keinen Plan hatte, außer dem, Heinrich und seinen Entführer zu finden. Er drosselte den Motor auf Schritttempo, drang tiefer in den Wald vor und hielt schließlich an. Jeder Meter weiter konnte ihn verraten, ehe er überhaupt bemerkte, dass er sein Ziel erreicht hatte. Das Restlicht des Tages schwand schnell. Es musste acht Uhr durch sein und somit Brunhilde wieder zu Hause.

Der Blick aufs Handy ernüchterte Frank. Kein Netz, obwohl er sich ganz in der Nähe eines Sendemastes befinden musste. Trotzdem steckte er das Mobiltelefon zurück in die Innentasche der Jacke, in der das Tabakpäckchen knisterte. Na super: Wenn gar nichts mehr ging, konnte er wenigstens noch eine paffen. Ein schöner Trost für einen Nichtraucher. Leise fluchend durchwühlte er das Handschuhfach nach seiner Taschenlampe und kontrollierte die Batterien. Intakt, immerhin, auch wenn er sie vorerst nicht einschalten wollte.

Neben dem Wagen stand er sekundenlang still, lauschte mit geschlossenen Augen, konzentrierte sich auf seine Umgebung und den Weg, den er gekommen war. Dann entschied er sich, nach rechts weiterzugehen. Wenn seine Vermutung zutraf, musste er bald über den schwarzen BMW stolpern oder die beiden Gesuchten hören. So leise wie möglich pirschte er sich voran, die Hände zur Seite ausgestreckt. Seine Ungeduld brachte ihn mehrfach ins Straucheln und ließ sich nur mühsam durch die gebotene Vorsicht bremsen. Es dauerte länger als erwartet, bis seine Finger die Maschen des Drahtzaunes berührten. Dahinter lag die Schonung und hinter dieser die Lichtung. Endlich!

Freitag, 23. März 1945, Vielbrunn, 6:20 Uhr
– Heinrich Ritter -

Seine Schwester heulte. Sie heulte immer, wenn die Flugzeuge kamen. Und nicht nur dann. Als ob das etwas nützte. Noch waren sie weit weg. Heinrich warf die Decke beiseite und sprang aus dem Bett. Hose überziehen und in die Schuhe schlüpfen schaffte er in weniger als einer halben Minute. Die Mutter hatte es mit ihnen geübt. Wieder und wieder, in völliger Finsternis, damit sie schnell genug draußen sein konnten, in den verdunkelten Nächten, falls sie in den Keller flüchten mussten. Er riss die Jacke vom Haken und stürmte ins Freie. Er musste raus. Einfach nur raus.

Weit über ihm erfüllten die Motoren den Himmel mit dumpfem Dröhnen, kamen näher, jenseits der Wolken. Er erkannte jeden Typ am Geräusch. Jäger, Bomber, Freund oder Feind. Die Bordkanonen hämmerten. Flakfeuer in der Ferne. Ein Treffer schickte einen Lichtblitz zu ihm herunter, ein flammendes, unwirkliches Leuchten, dem ein Pfeifen folgte. Ein Pfeifen, wie es damals fast alle in den Keller gejagt hatte, auch seine Mutter. Aber ihn nicht, weil er vor Angst nicht mehr hatte laufen können. In seiner Hand die Finger seiner Schwester. In seinen Ohren ihre Schreie. Dunkelheit und Feuer, brennender Asphalt und Tonnen von Steinen, die herabstürzten und alles unter sich begruben. Da waren sie doch gerannt. Gerannt, bis er weder Angst noch Schmerz oder seinen eigenen Körper spürte. Nur noch seine Schwester, die er irgendwann geschultert hatte und die nicht aufhören konnte zu schreien. Schrill und laut. Zehntausend Tote, hatten sie später gesagt, zehntausend in fünfund-

zwanzig Minuten. Erschlagen, erstickt, verkohlt. Im September war das gewesen, am elften. Danach hatte es Darmstadt nicht mehr gegeben und kein Haus und keine Mutter. Nur den Vater irgendwo an der Front, vielleicht. Und die Tante im Odenwald, bei der man ihn und die Schwester einquartierte. Die Tante, die dauernd nur weinte, weil der Onkel in Frankreich lag und nie wiederkam.

Seitdem hielt er es im Haus nicht mehr aus, wenn er die Motoren hörte. Aber er erlaubte sich keine Angst. Niemals. Ein deutscher Mann fürchtete sich nicht. Ein deutscher Mann zögerte nicht. Der wusste immer, was zu tun war. Der stand nicht feige still. Wer stehen blieb und nicht aufpasste, den holten sich die Tommys oder die Bomber aus Amerika.

Eben hatte es einen Jäger erwischt. Einen von den Eigenen, von den Guten.

Wieder rannte er. Dem Feuerschweif hinterher. Raus aus dem Dorf, weiter über das Feld und auf den Hügel.

Donnerstag, 20. September, Vielbrunn, 20:10 Uhr
– Frank Liebknecht –

Über der Wiese lag ein dünner Nebelschleier, der die unwirkliche, fast mystische Beleuchtung der Waldschneise noch verstärkte. In deren Mitte nahm Frank eine Bewegung wahr, dann einen Laut. Er blinzelte und kniff die Augen zusammen, bis sich das Bild klärte: der Rücken eines Mannes, vornübergebeugt. Dort musste noch eine weitere Person sein. Mit dem Daumen schnippte Frank den Bügel des Holsters auf, nahm die Waffe heraus, entsicherte sie. Mit beiden Händen hielt er sie vor sich, den Lauf nach unten gerichtet. Die ungestüme Eile wich konzentrierter Entschlossenheit. Er schätzte die Entfernung und den Untergrund ab, setzte sich langsam in Bewegung, beschleunigte, sah Heinrich auf dem Boden liegen. Etwas knackte unter seinem Fuß. Der Mann schnellte herum.

»Polizei! Hände hoch und nicht bewegen!«, brüllte Frank. Verdammt, er war noch viel zu weit weg. Im gleichen Moment sah er die Pistole, die sein Gegenüber auf Heinrich richtete, und hörte den Mann lachen.

»Wollen Sie wirklich auf mich schießen? Mein Finger ist schneller, und Sie haben das Leben einer Geisel auf dem Gewissen. Also, wer nimmt jetzt die Waffe runter?«

Der Hohn schmeckte bitter.

»Worauf warten Sie? Werfen Sie mir Ihr Spielzeug zu. Dann wird niemandem etwas passieren. Weder Ihnen noch unserem Freund Heinrich.«

Frank ließ den Sicherungshebel einrasten und senkte die Arme. Der Mann winkte ihm, näher heranzukommen.

»Nicht wahr, Heinrich? Wir sind Freunde. Genau wie Sie beide, das hat mir Heinrich verraten. Schließen Sie sich uns an, wir machen einen netten kleinen Ausflug. Eine Nachtwanderung, weil Heinrich mir von früher erzählen will. Aus seiner Jugend, als er ein Held war!«

Frank verringerte den Abstand, bis er Heinrichs Gesicht erkennen konnte. Der alte Mann wirkte ein wenig verwirrt, aber er nickte eifrig.

»Ich warte nicht gern, Herr Liebknecht.«

Wenn er wollte, konnte er dem Kerl die Waffe direkt auf die Füße schmeißen oder gegen das Schienbein. Am liebsten gegen den Kopf. Er war ein zielsicherer Werfer. Aber das wäre wohl eher kontraproduktiv. Der Wurf landete nicht mal auf halber Strecke zwischen ihnen. Ziemlich genau einen Hechtsprung weit entfernt.

»Sorry.« Entschuldigend hob Frank die nun leeren Hände. »Ist mir weggerutscht.«

»Versuchen Sie keine Tricks, Liebknecht. Und jetzt gehen Sie für mich auf die Knie. Bitte. Ich möchte nun endlich in Ruhe Heinrichs Geschichte zu Ende hören.«

Widerwillig kam Frank der Aufforderung nach. Das war verdammt noch mal nicht das, was er sich vorgestellt hatte. So kam er nicht mehr an die Waffe, so kam er nicht an Heinrich ran.

»Wie war das, Heinrich? Du bist also hierher gerannt an diesem Morgen. Und was ist dann passiert?«

»Ich bin gerannt. Dem Feuerschweif hinterher. Raus aus dem Dorf und …«

»Ja, ja, ja – das hatten wir schon. Weiter.«

Heinrich hob eine Hand, zeichnete eine Spur über den Himmel. »Dort drüben, fort über die Bäume …« Er blinzelte, hustete.

Der Lärm flutete seinen Kopf, seine Lunge, sein Blut, zog ihn mit sich, wie eine Marionette, die ihren unsichtbaren Fäden folgte, dorthin, wo sich die Nase der kreischenden Messerschmitt in den Boden gebohrt hatte. Im fahlen Licht schimmerte schaukelnde Ballonseide über ihm, glitt mit ihrer Fracht sanft auf die Bäume am anderen Talende zu. Die Pilotenkanzel brannte, gleich musste sich die restliche Munition im Innern entzünden. Heinrich duckte sich, sah aus dem Augenwinkel einen hinkenden Mann, dessen Silhouette sich schwarz vor dem lodernden Wrack abzeichnete. Dann zerriss eine Explosion den Rumpf der Maschine, schleuderte Metallteile empor, die wie Fallbeile wieder auf sie niedersausten. Heinrich überlegte nicht lange, sprintete dem Mann entgegen, fing ihn auf, als er zusammensackte.

»Sehr gut hast du das gemacht, Heinrich, wie ein echter Soldat. Du hast den hinkenden Mann gerettet. Dafür kriegst du einen Orden!« Der Mann mit den kleinen Augen rollte das R wie ein Hitlerparodist und salutierte zackig. Heinrich richtete sich ein wenig auf. Sein Gesicht leuchtete vor Stolz.

»Sie dürfen ihm nichts glauben, Heinrich. Es ist längst kein Krieg mehr. Und er ist weder der Führer noch ist er der Reichsmarschall.«

»Schnauze!«

Die Waffe richtete sich auf Frank. Aber er hatte nicht vor, still zu sein. Der Kerl hatte ihn nicht sofort getötet. Dafür gab es garantiert einen guten Grund. Frank musste darauf vertrauen, dass er es auch jetzt nicht tun würde. Seine einzige Chance bestand darin, ihn aus dem Konzept zu bringen und Heinrich zurück in die Gegenwart zu holen.

»Warum haben Sie Darja Zwetkowa getötet?«

»Sie gehen mir auf die Nerven, Liebknecht.«

»Die Russin, in Murnau, wieso haben Sie sie getötet?«

Heinrich fuhr hoch und kreischte. »Die Russen kommen? Ich muss nach Hause zu meiner Schwester! Wenn die Russen kommen, muss ich sie beschützen.«

»Keine Russen, Heinrich. Kapiert? Keine Russen!« Der Mann drückte ihn zurück auf den Boden. Dann wandte er sich wieder an Frank. »Wollen Sie noch eine Weile am Leben bleiben? Das können Sie. Aber nur, wenn Sie jetzt endlich das Maul halten und mich in Ruhe mit dem lieben Heinrich reden lassen. – Du willst doch mit mir reden, Heinrich, nicht wahr? Also, sag mir, was der Pilot dir erzählt hat: Wo ist das Bild?«

»Verrat ihm nicht, wo die Pferde sind! Sobald er es weiß, wird er ...« Der Schuss schlug unmittelbar neben Frank ein. Gras und Erde spritzten auf. Er stieß einen Schrei aus und verstummte, das Gesicht auf den Boden gepresst.

Heinrich keuchte. »Was war das?«

»Nichts. Gar nichts, mach dir keine Sorgen. Dein Freund redet nur zu oft dazwischen, dem müssen wir Manieren beibringen. Du hast ihn also aufgefangen, Heinrich, den hinkenden Mann. Und dann hat er dir etwas erzählt.«

»Hinkender Mann«, murmelte Heinrich. »Hinkender Mann. Meinen Namen hat er gerufen. Und dass ich ihm helfen muss. Erst da habe ich ihn erkannt, den Alfred, das Hinkebein aus dem Dorf. Dem sie das Knie zerschossen hatten, schon vor Jahren. Der konnte nicht mehr an die Front geschickt werden, deshalb stand er am Flakgeschütz, wenn die Flieger kamen, um die Bahnlinie zu bombardieren. Aber er war so weit weg von seiner Stellung. So weit weg. Das war komisch. Doch ich hab mich nicht getraut zu fragen.«

Frank hielt den Atem an. Alfred Faulhaber – hier? Unter seiner Stirn spürte er die kalte Erde. Die Antwort konnte alle Rätsel lösen. Er musste nur liegen bleiben und zuhören. Stillhalten.

Aber wenn alles gesagt war, blieb vielleicht keine Zeit mehr zu reagieren. Frank tastete nach der Taschenlampe in seiner Jacke. Wo genau lag jetzt die Pistole, die er ins Gras geworfen hatte? Ein Stück nach rechts, näher bei Heinrich, drei Meter etwa. Er atmete gepresst. Konnte er das schaffen? Vorsichtig zog er die Beine unter den Körper, schob den Schwerpunkt nach hinten über die Fersen, bohrte die Fußspitzen ins Gras. Mit der linken Hand holte er die Lampe aus der Innentasche, legte den Daumen auf den Schalter. Die Finger der Rechten positionierte er so auf dem Boden, dass er möglichst viel Druck ausüben konnte. Wie ein Sprinter beim Start. Das war hirnrissig. Aber das Einzige, was ihm einfiel. Er hatte nur einen Versuch.

»Die Pferde, Heinrich. Ich will wissen, was er über die Pferde gesagt hat.«

»Es ist aus, Heinrich. Die Amis sind schon fast da. Zwei Tage vielleicht noch. Viel länger dauert der verfluchte Krieg nicht mehr. Sie sollen im Dorf die weißen Fahnen raushängen, wenn sie kommen, sag ihnen das. Sie sollen keine Angst haben. Bald wird keiner mehr erschossen dafür.«

Aus der Platzwunde an Alfreds Schläfe sickerte Blut. Heinrich starrte es an, und Alfred schüttelte ihn an den Schultern.

»Begreifst du, was ich sage? Bitte, ich muss mich solange verstecken. Hilf mir!«

»Noch zwei Tage bis zum Sieg?«

»Nein, Heinrich. Kein Sieg für uns, nur das Ende. Den Sieg kriegen die anderen.«

»Nein!«, brüllte Heinrich. Im Radio sagten sie das Gegenteil, schrieben es in der Zeitung. Und wenn das nicht mehr stimmte, was sollte man denn dann noch glauben? Er glaubte an den Sieg. Glaubte jedes Wort. »Nein, unsere Soldaten sind Helden, die siegreiche deutsche Armee wird uns alle retten und …«

»Es gibt keine Helden mehr, Junge. Es gibt nur Kanonenfutter – und niemand wird gerettet von deutschen Soldaten! Kapierst du?« Alfred drehte hektisch den Kopf. »Hast du gesehen, ob der Pilot rechtzeitig rausgekommen ist? Ich war ganz nah dran, aber ich konnte nicht erkennen, ob er abgesprungen ist. Hab ganz schön was abgekriegt bei der Explosion, verdammte Scheiße.«

Heinrich glotzte weiter auf das Blut an Alfreds Kopf. Auch am rechten Arm sah er eine Schnittwunde, tief und klaffend, aber Alfred hatte sie gar nicht bemerkt. Das musste verbunden werden und genäht. Instinktiv zog Heinrich die Jacke aus, machte sich bereit, die Verletzungen zu versorgen.

»Die dürfen mich nicht finden. Hilf mir hoch, ich muss hier weg, bevor jemand kommt. Ich geh nicht mehr zurück.«

Heinrichs Bewegung stockte. Endlich verstand er. »Du bist ein Feigling!«

Frank spannte seine Muskeln und drückte sich vom Boden ab. Während sein Körper nach vorne schnellte, schaltete er die Lampe ein und richtete den Lichtstrahl ins Gesicht des Mannes mit den kleinen Augen. Im Sprung hörte Frank den wütenden Aufschrei, sah, wie er geblendet eine Hand vor die Augen hob. Frank schlug auf, versuchte, die Lampe auf Position zu halten, deren Schein kurz über den wolkenverhangenen Himmel huschte, ehe er den Mann wieder voll erfasste.

Heinrich brüllte aus Leibeskräften. »Flakscheinwerfer! Luftangriff! In Deckung!«

Der kurze Blick in das helle Licht erschwerte auch Frank nun die klare Sicht, vor seinen Augen flimmerte es. Er tastete, suchte, kroch weiter.

Keine Waffe.

Feuchte Grasbüschel, Erde unter den Nägeln, Steine.

Keine Waffe.

»Du verdammter Wichser!«

Frank hörte einen Knall, die Lampe entglitt seinen Fingern. Der Schmerz im Bein riss ihn herum. Diesmal saß der Schuss. Der Schrei nahm ihm die Luft, schwoll an, brannte in der Kehle.

»Habe ich dir nicht gesagt: keine Tricks? Habe ich doch, oder? Hör auf zu heulen, sofort!«

Die Stimme war bei jedem Wort lauter geworden. Frank öffnete die Augen und sah direkt in den Lauf. Der Mann bückte sich, hob die Taschenlampe auf und auch Franks Waffe und verpasste ihm einen Tritt in die Rippen. Lautlos krümmte Frank sich zusammen, biss auf seine Lippe, bis er Blut schmeckte.

Der Lichtkegel traf jetzt Heinrich, sauste wieder zum Himmel, dann über das Feld und zurück in Heinrichs Gesicht.

»März '45, Heinrich. Flakfeuer, Scheinwerfer, Bordkanonen. *Ba-ba-ba-ba-bam!* Der Flieger brennt, und Alfred ist verletzt. Hast du ihn nicht gerade schreien hören? *Ba-ba-ba-ba-bam*! Was machst du, Heinrich? Hörst du ihn nicht? Willst du ihm nicht helfen?«

Ein weiterer Tritt in den Magen ließ Frank laut aufstöhnen.

»Doch.« Heinrich wimmerte. »Doch, ich höre ihn. Ich hör ihn – aber er ist ein Feigling, ein Deserteur.«

»Dann ist es eben so, Heinrich. Lieber bin ich ein lebendiger Feigling als ein toter Held.« Alfred klopfte die Brusttasche seiner Uniform ab. »Komm schon, Junge, hilf mir hoch und lass uns zusammen eine rauchen. Eine Kippe muss da noch irgendwo sein.«

Heinrich glühte vor Zorn wie von einem Fieber und warf sich bäuchlings auf den Älteren. »Verräter! Nirgendwo gehst du hin, wenn du nicht zurück zu deinen Kameraden gehst! Sollen sie dich doch fangen, dann kriegst du, was du verdienst!«

Alfred jaulte auf vor Schmerz, betäubt für einen Moment. »Sei kein Idiot, Heinrich. Wofür soll ich sterben: Für den Führer und das Vaterland? Mein Bein hab ich mir schon zerschießen lassen und kann nicht mehr als Dachdecker arbeiten deswegen. Und jetzt ist auch noch der Arm hin. Reicht das nicht? Du bist ein guter Junge und willst nichts falsch machen, versteh ich doch. Ich werde dir was erzählen, ja? Von meinem Bruder, den hättest du gemocht. Der war wie du, der wollte ein Held sein. Und das ist er auch geworden. War ein echter Flieger im Regiment General Göring. Bring mich nur ein Stück weg, dort rüber an den Waldrand. Mehr musst du nicht machen, wenn du nicht willst, dann komme ich schon klar.«

Heinrich zögerte, dann schlang er seine Jacke um Alfreds zerfetzten Arm und half ihm auf. Gemeinsam schlingerten sie über die Wiese, fielen unter den ersten Bäumen auf den Boden, direkt neben einem Grenzstein.

»Das ist eine hervorragende Idee. Steh auf, Heinrich. Zeig mir, wo ihr hingegangen seid.«

Regen hatte eingesetzt, fiel kerzengerade auf sie herab. Die feuchte Kälte linderte das Brennen in der Wunde an Franks Oberschenkel, half ihm nachzudenken und beide Hände auf das Loch zu pressen. Wie viel Blut musste man verlieren, ehe man auch das Bewusstsein verlor? Wann war es zu viel, um zu überleben? Verlor er überhaupt viel Blut oder war das nur ein Streifschuss und er ein Jammerlappen?

Heinrich packte ihn unter den Armen, zog ihn hoch und schleifte ihn durchs Gras. Frank keuchte. Der Höllenfürst schürte das Feuer, goss Öl nach und lachte.

»Ja, so ist es brav. Genau wie damals soll es sein. Nimm ihn mit, Heinrich. Nimm Alfred mit.«

Am Waldrand sank Heinrich schwer atmend nieder, zog

Frank an seine Brust und umklammerte ihn wie ein Schraubstock.

»Leibwache des Reichsmarschalls war mein Bruder, der Albert«, begann Alfred wieder zu erzählen. »Immer an seiner Seite. Er gefällt dir, nicht wahr, mit seiner Uniform und all den Orden, der Goldfasan. Ja, ja, so würdest du ihn nicht nennen. Schon gut. Er glaubt, dass er klüger ist als alle anderen. Sammelt Kunst im ganzen großen Reich, schafft fort, was ihm nichts wert erscheint, und macht zu Geld, was sich verkaufen lässt.« Der Verletzte lachte verächtlich auf und spuckte dabei ein wenig Blut. Heinrich hörte zu, obwohl ihm nicht gefiel, wie Alfred redete. Wo blieb die Geschichte des Helden, die er ihm versprochen hatte?

»Ein Teufelskerl ist er, der Herr Göring, der kann aus Scheiße Geld machen, hat mein Bruder behauptet. Der wollte sogar aus einem Haufen Scheiße zweimal Geld machen. Mein Bruder war mächtig stolz auf ihn und hat ihm geholfen, Bilder und Kopien davon zu verscherbeln. Geklecksе wie von Geisteskranken, hat er gesagt. Nur ein Mal war es anders, eines hat mein Bruder nicht mehr hergegeben. Ich dachte, jetzt ist er übergeschnappt, den Göring zu beklauen. Aber er meinte, so klug wäre der dann doch nicht, dass er das merkt, bei den vielen Bildern, und er hätte den Auftrag, das Bild ins Ausland zu schaffen. Außerdem könnte Göring ein echtes auch nicht von einem falschen unterscheiden. Da staunst du, was?«

Alfred kniff die Augen zusammen, um über die Lichtung zu spähen. Nichts regte sich. Nur der schwarze Rauch des brennenden Fliegers wehte herüber und machte das Atmen schwer.

»Alles hat er gemacht für Göring und den Führer. Für Deutschland. Und dann ist er eben draufgegangen, als Held. Verreckt für die, als sein geliebter Reichsmarschall ihn über Po-

len in den Luftkampf geschickt hat. So war das. Aber das Bild, das er versteckt hat, mit mir zusammen, das ist noch da. Und das ist ein Schatz und keine Scheiße. Es ist das Schönste, was ich in meinem ganzen Leben gesehen habe, Heinrich. Blaue Pferde, durchscheinend und strahlend wie ein Regenbogen, als wären sie direkt vom Himmel gekommen.« Über Alfreds Wangen zog sich eine Spur aus Tränen und Rotz. »Vom Himmel! Und es gehört dir, Heinrich, es gehört dir, wenn du mir verdammt noch mal heute das Leben rettest! Versteck mich, bis die Amis kommen, damit mich nicht noch einer erschießt, weil ich stiften gegangen bin. Du wirst reich sein, Heinrich, reich – und ein Held! Das werde ich allen sagen, dass du ein Held bist.«

Eine Menge Blut war aus Alfreds Arm gelaufen, während er redete. Seine Stimme klang schwach und leise. Bettelnd. Wie konnte er den eigenen gefallenen Bruder so in den Dreck ziehen und solche Lügen verbreiten?

»Ich schwöre dir, das Bild mit den Himmelspferden macht dich zum reichen Mann. Du hast ausgesorgt und deine Schwester auch. Nur gib es ihm nicht zurück, dem Leuteschinder, dem aufgeputzten, für den mein Bruder hin ist!«

»Wo, Heinrich? Wo haben Alfred und Albert das Gemälde versteckt? Wir müssen es holen, dann gewinnen wir den Krieg.«

»Sag es ihm nicht«, flüsterte Frank. »Er legt dich rein. Der Krieg ist aus und verloren! Er wird dich erschießen, wenn er das Bild hat.«

Heinrich fasste sich an den Kopf, schüttelte ihn hin und her. »Nein, nein, nein. Du lügst. Du Hinkebein.« Er packte mit der Hand in die Wunde, und Frank wurde schwarz vor Augen. »Siehst du: alles voll Blut. Und das Hinkebein ist ein Feigling, verlogener Feigling!«

Heinrich musterte Alfred geringschätzig und klopfte sich Sand von der Hose. Schmutz und Blut überall. Und Lügen und Verrat. Aber keine Angst. Nicht der kleinste Funken Furcht in seinem Herzen. Das war seine Aufgabe, die er erfüllen musste, der Kampf, den er zu kämpfen hatte. Er war dreizehn. Alt genug, um Verantwortung zu übernehmen, zu entscheiden, zu handeln.

Heinrich nahm Alfreds Kopf in beide Hände, sah den Schreck in seinem Gesicht, als er begriff.

»Heinrich, nicht! Tu es nicht«, flehte Alfred.

Der Schädel krachte auf den Grenzstein. Eins. Zwei. Alfred hob die Hand, krallte sich in Heinrichs Hemdkragen. Drei.

Die Lider des Soldaten flatterten, seine Augäpfel rollten hin und her, weiß leuchtend wie Suchscheinwerfer. Das steife Bein zuckte noch einige Male.

Die Blitze und der Donner des Gefechts über ihnen verstummten. Der Sieg lag greifbar vor ihnen. So klar wie die Luft nach einem reinigenden Gewitter. Daran gab es keinen Zweifel. Ein Zittern schüttelte Heinrichs Körper.

»Ich bin ein Held. Ein Held!«

Und der, der da tot lag, war ein Verräter. Heinrich sagte es laut vor sich hin, schrie es über das Feld, doch er gewann keine neue Kraft, egal wie laut er schrie, kam nicht zur Ruhe. Mit dem Ärmel rieb er sich den Ruß des brennenden Flugzeugs aus dem Gesicht und das Blut, das auf ihn gespritzt war. Ein Held sollte nicht besudelt sein und schmutzig.

»Ja, du bist ein Held, Heinrich. In der Tat. Komm, steh auf. Es ist Zeit zu gehen. Dorthin, wo er das Bild hingebracht hat. Das hat er dir doch noch verraten, der Feigling. Nicht wahr?«

Heinrichs Hand strich durch Franks Haare. Langsam wiegte er ihn hin und her.

Aus der Brusttasche der blutgetränkten Uniform zog Heinrich eine Schachtel und ein Feuerzeug, steckte sich eine Zigarette an. Die letzte, die Alfred mit ihm hatte teilen wollen.

Und während milchig grau der Morgen über den Hügeln dämmerte, kamen nun endlich Männer aus dem Dorf gelaufen. Heinrich hielt Alfreds schlaffen Leib an seine Brust gepresst, drückte die Jacke in das Blut am Hinterkopf, weigerte sich, ihn loszulassen.

»Blaue Pferde«, sagte er zwischen zwei Zügen und blies wabernde Rauchringe in den Sonnenaufgang. »Stellt euch das vor – blaue Pferde! Der ganze Himmel war voll damit. Habt ihr die Hufe trampeln gehört?«

»Ja. Die habe ich gehört. Und wie ich die gehört habe. Steh auf jetzt, Heinrich. Lass ihn da liegen. Damit wir die Pferde einholen. Du musst mir nur sagen, wo Alfred sie hingebracht hat.«

Heinrich bettete Franks Kopf vorsichtig auf den Waldboden und stand auf. Dann runzelte er die Stirn. »Der da ist aber doch ein guter Junge. Ein guter Junge!«

»Nein, mein Freund. Alfred ist ein Feigling und Verräter, das weißt du doch. Der dem Reichsmarschall ein Bild gestohlen hat. Und wir holen das jetzt zurück.«

Heinrich nickte, ohne den Blick zu heben. »Wir müssen ins Wasserwerk«, sagte er. »Ins historische Wasserwerk, im Wald bei Bremhof.«

Donnerstag, 20. September, Vielbrunn, 20:50 Uhr
– Brunhilde Schreiner –

Marcel Neidhard hockte seit vierzig Minuten in ihrer Küche. Brunhilde hatte ihm über ihre Nachforschungen bezüglich Jens Fischbach Bericht erstattet. Die Metzgerfrau Margret Kuhnert schätzte es gar nicht, dass der in ihr kleines Ferienhäuschen eingezogen war. Man redete schon darüber. Erst diese Linda und jetzt der Reporter. Margret hätte ihn gern an die Luft gesetzt, nachdem ihr zu Ohren gekommen war, dass der dort mindestens eine Kollegin seiner Zunft flachgelegt hatte. Sie vermietete doch kein Liebesnest an Ehebrecher und sonstige flatterhafte Personen! Aber ihr Mann ließ nicht mit sich diskutieren. Fischbach hatte für den Rest der Woche bezahlt, daran gab es nichts zu rütteln, also durfte er bleiben.

Charmant, immer gut drauf und immer präsent, diese Eigenschaften stachen bei Fischbachs Beschreibung aus allen anderen hervor. Ein Kumpeltyp, der andere zum Lachen brachte. Und zum Reden, ohne je wirklich etwas über sich selbst zu verraten. Aber das hatte keiner gesagt, das hatte Brunhilde erraten müssen, weil es sein Erfolgsgeheimnis war, es niemanden merken zu lassen. Aalglatt, passend zu seinem Namen.

Der andere Mann auf dem Foto vom Dorfjubiläum besaß offenbar die Gabe, sich unsichtbar zu machen und keinen bleibenden Eindruck zu hinterlassen. Niemand erinnerte sich an ihn, selbst wenn er auf dem Bild in unmittelbarer Nähe zu sehen war.

Brunhilde beendete ihren Bericht und schaute Neidhard abwartend an. Ob er ihr wirklich zugehört hatte, war schwer zu sagen. Nachdem sie ihn beim Nachhausekommen vor ihrer Tür aufgelesen hatte, hatte er zuerst geredet wie ein Wasserfall, dann war er nahezu verstummt. Nervös fummelte er dauernd an irgendetwas herum.

»Danke für deinen Einsatz und dass du dich daran gehalten hast, Fischbach nicht zu nah zu kommen. Ich weiß, dir wäre bestimmt ein guter Grund eingefallen, aber ich kann nicht abschätzen, ob der gefährlich ist«, sagte Neidhard schließlich. Offenbar hatte er doch zugehört. »Wenn du nichts dagegen hast, würde ich gern bleiben, bis Frank wieder da ist.«

Brunhilde schaute zur Uhr. »Das kann aber dauern. Wir wissen ja nicht mal, wo er steckt.«

»Ich kann auch draußen warten, wenn …«

Sie unterbrach ihn mit einer heftigen Handbewegung. »So weit kommt es noch. Ich werde dich bei dem Sauwetter nicht vor die Tür setzen.«

»Schön, wenn du mich noch eine Weile erträgst. Ich werde echt irre, wenn ich nichts tun kann und weiß, dass ich eigentlich etwas tun müsste.« Er zupfte an den Fransen der Tischdecke.

»Was macht dich so sicher, dass etwas nicht stimmt?«

»Dass Frank versprochen hat, nichts mehr allein zu unternehmen, und dass er vorhin bei mir angerufen hat – was er nicht gerade oft macht. Aber ich hatte das Telefon auf stumm geschaltet, damit ich mich in Ruhe um Brenner kümmern konnte. Und den hat er auch versucht zu erreichen.«

Sie nickte. Auch wenn sie Neidhards Vertrauen in Frank erstaunlich fand und nicht unbedingt teilte. Die Verstimmung der letzten Tage ließ sich nicht so einfach abstreifen. »Hast du Hunger?«

»Nein.«

Er starrte schon wieder auf das Handy und zupfte an seinem Ohr. Brunhilde stand auf und verließ den Raum. Neidhard reagierte nicht. Sie zog Schuhe an und nahm eine Jacke vom Haken, die sie beim Zurückkommen über die Stuhllehne hängte. Ihr Telefon legte sie griffbereit neben seines auf den Tisch und die Autoschlüssel dazu.

Marcel Neidhard hatte keinen Hunger. Die Lage war offenbar ernster, als sie angenommen hatte.

Donnerstag, 20. September, Vielbrunn, 20:55 Uhr
– Renus van Wyk –

Dem Lichtkegel der Taschenlampe folgend, stolperte der Alte neben ihm her. War das nervig gewesen, bis der zum Punkt gekommen war! Ein zäher alter Knochen. Nicht direkt mit Killerinstinkt ausgestattet, aber konsequent und linientreu. Ein perfekter, gehorsamer Gefolgsmann, den er noch eine Zeit lang in diesem tranceähnlichen Zustand halten musste. Gefangen im eigenen Gehirn, im Gefühlschaos eines Dreizehnjährigen, der gerade einen Menschen getötet hatte. Zum Trost würde der arme, kleine Heinrich sich in Selbstbestätigung und Zuspruch suhlen dürfen, bis das Gemälde gefunden war. Auszeichnungen und Audienzen bei Hitler und Göring waren Heinrich sicher für seine glorreiche Tat – mit Versprechungen wollte Renus nicht geizen.

Leise lachte er. Dieser dämliche Polizist hatte sich tatsächlich als hilfreicher Laienschauspieler erwiesen. Die Rolle des Alfred war ihm auf den Leib geschrieben, und der Schuss ins Bein das Tüpfelchen auf dem I, das die beiden Männer in Heinrichs Kopf zu einer Person verschmelzen ließ. Eine glückliche Fügung, die mehr als notwendig gewesen war. Liebknecht hätte ihm wirklich beinahe die ganze Tour vermasselt. Weil Heinrich ihn kannte und auch noch mochte. Es war unmöglich gewesen vorauszusagen, wie der Alte auf einen tödlichen Schuss reagiert hätte. Für einen Moment hatte er daran gedacht, auf Nummer sicher zu gehen und Liebknecht zum Abschied endlich die Kugel in den Kopf zu verpassen, die er verdiente. Aber die Gefahr war noch immer zu groß, dadurch Heinrichs Kooperation zu verlieren. Sollte das *Hinkebein* auf dieser Wiese am Ende der Welt eben in aller Seelenruhe verbluten, wenn er das nicht längst getan hatte. Jedenfalls hatte er schon eine ganze Weile keinen Ton mehr von sich gegeben und sich auch nicht mehr bewegt. Der Regen würde schnell für eine Unterkühlung sorgen. Renus war sicher, dass niemand wusste, wo der Polizist sich herumtrieb. Das war das Schicksal der Einzelkämpfer: Liebknecht arbeitete allein und genauso würde er sterben.

Und dieser blöde Hund von Fischbach war nicht auf seinem Posten, wenn er ihn brauchte. Dabei hatte der den klaren Auftrag erhalten, Liebknecht am heutigen Tag nicht aus den Augen zu lassen, ihm dieses Mal sogar zu folgen und dafür zu sorgen, dass er ihm am Abend nicht in die Quere kam. Ihn ablenken, festhalten – egal wie.

Renus van Wyk öffnete die Wagentür, schubste Heinrich auf den Beifahrersitz und stieg ein. Mit einem Lächeln drehte er sich zu dem alten Mann und packte ihn freundschaftlich im Genick.

»Du und ich, Heinrich, wir schreiben heute Geschichte. Durch deine Hilfe wird *Der Turm der blauen Pferde* aus seiner langen Kriegsgefangenschaft befreit.« Noch einmal nahm er symbolisch Haltung an, so gut es im Sitzen ging, und salutierte. »Du bist ein guter Soldat!«

Heinrich erwiderte den Gruß. »Für den Führer und den Reichsmarschall! Ich kenne den Weg.«

Renus nickte höchst zufrieden. Fischbach brauchte er nicht mehr.

Donnerstag, 20. September, Vielbrunn, 20:55 Uhr
– Frank Liebknecht –

Im Plätschern des Regens verwischte das Geräusch der sich entfernenden Schritte. Nur das Rauschen blieb, gleichmäßig und beruhigend. Rauschen. Regen. Stille. Vorsichtig drehte Frank den Kopf und hob ihn ein wenig an. Hatte er das Bewusstsein verloren? Niemand mehr zu sehen. Oder doch? Im Dunkel zwischen den Bäumen glaubte er eine Gestalt zu erkennen, die zu ihm herübersah. Er wagte kaum zu blinzeln. Sollte er um Hilfe rufen oder besser nicht? Sich tot zu stellen war keine schlechte Idee gewesen. Möglicherweise hätte er noch etwas länger dabei bleiben sollen. Wer sonst konnte das sein, außer Darjas Mörder, der sich versichern wollte, dass von ihm keine Gefahr mehr ausging. Sein Nacken verkrampfte in der unnatürlichen Haltung. Er zählte die Sekunden, bis sich der Schatten auflöste und verschwand. Doch nur eine Halluzination? Auszuschließen war es nicht. Sein Kopf sank zurück auf den Boden. Der Schmerz im Bein ließ nur ein verlangsamtes Denken zu. Heinrich … was für eine Geschichte. Unfassbar … Mühsam schob Frank die Vergangenheit beiseite. Zuerst musste er sich um die Gegenwart kümmern, bevor er versuchen konnte zu begreifen. Er musste hier weg, so schnell wie möglich. Heinrich brauchte seine Hilfe.

Frank setzte sich auf und tastete über den Oberschenkel. Blut und Regen vereinten sich zu einem klebrigen Gemisch, dessen Anteile er nicht unterscheiden konnte. Er zog die Jacke aus und das T-Shirt über den Kopf, dann den Gürtel aus der Hose. Den zusammengeknüllten Stoff legte er auf die Wunde und zurrte den Gürtel so fest er konnte. Ein Scheißgefühl. Er schlüpfte wieder in die triefnasse Jacke und warf einen Blick auf das Handydisplay, das unverändert kein Netz anbot. Kein Wunder, dass dieser Drecksack mit den kleinen Augen sich nicht damit aufgehalten hatte, ihn zu durchsuchen und ihm das Telefon abzunehmen. Es nützte ihm hier nicht das Geringste. Das hatte der unter Garantie gewusst. Erst wenn er weiter auf die andere Seite des Hügels lief, hatte er womöglich Empfang und konnte jemanden hinter Heinrich herschicken. Wie lange brauchte er wohl dazu? Zum Auto zu kommen kostete ihn sicher mindestens eine Viertelstunde.

Er raffte sich auf und setzte behutsam einen Fuß vor den anderen. Der Schmerz machte ihn wütend, die Wut machte ihn stärker. Er kam voran, das allein zählte. Aber wenn er weiterlief und kein Netz fand, wurde der Rückweg zu seinem Wagen und zur Straße nach Vielbrunn immer länger. Wenn er es dann überhaupt noch so weit schaffte.

»Fuck! Ich werde nicht in diesem Wald verrecken, hörst du?«, brüllte er in den Regen. »Du hast mir ins Bein geschossen, du Arschloch, aber ich habe nicht vor zu verbluten. Ich bin noch nicht fertig, Darja. Ich bin noch nicht am Ende!« Ohne die Taschenlampe war es schwer, sich zu orientieren. Wo war der Zaun, an dem er sich entlanghangeln konnte? »Erst ein Messer im Bauch, jetzt eine Kugel im Bein. Ist das alles, was euch einfällt?« Zwischen zusammengebissenen Zähnen fluchte er bei jedem Schritt. »So kriegt ihr mich nicht kaputt. Wenn das hier vorbei ist, kauf ich mir doch einen Hut, wie Indiana Jones einen hatte. Und ich werde meine Haare nicht schneiden, die bleiben, wie sie sind. Und ich verspreche es, Darja, ich werde trotzdem weiter an das Gute glauben.«

Er lachte unkontrolliert, als er sich seiner Situation voll bewusst wurde. Zuerst musste er das Auto finden, einfach, um zu überleben. Weitere Pläne brauchte er vorläufig wohl nicht zu machen.

Der Gedanke an Heinrich trieb ihn weiter.

Der da ist aber doch ein guter Junge.

Hatte Heinrich ihn zum Schluss erkannt? Hatte er bemerkt, dass Frank am Leben war und seine Augen nicht ganz geschlossen hatte? War es vielleicht sogar Absicht gewesen, ihr Ziel zu nennen, solange er in Franks Gesicht sah?

Der schlammige Waldboden erschwerte ihm das Vorankommen. Wie weit noch? Die Minuten dehnten sich endlos, bis er das Auto vor sich sah. Keuchend ließ er den Oberkörper auf den Kofferraum sinken, legte das Gesicht auf das nasse Metall, atmete durch. Wieder schüttelte ihn dieses alberne Lachen. Jetzt war er wirklich der *Jäger des verlorenen Schatzes*. Was interessierte da schon diese Dreckswunde. Die hielt ihn nicht auf. Auch wenn er zugeben musste, dass so ein Schuss ihm offenbar sehr viel heftiger zusetzte als allen Filmhelden, die er kannte.

Er stieg ein, schaltete die Zündung ein und drehte die Lüftung voll auf. Die Scheiben beschlugen dennoch sofort, sein dampfender Körper bebte. Der eisige Wind des Gebläses trug nicht dazu bei, sein Allgemeinbefinden zu verbessern. Frank kippte den Inhalt des Verbandskastens auf den Sitz, um das durchweichte Shirt gegen einen halbwegs anständigen Verband auszutauschen. Er vermied es, die Verletzung genauer zu betrachten, packte einen Stapel Kompressen auf das Loch in der Hose und wickelte eilig eine Binde drumherum. Nur abdichten, damit noch ein bisschen Blut für sein Gehirn übrig blieb, das im Körper zirkulieren konnte. Das musste genügen.

Im Rückwärtsgang durchpflügte er den Matsch, bis er auf den Forstweg stieß. Er wollte nicht riskieren, bei einem Wendemanöver stecken zu bleiben. Dann trat er vorsichtig aufs Gas und hoffte, dass sein Bein zur Bremsung bereit sein würde.

Als er den Wald hinter sich hatte, ließ der Regen endlich nach. Die Scheibenwischer quietschten. Ab hier gab es ein sicheres Netz. Ruckelnd brachte er den Wagen zum Stehen. Er brauchte Verstärkung am Wasserwerk, er brauchte einen Arzt, aber er brauchte niemanden, der ihn vorher zu Gesicht bekam und aussortierte. Die Zeit drängte. Kurzfassen war angesagt.

Schon nach dem ersten Läuten nahm Brunhilde das Gespräch an. »Frank! Na endlich. Wo steckst du den ganzen Tag?«

»Das erklär ich dir später. Hör gut zu, Bruni: Ich brauche sofort Polizei am historischen Wasserwerk, am besten mehrere Streifen, die von beiden Seiten anfahren. Informiere Brenner und Neidhard und …«

»Langsam, Frank, was ist …«

»Keine Zeit!« Sie sollte verdammt noch mal einfach nur zuhören und machen, was er sagte. »Der Typ aus Murnau ist dort, und er hat eine Geisel. Das Gemälde ist im alten Wasserwerk versteckt. Schick auch einen Krankenwagen hin.«

»Bist du verletzt?«

»Heinrich wird Hilfe brauchen … Historisches Wasserwerk im Wald, hast du das verstanden? Komm nicht allein, hörst du? Der ist bewaffnet und hat keine Skrupel zu schießen.«

»Und was hast du vor, Frank?«

Was für eine Frage. Solange er das Bein einigermaßen still hielt, konnte er sich einreden, dass er voll einsatzfähig war. Die fehlende Waffe ignorierte er. Irgendein Knüppel würde sich im Wald für alle Fälle schon finden lassen.

»Ich fahre jetzt los, über Bremhof. Bin in zehn Minuten dort. Die sollen sich beeilen.«

Er gab ihr keine Gelegenheit, ihn umzustimmen.

Donnerstag, 20. September, Bremhof, 21:40 Uhr
– Frank Liebknecht –

Bei jeder Bodenwelle trieb die Erschütterung Frank den Schweiß aus den Poren. Topfit fühlte sich eindeutig anders an. Unterhalb des einzigen Gasthauses in Bremhof war er in den Wald eingetaucht und in das enge Ohrnbachtal. Tiefe Spuren im Boden zeugten von den Baumfällarbeiten der letzten Tage, die Stämme lagen sauber aufgeschichtet zu beiden Seiten der schmalen Forststraße. Warum fühlten sich alle Entfernungen bei Nacht doppelt so lang an wie bei Tag? Am Beginn einer weiten Kehre passierte er das neuere Wasserwerk und fuhr ab dem Wendepunkt nur mit Standlicht weiter. Natürlich wäre es wesentlich vernünftiger gewesen, das Eintreffen der Verstärkung abzuwarten, statt sich verletzt und unbewaffnet erneut in Gefahr zu bringen. *Lieber ein lebendiger Feigling als ein toter Held*, hatte Alfred Faulhaber gesagt. Doch für Heinrich konnte es dann zu spät sein.

Wenn er den Wagen einfach quer stellte und sich auf die Lauer legte? Irgendwann musste die Ratte aus dem Loch kommen. Aber vielleicht nahm sie die andere Strecke aus dem Wald, zum Geierstal, dann konnte er hier herumstehen bis in alle Ewigkeit und nur darauf hoffen, dass sie dort den angeforderten Kollegen in die Falle ging.

Frank biss die Zähne aufeinander, als das nächste Schlagloch ihn beutelte. Nein, er würde nicht kneifen, solange eine Chance bestand, Heinrichs Leben zu retten. Der Mistkerl, für den er nicht einmal einen Namen hatte, musste ihm etwa eine knappe halbe Stunde voraus sein. Doch er hatte auch Heinrich im

Schlepp, der zu Fuß ähnlich langsam war wie Frank selbst und noch dazu leicht verwirrt.

»Mistkerl«, wiederholte Frank laut. »Mistkerl!«

Die Bezeichnung war definitiv viel zu harmlos, und doch tat es ihm unendlich gut, sie auszusprechen. Er konnte den *Mistkerl* also noch vor Ort antreffen. Sollte der unbedacht Heinrichs Anweisungen gefolgt sein, dann steckte er aller Voraussicht nach in einer Sackgasse. Und dort musste er das Gemälde erst noch finden. Frank konnte sich beim besten Willen nicht vorstellen, wo es im Wasserwerk versteckt sein sollte. In dem alten Gemäuer gab es keinen trockenen Fleck.

Die Lichtkegel glitten über Laub und Pfützen, erfassten endlich den Holzwegweiser, der den Abzweig hinunter zum Ohrnbach und zur Quellfassung markierte. Bis vor die Tür wollte er fahren und den namenlosen Mistkerl mit den kleinen Augen stellen! Ihm den Rückweg abschneiden, ihn über den Haufen fahren, wenn es sein musste.

Hoffentlich setzte das Fahrgestell beim Ritt über den Schotterpfad nicht auf. Jetzt hätte er ein schmerzfreies Bein für die Bremse brauchen können. Frank atmete schnell und flach. Dann ließ er den Wagen losrollen. Sein Fuß verkrampfte, er knirschte mit den Zähnen. Noch zehn Meter, fünf, drei …

Kein weiteres Auto, kein Licht, keine verdammte Menschenseele zu sehen! War er doch zu spät? Auf dem schmalen Wiesenstreifen am Bachufer drehte er eine kleine Kurve, kam direkt neben dem Rastplatz mit Tisch und zwei Bänken zum Stehen, frontal zur Eingangstür des in den Hang gebauten Wasserwerks. Unter der Scheinwerferbeleuchtung wirkte die Sandsteinfassade mit ihren Jugendstilelementen noch viel verlorener als sonst, deplatziert mitten im Wald. Unwichtige Details überfluteten sein überreiztes Gehirn. Irgendein hessischer Landgraf hatte die Pumpstation errichten lassen, um auszuprobieren, wie sich die neue Stilrichtung bei einem Zweckbau umsetzen ließ. Ein Test, den die Architekten nicht direkt in Darmstadt am Maschinenhaus der Hochschule wagen wollten und über den man hier bei Nichtgelingen Gras respektive Wald wachsen lassen konnte.

Frank ließ das Licht an und stieg zögernd aus. Er hörte das rhythmische Schlagen des hydraulischen Widders. Die Türfassung war beschädigt, das über hundert Jahre alte Schloss herausgebrochen, Holzsplitter lagen herum.

Die Frage, was ihn im Innern erwartete, löste Brechreiz aus. Seine Handflächen schwitzten, als er mit einem Ruck die Tür aufstieß. Vor ihm führten einige Stufen abwärts zur gusseisernen Pumpe, kalte Luft strömte ihm entgegen. Sein Schatten legte sich übergroß auf die gegenüberliegende Wand. Er erkannte das blaue Muster des Mäanderfrieses, das noch zur Originalausstattung gehörte, und einige rostige Metallteile auf dem Boden. Unter den Lärm des Peltonrad-Pumpwerks mischte sich ein schwaches Wimmern.

»Heinrich? Bist du da unten?«

Frank umfasste den feuchten Handlauf des Geländers und stieg Stufe um Stufe abwärts. »Heinrich?«

Zum Glück war er schon einmal hier gewesen, mit dem Technikfreak, der die alte Anlage am Laufen hielt, sonst hätte er kaum eine Chance gehabt, sich im Dunkeln zurechtzufinden. Wasser tropfte, sammelte sich in Pfützen und lief von der Decke herab. Das Wimmern kam aus einem Winkel ganz weit hinten. Schwerfällig hinkte Frank um die Maschine herum, immer eine Hand an der Wand. Neben einem Haufen abgeschlagener Fliesen und Mauersteine kauerte Heinrich und glotzte ihn aus weit aufgerissenen Augen panisch an.

»Es tut mir leid. Ich habe doch nicht gewusst … Er hat gesagt … Sie haben doch alle gesagt. Für den Führer. Ich wollte doch nur … meine Pflicht und ein guter Soldat … Verzeih mir, Alfred!«

Frank beugte sich über ihn und strich ihm tröstend über die nassen Haare. »Schon gut, Heinrich. Schon gut.« Aus einer Platzwunde an seinem Kopf sickerte Blut, ansonsten schien er unverletzt zu sein. »Ich bin nicht Alfred, ich bin Frank. Erinnerst du dich? Frank Liebknecht. Steh auf und lass uns nach draußen gehen. Gleich kommt Hilfe.«

Er hörte eine Autotür zuschlagen, dann eine zweite.

»Frank? Wo steckst du?«

»Hier unten sind wir.« Die Erleichterung brachte seine Stimme zum Kippen. Ehe er weiterreden konnte, stand Neidhard neben ihm, mit einer starken Taschenlampe, die er Frank in die Hand drückte. Dann hakte er Heinrich unter und verfrachtete ihn die Treppe hinauf. Brunhilde nahm den alten Mann oben in Empfang und setzte ihn auf die Bank.

»Der Krankenwagen ist gleich da«, verkündete sie, als Frank endlich ebenfalls oben ankam, und schaute von ihm zu Neidhard und zurück. »Worauf wartet ihr noch? Ich komme allein klar. Wir haben den schwarzen BMW doch wegfahren sehen, Marcel. Also haut ab, hinterher! Oder wollt ihr den verdammten Mörder entkommen lassen?«

Neidhard boxte Frank gegen die Schulter. »Bist du bereit?«

Frank nickte eilig. Offenbar hatte niemand den Verband an seinem Bein bemerkt.

»Na dann los!«

Er biss die Zähne zusammen und folgte Neidhard schneller, als ihm guttat, zu Brunhildes Auto. Wie immer hatte sie den Schlüssel stecken lassen. Eine Angewohnheit, die Frank jetzt ausnahmsweise hilfreich fand, genau wie den kleinen Offroader an sich, den er sonst gerne als unnützen Freizeitpanzer bezeichnete.

»Schnall dich besser fest. Der Typ hat einen ordentlichen Vorsprung. Aber wenn es nach mir geht, hat er den nicht mehr lange!« Neidhard brachte den Motor zum Aufheulen und heizte den Hügel hoch, dass es um sie herum Schottersteinchen nur so regnete. Eine nächtliche Verfolgungsjagd war offensichtlich ganz nach seinem Geschmack. »Wir haben ihn gesehen, als er am Ende des Forstwegs abgebogen ist, und hatten die Wahl, ihm sofort nachzusetzen oder am Wasserwerk die Lage zu checken.«

»Aha. Bei wem muss ich mich bedanken?«

Der Wagen machte einen Hopser, und Frank sog mit einem kurzen Schmerzenslaut die Luft ein.

»War eine einstimmige Entscheidung. Sag mal, was hast du da am Bein? Hättest du nicht besser mit dem Alten auf einen Arzt gewartet?«

»Ignorier es einfach.«

»Okay, wie du meinst.«

»Wieso bist du überhaupt so schnell hier gewesen?«

»Spezialisten leisten Besonderes«, antwortete Neidhard kryptisch. »Die sind schon vor Ort, bevor das Verbrechen passiert. Schnapp dir mal das Telefon und ruf die Leitstelle an, ob sie den BMW schon gesichtet haben. Wir haben dem Kerl natürlich vorhin gleich ein paar Streifen entgegengehetzt. Obwohl ich zuerst dachte, du hängst ihm schon am Arsch. Kurz nach ihm kam nämlich noch einer aus dem Wald geschossen – volles Karacho und unbeleuchtet. Hast du den nicht gesehen?«

Dann war die Gestalt, die ihn auf der Lichtung beobachtet hatte, wohl doch keine Halluzination gewesen. »Nein.«

»Festhalten. Wir schalten gleich in den Flugmodus.«

Neidhards offensichtlicher Adrenalinkick warf Frank unsanft in die nächste Kurve.

»Boah, ich liebe diese Karre! Brunhilde hat echt Stil. Das Baby schmeißt so schnell keiner um.«

»Du schaffst das schon noch, wenn du so weitermachst.«

»Hey, fangen wir einen Mörder oder feiern wir eine Rollatorparty?« Im Dunkeln ahnte er Neidhards breites Grinsen. Seine Euphorie wirkte ansteckend. »Und jetzt ruf an. Ich wette, der nimmt die Strecke über Bad König, um auf die Autobahn zu kommen.«

Während das Telefon noch in sein Ohr tutete, bemerkte Frank ein unruhiges Leuchten, einige Hundert Meter vor ihnen, abseits der Straße. »Was ist das da vorne? Fahr langsamer.«

Neidhard fluchte und ging vom Gas. »Scheiße. Das sieht nicht gut aus. Wir müssen anhalten. Sag den Kollegen, sie sollen uns die Feuerwehr schicken.«

Donnerstag, 20. September, unterwegs, 21:45 Uhr
– Renus van Wyk –

Beim Abbiegen aus dem Waldweg hatte Renus beinahe ein entgegenkommendes Fahrzeug gerammt, doch das kümmerte ihn nicht. Mit unverminderter Geschwindigkeit raste er durch Vielbrunn und dann weiter über die Landstraße. Selbst Lindas Tod trübte den Triumph des Augenblicks nur noch unwesentlich, auch wenn ihre Anwesenheit ihn perfektioniert hätte. Aber er hatte nicht vor zurückzuschauen. Vorwärts, vorwärts und immer höher hinaus! Er war schneller, er war besser als alle anderen, und niemand konnte ihn aufhalten.

Die Mission war erfolgreich und nahezu abgeschlossen. Der Blick unter die Plane hatte ihm nichts verraten, und er musste sich auf die Beteuerungen des Alten verlassen, der behauptete, das Bild stecke in dem zylindrischen Behälter. Es war keine Zeit gewesen und auch kein Platz in dem alten Gemäuer, um diesen zu öffnen. Der Gedanke an den Augenblick, da er zum ersten Mal vorsichtig mit den Fingerspitzen über das alte Gewebe würde tasten können, bescherte ihm eine Gänsehaut. Und dann würde er es sehen …

Der dumpfe Aufprall traf ihn völlig unvorbereitet. Für einen Sekundenbruchteil verlor er die Übersicht. Sein Kopf wurde nach vorn geschleudert. Noch während sein Blick suchend umherglitt, krachte es erneut. Der Ruck kam von hinten, erwischte das Heck am linken Rücklicht. Krampfhaft lenkte er gegen das Schlingern auf der nassen Fahrbahn, konnte seinen Gegner in der Dunkelheit immer noch nicht klar ausmachen. Ein Grinsen blitzte auf. Vor ihm eine Kurve, Bäume. Metall schob sich kreischend über Metall, schrammte über die Seite, drängte ihn nach rechts, ließ locker, rammte härter gegen die Fahrertür. Das Grinsen verschwand, er spürte keinen Widerstand mehr. Der Gurt riss an seiner Schulter, drückte den Mageninhalt nach oben. Vor dem Fenster drehte die Straße einen Looping, die Bäume kamen näher, er wappnete sich gegen den Schmerz …

Ein beißender Geruch brachte Renus zur Besinnung. In seinem Ohr dröhnte ein Pfeifen, das nicht enden wollte. Der Druck im Kopf verstärkte sich. Er versuchte, den Airbag beiseitezuschieben, der ihm die Sicht nahm. Hinter ihm wurde die Autotür geöffnet, und er erkannte im Rückspiegel eine Gestalt, die sich im Innern zu schaffen machte. Vor der Frontscheibe züngelten Flammen. Er musste sich nicht die Mühe machen, um Hilfe zu bitten. Diesem Helfer ging es nicht um ihn.

»The winner takes it all«, murmelte er.

Donnerstag, 20. September, unterwegs, 21:55 Uhr
– Frank Liebknecht –

Das brennende Auto lag auf dem Dach. Ein BMW. Schwarz.

»Das ist er doch!« Neidhard hielt an, riss die Tür auf und sprintete sofort los.

Frank holte den Feuerlöscher unter dem Beifahrersitz hervor und folgte ihm hinkend. Er sah, wie die Hitze, die Neidhard aus dem Innenraum entgegenschlug, ihn zurückschrecken ließ. Dieser Idiot, wollte der sich etwa da mitten hineinstürzen? Mit zusammengekniffenen Augen starrte er ins grell lodernde Feuer. Frank entfernte den Sicherungsring und umfasste den Abzug. Da drin konnte niemand mehr am Leben sein. Entschlossen zielte er und drückte den Hebel herunter. Allzu viel ließ sich mit dem kleinen Pulverlöscher nicht ausrichten. Er musste den Brandherd möglichst gleich mit dem ersten Stoß voll erwischen. Die Flammen zuckten zurück. Frank schickte einen zweiten Stoß hinterher und einen dritten.

Schützend hielt Neidhard einen Arm vors Gesicht und ging wieder näher ran. Auf der Fahrerseite standen beide Türen weit offen.

»Da ist keiner.« Er gab Frank ein Zeichen. »Hörst du? Der Fahrer ist weg.«

»Und das Bild?«

Neidhard schüttelte den Kopf. »Nichts.«

Frustriert ließ Frank den Feuerlöscher ins Gras fallen und stützte sich auf dem linken Oberschenkel ab, das rechte Bein fühlte sich merkwürdig fremd an. »Und jetzt?« Weit entfernt hörte er Martinshörner.

»Hoffen wir, dass die Kollegen mehr Glück hatten, und dann schaffen wir deinen Kadaver ins Krankenhaus.« Neidhard deutete auf Franks Bein. »Du verseuchst sonst noch die ganze Landschaft mit deinem Blut.« Das Telefon verkündete den Eingang einer SMS. Noch mit dem Blick auf dem Display kam Neidhard zu ihm rüber. »Ja, Wahnsinn! *Hab ihn erwischt*, steht hier. *Hab ihn erwischt!*«

Lachend packte er Frank mit dem Arm um den Nacken und schüttelte ihn halb im Schwitzkasten durch, bis sie gemeinsam umkippten. Frank unterdrückte einen Aufschrei.

»Und wer hat ihn erwischt?«, fragte er, nachdem die Sternchen vor seinen Augen sich verzogen hatten und er wieder klar sehen konnte.

»Die Sylvie. Ist das nicht ein Hammer? Mann, da wäre ich zu gern dabei gewesen.« Neidhards Lachen brach ab, und er tippte eilig auf den Tasten herum. »Scheiße!«

»Fürchtest du, dass sie ihn nicht festgenommen, sondern direkt erlegt hat?« Unter den Rußstreifen in seinem Gesicht verlor Neidhard alle Farbe. Schlagartig wurde Frank sein Denkfehler bewusst. »Hoffen wir mal, dass sie nicht allein mit ihm ist«, murmelte er. »Der Typ ist kein Kleinkaliber.«

»Damit triffst du es genauer, als du ahnst, Frank. Der Kerl wird mit internationalem Haftbefehl gesucht. Mann, ich hab Sylvie doch nur informiert, weil sie zum Team gehört, der Vollständigkeit halber … Sie ist sonst nie im Außeneinsatz. Komm schon, Häschen, antworte!«

Gemeinsam starrten sie auf die Anzeige, bis die nächste SMS einging.

»Alles easy, Streife und Brenner vor Ort«, las Frank vor. Aufatmend lehnte er sich kurz gegen Neidhards Schulter. »Noch mal Glück gehabt.«

»Allerdings.« Neidhard wuschelte ihm durch die Haare und

grinste ebenfalls erleichtert. »Sag mal«, fragte er gedehnt nach einer kurzen Pause. »Was hältst du eigentlich von Sylvie, so ganz allgemein?«

»Als Kollegin?«

Neidhard schüttelte vielsagend den Kopf.

»Ach so … na ja.« Darüber hatte Frank sich bisher wenig Gedanken gemacht. Ein anschwellendes Surren in seinem Gehirn machte es ihm schwer sich zu konzentrieren. Sylvie sah gut aus, war vorwitzig, schien recht intelligent zu sein – und neigte dazu, ihm auf die Nerven zu gehen. Er konnte sein Lachen nicht unterdrücken. »Sie ist dir in vielen Dingen ziemlich ähnlich.«

»Komisch, wieso fühlt sich das nicht wie ein Kompliment an? Sie ist mir ähnlich – ist das deine Art zu sagen, Sylvie ist nicht dein Typ?«

Frank lachte weiter. Die Erschütterung brachte die Sterne hinter seinen Augen erneut zum Leuchten, sein Blickfeld verengte sich. »Das ist meine Art zu sagen, dass ihr ganz gut zueinanderpassen müsstet und dass ich dir nicht in die Quere komme, wenn du Ambitionen in dieser Hinsicht hast. Davon abgesehen krieg ich einen nassen Arsch, wenn ich hier noch lange sitze. Vielleicht sollten wir mal zu deinem Häschen und den anderen rüberfahren.«

»Oh Mann, Frank. So blind wie du möchte ich auch mal sein. Nur für einen Tag, um zu wissen, wie sich das anfühlt.« Neidhard seufzte. Er stand auf und reichte ihm die Hand. »Nicht ich will was von ihr. *Sie* will was von *dir*.«

Freitag, 21. September, Erbach, 9:15 Uhr
– Marcel Neidhard –

Nach der Nacht unter Matuschewskis Fittichen sah Brenner bereits wieder deutlich besser aus, obwohl sie kurz gewesen war. Geduscht und frisch rasiert – auf beiden Seiten des Gesichts –, mit wachen Augen und bei vollem Verstand. Hinter seinem Rücken klatschten Marcel und Sylvie einander ab. Rückverwandlung eines Zombies. Staatsanwalt Kreim runzelte die Stirn, aber Marcel hatte nicht vor, ihm zu verraten, was sie im Stillen feierten.

»Folgendermaßen sieht die aktuelle Sachlage aus«, begann Brenner seine Ansprache. »Unser Interpol-Wunschkandidat Renus van Wyk wird heute noch an die entsprechenden Kollegen übergeben, denen wir freundlicherweise weiter zuarbeiten dürfen. Kleiner Scherz. Ich bin nicht böse drum, wenn wir den Scheiß von den Hacken haben. Das ist ein großer Brocken mit dem ganzen internationalen Wirrwarr, der da dranhängt, und dem zweiten Mord in Bayern. Wir bringen unsere Unterlagen auf Vordermann, kommunizieren ausnahmsweise bitte verlustfrei innerhalb der Abteilung und ohne Extratouren, damit wir möglichst nicht dastehen wie die Deppen. Ist das angekommen?«

Marcel sparte sich den Einwand, der ihm auf den Lippen lag. Brenner wartete ab, bis alle Anwesenden nickten. »Wunderbar. Hat noch jemand was auf dem Herzen, was ich sofort wissen sollte?«

»Ich.« Marcel nahm das vergrößerte Foto von Linda und dem Schatzjäger und hängte es an die Wand. »Ist eine neue

Theorie – na ja, fast neu –, aber mit neuem Beleg. Wir wissen durch die Analyse der Obduktionsberichte, dass van Wyk möglicherweise nur eine der Frauen umgebracht hat. Wir wissen aber noch nicht sicher, welche. Liebknechts Aussage fehlt noch, der muss erst mal aufwachen, und selbst wenn er mehr herausgefunden hat, fehlen uns Beweise. Folglich sollten wir noch mal alle Hinweise zu unserem Opfer – Linda – prüfen. Dieses Foto hier hat Bruchhagens Anwalt geschossen, dieser Doktor Pfeiffer, und zwar in Baden-Baden – hat er jedenfalls behauptet. Aber wenn ihr mal genauer hinguckt, hier im Hintergrund hinter den beiden Köpfen«, er zog einen dicken roten Kringel um die betreffende Stelle. »Was seht ihr da? Ist das eurer Meinung nach das Gelände eines Kurparks, oder sieht das für euch auch aus wie der Hügel am Segelflugplatz bei Vielbrunn mit einer Ecke vom Limesturm?«

Sylvie schob sich den ersten morgendlichen Keks zwischen die Zähne und ging näher ran. »Ich sehe da nur Gras, keine Blumenbeete und einen Holzbau, eindeutig. Haben die so was in Baden-Baden?«

»Nicht, dass ich wüsste.« Marcel kurvte noch einmal mit dem Stift über das Papier. »Und das bedeutet nichts anderes, als dass der Anwalt versucht hat, uns anzuschmieren. Der wusste ganz genau, wo Linda Bruchhagen sich in den letzten Tagen vor ihrem Tod aufgehalten hat.«

»Mach mir einen frischen Ausdruck davon.« Brenner klopfte Marcel auf die Schulter. »Dann hat Pfeiffer es seinem besten Freund vielleicht auch gesagt und ihn womöglich noch ein bisschen angestachelt, weil er die feine Dame nicht leiden konnte. Wollen wir doch mal nachhören, zu welchen Konsequenzen das geführt hat.«

Das Zucken in Brenners Gesicht verriet, dass ihm das Thema »Linda Bruchhagen« weiterhin gewaltig zusetzte, aber er behielt sich im Griff. Ob er insgeheim Mordgedanken gegen seine eigene Frau hegte? Marcel druckte ihm gleich mehrere Exemplare des Fotos aus. Nur für den Fall, dass er Gelüste bekam, stellvertretend Linda in Fetzen zu reißen.

Brenner griff sich einen Stapel von Sylvies Keksen und steckte erst sich, dann ihr und Marcel jeweils einen in den Mund. Nur Kreim schaffte es rechtzeitig, die Hand dazwischenzukriegen.

»Was halten Sie von einem kleinen Ausflug, Herr Staatsanwalt? Ich glaube, das mache ich heute persönlich, und da hätte ich Sie gern dabei.«

Kreim nickte. »Aber nur, wenn Sie nicht noch mal versuchen, mich zu füttern.«

Freitag, 21. September, Erbach, 14:30 Uhr
– Frank Liebknecht –

Das schläfrige Gefühl wollte einfach nicht weichen. Dauernd fielen ihm die Augen zu. Lag das an den Medikamenten oder wirklich am Blutverlust, wie die Krankenschwester behauptet hatte? Frank gähnte. In seinem Handrücken steckte eine Kanüle, durch die sich eine Flüssigkeit tropfenweise den Weg in seinen Körper bahnte. Er erinnerte sich nicht an die Operation in der Nacht und nur vage an die letzten Ereignisse davor. Neidhard hatte irgendwelchen Blödsinn über Sylvie gefaselt, der ihn zum Lachen gebracht hatte. Dann war er aufgestanden. Alles Weitere verschwamm in seinem Kopf. Blaulicht, OP-Licht, Sonnenlicht vorm Krankenhausfenster und die Schwester, die ihn am liebsten ans Bett gefesselt hätte. Damit er nicht versuchte aufzustehen und allein aufs Klo zu gehen.

Als er die Augen das nächste Mal aufschlug, saß Brunhilde neben ihm.

»Hey, da ist er ja wieder.« Sie beugte sich vor und streichelte über seine Hand. Ihr Blick war weich, obwohl er eigentlich eine Strafpredigt von ihr erwartet hatte. Verdammt. War es wirklich so knapp gewesen? Er packte den Griff am Galgen über dem Bett und setzte sich auf.

»Selber hey.« Seine Stimme knarrte, und der Hals schmerzte. »Wäre mir lieber, wenn du mich nicht behandelst, als ob ich gleich den Löffel abgebe.«

Ihr Mund verzog sich zu einem Lächeln. »Damit ist wohl nicht mehr zu rechnen. Und nein, bisher hat niemand deine Eltern informiert.«

Das war definitiv eine gute Nachricht, wenn er sie auch spontan nicht richtig zuordnen konnte. »Hatte ich dich danach gefragt?«

»Mich nicht. Aber das muss das Letzte gewesen sein, worum du vor der Narkose gebeten hast. Dass bloß keiner auf die Idee kommen soll, deine Eltern anzurufen. Und nach dem Aufwachen kam der Hinweis wohl gleich noch mal.«

Bestimmt hörte sich die Forderung für alle anderen merkwürdig an. Aber er hatte keine Lust zu erklären, dass er ihnen nur sinnlose Aufregung ersparen wollte. Und sich selbst das vorwurfsvolle Gesicht seines Vaters, dem jeder dienstliche Kratzer neue Munition im Grabenkampf gegen seine Arbeit lieferte.

»Krieg ich ein Update von dir?«

Mühelos drückte Brunhilde ihn mit einem Finger zurück auf sein Kissen. »Nur wenn du liegen bleibst und Bescheid gibst, sollte es dir zu anstrengend werden.«

Er hob zwei Finger zum Schwur, seine Lider kämpften schon wieder gegen die Schwerkraft. »Die Pferde?« Eigentlich war das das Einzige, was er im Moment wirklich wissen wollte.

»Das Bild wurde nicht gefunden. Den abgebrannten Wagen haben die Kriminaltechniker in den Fingern und drehen ihn auf links. Da soll ein kleiner Stofffetzen drin gewesen sein, ziemlich verkohlt. Was es genau für ein Gewebe ist, muss noch geklärt werden. Sie sind ziemlich sicher, dass dieser Kunstjäger, Renus van Wyk, den Unfall nicht selbst verursacht hat, sondern von der Straße geschubst wurde. Näheres gibt es dazu natürlich noch nicht. Van Wyk hat sich nur leicht verletzt und schweigt eisern. Kein Wort zum Unfall, nichts zum Gemälde und erst recht nichts zu den Morden.«

Etwas anderes als Schweigen hätte Frank auch sehr gewundert. Er sah das Loch in der Mauer im Wasserwerk vor sich und den heulenden Heinrich. *Gewebefetzen im Wagen*. Blinzelnd konzentrierte er sich auf Brunhildes Gesicht. *Der Turm der blauen Pferde* durfte nicht verbrannt sein. Nicht nach all der Zeit im sicheren Versteck, nicht direkt vor seiner Nase, ohne dass er die Chance bekommen hatte, ihn zu sehen.

»Konnte Heinrich schon befragt werden?«

»Ach Gott, nein. Der arme alte Bursche war ja völlig verwirrt. Ob der noch mal richtig zu sich kommt, ist fraglich. Seine Tochter blockt bisher alle Fragen ab, die Ärzte unterstützen sie. Und ehrlich, ich finde das auch richtig.«

Frank nickte schwerfällig. Da war noch was. »Ich muss was trinken, sonst kann ich nicht denken, Bruni.«

Sie setzte ihm ein Glas Wasser an die Lippen, und er schluckte gierig. *Der andere Wagen*.

»Der, der van Wyk abgedrängt hat – der war doch schon am Wasserwerk. Ihr habt ihn wegfahren sehen. Ohne Licht. Der muss auch oben auf der Lichtung im Wald gewesen sein, als ich angeschossen wurde.« Er winkte Brunhilde noch mal mit dem Wasserglas heran, trank, schnaufte. »Ich habe da jemanden gesehen, zwischen den Bäumen. Sie müssen dort nach Reifenspuren suchen. Wer auch immer das ist, der muss das Bild haben, Bruni. Garantiert!«

»Ja, Frank, ganz ruhig. Die Kollegen sind schon dran.«

Wie sollte er da denn ruhig bleiben? Sollten sie diese Spur verlieren, dann verschwand das Gemälde möglicherweise wieder für Jahrzehnte. Wenn es überhaupt jemals wiederauftauchte.

»Die ganze Geschichte liegt ein bisschen über deinem Kompetenzbereich, und auch die Erbacher sind nur noch Randfiguren, wenn ich das mal so sagen darf. Da hängen jetzt alle möglichen Abteilungen und internationale Behörden drin. Die Reifenspuren am Wasserwerk sind leider unbrauchbar, zu viele übereinander. Aber an der Unfallstelle ist der Verursacher auch bis in den Grünstreifen geraten, und der Abdruck zusammen mit dem Lackabrieb – da lässt sich was draus machen. Die ersten Anzeichen deuten darauf hin, dass Jens Fischbach der gesuchte Fahrer sein könnte.«

»Wer ist Jens Fischbach?«

»Einer der Reporter, die Vielbrunn nach Lindas Tod heimgesucht haben. So ein sportlicher, großer …«

Undeutlich erinnerte Frank sich an den Mann im Sakko, der ihn gefragt hatte, ob er Linda persönlich gekannt hatte, und nickte. »Aber wieso?«

»Der ist nicht wirklich Reporter«, erklärte Brunhilde weiter. »Sein Presseausweis war gefälscht. Und er passt zur gleichen Interpol-Kunsträuberliste, auf der Renus van Wyk ganz oben steht. Jedenfalls sind die Interpol-Leute jetzt mittendrin in den Ermittlungen. Du kannst dich wirklich entspannt zurücklehnen und auskurieren. Es geht alles seinen Gang. Vor morgen lässt man dich sowieso nicht aus dem Krankenhaus raus, und das ist wahrlich eine weise Entscheidung.«

»Was ist mit den Morden? Hält man mich immer noch für verdächtig?«

Wieder zwang Brunhilde ihn sich hinzulegen und tätschelte seine Wange.

»Brunhilde, ich weiß, dass dieser Dreckskerl Darja getötet hat. Er hat es zwar nicht direkt zugegeben, aber er hat es auch nicht abgestritten. Er wusste ganz genau, von wem ich spreche, als ich ihren Namen erwähnt habe!«

»Aber du weißt auch, dass Wissen allein nichts nutzt.« Brunhilde seufzte. »Immerhin hat der Hofer aus Garmisch einen Zeugen im Museum aufgetan, der dich dort über Stunden hat rumlaufen sehen. Ist allerdings keine hundertprozentige Entlastung, weil du theoretisch immer noch zur Tatzeit zurück in

Murnau hättest sein können. Beim Vergleichen der Obduktionsergebnisse haben sie eine Menge Gemeinsamkeiten gefunden. Die Hämatome, das Erwürgen …« Brunhilde verstummte.

»Schon okay, erzähl weiter.« Über die Details zu schweigen änderte nichts an den Tatsachen.

»Bis hin zum Ablegen der Leiche unter einem Gebüsch. Nur dass Darja Zwetkowa wohl an einer abschüssigen Stelle positioniert wurde und dann in den Bach gerutscht ist. Aber sie haben auch deutliche Abweichungen festgestellt, die nahelegen, dass da jemand versucht hat, künstlich Übereinstimmungen zu erzeugen. So passen die Würgemale beispielsweise zu unterschiedlich großen Händen.«

»Du meinst, es waren definitiv zwei verschiedene Täter?«

»Ganz genau so sieht es aus. Was verdammt ärgerlich ist, denn zuerst ist die Kripo davon ausgegangen, dass van Wyk Linda aus Habgier getötet hat, um das Bild für sich alleine zu haben, oder aus Rache, weil sie aus der Szene ausgestiegen ist.«

»Moment, stopp, ich versteh gar nichts mehr.«

Brunhilde hob entschuldigend die Hand. »Mein Fehler.« Kurz fasste sie Lindas undurchsichtige Vergangenheit zusammen. *Raubritter* war das Wort, das sich in Franks Gedächtnis einbrannte. Eine professionelle Betrügerin, die illegal Kunstgegenstände in ihren Besitz brachte, um sie meistbietend weiterzuverkaufen. Einige von Brunhildes Sätzen rauschten ungehört an ihm vorbei.

»Sag mal, woher weißt du das eigentlich alles?«

Sie hob die Augenbrauen und lächelte spöttisch. »Ach? Das fuchst dich jetzt, dass ich mehr weiß als du! Ich konnte mir in den letzten Wochen ein eigenes Bild von Kommissar Neidhard machen. Und dabei durfte ich feststellen, dass er längst nicht der Kotzbrocken ist, als den du ihn gerne darstellst. Zu mir ist er sehr nett, und jetzt stehen wir so.« Sie kreuzte die Finger. »Marcel ist nämlich ein umgänglicher Mensch und bei Weitem kommunikativer als mein ehemaliger Lieblingskollege.«

»Autsch.« Frank verzog das Gesicht, als hätte er eine Ohrfeige einstecken müssen. »Ich weiß, das habe ich mir verdient.«

»Allerdings. Aber ich war noch nicht fertig mit Erzählen, was wir zu den Morden wissen. Die Bedienung aus dem *Angerbräu*, Kati Sonnleitner, konnte van Wyk eindeutig als Gast identifizieren, der zeitgleich mit dir in Murnau war. Dadurch hat die Spurensicherung Garmisch einen neuen Anhaltspunkt, vergleicht seine DNA und sucht gezielt nach weiteren Indizien, ob er Darja Zwetkowa getroffen und getötet hat. Es scheint, als hätte er tatsächlich versucht, dir was anzuhängen. Du hast also schon mal einen Bonuspunkt im Sack.«

»Aber nicht für den Mord an Linda.«

»Nein, für den leider nicht. Denn wenn er den einen Mord in Murnau begangen hat, dann ist er es in Vielbrunn wohl nicht gewesen.«

Samstag, 22. September, Vielbrunn, 14:20 Uhr
– Frank Liebknecht –

Das Taxi hielt vor dem Hoftor an. Frank bezahlte den Fahrer und stieg aus. Hinter der Gardine sah er Brunhilde, die ihm kurz zuwinkte. Er hatte es abgelehnt, sich von ihr abholen zu lassen. Das Gefühl, auf andere angewiesen zu sein, konnte er einfach nicht leiden. Lieber kämpfte er ein paar Tage lang allein in seinem Zimmer, als sich noch weiter im Krankenhaus betüdeln zu lassen oder von irgendjemandem sonst. Zum Glück wusste Brunhilde damit umzugehen.

Frank bemühte sich um eine aufrechte Haltung. Ein wenig musste er auch sich selbst noch überzeugen, dass er alles im Griff hatte. Vor der steilen Treppe graute es ihm dennoch. Er presste sich die Plastiktüte mit seiner schmutzigen Wäsche gegen die Brust, packte die Krücke fester und hinkte über den Hof, den Blick auf den Boden vor seinen Füßen gerichtet, um keinen Fehltritt zu riskieren.

»Hallo Frank.«

Abrupt blieb er stehen. Auf den Treppenstufen saß eine junge Frau, die sich nun erhob und das Sommerkleid zurechtstrich, das sich zerknittert um ihre Waden bauschte. Sie sah aus wie immer, nur die Haare hatte sie ein Stück abgeschnitten, trug sie jetzt offen, in weichen blonden Wellen, die ihr bis zu den Schultern reichten. Das Blau ihrer Augen leuchtete stärker als je zuvor.

Sein Körper verkrampfte sich. »Wolltest du nicht die Welt entdecken?« Er erschrak über den ironischen Unterton seiner Worte.

Sie schaute ihm offen ins Gesicht und nickte ernsthaft. »Das habe ich.«

»Die ganze Welt, in vier Wochen?«

»Nein, nur ein bisschen davon.«

Wie hatte er in der kurzen Zeit vergessen können, dass sie es nicht verstand, wenn er so redete, dass sie immer noch jeden seiner Sätze wörtlich nahm. Beschämt biss er sich auf die Lippe und schwieg.

»Ich will dir etwas wiedergeben.« Sie öffnete ihre dünne Strickjacke und holte aus dem Ausschnitt ihres Kleides das Lederband hervor, an dem ein blau schimmernder Glasanhänger baumelte. Sie streifte es über den Kopf und hielt es ihm hin.

Frank griff nicht zu. »Nein, behalte ihn. Ich habe dir den Nazar gegeben, damit er dich beschützt.«

»Aber er gehört dir.« Sie zeigte auf sein Bein. »Du hättest ihn nötiger gehabt.«

»Ach was …« Mürrisch winkte er ab. Es gefiel ihm nicht, dass sie ihn so sah. War er nicht mal ihr Held gewesen? Oder hatte er sich das nur eingebildet? Wahrscheinlich taugte er wirklich nur dazu, Katzen zu retten.

»Frau Schreiner hat gesagt, dass jemand auf dich geschossen hat.«

»Offensichtlich habe ich auch so überlebt, ohne Glücksbringer.«

Sie nahm seine Hand, legte das magische blaue Auge hinein und schloss seine Finger darum. »Du hast überlebt, weil Marcel auf dich aufgepasst hat.«

Frank seufzte. »Hat das auch Brunhilde gesagt?«

»Ja. Und ich weiß, dass sie nicht lügt. Also nimm ihn zurück, bitte. Marcel kann nicht immer da sein.«

»Ich brauche auch keinen Babysitter.«

»Entschuldige, das war dumm. Ich will dich nicht beleidigen.

Du bist tapfer und mutig, das weiß ich doch. Aber ich mache mir immer Sorgen um dich.«

Vorsichtig streckte Frank die Hand aus und streichelte über ihre Wange. »Und ich mir um dich.«

Seit er sie vor einem Jahr zum ersten Mal getroffen hatte, wollte er nichts anderes als sie beschützen. Vor dem Bösen, das sie damals bedroht hatte, und vor allem, was noch auf sie zukommen mochte.

»Bitte, nimm das Auge zurück.«

Frank löste die Enden des Lederbands und verknotete sie in seinem Nacken, fühlte das vertraute kalte Glas auf seiner Haut.

»Es ist schön, dich zu sehen«, sagte er leise. »Schön, dass du wieder da bist.«

Ihr Blick verriet ihm, was sie sagen würde, ehe sie es aussprach, und er senkte den Kopf.

»Ich finde es auch schön, dich zu sehen, Frank.« Sie übernahm seine Geste, strich sanft und ein wenig unbeholfen über sein raues Kinn. »Aber ich bleibe nicht.«

Montag, 24. September, Erbach, 10:00 Uhr
– Marcel Neidhard –

Nachdem Brenner sich am Freitag euphorisch bis besessen auf den Weg zu Uwe Bruchhagen gemacht hatte, war er anschließend reichlich frustriert zurückgekehrt. Ohne Widerstand hatte Bruchhagen die Lüge seines Anwalts eingestanden. Das Foto stammte tatsächlich aus Vielbrunn, und er war von Pfeiffer über Lindas Aufenthaltsort informiert worden. Doch er hatte es abgelehnt, sie vor Ort zur Rede zu stellen, obwohl es ihm schwerfiel. Er hatte darauf gehofft, dass sie ihm eines Tages freiwillig erzählen würde, was hinter ihrem Ausflug steckte – und hinter all den anderen zuvor.

Brenner hatte so lange nachgebohrt, bis Bruchhagen unter Tränen zusammengebrochen war und seine verzweifelte Eifersucht eingestand. Und doch blieb er unverrückbar bei der Behauptung, dass seine Eifersucht sich nicht aus Lindas Affären mit anderen Männern nährte. Sein unbezwingbarer Gegner war die Kunst.

»Es gab immer irgendwo eine Ausstellung oder eine Ausgrabung, bei der sie unbedingt dabei sein, ein Werk, das sie sehen musste. Und dann dieses verfluchte Gemälde, für das sie zu allem bereit war.«

Marcel las das Protokoll zum zweiten Mal. Er konnte nicht erklären, wieso er Bruchhagen plötzlich glaubte, aber genau so war es. Mit einem Klick öffnete Marcel das Bild vom Fest, auf dem Linda und Frank gemeinsam zu sehen waren. Wie viel Demütigung konnte man aus Liebe ertragen? Wie viel geben, ohne das zurückzuerhalten, was man sich wünschte? Er rieb sich das Ohr. Wie lange warten? Menschen machten dumme Sachen aus Liebe. Zu töten gehörte nicht dazu, auch wenn mancher Mörder das glaubte.

»Ist dir eigentlich klar, dass du seit fünf Minuten abgrundtiefe Seufzer ausstößt?« Sylvie legte einen Schokoriegel vor ihm auf den Tisch. »Ich glaube, du brauchst einen Zuckerschub für deine Nerven.«

»Ich habe nur gerade nachgedacht. Was hast du da?«

Sie wedelte mit einem Blatt Papier vor seiner Nase und setzte sich dann zurück an ihren Schreibtisch.

»Neuigkeiten von der KTU. Unter dem Gebrösel im Wasserwerk konnten Gewebefasern und Holzsplitter identifiziert werden. Genauere Altersanalyse und so weiter steht noch aus, wenn das bei den mikrokleinen Fitzelchen überhaupt machbar ist. Ich habe mich mal schlaugemacht, was die Lagerung von Gemälden betrifft, weil der ominöse *Turm* ja ziemlich alt und auch groß ist. Normalerweise versucht man, so was möglichst nicht vom Rahmen zu nehmen, weil das Ab- und wieder Aufspannen schaden kann. Wenn es aber doch sein muss, wird oft gerollt und zwar mit der Farbschicht nach außen, damit die keine Knicke abkriegt. Manchmal kommt noch eine Lage Spezialpapier dazwischen, und man trägt eine Art Leim auf, der es geschmeidig macht und sich hinterher wieder abwischen lässt. Wenn man jetzt einbezieht, dass das Schätzchen vor rund siebzig Jahren geklaut und platzsparend versteckt werden musste, kann man davon ausgehen, dass es auf einer Holzwalze aufgewickelt war – was eventuell zu den Splittern passt. Vielleicht noch mit einigen Lagen wasserabweisendem Stoff drumherum, um es vor Feuchtigkeit zu schützen. Dann kam es aufrecht stehend in den schmalen Schacht in der Wand.«

»Wie hoch ist die Wahrscheinlichkeit, dass ein Ölbild die Prozedur über den langen Zeitraum unbeschadet übersteht?«

»Da wollte sich keiner der Experten festlegen. Von zu Tode geschimmelt bis einwandfrei ist wohl alles möglich.«

Angesichts der nassen Wände im Wasserwerk konnte er das kaum glauben. Hatte die Liebe das Bild am Ende gerettet oder ruiniert? Und wessen Liebe? Die der beiden Mädchen zu Franz Marcs Bild oder die des Offiziers zu Traudl?

»Alles ist möglich.« Marcel schaute noch einmal auf das Foto, dann schloss er die Datei und grinste Sylvie an. »Übrigens habe ich Frank gesagt, dass du auf ihn stehst.«

»Bist du bescheuert?«

»Sorry. Aber es entspricht doch den Tatsachen.«

»Als ob das der Punkt wäre! Ja, ich finde ihn nett und ganz interessant. Aber das ist schlicht nicht deine Sache. Diskretion geht anders.«

Marcel kratzte sich leicht verlegen den Kopf. »Hat sich so ergeben. Er saß blutend auf der Wiese herum, und du hattest gerade den Typen geschnappt, dem er das zu verdanken hat. Ich dachte, das ist eine gute Gelegenheit. Schließlich hatte er direkt vor Augen, wie schnell alles vorbei sein kann.«

Abwartend schaute Sylvie ihn an. »Na, nun sag schon, wie hat er reagiert?«

»Es hat ihn aus den Latschen gehauen.« Marcel konnte sich das Lachen nicht verkneifen. »Und ich musste ihn direkt ins Krankenhaus verfrachten. Aber vorher hat er behauptet, dass du perfekt zu mir passen würdest, weil wir uns so ähnlich sind.«

Sylvie stöhnte auf und ließ den Kopf auf die Tischplatte sinken. »Du und ich uns ähnlich?«

»Genau das habe ich mich auch gefragt.«

»Nimm's mir nicht übel, aber der Schlag ging unter die Gürtellinie. Wenn das mal keine eindeutige Absage ist …«

Montag, 24. September, Vielbrunn, 12:15 Uhr
– Frank Liebknecht –

Ein Tag im Krankenhaus und das Wochenende auf der Couch hatten ausgereicht, um Frank fast verrückt werden zu lassen. Sein Bewegungsdrang machte ihn unleidlich und unvernünftig. Der Nazar um seinen Hals tat ein Übriges. Es gab eine Menge, was er verarbeiten musste. Die Morde, seine Verletzung, das immer noch verschwundene Gemälde. Sein Talent für Frauen, sein Helfersyndrom. Und über allem schwebte der Eindruck des Versagens.

Eingepfercht in seiner Wohnung, in der er um sich selbst kreiste, war nicht daran zu denken, zu irgendeiner Erkenntnis zu gelangen. Brunhildes therapeutischem Kuchenessen am Sonntag hatte er nicht entgehen können, aber auch das war weder für sie noch für ihn hilfreich gewesen. Brenner hatte höchstpersönlich Franks Aussage zu den Ereignissen auf dem Hügel und im Wasserwerk aufgenommen und ihm dann wieder Ruhe verordnet. Aber das ging nicht. Er musste sich ablenken und etwas Sinnvolles tun.

Krampfhaft starrte Frank in der Dienststelle auf die Wand. Dorthin, wo immer noch die Karte mit den Schlitzerattacken hing. Ein Aktionsradius von fünfzehn Kilometern um Erbach herum. Weil der Täter sich hier wohlfühlte, hier lebte, arbeitete. Der Startpunkt der Angriffe musste etwas bedeuten, auch die Eskalation in Vielbrunn und die grausame Inszenierung mit dem Kätzchen direkt vor seiner Nase. Ein paar Tage musste er noch warten, bis er das kleine Wesen endlich zu sich nach Hause holen konnte.

In seinem Kopf geriet etwas in Bewegung.

Er ist schon so groß. Bald muss er mit dem Schulbus nach Erbach fahren.

In die Schulen nach Erbach und ins direkt angrenzende Michelstadt strömten täglich Hunderte Schüler aus dem Umland. Teenager unter Druck. Teenager mit begrenzter Mobilität, die mit sich selbst nicht klarkamen und auf Friedhöfen herumlungerten.

Nur ein olles Taschenmesser.

Die Richtung, in die sich die Gedankenfetzen bewegten, gefiel ihm nicht. Für einen Augenblick nahm Frank die Welt wie durch Watte wahr.

Niemand sollte sein Kind beerdigen müssen.

Normalerweise wäre er sofort aufs Rad gesprungen und hätte keine drei Minuten später an Brunhildes Tür Sturm geklingelt, um ihren Rat einzuholen. Aber vom Radfahren konnte er nur träumen. Die kurze Strecke zu Fuß zur Dienststelle hatte ihn ordentlich geschlaucht. War sicher nicht seine beste Idee gewesen, sich das zuzumuten. Es blieb ihm nichts anderes übrig, als für den Rückweg den Streifenwagen zu nehmen, obwohl er weder im Dienst noch offiziell fahrtauglich war. Noch mal so weit zu laufen war einfach nicht drin. Zornig warf er die Krücke auf den Beifahrersitz und fuhr los.

Er wartete nicht, bis Brunhilde ihn einließ, und humpelte nach dem Klingeln direkt weiter in ihre Küche.

»Was beschert mir die Ehre deines Überfalls, Kapitän Ahab?« Brunhilde zog die Augenbrauen hoch und kräuselte die Lippen. »Ich wollte gerade mit dem Mittagessen anfangen. Willst du auch was?«

»Danke.« Er plumpste auf einen Stuhl. »Aber eigentlich brauche ich nur dringend eine Auskunft von dir.«

Brunhilde stellte einen weiteren Teller und den Topf auf den Tisch. Mit einer großen Kelle verteilte sie die dampfende Suppe und musterte ihn dabei. »Ich habe vorhin bei dir geklopft, aber du hast nicht reagiert.«

Da war er wieder, dieser leise Vorwurf, den er hasste wie die Pest. Sie würde nicht gutheißen, dass er quer durchs Dorf marschiert war, und er hatte nicht vor, es ohne zwingenden Grund zu erwähnen. Sie würde es früh genug merken, wenn sie den Streifenwagen vorm Haus entdeckte.

»Mir kam eine Erleuchtung.«

»Erleuchtung? Na das klingt spannend. Da kann man schon mal überhören, dass jemand klopft. Dann erzähl mal, solange wir uns das Süppchen schmecken lassen.«

Frank bezweifelte, dass die Suppe ihnen noch lange Genuss bereiten würde, obwohl sie großartig duftete. »Ein Kind«, sagte er zögernd. »In Vielbrunn wurde dieses Jahr ein Kind beerdigt. Als ich auf dem Friedhof war, habe ich das Grab gesehen, mit einem bunten Windrad drauf.«

»Ja, das war schrecklich.« Aus dem Brotkasten holte Brunhilde einen großen Laib und ein Sägemesser, schnitt auf der Arbeitsfläche zwei dicke Scheiben ab, die sie neben die Teller legte.

»Kannst du mir darüber mehr erzählen? An die näheren Umstände kann ich mich merkwürdigerweise nicht erinnern.«

»Es war ein Badeunfall im Urlaub in Ägypten. Schuld war, soweit ich weiß, eine defekte Abdeckung über der Ansaugpumpe im Pool. Der Junge wurde unter Wasser gezogen, und keiner hat es gemerkt, bis es zu spät war. Man hat schon oft von diesen Fällen gehört, aber wenn es dann jemanden trifft, den man kennt, ist der Schock ungleich größer. Wieso fragst du?«

Frank reagierte nicht gleich, und Brunhilde sprach weiter,

nachdem sie zwei Löffel Suppe gegessen hatte. »Tobi war acht Jahre alt. Eigentlich ein guter Schwimmer. Ein lieber Kerl. Na ja, so ein echter Lausbub eben, einer wie der Michel aus Lönneberga. Er ist ertrunken, während die Eltern keine zehn Meter entfernt in der Sonne gelegen haben. Seine Schwester hat sogar am Rand des Beckens gesessen.«

»Jess«, murmelte Frank und rieb sich die Stirn so fest, dass es wehtat. »Sie heißt Jessica, nicht wahr?«

»Ja, richtig. Jetzt raus mit der Sprache: Worum geht es?«

Ein Lausbub wie der Michel hatte bestimmt ein Taschenmesser besessen. Genau so eines, wie Jessica jetzt an ihrer Hosenkette trug. Er wollte nicht recht haben. Warum zum Teufel erinnerte er sich nicht?

»Wann genau war die Beerdigung?«

»Kurz nach den Weihnachtsferien. Also Ende Januar.«

Das erklärte seine Gedächtnislücke. Er war selbst im Urlaub gewesen. Und danach hatte man sich im Dorf bemüht, die Tragödie in pietätvolles Schweigen zu hüllen. Wenn es schon im Januar passiert war, dann lag er mit seinem Verdacht daneben. Hoffentlich. Zu viel Zeit dazwischen. Frank atmete tief durch, doch die Anspannung blieb.

»Wie hat es die Familie verkraftet?«

Brunhilde seufzte. »Schlecht. Die Eltern igeln sich ein, reden mit niemandem, gehen kaum noch vor die Tür. Ich habe mal versucht, mit der Mutter zu sprechen, und von Pfarrer Käppler weiß ich, dass Jessica eigentlich mit dem Konfirmandenunterricht anfangen sollte, aber sie hat sich geweigert. Sie ist nicht mal zum Gedenkgottesdienst erschienen, den ihre Oma organisiert hat.«

Frank packte Brunhilde so heftig am Arm, dass sie den Löffel in den Teller fallen ließ. »Und wann war der?«

»Kurz vor Ostern, im April.«

Das konnte der Auslöser gewesen sein. »Wo wohnt die Oma?«

»In Affolterbach, wieso …«

»Fuck!« Frank schob seinen Teller nach hinten und stützte den Kopf in die Hände. Dort war es zum ersten Mal passiert. Im April.

Montag, 24. September, Frankfurt, 12:30 Uhr
– Jens Fischbach –

Die Angestellte der Fluggesellschaft spulte lächelnd ihren Text ab. Jens Fischbach nahm die Bordkarte wieder in Empfang. Achteinhalb Stunden Direktflug mit der US Airways nach Philadelphia. Unter seinen Füßen wechselte der Bodenbelag von Beton zu Metall und dann zu Gummimatten auf der Gangway. Der Lärm des Vorfelds drang durch die Ritzen in den Gang mit den Ziehharmonikawänden. In der offenen Flugzeugtür sah er die Stewardess stehen, vor ihr ein kleiner Rückstau schnatternder Passagiere. Jemand rempelte ihn von hinten an, fasste seine Schulter, drückte ihm einen Daumen in den Nacken. Der Nervenimpuls ließ ihm die Beine wegsacken.

»Dem Mann ist schlecht«, hörte er eine Stimme sagen. »Kommen Sie, ich helfe Ihnen.«

Starke Arme hakten ihn auf beiden Seiten unter, schleppten ihn zurück ins Gebäude.

Das Spiel war vorbei. Vorerst. Er wusste, dass sie ihn nicht zur Sanitätsstation bringen würden. Jens Fischbach schaute in die Gesichter seiner Begleiter. Das würde nicht leicht werden. Aber sie hatten nichts gegen ihn in der Hand. Höchstens eine Fahrerflucht und einen gefälschten Presseausweis. Renus van Wyk hatte garantiert überlebt. Einer wie der überlebte immer. Und redete unter keinen Umständen. Man nannte ihn *das Auge und das Ohr* – nicht der Mund. Genau so würde auch er es halten.

Jens trug nichts bei sich, was ihn mit dem Bild in Verbindung brachte. Nichts. Gar nichts. Überhaupt nichts! Sein Lachen hallte laut über den Korridor.

Montag, 24. September, Vielbrunn, 13:00 Uhr
– Frank Liebknecht –

Jessicas Mutter saß ihnen im Wohnzimmer gegenüber. Das Dämmerlicht hinter den halb heruntergelassenen Jalousien verwandelte alle Farben in Grau. Migräne, hatte sie gemurmelt, so leise, dass auch Frank und Brunhilde kaum wagten, lauter zu sprechen. Sie antwortete einsilbig, die Hände auf den Knien und den Blick ins Nichts gerichtet, ohne ein einziges Mal nachzufragen. Minuten verstrichen in Schweigen, während sie darauf warteten, dass Jessica aus der Schule nach Hause kam. Nur das Atmen des Hundes war zu hören, der eine Runde um den Tisch lief und schnüffelte, ehe er wieder nach draußen verschwand. Ein Dackel, wie Berti einer gewesen war.

»Hat der Hund Ihrem Sohn gehört, Frau Braun?«

Sie nickte.

Immer deutlicher ergab nun alles einen Sinn. In Brunhildes Gesicht zeichnete sich Fassungslosigkeit ab. Sichtbarer Beleg, dass auch sie Franks Theorie nun Glauben schenkte.

»Wissen Sie eigentlich, was Jessica den ganzen Tag über macht?«

»Tobi hat den Hund geliebt.«

Mit einem kurzen Klacken öffnete sich die Haustür. Leise stand Brunhilde auf, spähte hinaus auf den Flur und gab Frank ein Zeichen. Es war zwecklos, Jess hinterherrennen zu wollen, wenn sie vorhatte abzuhauen, oder einen Überrumpelungsversuch zu starten. Den fremden Wagen vor der Einfahrt hatte sie garantiert bemerkt. Frank sprach lauter als zuvor. Jess sollte hören, was er sagte.

»Ich habe nach Ihrer Tochter gefragt, Frau Braun. Wegen ihr bin ich hier und nicht wegen Tobi. Mir geht es um Jess, verstehen Sie? Wissen Sie, wie es ihr geht? Wie sie sich fühlt?«

»Weiß sie nicht.« Jess schubste die Tür auf und ging mit schnellen Schritten zum Fenster, wo sie mit einem Ruck die Jalousien öffnete. »Gar nichts weiß sie über mich, und es interessiert sie auch nicht.«

»Das ist zu hell«, flüsterte ihre Mutter. »Ich habe Kopfschmerzen.«

»Soll ich dir vielleicht noch eine Pille holen, Mama?«, zischte Jess. »Welche darf es denn sein – eine blaue oder eine grüne?« Mit dem Stiefel trat sie gegen den Sessel, aber ihre Mutter antwortete nicht, bedeckte nur die Augen mit der Hand und drehte sich zur Seite. Jess fuhr herum und schrie Frank und Brunhilde an. »Sehen Sie das? Sie ist tot!« Jess hakte das Taschenmesser von der Hosenkette und warf es Frank zu. »Deshalb sind Sie doch hier, nicht wahr? Aber Sie kommen zu spät. Wir sind alle schon tot! Mein Vater lässt meine Mutter den ganzen Tag Valium fressen oder Diazepam oder wie das ganze Zeug heißt. Das Einzige, was sie macht, ist den Hund füttern und auf Tobis Bett sitzen. Aber ich existiere nicht. Ich bin unsichtbar.«

Frank streckte ihr die Hand entgegen. »Ich kann dich sehen, Jess.«

»Ich hätte besser mich umbringen sollen, aber das hätte wohl auch niemand gemerkt …«

»Jess!«

Sie machte ein paar Schritte auf ihn zu, schlug mit der Faust gegen seine Brust. »Wieso kommen Sie erst jetzt? Wieso erst jetzt? Sie haben mich einfach wieder vergessen!«

Frank hätte ihr gerne widersprochen, aber er konnte es nicht. Wenn sie auf dem Friedhof versucht hatte, ihm etwas mitzuteilen, dann hatte er ihre Botschaft nicht verstanden.

»Ich habe doch gar nicht gewollt, dass die Tiere sterben!« Ihre Stimme überschlug sich schrill.

»Und was war mit dem Hund?«

»Das war nicht geplant. Der stand ganz plötzlich vor mir. Da habe ich die Beherrschung verloren, weil er aussah wie Tobis Hund, aber dem könnte ich nie … Wieso waren Sie nicht früher da?« Endlich liefen die Tränen. »Wieso nicht früher?«

Die Anklage nagte an Frank, machte ihn stumm.

»Komm mit mir, Jessica.« Brunhilde legte den Arm um ihre Schultern, und sie ließ sich widerstandslos nach draußen führen. Einen Moment lang schaute Frank ihnen nach, dann schaffte er es, die Starre abzuschütteln.

»Frau Braun, wir nehmen Ihre Tochter jetzt mit. Wollen Sie uns begleiten?« Er betrachtete die zusammengekauerte Gestalt auf dem Sofa. »Frau Braun?«

Von ihr hatte Jess keine Hilfe zu erwarten. Sie konnte sich nicht einmal jetzt zu einer Antwort aufraffen. Kurzerhand ließ Frank sie sitzen und klingelte bei einer Nachbarin, die er bat, sich um Frau Braun zu kümmern und ihren Mann anzurufen.

Brunhilde fuhr direkt los, als Frank neben Jess auf dem Rücksitz Platz genommen hatte. Von der Seite sah er nur die langen strähnigen Haare und hörte, wie sie ab und zu die Nase hochzog.

»Der Katze geht es gut.«

Jess schaute ihn nicht an.

»Du hättest nur die Tür aufmachen müssen und mit mir reden, Jess.«

»Weil das auch so einfach ist.«

»Von einfach habe ich nichts gesagt.«

Sie nickte und holte tief Luft. »Aber ich habe jetzt noch was zu sagen. Weil ich am Segelflugplatz nämlich doch was gesehen habe.«

Montag, 24. September, Beerfelden, 16:15 Uhr
– Frank Liebknecht –

Seine Hände fühlten sich eiskalt an, während er neben Neidhard über den Bürgersteig hinkte. Dass Brenner ihn an der Aktion teilnehmen ließ, verstieß garantiert gegen irgendwelche Vorschriften und erfüllte Frank darum mit doppelter Genugtuung.

Der kleine Dorfsheriff spielte im Team.

Neidhard blieb seitlich des Tores stehen, hob den Daumen, und Frank klingelte.

Ingeborg Werle öffnete selbst. »Was wollen Sie denn schon wieder? Haben Sie noch nicht genug Schaden angerichtet? Verschwinden Sie.«

»Nein, heute werden Sie mich nicht los.« Er klemmte die Krücke zwischen Tor und Pfosten, und Neidhard trat einen Schritt vor.

»Guten Tag, Frau Werle. Kriminaloberkommissar Neidhard, ich denke, wir sind uns in den letzten Tagen bereits im Krankenhaus begegnet. Keine Sorge, heute geht es nicht darum, Heinrich Ritter zu befragen«, sagte er. »Sondern Sie.«

»Ich wüsste nicht, was ich mit Ihnen zu reden hätte. Meine Aussage habe ich letzte Woche gemacht. Dieser Mann da«, anklagend deutete sie auf Frank, »hat meinen Vater wiederholt gegen meinen Willen aufgesucht, und ich bin mir sicher, dass er die Schuld daran trägt, dass der andere Verrückte ihn entführt hat.«

»Meinen Sie nicht, wir sollten besser ins Haus gehen, Frau Werle?«

»Nein. Das meine ich nicht.«

»Auf offener Straße möchte ich das Gespräch ungern fortsetzen. Wir müssen uns miteinander darüber unterhalten, was am Donnerstag, dem sechsten September, am Segelflugplatz Vielbrunn vorgefallen ist. Sie haben die Wahl, Ihre Aussage hier zu machen, oder Sie begleiten uns zur Kriminalinspektion. Freiwillig.« Neidhard blieb ausgesucht höflich, aber sehr bestimmt. »Natürlich steht Ihnen auch die unfreiwillige Variante offen, dann rufe ich gerne eine Funkstreife an, aber davon rate ich dringend ab. Ich werde Sie jetzt über Ihre Rechte belehren, und dann wäre es für uns alle von Vorteil, wenn Sie kooperieren.«

»Lass uns allein.« Ingeborg Werle schickte Thea aus dem Zimmer, als sie am Esstisch Platz nahmen. Frank wich Theas fragendem Blick aus. Das war nicht der Moment, irgendetwas zu erklären, nicht einmal, um sich nach Heinrichs Gesundheitszustand zu erkundigen. Er setzte sich neben Neidhard, Frau Werle gegenüber.

»Wenn es Ihnen recht ist, zeichnen wir das Gespräch der Einfachheit halber auf und fertigen hinterher ein Protokoll an. Selbstverständlich haben Sie anschließend die Möglichkeit, alles in Ruhe durchzulesen und gegebenenfalls zu ergänzen, bevor Sie unterschreiben.«

»Tun Sie, was Sie müssen.« In ihrem Gesicht zeigten sich erste Zeichen von Resignation.

»Laut einer Zeugenaussage wurde zur Tatzeit am Rande des Segelflugplatzes eine Frau mit dem Opfer gesehen. Die Beschreibung passt genau auf Sie, Frau Werle, und die Beschreibung des Wagens, mit dem die Frau davonfuhr, stimmt mit Ihrem Fahrzeug überein.«

Ingeborg Werle sagte nichts dazu.

»Wenn Sie Ihre Anwesenheit nicht bestreiten, können wir darauf verzichten, Ihre Haushaltshilfe dazu zu befragen oder Ihren Arbeitgeber. Ich nehme an, man würde mir bestätigen, dass Sie an diesem Tag erst spät angefangen haben zu arbeiten.«

An Ingeborg Werles rechtem Ringfinger bemerkte Frank die typische schmale Einkerbung, die vom langjährigen Tragen eines Rings herrührte. Doch die Haut zeigte eine gleichmäßige Farbe. Sie musste das Schmuckstück schon vor geraumer Zeit abgelegt haben.

»Ich werte Ihr Schweigen mal als Zustimmung. Dann sagen Sie uns doch bitte, wie es zu Ihrem Treffen mit Linda Bruchhagen kam – oder Linda Ehlers, wie sie sich vermutlich zu der Zeit genannt hat – und was dabei passiert ist?«

Die Frau gegenüber zeigte keine Gefühlsregung. Bisher hatte Frank sie immer nur verärgert erlebt und für einen kleinen Moment bestürzt, an dem Abend, als Heinrich verschwunden war. Nichts im Raum deutete auf die Existenz eines Mannes hin. Demnach war Ingeborg Werle nicht verwitwet, und der Ring am Finger nach einer Trennung abgenommen worden. Auch Bilder von Kindern oder Enkeln fehlten. All das sprach für ein einsames Leben, fixiert auf Heinrich.

»Diese Frau Ehlers hat bei uns angerufen«, sagte sie tonlos. »Immer wieder. Sie hat sich nicht abwimmeln lassen und von blauen Pferden gefaselt – genau wie mein Vater. Wie sie auf ihn gekommen ist, wollte ich wissen. Da hat sie gelacht, dauernd hat sie gelacht. *Das Internet vergisst nichts.*« Sie schüttelte den Kopf. »Es ist eine Ewigkeit her, da habe ich in einem Forum für Angehörige Demenzkranker diese dumme Sache erwähnt. Dabei behaupten die Ärzte, dass mein Vater gar nicht dement ist, nur vergesslich und traumatisiert. Im Forum hatte niemand eine Antwort, was es bedeutet, dass er die Pferde sieht. Aber sie, sie hat behauptet, dass sie es weiß und dass er etwas weiß:

eine Sensation! Ich wollte keine Sensation. Ich wollte, dass sie uns in Frieden lässt und ihn nicht noch verrückter macht. Bei jedem Gewitter fängt er damit an. *Hörst du die Hufe, Ingeborg? Die Hufe! Jetzt kommen sie!* Aber weil sie dann doch nie kommen, folgen jedes Mal die abgrundtiefe Enttäuschung und die Tränen. Wissen Sie, wie das ist, wenn ein so alter Mann weint wie ein kleines Kind?«

Anklagend schaute sie von Neidhard zu Frank, fixierte ihn mit mühsam gebremster Wut. »Sobald die Pferde in seinem Kopf galoppieren, kommen auch die Kriegsbilder wieder hoch, und er redet wirr vom Führer und von Heldentum und feigen Verrätern. Irgendwann, das habe ich immer gewusst, würde er sich in der Vergangenheit ganz verlieren. Jetzt ist es wohl so weit. Wollten Sie das, Herr Liebknecht? Er findet den Weg zurück nicht mehr. Weil Sie keine Ruhe gegeben haben, genau wie diese Frau. Thea hätte ihr bestimmt irgendwann nachgegeben und sie zu meinem Vater gelassen. Wie sie es bei Ihnen gemacht hat, Herr Liebknecht. Das durfte ich ihm nicht zumuten. Also habe ich mich mit ihr verabredet. Nicht hier, sondern auf dem Segelflugplatz. Das war Frau Ehlers ganz recht, denn sie tat sehr geheimnisvoll – wegen der Sensation – und wollte nicht, dass man uns zusammen sieht. Erst war sie sauer, dass ich meinen Vater nicht mitgebracht hatte, dann fing sie an zu betteln und schließlich von Ruhm zu sprechen, von einem Gemälde, an das er sich womöglich erinnern könne, wenn sie ihm nur ein paar Fragen stellen dürfe zu der Nacht auf dem Feld 1945. Ich habe versucht, sie zur Vernunft zu bringen. *Er versteht nicht mehr, was Sie ihn fragen. Es wühlt ihn nur auf, an damals zu denken.* Sie hat es weggewischt, mit einer Handbewegung, als ob sie ein paar Krümel vom Tisch fegt. Dann kam Geschwafel über Kunst und eine historische Heldentat.«

Ingeborg Werle schnaubte verächtlich. »Ich wusste genau –

ganz genau – was solche Worte bei meinem Vater auslösen würden. Diese Nacht, diese eine fürchterliche Nacht, musste im Dunkel seines verwirrten alten Hirns bleiben. Das hatte ich meiner Mutter versprochen. Nie mehr dürfe daran gerührt werden, unter keinen Umständen.«

»Sie wissen, was damals passiert ist?« Frank konnte die Frage nicht zurückhalten und erntete einen strafenden Blick von Neidhard. Ja, er hatte versprochen, nichts zu sagen, nur zuzuhören. Aber das war einfach unmöglich.

»Er hat einen Deserteur erschlagen«, sagte sie. »Weil er ein Held sein wollte.«

»Wie kam es, dass niemand davon erfahren hat?«

Ingeborg Werle zuckte die Schultern. »Als die Männer aus dem Dorf kamen, saß er blutüberströmt auf dem Hügel, neben dem brennenden Flugzeug. Dieser Alfred war tot und mein Vater übergeschnappt. Keiner kannte die genauen Umstände. Was hätten sie tun sollen mit einem durchgedrehten Kind? Sie haben den Toten zu der anderen Absturzstelle gebracht, in der Nähe seiner Flakstellung bei Breuberg, damit es so aussah, als ob er dort von einem Trümmerteil erwischt worden wäre, als er versucht hat, den Feind zu stellen. Sie wollten seiner Mutter Schande und Ärger ersparen, seine kritische Einstellung zum Krieg war bekannt. Eine knappe Woche später sind die Besatzer einmarschiert, und niemand hat mehr darüber gesprochen. Schon gar nicht mit meinem Vater. Den hat man eingeliefert. Und irgendwann hatte er eine neue Geschichte in seinem Kopf, in der Alfred keine Rolle mehr spielte und mit der er leben konnte.«

Die Geschichte vom geretteten Piloten, in der Heinrich ein Held war und kein Mörder. Nur manchmal waren anscheinend Bruchstücke der Wahrheit wieder an die Oberfläche seines Bewusstseins gelangt und hatten ihn in die Psychiatrie gebracht.

Allein seine Ehefrau musste irgendwann alles herausgefunden und dann die Tochter eingeweiht und ebenfalls zum Schweigen verurteilt haben.

Neidhard räusperte sich. »Das haben Sie Linda Ehlers auf dem Segelflugplatz nicht in dieser Ausführlichkeit mitgeteilt, nehme ich an?«

»Nein. Nichts davon. Ich habe ihr Geld angeboten, wenn sie verschwindet. Da hat sie wieder gelacht. Wie viele Millionen ich denn hätte, und dass mir der Durchblick fehlt und der Weitblick. Außerdem ginge es ihr nicht um Geld, da könnte eher sie mir welches anbieten. Ihr Mann sei reich. Sie wolle ihm nur beweisen, dass sie als Kunstexpertin Anerkennung verdient habe. Das Gemälde sei von unschätzbarem Wert für die ganze Welt. Da könne sie nicht akzeptieren, dass ich ihr mit meinem kleinkarierten, ängstlichen Wesen im Weg stünde.«

Hatte Linda tatsächlich vorgehabt den *Turm der blauen Pferde* der gesamten Menschheit zugänglich zu machen? Ein selbstloses Vorhaben. Das warf ein neues Licht auf sie. Und sie hatte ihren Mann beeindrucken wollen. Dabei hatte der sie auch so abgöttisch geliebt. Frank schluckte. Manchmal reichte Liebe wohl nicht aus. Vielleicht hatte Linda auch sich selbst beweisen müssen, was sie draufhatte, ohne ihren zwielichtigen Schatzjägerpartner. Er biss die Zähne aufeinander. Diese Motivation verstand er nur allzu gut.

Frank spürte einen winzigen neidischen Stich. Neidhard behielt im Gespräch die Fäden in der Hand, ließ Ingeborg Werle Momente des Schweigens, drängte sie nicht, führte sie nur. Er selbst konnte seine Emotionen kaum beherrschen.

»Linda Ehlers ging Ihnen auf die Nerven, warum sind Sie nicht einfach gegangen?«

Frau Werle sah nicht aus, als ob ihr diese Idee in den Sinn gekommen wäre.

»Diese Ehlers hat den Spieß umgedreht. *Wie ist Ihr Preis? Sie sagen doch selbst, dass Ihr Vater kaum noch etwas von der Welt mitkriegt. Also was spielt so ein kleines bisschen Aufregung für eine Rolle? Er wird es wieder vergessen. Oder vielleicht macht es ihm Spaß. Sein Name wird berühmt, wenn er sich daran erinnert, wo das Bild mit den blauen Pferden geblieben ist.* Von einem Bild habe ich nichts gewusst und weiß es auch jetzt nicht. Aber wenn es mit dieser Nacht in Verbindung steht, dann hätte es meinen Vater früher oder später auch daran erinnert, dass er das Leben eines Menschen auf dem Gewissen hat. Und auch darüber hätte er dann geredet. Ich kenne ihn. Wenn er einmal anfängt, hört er nicht freiwillig auf, bis alles gesagt ist, vom Anfang bis zum Ende. Ja, er wäre berühmt geworden, und alle hätten seinen Namen im Gedächtnis behalten: als den Namen eines Mörders, eines Nazis. Dumm und egoistisch hat sie mich genannt. *Stellen Sie sich nicht so an. Mir ist es schnurzpiepegal, auf welcher Seite Ihr Vater damals gestanden hat.* Verstehen Sie? Sein Schicksal – sein früheres und auch sein künftiges – interessierte sie nicht. Dieses Biest fing an rumzuschreien, wurde immer hysterischer und hat mich geschubst. Ich habe mich nur gewehrt. Egoistisch! Die Ehlers ist gestolpert und wollte sich an mir festhalten. Ich fiel auf sie drauf, und sie hat noch am Boden weitergemacht. *Wie viel wollen Sie? Los, sagen Sie es!* Ich wollte nur, dass sie aufhört. Still ist. Dieser Spott und die Arroganz in ihren Augen. Ich habe sie geohrfeigt und dann an ihrem dürren Hals gepackt und …« Sie keuchte gepresst, ihre Züge verzerrten sich vor Wut. »Und zugedrückt. So fest es ging zugedrückt.«

Frank verkrampfte die Hände ineinander und hörte, wie Neidhard neben ihm scharf die Luft einsog.

»Ich konnte nicht aufhören, bis Schluss war mit dem Geschrei und der Überheblichkeit. Dann habe ich sie unter den

Busch gezogen und die beiden Telefone aus ihrer Tasche genommen und auch noch so eine kleine Chipkarte. Ich wusste ja nicht, mit welchem sie mich angerufen hat. Auf dem Nachhauseweg habe ich alles in den Stausee geworfen. Was sollte ich denn sonst tun?« Quer über den Tisch langte sie plötzlich nach Neidhards Arm, der sich ihr hastig entzog. »Er ist mein Vater. Ich musste ihn beschützen.« Ingeborg Werle wirkte nun ganz ruhig. »Wenn ich Angst hatte als Kind, vor einem Gewitter oder vor der Dunkelheit, dann hat er mich auf den Schoß genommen und mir von den himmlischen Regenbogenpferden erzählt. Ich habe die Geschichten geliebt, aber meine Mutter haben sie immer nur traurig gemacht. Warum, habe ich erst viele Jahre später verstanden. Dann hat er sie gestreichelt und gesagt: *Eines Tages werdet ihr sie sehen, das verspreche ich euch. Eines Tages werden alle sie sehen*.«

Sie lehnte sich zurück und verzog spöttisch das Gesicht. »Ich gratuliere, Sie haben Ihr Ziel erreicht. Ich gestehe. Ich habe dieser schrecklichen Person das Leben genommen. Sind Sie jetzt zufrieden, Herr Liebknecht?«

Ihre Stimme klang bitter, als sie sich Frank zuwandte. Nur mit Mühe konnte er sich dazu durchringen, ihr in die Augen zu sehen.

»Man wird mich ins Gefängnis stecken und meinen Vater vermutlich für den Rest seiner Tage in ein Heim. Er wird allein sein, hilflos und einsam. Wenn ein Gewitter aufzieht, wird er auf die Pferde warten, die nicht kommen, und er wird heulen. Er wird nach mir rufen, aber ich werde ihm nicht helfen können. Werden *Sie* dann etwa für ihn da sein?«

Dienstag, 25. September, Erbach, 12:15 Uhr
– Marcel Neidhard –

Die Stimmung im Team war großartig. Zum ersten Mal seit Langem. Zwei international gesuchte Straftäter dingfest gemacht, eine Mörderin überführt und den Tierquälerfall aufgeklärt. All das, rückblickend betrachtet, in beachtlich kurzer Zeit. Auch wenn es nicht immer reibungslos gelaufen war oder regelkonform. Offiziell war Marcel gerade unterwegs, um Essen zu holen. Auch wenn die Pause wieder mal ausfallen musste, war das kein Grund zu hungern. An dem Punkt waren Sylvie und er sich tatsächlich ähnlich, und dieser Umstand spielte ihm jetzt in die Hände. Zum Glück war sie nicht wirklich sauer, was seinen vorlauten Patzer Frank gegenüber betraf. Und wenn er nachher mit drei Pizzakartons zurück ins Büro kam, würde sie nicht fragen, wieso er so lange gebraucht hatte. Hauptsache, die Pizza war noch heiß und er zahlte.

Niemand würde es erfahren. Trotzdem fühlte er sich mies bei dem, was er machte. Egal wie er es drehte, es war verkehrt.

Auf dem Parkplatz vor der Kriminalinspektion stand ihm Ottmar Habekost gegenüber.

»Butter bei die Fische«, forderte er vergnügt. »Der Schlitzer ist vom Markt, das hat sich rumgesprochen. Also, was haben Sie für mich?«

Marcel druckste herum. »Ich will Ihnen nichts vormachen. Die Geschichte wäre perfekt für Sie und Ihre Zeitung, und ich habe es Ihnen zugesagt … Aber, es geht hier auch um Menschen, die geschützt werden müssen.«

Habekost musterte ihn ungerührt. »Sie müssen kein Tränchen zerdrücken, um mich zu überzeugen. Kauf ich Ihnen sowieso nicht ab. Wir sind beide Profis. Für mich geht es ums Geschäft, um Auflage, und wir zwei hatten eine Abmachung. Also, geben Sie mir etwas.«

»Ich – ich kann nicht.«

»Irgendeine Kleinigkeit muss es geben, die ich verwenden kann. Und Sie garantieren mir, dass die wahre Story sicher unterm Deckel bleibt. Soll heißen: Wenn ich sie nicht schreibe, schreibt sie auch kein anderer. Krieg ich da Ihre Hand drauf?«

Marcel nickte. Er würde alles Nötige tun, um die Sache unter Verschluss zu halten. Das Versprechen hatte ihm Frank schon abgenommen – und damit sein Dilemma komplettiert. Jetzt sah es allerdings so aus, als ob er glimpflich bei der Sache wegkommen und beide Seiten zufriedenstellen konnte.

»Ich verlasse mich darauf, dass keiner von euch Kripojungs an anderer Stelle eine konkrete Aussage zum Fall macht.«

Wieder nickte Marcel. »Der Täter ist geständig und … bereut. Das entspricht den Tatsachen.«

»Reue? Ist eher langweilig. Haben Sie nichts Besseres?«

Die Taten waren der fehlgeleitete Hilfeschrei eines Teenagers, aber das würde er nicht sagen. Und das hätte er auch ohne Franks Bitte nicht getan. Der Hintergrund war zu bitter.

»Mit Fantasie sind Sie ja nicht gerade geschlagen, was?« Habekost schnaufte kurzatmig. »Aber mir fällt da gerade was ein. Wissen Sie eigentlich, dass es neben den Veganern auch noch Fruktarier gibt, die sich nur von dem ernähren, was die Pflanzen freiwillig hergeben? Für die ist jede Form von Tierhaltung Folter. Auch der Besitz von Haustieren. Und wenn so ein fundamentalistischer Grasfresser Amok läuft und um aufzurütteln zum Messer greift … dann ist das ein Fall für die Psychiatrie, und Details fallen unter den Schutz des Persönlichkeitsrechts. Na, wie klingt das für Sie?«

Nach galoppierendem Schwachsinn. Aber Habekost erwartete keine Antwort.

»Da kann man dann gleich noch eine wissenschaftliche Studie zurate ziehen über Mangelernährung, die zu Störungen der Hirnfunktion führt. Passt zur laufenden Diätserie im Heft. Sehe ich schon in Farbe vor mir.« Habekost lachte. »Na ja, so was in der Art, zu dick sollten wir nicht auftragen. Schauen Sie nicht so gequält, Herr Neidhard. Schließlich wollen Sie mir die echte Story ja nicht verraten!«

»Und dabei bleibt es auch.«

»Na bitte. Am besten packen wir noch ein schönes Foto mit dem Knirps dazu, dem der Dackel gelyncht wurde. Mit der alleinerziehenden Mama und meiner Kollegin Sarah, die ihm einen Welpen schenkt. Alle strahlen und sind glücklich. Und meine Quelle bleibt natürlich anonym.«

Aufatmend streckte Marcel ihm die Hand hin. »Darauf verlasse *ich* mich.« Sollte er doch schreiben, was er wollte, solange es weder mit ihm noch mit der Wahrheit zu tun hatte.

Mit Elan klappte Habekost die Hacken zusammen und schlug ein. »Stets zu Ihren Diensten.«

Sonntag, 30. September, Vielbrunn, 17:30 Uhr
– Frank Liebknecht –

Es gab keinen sicheren Fleck in seiner Wohnung. Frank hatte längst kapituliert. Seine Arme und Beine wiesen zahllose Kratzer auf, nadelfeine Löcher zierten Finger und Handrücken. Es kümmerte ihn nicht, obwohl er sich eigentlich geschworen hatte, sich nie wieder mit einem rabiaten weiblichen Wesen einzulassen.

Trinity hatte ihn einfach überrollt mit ihrer Liebe. Sie verletzte ihn nicht, um ihm wehzutun – sie übte nur. Ihr Temperament garantierte ihr für die Zukunft regelmäßig eine blutige Nase und Knicke in den Ohren, doch das musste sie aushalten und er auch. Er würde da sein, um ihre Blessuren zu versorgen, aber er hatte weder vor sie aufzuhalten noch sie einzusperren. Nichts konnte sie bremsen. Außer einer plötzlichen Müdigkeit, die sie sanft machte und anschmiegsam. Am liebsten schlief sie dann auf seinem Bauch, so wie jetzt, oder in einem seiner Schuhe. Zärtlich strich Frank über ihr weiches Fell.

Seine Schusswunde im Bein verheilte gut, und bald würden sie nicht mehr beide hinken. Trinity war eine Kämpferin, genau wie die Figur aus dem Kinofilm *Matrix*, die ihn zu dem Namen inspiriert hatte, weil sie sich anmutig wie eine Katze bewegte. Mit geschmeidiger Eleganz, die seine Trinity allerdings vermissen ließ. Und weil der Name irgendwie zu den drei Beinen passte.

Frank hatte keinen Zweifel, dass sie trotz der fehlenden Pfote in der Lage war, die gesamte Nachbarschaft aufzumischen. Drei Tage mit ihr und sein Leben stand auf dem Kopf, genau wie seine Wohnung. Drei Tage mit ihr und er hatte seinen Optimismus wieder.

Die offenen Fragen, die im Zusammenhang mit Heinrichs Geschichte geblieben waren, würden sich aufklären. Er brauchte nur etwas Geduld, bis er ihn besuchen konnte. Verletzungen der Seele heilten langsamer als die körperlichen, wenn überhaupt. Er musste behutsam sein.

Trinity schnurrte unter seiner Hand.

Und irgendwann musste er noch einmal nach Murnau fahren. Diese Wunde würde noch lange schmerzen.

Samstag, 10. November, Beerfelden, 10:30 Uhr
– Frank Liebknecht –

Die Sonne erhob sich mühsam über den Horizont. Der kalte Tag zeigte sich wolkenlos. Frank saß auf der Terrasse neben Heinrich Ritter, den Thea in eine warme Decke eingepackt hatte. Sein Blick war ebenso klar wie die Luft, die schon einen Hauch von Winter erahnen ließ. Ein guter Tag für einen Besuch, hatte Thea gesagt, ein wacher Tag. Aber die wachen waren immer auch traurig. Dann wusste Heinrich, dass Ingeborg nicht wiederkommen würde, und auch, warum sie fort war.

Der Turm der blauen Pferde war weder bei Renus van Wyk noch bei Jens Fischbach gefunden worden. Die Gewebeprobe aus dem ausgebrannten Wagen stammte von einer groben Zeltplane, wie man sie im Zweiten Weltkrieg verwendet und in die man das Gemälde womöglich zum Schutz eingewickelt hatte. Beide Männer verweigerten nach wie vor jede Aussage.

Heinrich rauchte schweigend. Thea sah nicht ein, es ihm noch länger zu verbieten.

»Herr Arras, der Ortschronist aus Vielbrunn, hat mir erzählt, dass in der Vergangenheit zweimal ins alte Wasserwerk eingebrochen wurde. Im Abstand von wenigen Monaten. Da waren Sie gerade zwanzig Jahre alt, Heinrich. Wissen Sie noch? Das war kurz vor einem schlimmen Rückfall, der Sie wieder in eine Klinik brachte.«

Heinrichs Hand klopfte rhythmisch auf sein Bein.

»Sie mussten es einfach wissen, nicht wahr? Ob die Pferde existierten, ob Alfred die Wahrheit gesagt hatte.«

»Himmelspferde«, murmelte Heinrich und nickte. »Durchscheinend und schön wie nichts sonst auf der Welt. Ja, ich musste sie sehen. Mit eigenen Augen. Musste sie … musste sie … Aber sie gehörten mir nicht. Er hatte sie doch für seine Braut aufbewahrt, der Albert. Der ist ein Held gewesen. Ich durfte nicht … durfte sie nicht behalten. Aber sie waren so schön, unfassbar schön.« Der hektisch angesaugte und wieder ausgestoßene Rauch bildete Schlieren vor seinem Mund.

»Aber im Wasserwerk ist es überall nass – das Bild muss völlig durchweicht gewesen sein, nach fünfzehn Jahren in der Mauernische.«

Heinrich schüttelte den Kopf. »Alfred ist doch Dachdecker gewesen«, erklärte er. »Sein Bruder hatte die Leinwand fein säuberlich gerollt, und Alfred hat sie in ein Fallrohr gesteckt, ein Stück Regenrinne aus Zink, und das dann dicht verlötet. Drumherum in dem Loch war alles mit einer Plane ausgestopft.«

Verblüfft schwieg Frank einen Moment. Die Methode erschien fast zu einfach, aber durchaus nachvollziehbar.

»Was haben Sie mit den Pferden gemacht, Heinrich?«

»Ich habe sie abgemalt, um sie immer bei mir haben zu können.« Ein kleines Lächeln flog über seine Züge und verschwand. »Aber meine sahen anders aus.«

»Und dann haben Sie die Pferde wieder ins Wasserwerk gebracht?«

Heinrich nickte, und Frank legte die Hand auf seinen Arm.

»Welche Pferde?«, fragte er leise.

Blinzelnd drehte Heinrich den Kopf. »Die hässlichen.«

»Wann haben Sie sich daran erinnert?«

»Oben auf der Lichtung. Als der Mann mir einreden wollte, dass du Alfred bist und tot. Aber ich habe dich wiedererkannt. Du bist ein guter Junge, und da war mir klar, dass der andere böse ist und dass er die Pferde nicht haben darf.«

»Und die schönen Pferde, wo sind die?«

Mit geschlossenen Augen rauchte Heinrich zu Ende, dann stand er auf, und Frank folgte ihm in sein Zimmer. Heinrich setzte sich.

»In diesem Bett habe ich mit meiner Frau gelegen, solange wir verheiratet waren. Davor hat sie allein hier geschlafen. Das ist das Haus ihrer Eltern. Bei ihrem Vater im Betrieb bin ich in die Lehre gegangen, habe von ihm gelernt, krumme Wände glatt zu verputzen und Fliesen zu legen. Und als ich die Pferde gemalt und meine ins Verlies gebracht hatte, weil ich es nicht ertragen konnte, die echten Himmelsgeschöpfe ins Dunkel zu sperren, da wollte ich sie ihr schenken. Weil ich sie liebte, wie Albert seine Braut geliebt hat, und weil sie doch meine Braut war. Alles war wieder in meinem Kopf, was ich getan hatte, und ich musste es herauslassen und ihr sagen. Ein Mörder und kein Held, ein Mörder bin ich. Sie hat geweint, so sehr geweint. Und dann haben wir einander versprochen, nie wieder davon zu reden und sie nie wieder anzusehen. Ich habe sie geheiratet, die Pferde hiergelassen und bin freiwillig in die Klinik gegangen, um nicht völlig verrückt zu werden und um mein Versprechen halten zu können. Alles, was passiert war, habe ich in mir vergraben und versucht, die Pferde zu vergessen. Weil ich meine Frau liebe. Verstehst du das?«

Frank nickte betreten, als er die Tränen über Heinrichs Gesicht laufen sah.

»Einmal noch«, flüsterte er jetzt. »Einmal noch will ich sie betrachten, dann gehören sie dir, Junge. Schieb den Schrank zur Seite.«

Frank brauchte einen Moment, um zu begreifen. Dann stemmte er sich mit aller Kraft gegen den massiven Holzschrank, der sich knarrend über die alten Dielenbretter bewegte.

»Das reicht«, sagte Heinrich. »Komm her und schau.«

Sprachlos starrte Frank die Wand an, auf die Heinrich sechzig Jahre zuvor ein Bild tapeziert hatte, von dem er sich nicht trennen konnte und das unauflösbar mit seinem Leben verknüpft war. Ein Bild, das sich nie vollständig aus seiner Erinnerung löschen ließ. Und in all der Zeit hatte der gleiche Schrank sein Geheimnis verborgen, reglos, schwer und stumm. Frank sank neben Heinrich auf die Bettkante. Für das, was er sah und fühlte, gab es keine Worte.

»Immer wenn ein Regenbogen am Himmel erscheint, kann ich sie sehen. Sie rufen mich, wenn es donnert. Dann höre ich ihr Wiehern und ihre Hufe. So war es mein Leben lang, und das ist es, was mir für immer bleibt.« Heinrichs Hand klopfte auf Franks Oberschenkel.

Pa-ta-pam, Pa-ta-pam, Pa-ta-pam.

Nachwort der Autorin, Erläuterungen und Dank

Die Handlung des vorliegenden Romans ist frei erfunden, einige der geschilderten Ereignisse könnten aber durchaus so oder ganz ähnlich geschehen sein.

Für Frank Liebknechts zweiten Fall habe ich erneut das sympathische Dorf Vielbrunn zur Kulisse eines Krimis gemacht und der realen Tausendjahrfeier einen fiktiven Mord beigemischt – was man mir verzeihen möge.

Auch diesmal standen mir keine tatsächlich existierenden Bürger Vielbrunns Modell. Ähnlichkeiten sind, falls vorhanden, rein zufälliger Natur.

Reale Bezüge bestehen im Hinblick auf die Flugzeugabschüsse über dem Odenwald, die Ausstellung »Entartete Kunst« in München 1937, die Kunstsammelwut Görings und dessen Gemäldeliste. Leider fehlt von einigen der darin enthaltenen Werke nach wie vor jede Spur.

Ebenfalls der Wirklichkeit entnommen sind Bezugnahmen auf Leben und Schaffen der Künstlervereinigung »Der Blaue Reiter« – um Franz Marc, Gabriele Münter und Wassily Kandinsky. Dichterische Freiheit habe ich mir genehmigt, was das Hausmädchen Olenka und seine Freundin Traudl betrifft, beide hat es nicht gegeben.

Dem kunstinteressierten Leser lege ich dringend ans Herz, sich mit den genannten Malern genauer zu befassen – gerade Gabriele Münter wird leider allgemein wenig wahrgenommen und sicher unterschätzt. Erweitern möchte ich die Liste um

Paul Klee und August Macke, in dessen Werke ich mich im Münchner Lenbachhaus spontan verliebt habe. Auch Franz Marc hat weit mehr zu bieten als den ohne Zweifel wunderbaren *Turm der blauen Pferde*. Seine *Briefe aus dem Feld* haben mich sehr berührt.

Bedanken möchte ich mich bei Ulrike Gerstner, Alexandra Panz, Christina Knorr und dem gesamten Team meines Verlages Egmont LYX, meiner Lektorin Marion Heister und natürlich bei meinem Agenten Dr. Michael Wenzel.

Ein weiteres Dankeschön geht an den Vielbrunner Ortsvorsteher Reinhold Koch, Frau George vom Münterhaus, Frau Samm, Inhaberin des Hotel Angerbräu in Murnau und erneut an die Polizei – diesmal an die Polizeiinspektion Murnau und die Kripo Garmisch-Partenkirchen.

Der größte Dank gebührt – wie immer – meinem Mann, der mein anspruchsvollster Leser und Kritiker ist, meine Launen hinnimmt, ohne die Geduld zu verlieren, mich aufrichtet, wenn ich zweifle, und ohne den mein Leben nicht so wäre, wie es ist: glücklich.

Mir hat das Schreiben dieses Romans einmal mehr einen neuen Blick auf die Welt eröffnet. Ich würde mich freuen, wenn Frank Liebknechts Wissensdurst auch Ihre Neugier wecken konnte.

Mit herzlichen Grüßen
Ihre Brigitte Pons

Quellen und weiterführende Links:

Museen:
Franz-Marc-Museum, 82431 Kochel am See
www.franz-marc-museum.de

Münterhaus, 82418 Murnau am Staffelsee
http://www.muenter-stiftung.de/de/das-munter-haus-2/

Lenbachhaus, 80333 München
www.lenbachhaus.de

Bücher:
Franz Marc: »Briefe, Schriften und Aufzeichnungen«, Gustav Kiepenheuer Verlag, Leipzig, 1989 (2. Auflage), ISBN-13: 978–3378001527

Onlinequellen:
Datenbank des Beschlagnahmeinventars »Entartete Kunst«, Forschungsstelle »Entartete Kunst«, FU Berlin (zu den dreizehn Bildern auf Görings Liste; Beschlagnahme)
emuseum.campus.fu-berlin.de/eMuseumPlus
zuletzt aufgerufen am: 30. 9. 2014

Hitlers Rede zur Eröffnung der »Großen Deutschen Kunstausstellung« im Haus der Kunst, München 1937

http://www.kunstzitate.de/bildendekunst/manifeste/national sozialismus/hitler_haus_der_kunst_37.html
zuletzt aufgerufen am: 30.9.2014

Die Welt vom 30.03.2001 »Die blauen Pferde – Görings letzte Gefangene« http://www.welt.de/print-welt/article442595/Die-Blauen-Pferde-Goerings-letzte-Gefangene.html
zuletzt aufgerufen am: 30.9.2014

Die Welt vom 04.07.2010 »Auf der Jagd nach Görings verlorenem Schatz« http://www.welt.de/welt_print/kultur/article 8367358/Auf-der-Jagd-nach-Goerings-verlorenem-Schatz. html
zuletzt aufgerufen am: 30.9.2014

Art-magazin Ausgabe 5/2001 »Pferde, bitte meldet euch!«
http://www.art-magazin.de/div/heftarchiv/2001/5/EGOWT EGWPPOPSPOGWTROTOWC/Pferde,-bitte-meldet-Euch!
zuletzt aufgerufen am: 30.9.2014

Berliner Zeitung vom 31.03.2001 »Franz Marcs verschollenes Meisterwerk in einem Zürcher Banksafe?«
http://www.berliner-zeitung.de/archiv/franz-marcs-verschollenes-meisterwerk-in-einem-zuercher-banksafe--der-turm-der-blauen-pferde,10810590,9890242.html
zuletzt aufgerufen am: 30.9.2014

Vielbrunn; Informationen rund um Vielbrunn, die Tausendjahrfeier und das historische Wasserwerk
http://www.vielbrunn.de
zuletzt aufgerufen am: 30.9.2014

Informationen zu Flugzeugabstürzen im Odenwald während des Zweiten Weltkriegs, Segelflug im Überwald und diverse Zeitzeugenberichte
http://www.morr-siedelsbrunn.de
zuletzt aufgerufen am: 30. 9. 2014

Leseprobe

BRIGITTE PONS
Celeste bedeutet Himmelblau
Frank Liebknecht ermittelt

Samstag, 16. Juli, Borntal, 11:45 Uhr
– Frank Liebknecht –

Die feuchte Erde verstopfte schon nach wenigen Metern das Profil seiner Schuhe. Zwischen den blühenden Kartoffelpflanzen hindurch bahnte Frank Liebknecht sich einen Weg quer über den Acker den Hügel hinauf. Sein Fahrrad lag hinter ihm im Straßengraben. Bei jedem Schritt klatschte ihm das tropfende Kraut gegen die nackten Waden, und er fragte sich, warum er nicht auch das letzte Stück um den Acker herumgefahren war. Am Feldrand hätte er bequem über die Obstwiese laufen können. Dafür war es jetzt zu spät. Er schob die Sonnenbrille zurecht und wappnete sich innerlich gegen Brunhildes unvermeidlichen taxierenden Blick. Sie musste kein Wort sagen, damit er sich unbeholfen vorkam. Das Hochziehen ihrer Augenbrauen genügte. Dann würde sie vermutlich lächeln, freundlich und ein wenig mitleidig, und dabei den silbergrauen Schopf zur Seite neigen. Er atmete tief durch. Mit den Fingern der linken Hand simulierte er ein paar fetzige Gitarrenriffs zur Beruhigung.

Im Schatten eines Apfelbaums erkannte er Brunhilde, die auf einen Mann einredete. Unmittelbar daneben stand der

Streifenwagen. Seine Kollegin hatte keinen Umweg gemacht und keinen Kompromiss und war bis auf wenige Meter herangefahren. Irgendwie hatte die Frau es echt drauf. Frank ließ den letzten Akkord in seinem Kopf ausklingen und schob sich die braunen Locken hinter die Ohren. Von optischer Seriosität war er dennoch meilenweit entfernt.

»Gut, dass du da bist«, empfing ihn Brunhilde Schreiner und sah tatsächlich erleichtert aus. Ihre Augenbrauen bewegten sich nicht. »Das ist Herr Wörner. Er hat mich angerufen.«

Die funktionale Trekkingbekleidung wies Wörner als Profi im Gelände aus, für alle Fälle gerüstet.

»Und das ist mein Kollege Frank Liebknecht.«

»Vielen Dank, dass Sie uns sofort informiert haben.« Frank streckte Wörner die Hand entgegen und sparte sich eine Erklärung für seinen Aufzug. Es war Samstagmittag; dass er gerade nicht im Dienst gewesen war, als Brunhilde ihn zum Einsatz beordert hatte, konnte man sich denken.

»Frau Wörner habe ich in den Streifenwagen gesetzt. Sie ist ein bisschen mitgenommen.« Brunhilde deutete über ihre Schulter, während Wörner Franks Hand kräftig schüttelte. In seinen Augen lag keine Spur von Unbehagen. Offensichtlich brachte ihn nicht einmal der Fund einer Leiche aus der Fassung.

»Mein GPS hat mir gesagt, dass wir hier abkürzen können – wir waren auf dem Weg nach Laudenbach und dann wollten wir an den Main. Tja, und da lag er.«

Frank drehte sich um und folgte dem ausgestreckten Arm mit den Augen. Unweit der Stelle, an der er selbst durch den Kartoffelacker gestapft war, sah er eine unförmige Erhebung zwischen den Furchen, die ihm zuvor nicht aufgefallen war. Fragend schaute er Brunhilde an. »Bist du sicher, dass er tot ist?«

»Mehr als sicher.«

»Da waren schon Viecher dran. Die haben ihn angefressen«, erklärte Wörner unbeeindruckt.

»Doktor Kreiling ist unterwegs, um den Tod offiziell festzustellen.« Brunhilde bedeutete Frank mit Handzeichen, sich selbst ein Bild zu machen.

Doch er blieb neben ihr stehen und schaute hinüber zum Wagen, in dem zusammengesunken Wörners Frau kauerte.

»Zu reanimieren braucht Kreiling den Mann jedenfalls nicht mehr«, fuhr Brunhilde fort. »Herr Wörner, Sie dürfen sich jetzt gerne um Ihre Gattin kümmern. Sie kann Ihren Beistand bestimmt ganz gut brauchen. Sobald es ihr besser geht, können Sie weiterziehen. Ihre Aussage und die Adresse habe ich ja.«

Unschlüssig betrachtete Frank die abgeknickten Kartoffelpflanzen, dann hob er langsam den Zeigefinger. »Moment noch, Herr Wörner. Haben Sie eine Ahnung, wer der Mann ist?«

»Ich? Woher sollte ich den denn kennen? Wir sind ja nicht von hier. Kommen nur manchmal zum Wandern in die Gegend.«

»Haben Sie den Toten angefasst?«

»Nein!« Jetzt klang Wörner zum ersten Mal entsetzt. »Ich fasse doch keine Leiche an.«

»Das heißt, Sie haben ihn genau so gefunden, wie er jetzt daliegt, und nichts verändert?«

Wörner zögerte und schob den Unterkiefer vor und zurück. »Na ja, ich habe nur so mit dem Stock …« Er pikte mit einem seiner Teleskopstöcke in Richtung Boden. »Geschubst habe ich ihn, ob er sich noch bewegt. Und dann umgedreht, auf den Rücken. Vorher hat er auf der Seite gelegen, also halb auf dem Bauch. Aber sonst habe ich nichts gemacht.«

Frank schnaubte verärgert. *Nichts gemacht.* Nur einmal um den Toten herumgetanzt, mit seinen dicken Wanderstiefeln.

Und die Lage der Leiche verändert. Damit gab es dann wohl keine Originalspuren mehr, auf die er Rücksicht zu nehmen brauchte.

»Ich musste doch nachsehen, was los ist«, verteidigte sich Wörner.

»Schon in Ordnung.« Brunhilde beschwichtigte ihn freundlich. »Der Mensch hat es ja nicht täglich mit Toten zu tun, nicht wahr? Das ist gar kein Problem. Aber vielleicht bleiben Sie dann doch besser noch einen Moment. Falls meinem Kollegen noch mehr Fragen einfallen.«

Kein Problem. Na klar. Gar kein Problem! Wenn der Kerl nicht mit einem eindeutigen Herzinfarkt zusammengeklappt war, sondern Doktor Kreiling nur den geringsten Zweifel an einem natürlichen Tod äußerte, dann wimmelte es hier in Kürze nur so von Kommissaren der Kriminalpolizei und Mitarbeitern der Spurensicherung aus der Stadt. Und die Landeier hatten mal wieder ganze Arbeit geleistet beim Vernichten von Beweismaterial. Für Brunhilde war das kein Problem. Die stand da lässig drüber, mit einem Schulterzucken. Keine Aufregung wert, die Angelegenheit. Die Kriminalkommissare kamen und gingen auch wieder, so sah sie das Ganze. Sollten sie doch denken, was sie wollten. Nur er schwitzte schon jetzt bei der Vorstellung. Matuschewski würde dabei sein. Und bei seinem Glück auch Neidhard.

»Danke, aber im Augenblick habe ich keine Fragen mehr an Sie, Herr Wörner. Den Toten schau ich mir gleich an. Aber zuerst sehe ich mal nach Ihrer Frau.« Die Aussage eines zweiten Zeugen konnte möglicherweise aufschlussreicher sein, vor allem, wenn er nicht durch den danebenstehenden Ehepartner beeinflusst wurde. Frank joggte die paar Schritte zum Streifenwagen.

»Frau Wörner?«

Die Angesprochene nickte, ihre Unterlippe zitterte, und sie tupfte sich verlegen die Augenwinkel.

Frank stellte sich vor und setzte sich neben sie in der offenen Autotür auf die Trittleiste. »Sie waren dabei, als Ihr Mann die Leiche entdeckte?«

Frau Wörner schluchzte auf, brachte aber kein Wort heraus.

»Und Sie haben sie auch angesehen?«

Frank konnte ein schwaches Nicken erahnen.

»Ich weiß, das ist schwer für Sie, aber es ist wichtig, dass Sie genau überlegen. Ist Ihnen irgendetwas aufgefallen an dem Toten oder in der direkten Umgebung?« Geduldig wartete Frank, bis sie sich einigermaßen unter Kontrolle hatte. »Jede Kleinigkeit kann von Bedeutung sein.«

»Die Augen«, wisperte sie. »Es war so schrecklich, als mein Mann ihn umgedreht hat. Wie er sich bewegt hat, fast lebendig, aber doch irgendwie eher so wie eine Gummipuppe. Und dann habe ich in die Augen gesehen. Und dann nichts mehr. Ich bin weggerannt und habe …« Sie verbarg ihr Gesicht in den Händen und rang verzweifelt nach Atem.

Frank konnte riechen, dass sie sich übergeben hatte.

»Es ist vorbei«, versuchte er sie zu trösten. »Sie müssen das nie wieder sehen. Ich schicke Ihnen Ihren Mann, und dann«, er kramte im Handschuhfach und fand eine Tüte Pfefferminzbonbons, »dann lutschen Sie eines hiervon. Das beruhigt.«

Aufmunternd nickte er ihr zu, ehe er sie allein ließ und sich dem Toten näherte.

Langsam ging Frank neben dem Leichnam in die Hocke. Die Kleidung des Mannes war alt und abgetragen, aber vollständig. Gezielt atmete Frank dreimal in die Körpermitte, ehe er den Toten einer genaueren Betrachtung unterzog. Vielleicht hätte er sich vorher auch ein Pfefferminz gönnen sollen.

Die Augen. Er verstand nun, was Frau Wörner so aus der

Fassung gebracht hatte. Sie waren nicht mehr da. Fraßspuren entstellten das ganze Gesicht. Nicht gerade das, was man auf nüchternen Magen sehen wollte. Eine Identifikation durch bloße Betrachtung war somit ausgeschlossen. Auch der Bauch des Mannes wies auf der linken Seite eine große Wunde auf. Unwillkürlich sog Frank die Luft durch die Zähne.

Brunhilde war hinter ihn getreten und schaute ihm über die Schulter. »Alles okay mit dir?«

»Ja. Ja klar.« Er wippte auf den Zehenspitzen auf und ab und federte dann nach oben. »Ist nicht meine erste Leiche. Was machen wir mit Herrn Wörner?«

»Gar nichts, der ist sich selbst Programm genug und genießt die Show.«

Auf Brunhildes Anweisung war Wörner unter dem Apfelbaum stehen geblieben. Von dort aus beobachtete er sie neugierig. Er machte weiterhin keine Anstalten, sich um seine Frau zu kümmern.

»Ich habe vorhin schon mal in die Taschen des Toten geguckt. Ausweis hat er keinen bei sich, aber einen Schlüsselbund. Der kann uns sicher noch weiterhelfen. Jetzt sichern wir zuerst mal den Fundort und sperren weiträumig ab. Komm mit.« Brunhilde holte ihr Handy hervor und ging gemächlich Richtung Wagen. »Auch wenn Kreiling beleidigt sein wird, schätze ich, dass wir nicht mehr auf sein Urteil warten müssen und die Erbacher Kripo gleich anrufen können. Das ist zumindest ein Unfalltod.«

Widerwillig stimmte Frank ihr zu. Es nutzte nichts, das Unvermeidliche hinauszuzögern. Immerhin hatte er noch mit einem kleinen Trumpf aufzuwarten. »Mach das. Ich habe zwar keine Ahnung was passiert ist, aber ich denke, ich weiß, wer unser Toter ist.«

Innerhalb der nächsten halben Stunde trafen nacheinander Doktor Kreiling und eine Handvoll missmutiger Kollegen aus der Kriminalinspektion Odenwald ein, deren Wochenendplanung sich gerade erledigt hatte. Obwohl der Juli viel zu feucht und zu kühl war, nutzte fast jeder das Wochenende zum Grillen und vertrieb sich die bundesligafreie Zeit mit den Spielen der Frauenfußballweltmeisterschaft. Frank hatte zwischenzeitlich den Fundort markiert und dann sein Fahrrad geholt, das nun an einem Baum lehnte. Er stand daneben, als ob es ihm Deckung geben könnte sowie eine Rechtfertigung für seinen Aufzug. Seht her, ich hatte auch frei, genau wie ihr. Obwohl es sich bei dem Rad um ein offizielles Dienstfahrzeug handelte. Beamter des besonderen Bezirksdienstes in der Anlernphase. Der Schutzmann an der Ecke, der Dorfschupo. Das war in den Augen der anderen wahrscheinlich schon lächerlich genug. Warum zum Teufel hatte er im Halbschlaf ausgerechnet die Bermudas mit den hawaiianischen Blumen greifen müssen, um zum Leichenfund auszurücken?

Brunhilde spürte seine Anspannung und boxte ihm aufmunternd gegen die Schulter, während die Ermittler aus ihren Autos kletterten. »Jetzt entspann dich doch. Wir überlassen denen die Drecksarbeit, dann sind sie glücklich. Jedem das, was er verdient. Wir zwei Hübschen sollten uns nicht mit halb verwesten Leichen rumärgern müssen.«

Als höherrangige und dienstältere Beamtin begrüßte sie die Kollegen und übernahm die Kommunikation, während Frank zunächst Herrn Wörner beaufsichtigte, damit dieser niemandem in die Quere kam oder sich ungefragt einmischte.

Doktor Kreiling machte ein saures Gesicht und schnauzte Frank stellvertretend für alle anderen an, als er mit dem Toten fertig war. »Wenn die sowieso mit dem ganz großen Zirkus anreisen, hätten sie auch gleich einen Rechtsmediziner mitbringen können. Wozu braucht ihr dann noch einen alten Mann wie mich?«

Frank verkniff sich die zustimmenden Worte, die ihm auf der Zunge lagen. Noch einer, der lieber sein Verdauungsschläfchen nach dem Mittagessen gehalten hätte, als sich um eine Leiche zu kümmern. Kreiling sollte ohnehin schon längst nicht mehr praktizieren. Alles, was über eine deutlich hörbare Erkältung hinausging, konnte der kurzsichtige Arzt nicht mehr diagnostizieren, geschweige denn behandeln. Aber für viele seiner Patienten war er die einzige Anlaufstelle und der Weg in die nächste Stadt mit dem Bus einfach zu weit. Darum machte Kreiling weiter und erfreute sich großer Beliebtheit.

»Konnten wir doch vorher nicht wissen, Herr Doktor, was da draus wird«, entschuldigte Frank sich halbherzig.

Mühsam schaukelnd setzte Kreiling seinen Weg hangabwärts über die unebene Streuobstwiese fort. Fehlte nur noch, dass der jetzt in eines der tausend Karnickellöcher trat und sich den Fuß verknackste.

Frank fluchte leise und folgte ihm. Mit ein paar schnellen Schritten hatte er Kreiling eingeholt. »Warten Sie, lassen Sie mich die nehmen.« Er griff sich die schwere, altertümliche Arzttasche. »Ich begleite Sie zum Wagen. Und danke noch mal, dass Sie gekommen sind.«

Besorgt verfolgte Frank kurz darauf das Wendemanöver des PS-starken BMW. Aber fahren konnte Kreiling eindeutig besser als laufen.

Dicht neben seinem Ohr hörte er plötzlich Marcel Neidhard flüstern: »Echt cooler Job, muss ich schon sagen. Taschenträger beim Landarzt. Mein Lieb-er-Knecht.«

Tolles Wortspiel. Frank vermied es, Neidhard anzusehen. Er spürte ein Ziehen unterhalb des linken Rippenbogens.

»Mir gefällt es hier«, antwortete er gepresst. Aber seine

Stimme klang längst nicht so überzeugt, wie er gehofft hatte.

Brunhilde winkte ihn vom Kartoffelacker aus mit beiden Armen zu sich. Er hob die Hand zur Bestätigung, dass er sie gesehen hatte. »Ja, mir gefällt es hier«, wiederholte er und schaute an sich hinunter zu den bunten hawaiianischen Blüten auf seiner Hose. »Und die coolere Dienstkleidung habe ich auch.« Damit ließ er Neidhard stehen und sprintete quer über die Wiese.

Das Laufen tat ihm gut, befreite ihn für einen kurzen Moment von lästigen Gedanken. Sollte Neidhard sich doch mit der Gammelleiche herumschlagen, wenn ihm das Spaß machte.

»Was gibt es, Frau Schreiner?« An Brunhildes Seite stand der leitende Kommissar, weshalb Frank sie nicht wie sonst mit dem Vornamen ansprach.

»Du hattest eine Idee zu dem Toten, und die möchte Kriminalhauptkommissar Brenner gern hören.«

Brenner hatte sich bei Franks Ankunft umgedreht, lächelte ihn nun an und kniff ein Auge zu. »Moment, ich hab es gleich. Frank, nicht wahr? Aber den Nachnamen hab ich vergessen.«

»Liebknecht«, half Frank weiter und fühlte trotz der freundlichen Begrüßung schon wieder beklemmende Unsicherheit. »Aber Frank ist schon in Ordnung.«

»Wir kennen uns aus Darmstadt. Ich habe dort einige Seminare gehalten«, fügte Brenner zu Brunhilde gewandt hinzu. »Dann lass mal hören. Wer ist der Tote?«

»Na ja, ganz sicher weiß ich es nicht. Aber die Leiche muss schon eine Weile daliegen, nicht erst seit zwei, drei Tagen. Eher zwei bis drei Wochen. Da ist es doch seltsam, dass niemand den Mann früher gefunden hat. Ich weiß, hier am Feld geht kein offizieller Weg durch. Aber dem Bauern hätte der Tote auffallen müssen. Allerdings sieht der Acker aus, als ob sich schon länger keiner mehr darum gekümmert hätte. Zwischen den Pflanzen ist alles voller Unkraut, da hat keiner geharkt.« Er brauchte keinen Spiegel, um zu wissen, dass seine Ohren feuerrot glühten. »Meine Eltern haben auch ein paar Reihen Kartoffeln hinterm Haus; daher weiß ich …« Er unterbrach sich. »Na ja, jedenfalls bin ich deshalb der Meinung, dass der Tote der Bauer selbst sein muss.«

Brenner rieb sich die Nase. »Und warum hat ihn keiner vermisst?«

»Das kann ich erklären«, schaltete Brunhilde sich ein. »Die Felder hier auf der Lichtung gehören alle zum Brettschneiderhof. Das ist der da hinten am Waldrand. Von dort sind es nur noch ein paar Hundert Meter bis zur Grenze nach Bayern. Auf dem Hof lebt nur noch der Theodor. Oder lebte, wenn er das wirklich ist. Und das könnte schon gut sein.«

»Dann sollten wir das doch als Erstes überprüfen. Ich schicke am besten …«

»Uns«, unterbrach ihn Brunhilde und hob dabei entschuldigend die Achseln. »Schicken Sie uns. Mal angenommen, Theodor ist nicht unser Toter, dann sollten wir ihm auf jeden Fall ein paar Fragen stellen. Aber der Brettschneider ist ein grober Klotz und, ich will es mal wohlwollend formulieren, ein Einsiedler. Mich kennt er, und den Frank hat er wahrscheinlich auch schon im Dorf gesehen. Aber er redet praktisch mit niemandem, und wenn Fremde auf dem Hof auftauchen, macht er gar nicht erst auf.«

Brenner schaute über die Felder in die von Brunhilde angegebene Richtung. Undeutlich erkannte Frank die Umrisse eines Gehöfts, die mit den angrenzenden Bäumen am Hang zu einer dunklen Masse verschmolzen.

»Einverstanden.« Brenner grinste. »Von einem Eremiten aufs Korn genommen zu werden, der ihm am Ende noch den

Hofhund auf den Hals hetzt, das ist sicher nicht nach Neidhards Geschmack.«

Minuten später saß Frank neben Brunhilde im Auto, die kräftig aufs Gaspedal trat.

»Na, wie habe ich das gemacht?« Sie feixte. »Die dürfen weiter über den schlammigen Acker kriechen, und wir gucken mal, ob der Brettschneider noch schnauft.« Sie musterte Frank von der Seite. »Spuck's schon aus. Was ist heute los mit dir? Du hast nicht nur zu wenig Schlaf gekriegt, du hast ein Problem mit den Erbacher Kollegen. Wieso?«

Der Streifenwagen krachte durch die Schlaglöcher der schmalen Straße, die sonst nur von landwirtschaftlichen Fahrzeugen genutzt wurde.

»Neidhard kenne ich von der Polizeischule, und mit Matuschewski von der Spurensicherung hatte ich auch schon mal dienstlich zu tun. Reicht es, wenn ich dir sage, das sind Arschlöcher?«

Brunhilde lachte. »Schön, dass du das so präzise formulierst. Ich kenne dich jetzt gute drei Monate, Frank. Wenn du sagst, das sind Arschlöcher, dann glaub ich es. Und zum Stichwort glauben«, sie malte Anführungszeichen in die Luft, ergriff dann aber schnell wieder mit beiden Händen das Lenkrad, »du solltest endlich anfangen, an dich zu glauben. Du hattest sicher deine Gründe, aus Darmstadt wegzugehen. Und mein Nachfolger zu werden, wenn ich in Pension gehe, ist nicht der schlechteste Job. Die Leute hier werden sich schon noch an dich gewöhnen.« Sie tätschelte ihm mütterlich das Bein. »Aber an die Hose gewöhnen sie sich sicher nicht. Und die Locken müssen auch runter, auch wenn du das nicht wahrhaben willst. Vertrau einer Frau, die drei Söhne großgezogen und ihr ganzes Leben hier in der Prärie verbracht hat. Ein Polizist auf dem

Dorf braucht einen ordentlichen Haarschnitt. Männlich kurz und keine Strubbellocken. Damit beeindruckst du vielleicht die Mädels, wenn du mit deiner Gitarre klimperst, aber nicht die Bauern rund um Vielbrunn.«

Sie lenkte das Auto auf den Grünstreifen neben der Straße, brachte es mit einem Ruck zum Halten und stieg aus. Den Zündschlüssel ließ sie stecken. Eine Angewohnheit, die Frank nur schwer akzeptieren konnte. Es war nicht zu erwarten, dass sie gleich in halsbrecherischem Tempo eine Verfolgungsjagd starten mussten, die diese Maßnahme notwendig machte.

Er folgte ihr, klappte die Tür zu und legte die Arme auf das Wagendach. »Warum hast du diesen Brettschneider eigentlich noch nie erwähnt?«

Bruni durchschritt zielsicher das fast zwei Meter hohe Holztor. Eine bröckelige Sandsteinmauer umschloss das große Grundstück. »Worauf wartest du?«, rief sie über die Schulter, statt ihm zu antworten.

Man hätte klingeln können, überlegte Frank, ließ die Sache aber auf sich beruhen. Im Vorbeigehen konnte er auch keine Klingel entdecken.

Hinter dem Tor umfing sie grünes Halbdunkel. Frank betrachtete misstrauisch einen Holzverschlag. Doch aus der finsteren Öffnung drang kein Knurren, und die massive Kette bewegte sich nicht. Er trat mit dem Fuß gegen den umgekippten Blechnapf, in dessen Unterseite sich Regenwasser und Blätter gesammelt hatten. Hier war schon ewig kein Hund mehr gefüttert worden. Dennoch schaute er sich nochmals gründlich um.

Mächtige Bäume und Hecken säumten den Hof, um den sich mehrere niedrige Gebäude an den Hang duckten. Auf einem Sandsteinsockel saß das eingeschossige Fachwerkhaus, eingeklemmt und abweisend unter dem dunklen, weit heruntergezogenen Krüppelwalmdach. Nur am Fuß der Steinstufen, die zum Eingang führten, gab es einen sonnenbeschienenen Fleck. Bienen summten. Mehr war nicht zu hören. Frank zuckte zusammen, als Brunhilde plötzlich laut nach Theodor Brettschneider zu rufen begann.

Nichts rührte sich, und sie stiegen die Stufen hinauf. Die Haustür stand weit offen.

»Bist du da, Theodor? Hallo?« Brunhilde klopfte mit der Faust gegen das Holz und lauschte in die Stille. Sie kramte den Schlüsselbund des Toten aus der Hosentasche. Neben drei altmodischen dicken Schlüsseln fand sich nur einer mit einem flachen Bart, den sie probeweise ins Schloss steckte. Er hakte, ließ sich dann aber mühelos drehen.

»Sieht schlecht aus für den guten Theodor«, murmelte sie. »Na, dann lass uns mal reingehen.« Betont laut stampfte sie auf die Holzdielen. »Brettschneider – wo steckst du?«

Die Lampe im Flur funktionierte nicht, sodass der hintere, fensterlose Bereich dunkel blieb. Frank erahnte mehrere Türen und eine Treppe. Rechts hinter dem Eingang lag ein Paar verdreckter Gummistiefel, darüber hing an einem krummen Nagel ein Regenmantel. Als seine Augen sich an das Dämmerlicht gewöhnt hatten, schlüpfte er aus seinen Turnschuhen, die er neben den Stiefeln abstellte, und betrat auf Socken die Wohnküche.

Als Erstes fiel Frank auf, wie ordentlich aufgeräumt der Raum war. Kein Topf auf dem Herd, kein Geschirr in der Spüle, nicht einmal ein benutzter Teller. Er schnupperte, aber da lag keine Spur von Kaffee oder gebratenem Speck in der Luft. Und es war kalt, obwohl an diesem Tag die Temperaturen endlich auf sommerliche Werte gestiegen waren. Auf dem Esstisch vor einer Bank in der Ecke war ein weißes Tischtuch ausgebreitet, mit einem kleinen Strauß welker Wiesenblumen in der Mitte, davor einige ungeöffnete Briefe, die Kante auf Kante übereinandergestapelt lagen.

Vom Essplatz aus konnte er den Weg überblicken, der vom Tor heraufführte, und durch ein zweites Fenster den seitlich neben dem Haus gelegenen Kräutergarten. Mehrere Beete mit schnurgeraden Reihen kleiner Pflanzen.

Von der Küche aus gelangte Frank in ein winziges Bad. Auf dem Waschbeckenrand lag ein unförmiges Stück Kernseife. Darüber hing ein Schränkchen mit einer Zahnbürste, Rasierzeug und einigen Medikamentenpackungen, daneben ein abgenutztes Handtuch. Einen Spiegel gab es nicht.

»Kommst du mal rüber, Frank?«

Eilig schloss er sich Brunhildes Rundgang an, die ihn vor einer Schlafkammer erwartete, in der etliche Kleidungsstücke herumlagen. Sie hatte bereits alle Türen auf dem Flur geöffnet, und da sie nichts weiter sagte, warf Frank zunächst auch in die anderen Zimmer einen kurzen Blick. Spartanisch schien ihm der passende Ausdruck für die Möblierung: Bett, Schrank, Stuhl. Überall das Gleiche, bis auf die verstreute Wäsche.

»Hast du Handschuhe für mich?« Frank kehrte mit einem verlegenen Grinsen die leeren Taschen seiner Bermudas nach außen. »Kommt nicht wieder vor. Versprochen.«

Brunhilde hob die Augenbrauen und reichte ihm ein Paar der dünnen Einmalhandschuhe, die zur Grundausstattung ihrer Dienstausrüstung gehörten. »Wozu brauchst du die?«, fragte sie. »Wir sind fertig. Der Brettschneider ist nicht da, der Schlüssel passt – du hattest den richtigen Riecher. Ich denke, wir können die Geschichte getrost an deine Freunde übergeben. Dann tippen wir noch schnell einen Bericht, und das Wochenende kann weitergehen.«

SASKIA
BERWEIN
TODESZEICHEN
EIN FALL FÜR LEITNER UND GROHMANN
LYX
THRILLER

SASKIA
BERWEIN
HERZENSKÄLTE

Oliver Kern

Die Kälte in dir

Thriller

Rasant, mörderisch und gnadenlos spannend

Der Schädel gespalten, der Bauch aufgeschlitzt … Jäh wird Stuttgart von einem abscheulichen Verbrechen aus seiner hochsommerlichen Trägheit gerissen, als eine grausam verstümmelte Leiche gefunden wird. Kommissarin Kristina Reitmeier ist ratlos. Egal in welche Richtung sie auch ermittelt, alle Spuren scheinen im Sande zu verlaufen. Erst als weitere Leichen auftauchen, lässt sich ein Muster erkennen: Ein Serienmörder ist am Werk, und er hat es auf Übergewichtige abgesehen …

Gerissen, draufgängerisch und kaltschnäuzig – dieses Duo ist unschlagbar!

448 Seiten, kartoniert mit Klappe
€ 9,99 [D]
ISBN 978-3-8025-9289-8

Nervenkitzel made in Germany!

www.egmont-lyx.de

LYX
EGMONT